W0415158

Karen Marie Moning

MAGIC HIGHLANDERS II

Karen Marie Moning

CÓMO SEDUCIR A UN GUERRERO

RBA

Título original: *To Tame a Highland Warrior*
Traducción: Juan Soler

Publicado por acuerdo con The Bantam Dell Publishing Group,
una división de Random House Inc.

© 1999, Karen Marie Moning
© Ediciones B, S.A., 2006, para el sello Zeta Bolsillo
© De la traducción Juan Soler

© 2009, de la presente edición RBA Coleccionables, S.A.

Diseño de cubierta: Adland Comunicació

Reservados todos los derechos. Ninguna parte de esta publicación puede ser reproducida, almacenada o transmitida por ningún medio sin permiso del editor.

ISBN: 978-84-473-6409-1
Depósito legal: B-32884-2009

Impreso por LIBERDÚPLEX

Impreso en España - Printed in Spain

Éste es para Rick Shomo, extraordinario berserker;
y para Lisa Stone, extraordinaria editora.

Agradecimientos

Perseguir un sueño es una aventura arriesgada, enriquecida por la ayuda y los consejos de la familia y los amigos. Mi más sentido agradecimiento a mi madre, de quien heredé una formidable voluntad y que me enseñó a no renunciar jamás a mis sueños, y a mi padre, que me demuestra día a día la nobleza, la caballerosidad y la infinita fortaleza de un verdadero héroe.

Mi profundo reconocimiento a Mark Lee, depositario de las trivialidades del universo, cuyas singulares exquisiteces alimentan el alma del escritor, y a las especiales damas de RBL Romantica por su amistad, su perspicacia, y por supuesto el «Bonny and Braw Beefcake Farm» (Granja de musculitos buenos y bonitos).

Mención especial para Don y Ken Wilber, de la Wilber Law Firm, que crearon el ajuste perfecto para mis trayectorias duales, permitiéndoles trabajar mutuamente en armonía.

Gratitud eterna a mi hermana, que me hace tener los pies en el suelo de tantas maneras decisivas, y a mi agente, Deidre Knight, cuya orientación profesional y amistad personal han potenciado tanto mi escritura como mi vida.

Y por último a los libreros y los lectores, sin los cuales mi primera novela no habría conocido el éxito.

Una leyenda céltica

Según la leyenda, con el alma de un hombre se puede pagar el poder del berserker: fuerza sobrenatural, habilidades, virilidad, astucia.

En las colinas de brezo de las Highlands, el rey vikingo Odín acecha en lugares sombríos escuchando el amargo aullido de un hombre que, tratado brutalmente hasta el límite de su resistencia humana, reclama su ayuda.

Según la leyenda, si el mortal lo merece, el aliento primordial de los dioses sopla en el corazón del hombre, convirtiéndole en un guerrero invencible.

Las mujeres dicen entre susurros que el berserker es un amante sin par; según la leyenda, para él hay una sola compañera de verdad. Como el lobo, ama, pero sólo una vez y para siempre.

En lo alto de las montañas de Escocia, el Consejo de Ancianos dice que, una vez se le ha mandado llamar, el berserker no puede ser rechazado... y si el hombre no aprende a aceptar los instintos primitivos de la bestia interior, morirá.

La leyenda nos habla de un hombre que...

Prólogo

Es mejor morir que vivir avergonzado.

BEOWULF

Castillo de Maldebann
Highlands de Escocia, 1499

Los gritos tenían que cesar.

No podía soportarlo ni un minuto más, aunque sabía que era incapaz de salvarlos. Su familia, su clan, su gran amigo Arron, con quien el día anterior había cabalgado por los campos de brezo, su madre... Pero su madre era otra historia; el asesinato de ella había presagiado esta... esta bárbara...

Se volvió, maldiciéndose por cobarde. Si no podía salvarlos ni morir con ellos, al menos les debía el honor de grabar los hechos en su memoria. Vengar su muerte.

Si hacía falta, uno cada vez.

«La venganza no devuelve los muertos a la vida.» ¿Cuántas veces había dicho esto su padre? En otro tiempo Gavrael le había creído, había creído en él, pero esto había sido antes de descubrir a su poderoso, juicioso y apuesto padre agachado sobre el cuerpo de su madre esa mañana, la camisa manchada de sangre, empuñando una goteante daga.

Gavrael McIllioch, hijo único del *laird* de Maldebann, se quedó inmóvil en Wotan's Cleft, contemplando desde un escarpado precipicio el pueblo de Tuluth, asentado en el valle un centenar de metros más abajo. Se preguntaba por qué se había estropeado el día. El día anterior había hecho buen tiempo, y había estado lleno de los sencillos placeres de un muchacho que un día gobernaría aquellas exuberantes Highlands. Después había estallado aquella mañana cruel, y con ella su corazón. Tras sorprender a su padre inclinado sobre el cuerpo salvajemente herido de Jolyn McIllioch, Gavrael había corrido al santuario del tupido bosque de las Highlands, debatiéndose frenéticamente entre la rabia y la pena.

Al final ambos sentimientos habían retrocedido, dejándole extrañamente indiferente. Al atardecer desanduvo el camino hacia el castillo de Maldebann para encararse con su padre y acusarlo de asesinato en un último intento de encontrarle algún sentido a lo que había presenciado, si es que tenía alguno. Pero entonces, en lo alto del precipicio que dominaba Tuluth, el hijo de catorce años de Ronin McIllioch se dio cuenta de que su pesadilla no había hecho más que empezar. El castillo de Maldebann estaba sitiado, el pueblo aparecía envuelto por las llamas, y la gente corría despavoridamente entre columnas de humo y cadáveres diseminados. Impotente, Gavrael observó a un muchacho pasar a toda prisa por delante de una choza y acabar atravesado por la espada de un McKane que permanecía a la espera. Retrocedió; eran sólo niños, pero los niños podían crecer y buscar la venganza, y los fanáticos McKane nunca dejaban semillas de odio para que arraigaran y dieran un fruto venenoso.

Gracias al fuego que devoraba las chozas, alcanzó a ver que los McKane eran muchos más que los suyos. Por cada McIllioch había una docena de vestimentas con el verde característico y los grises tartanes del odiado enemigo. «Es casi como si supieran que seríamos vulnerables», pensó Gavrael. Más de la mitad de los McIllioch estaban en el norte asistiendo a una boda.

Gavrael lamentó tener catorce años. Aunque para su edad era alto y ancho de espaldas, y sus hombros anunciaban una futura fuerza excepcional, no tenía nada que hacer contra un fornido McKane. Éstos eran guerreros de cuerpo maduro, fuertemente desarrollado, empujados por un odio obsesivo. Se preparaban continuamente y existían sólo para saquear y matar. Gavrael sería como un tenaz cachorro ladrándole a un oso. Podía ir y participar en la batalla que se libraba allá abajo, pero moriría sin más trascendencia, igual que el muchacho de antes. Si tenía que morir esa noche, juró que su muerte tendría que significar algo.

«Berserker», parecía murmurar el viento. Gavrael irguió la cabeza, escuchando. No sólo su mundo se estaba viniendo abajo, sino que ahora también oía voces. ¿Iba el perder el juicio antes de que terminara aquel día aciago? Pero la leyenda del berserker era sólo una leyenda...

«Ruega a los dioses», siseaban las susurrantes ramas de los pinos.

«Muy bien», musitó Gavrael, como había hecho desde la primera vez que oyera el espantoso relato a los nueve años. No existía ningún berserker ni nada parecido. Era un cuento ridículo para asustar a los niños traviesos y conseguir que se portaran bien.

«Ber... serk... er». Esta vez sonó más claro, demasiado fuerte para que sólo fuera fruto de su imaginación.

Gavrael se volvió y observó las enormes rocas que había tras él. Wotan's Cleft era un revoltijo de cantos rodados y viejas piedras verticales que arrojaban sombras extrañas a la luz de la luna. Se rumoreaba que era un lugar sagrado, donde los jefes de antaño se reunían para planear guerras y decidir los cursos del destino. En ese sitio, un mozalbete como él casi podía llegar a creer en los demonios. Gavrael escuchó con atención, pero el viento sólo arrastraba los gritos de su gente.

Lástima que los cuentos paganos no fueran verdaderos. Según la leyenda, los berserkers podían moverse a tal velocidad que parecían invisibles a simple vista, hasta el momento en que atacaban. Poseían sentidos poco normales: la sensibilidad olfatoria de un lobo, la agudeza auditiva de un murciélago, la fuerza de veinte hombres, la penetrante mirada de un águila. Casi setecientos años atrás, los berserkers habían sido los guerreros más valientes y temidos que jamás pisaran la tierra de Escocia. Habían constituido la élite del ejército vikingo de Odín. De acuerdo con la leyenda, podían adoptar la forma de un lobo o un oso tan fácilmente como la de un hombre. Y tenían una característica común: unos ojos azules terribles que brillaban como carbón incandescente.

«Berserker», susurró el viento.

—No existe ningún berserker ni nada parecido —informó Gavrael a la noche en tono grave.

Él ya no era el niño bobo encaprichado con la perspectiva de una fuerza imbatible; ya no era el jovencito en otro tiempo dispuesto a ofrecer su alma inmortal a cambio de un poder y un control absolutos. Además, sus ojos eran castaño oscuro y siempre lo habían sido. La historia jamás había hablado de un berserker de ojos castaños.

«Llámame».

Gavrael vaciló. Esta última invención de su traumatizada mente sonó a orden inapelable, irresistible. Se le erizó el vello de la nuca y percibió un hormigueo en la piel. En todos aquellos años de jugar a convocar a un berserker nunca se había notado tan extraño. La sangre le palpitaba en las venas y le parecía estar en el borde de un abismo que a un tiempo le atraía y le repelía.

Los gritos llenaban el valle. Los niños caían uno tras otro mientras él permanecía allá en lo alto, incapaz de alterar la marcha de los acontecimientos. Para salvarlos haría lo que fuera: comerciar, negociar, robar, matar... cualquier cosa.

Las lágrimas le afloraron mientras veía a una niña pequeña exhalar su último suspiro. Para ella ya no habría más abrazos de madre, ni un pretendiente hermoso, ni boda, ni bebés... ni un soplo más de vida preciosa. La sangre le manchó la parte delantera del vestido y él miró fijamente, sobrecogido. Su universo se estrechó hasta formar un túnel visual en el que la sangre que manaba del pecho de la niña se convertía en un enorme remolino carmesí que le succionaba más y más...

Algo se rompió en su interior.

Echó la cabeza atrás y aulló, las palabras reverberando en las rocas de Wotan's Cleft.

—¡Escúchame, Odín, llamo al berserker! Yo, Gavrael Roderick Icarus McIllioch, ofrezco mi vida (no, mi alma) por venganza. ¡Cuento con el berserker!

La suave brisa se embraveció repentinamente, lanzando al aire tierra y hojas. Gavrael alzó los brazos para protegerse la cara de las lacerantes punzadas. Las ramas, impotentes ante el fortísimo vendaval, se desprendían y le golpeaban a modo de toscas lanzas arrojadas desde los árboles. Nubes negras taparon enseguida el cielo nocturno, oscureciendo la luna por momentos. El sobrenatural viento gemía a través de las grietas de las rocas de Wotan's Cleft, amortiguando brevemente los chillidos procedentes del valle. De pronto la noche explotó en un destello de deslumbrante azul y Gavrael notó que su cuerpo cambiaba.

Soltó un gruñido, enseñando los dientes, como si algo irrevocable se transformara en lo más profundo de su ser.

Podía sentir los olores de la batalla de abajo... el olor metálico, herrumbroso, de la sangre, el acero y el odio.

Podía oír susurros del campamento de los McKane, allá en el horizonte.

Vio por primera vez que los guerreros parecían moverse con movimientos lentísimos. ¿Cómo no había reparado antes en ello? Sería tremendamente fácil ir y acabar con ellos mientras se movieran como sobre arena húmeda. Sí, sería muy fácil. Muy fácil...

Gavrael hizo rápidas inspiraciones, llenándose el pecho antes de abalanzarse hacia el valle. Mientras se dirigía al epicentro de aquella carnicería, oyó un eco de risas en la cuenca de piedra que rodeaba el valle. Se dio cuenta de que salía de sus propios labios cuando los McKane empezaron a caer bajo su espada.

Al cabo de unas horas, Gavrael andaba dando traspiés entre los restos humeantes de Tuluth. Los McKane ya no estaban; habían huido o caído. Los supervivientes del pueblo atendían a los heridos y caminaban trazando círculos amplios y prudentes en torno al joven hijo de McIllioch.

—Has matado casi a sesenta, muchacho —dijo un viejo de ojos brillantes cuando pasó Gavrael—. Ni siquiera tu padre en su mejor época podía hacer algo así. Eres mucho más berserker que él.

Gavrael lo miró sobresaltado. Antes de poder preguntar qué significaba ese comentario, el viejo desapareció entre la niebla de humo.

—Derribaste a tres con un solo golpe de tu espada —dijo otro.

Un niño agarró a Gavrael por las rodillas.

—¡Me has salvado la vida! —gritó—. Estos McKane me querían comer. ¡Gracias! Mi mamá también te da las gracias.

Gavrael sonrió al niño y luego se volvió hacia la madre, que se santiguó y no parecía ni mucho menos agradecida. La sonrisa de Gavrael se desvaneció.

—No soy ningún monstruo...

—Sé lo que eres, muchacho —le espetó ella, mirándolo fijamente. A Gavrael estas palabras le sonaron duras y condenatorias—. Sé exactamente lo que eres y no voy a pensar otra cosa. Ahora vete. Tu padre está en un apuro. —Con un dedo tembloroso señaló la última hilera de chozas humeantes.

Gavrael entornó los ojos y avanzó a trompicones entre el humo. En su vida se había sentido tan exhausto. Moviéndose con torpeza, rodeó una de las pocas chozas que quedaban en pie y se detuvo de golpe.

Su padre yacía desplomado en el suelo, cubierto de sangre, la espada caída a su lado.

En el corazón de Gavrael, el pesar y la ira compitieron por la supremacía, dejándole extrañamente vacío. Mientras miraba a su padre, la imagen del cuerpo de su madre apareció en primer plano y la última de sus ilusiones juveniles quedó hecha añicos. Acababa de nacer un guerrero extraordinario y a la vez un hombre de carne y hueso con defensas insuficientes.

—¿Por qué, papá? ¿Por qué? —Se le quebró ásperamente la voz. No volvería a ver a su madre sonreír, ni la oiría cantar, ni asistiría a su entierro... Abandonaría Maldebann en cuanto su padre contestara, para no descargar sobre él su rabia residual. Porque si lo hacía, entonces, ¿qué sería él? No le iría mejor que a su padre.

Ronin McIllioch soltó un gemido. Abrió lentamente los ojos con una mirada vidriosa y observó a su hijo. Cuando se esforzó por hablar le salió de los labios un hilo escarlata.

—Hemos... nacido... —Se interrumpió, sacudido por una tos convulsiva.

Gavrael lo agarró por los puños de la camisa y, sin importarle su mueca de dolor, lo sacudió bruscamente. Antes de irse quería la respuesta; averiguaría qué locura había impulsado a su padre a matar a su madre, de lo contrario estaría toda la vida atormentado por las preguntas no respondidas.

—¿Por qué, papá? ¡Dímelo! ¡Dime por qué!

La mirada borrosa de Ronin buscó la de Gavrael. El pecho le subía y bajaba mientras aspiraba rápidas y entrecortadas bocanadas de aire cargado de humo. Con un extraño murmullo lastimero, dijo:

—Hijo, no podemos evitarlo... los hombres McIllioch... siempre hemos nacido... así.

Gavrael lo miró horrorizado.

—¿Qué me estás diciendo? ¿Crees que vas a convencerme de que estoy loco como tú? ¡No soy como tú! No te creo. Mientes. ¡Mientes! —Se puso en pie de golpe y retrocedió un paso.

Ronin McIllioch se apoyó a duras penas en los codos y sacudió la cabeza ante las pruebas de ferocidad de Gavrael, los restos de los guerreros de McKane literalmente hechos pedazos.

—Tú has hecho esto, hijo.

—¡No soy un asesino despiadado! —Gavrael recorrió con la mirada los cuerpos mutilados, no muy convencido de sus palabras.

—Forma parte del hecho de... ser un McIllioch. No puedes evitarlo, hijo.

—¡No me llames hijo! Ya no seré más tu hijo. Y no soy parte de tu enfermedad. No soy como tú. ¡Jamás seré como tú!

Ronin se dejó caer en la tierra, murmurando palabras incoherentes. Gavrael cerró los oídos a aquel sonido. No escucharía las mentiras de su padre ni un instante más. Le dio la espalda y observó lo que quedaba de Tuluth. Los supervivientes se apiñaban en corrillos, en un silencio absoluto, mirándole. Apartó la cara de lo que siempre recordaría como miradas reprobadoras y la suya se deslizó por la piedra oscura del castillo de Maldebann. Esculpido en la ladera de la montaña, dominaba el pueblo. En otro tiempo no había deseado otra cosa que crecer y ayudar a gobernar Maldebann al lado de su padre, y a la larga convertirse en el jefe. Había deseado oír siempre el encantador tono cantarín de la risa de su madre llenando los espaciosos vestíbulos, oír el vozarrón de su padre mientras ambos hablaban y bromeaban. Había soñado con resolver los problemas de su gente; que un día se casaría y tendría hijos. Sí, había creído que pasarían todas esas cosas. Pero en menos tiempo del que tarda la luna en recorrer el cielo de Tuluth, todos esos sueños, hasta el menor atisbo de su condición humana, quedaron destruidos.

Gavrael tardó buena parte del día en arrastrar su magullado cuerpo nuevamente al santuario del tupido bosque de las Highlands. Nunca podría regresar a casa. Su madre estaba muerta y el castillo saqueado, y los habitantes del pueblo lo miraban con miedo. Las últimas palabras de su padre lo atormentaban —«hemos nacido así»—... Asesinos capaces de matar incluso a aquellos a quienes decían amar. Era una enfermedad de la mente, pensó Gavrael, y, según su padre, él también la llevaba en la sangre.

Sediento como nunca había estado, avanzó casi a gatas hasta el lago situado en un pequeño valle más allá de Wotan's Cleft. Flaqueó unos instantes en la mullida tundra, y cuando ya no se sintió tan débil y mareado volvió a avanzar a duras penas para conseguir beber, ayudándose de los codos. Mientras ahuecaba las manos y se inclinaba sobre la superficie clara y brillante, quedó paralizado, absorto por su reflejo en los rizos de agua.

Unos ojos azules le dirigían una mirada glacial.

1

Dalkeith-Upon-the-Sea
Highlands de Escocia
1515

Grimm se detuvo ante las puertas abiertas del gabinete y contempló la noche. El reflejo de las estrellas moteaba el mar inquieto, como pequeños puntitos que coronasen las olas. En general, el sonido del mar rompiendo contra las rocas ejercía un efecto sedante, pero últimamente parecía provocarle desasosiego.

Cuando reanudó sus pasos, buscó las posibles razones de su inquietud pero no encontró ninguna. Había sido decisión suya quedarse en Dalkeith como capitán de la guardia de Douglas cuando, dos años atrás, él y su mejor amigo, Hawk Douglas, abandonaron Edimburgo y el servicio del rey Jaime. Grimm adoraba a la esposa de Hawk, Adrienne —cuando no pretendía casarse con él—, e idolatraba a su hijo, Carthian. Había vivido, si no exactamente feliz, sí contento. Al menos hasta hacía poco. Entonces, ¿qué le afligía?

—Con tanto andar de un lado a otro acabarás haciendo agujeros en mi alfombra favorita, Grimm. Y si no te sientas, el pintor no será capaz de terminar este retrato —dijo Adrienne tomándole el pelo y sacándolo de su melancólico ensueño.

Grimm exhaló un suspiro y se pasó una mano por el espeso cabello. Distraído, jugueteó con un rizo junto a la sien, retorciéndolo y trenzándolo mientras seguía contemplando el mar.

—Estás buscando una estrella de los deseos ahí arriba, ¿verdad, Grimm? —Los ojos negros de Douglas danzaban jubilosos.

—No precisamente. Además, en cualquier momento tu maliciosa esposa podría decirme qué maldición me lanzó con sus deseos irreflexivos. Me gustaría oírla.

Tiempo atrás, Adrienne Douglas había pensado un deseo ante una estrella fugaz, pero se negó a decirles a los dos de qué se trataba hasta verlo cumplido. Lo único que admitió fue que su deseo había sido formulado en nombre de Grimm, que se sentía sensiblemente incomodado por ello. Aunque no se consideraba un hombre supersticioso, Grimm había visto en su vida suficientes acontecimientos extraños para saber que el simple hecho de que algo pareciera improbable no significaba que fuera imposible.

—A mí también, Grimm —soltó Hawk secamente—. Pero a mí tampoco me lo dirá.

Adrienne rompió a reír.

—Vaya bobadas. No puedo creer que a tan bravos guerreros les preocupe el frívolo deseo formulado por una mujer a una estrella.

—No considero que en ti haya nada frívolo, Adrienne —replicó Hawk torciendo el gesto—. Cuando intervienes tú, el universo no se comporta de una manera normal.

Grimm sonrió ligeramente. Era verdad. Adrienne había llegado viajando en el tiempo desde el siglo XX, víctima de una malvada conspiración para destruir a Hawk, maquinada por un hada vengadora. Alrededor de Adrienne sucedían cosas increíbles, razón por la cual él quería saber qué puñetero deseo había formulado. Quería estar preparado para cuando se desencadenara todo.

—Siéntate, Grimm —insistió Adrienne—. Quiero que este retrato esté terminado por Navidad al menos, y Albert tarda meses en pintar a partir de los esbozos.

—Sólo porque mi trabajo es perfección pura —dijo el pintor, ofendido.

Grimm dio la espalda a la noche y recuperó su asiento junto a Hawk delante del fuego.

—Aún no le veo sentido a esto —masculló Grimm—. Los retratos son para las muchachas y los niños.

Adrienne resopló.

—Encargo a un pintor que inmortalice a dos de los hombres más espléndidos que he conocido en mi vida —les lanzó una mirada deslumbrante, y Grimm supo que haría cualquier cosa que la encantadora Adrienne deseara cuando sonreía así—, y todo lo que se les ocurre es gruñir. Pues sabed que un día me lo agradeceréis.

Grimm y Hawk intercambiaron miradas divertidas. Después volvieron a posar tal como ella exigía, y exhibieron su físico musculoso y sus miradas penetrantes para lucir al máximo.

—Asegúrate de que el color de los ojos de Grimm es azul brillante como en la realidad —indicó ella.

—Como si yo no supiera pintar —murmuró el pintor—. Aquí el artista soy yo. A menos, claro está, que queráis intentarlo vos.

—Creía que eran mis ojos los que te gustaban. —Hawk miró a Adrienne entornando sus ojos negros.

—Y así es. Me casé contigo, ¿no? —repuso ella, burlona—. Te informo de que las sirvientas de Dalkeith, hasta la más joven de doce tiernos años, se derriten ante la mirada de nuestro mejor amigo. Cuando alzo mis zafiros a la luz del sol, veo que sus ojos son lo mismo. Brillan con un azul fuego iridiscente.

—¿Y qué son los míos? ¿Nueces negras insignificantes?

Adrienne rió.

—Qué bobo eres; así es cómo describí tu corazón el día que te conocí. Y deja de juguetear con el pelo, Grimm —le regañó—. ¿O hay algún motivo por el que esas trenzas en las sienes deban aparecer en el retrato?

Grimm se quedó quieto, y luego se tocó lentamente el cabello con incredulidad.

Hawk lo miró fijamente.

—¿Qué estás pensando, Grimm? —le preguntó su amigo.

Grimm tragó saliva. Ni siquiera era consciente de que se había estado retorciendo las trenzas de guerra. Un hombre llevaba trenzas durante las horas más duras de su vida, cuando estaba de duelo por un compañero muerto o preparándose para la batalla. Hasta entonces, él las había llevado en dos ocasiones. ¿Qué había estado pensando? Grimm contempló el suelo con la mirada vacía, confuso, incapaz de articular sus pensamientos. Últimamente le obsesionaban ciertos fantasmas del pasado, recuerdos que él había arrojado violentamente a una tumba poco profunda y enterrado bajo un delgado tepe de negaciones y rechazos. Pero en sus sueños los cadáveres volvían a andar entre las sombras, dejando tras ellos un residuo de desazón que se le agarraba durante todo el día.

Grimm estaba aún forcejeando por responder cuando un guardia entró de golpe en el gabinete.

—Milord. Milady. —Saludó respetuosamente con la cabeza a Hawk y Adrienne. Se acercó a Grimm con semblante sombrío—. Acaba de llegar esto para vos, capitán. —Dejó en las manos de Grimm un pergamino de aspecto oficial—. El mensajero ha insistido en que era urgente y que se os entregara en persona.

Grimm se dispuso a leer el mensaje. El lacre rojo mostraba el elegante emblema de Gibraltar St. Clair. Le vinieron a la mente recuerdos reprimidos: Jillian. Una promesa de belleza y alegría que jamás logró poseer, una remembranza que él había enviado a la misma tumba poco profunda y nada servicial que ahora parecía dispuesta a vomitar a sus muertos.

—Bueno, ábrela, Grimm —instó Adrienne.

Despacio, como si sostuviera a un animal herido que pudiera revolverse contra él con dientes afilados, Grimm rompió el sello y abrió la misiva. Rígido, leyó la sucinta orden de tres palabras. Apretó el puño en un acto reflejo, arrugando la gruesa vitela.

Se irguió y dijo al guardia:

—Prepara mi caballo. Nos vamos dentro de una hora.

—El guardia asintió y salió del gabinete.

—¿Y bien? —preguntó Hawk—. ¿Qué dice?

—Nada que deba inquietarte. No te preocupes. No te incumbe.

—Todo aquello que incumbe a mi mejor amigo me incumbe a mí —dijo Hawk—. Así que venga, ¿qué sucede?

—He dicho que no es nada. Déjalo, amigo.

En la voz de Grimm había una nota de advertencia que habría disuadido a un hombre normal. Pero Hawk jamás había sido, ni sería, un hombre normal, y se movió tan de súbito que Grimm no reaccionó lo bastante rápido cuando el otro le arrebató el pergamino de las manos. Sonriendo maliciosamente, Hawk retrocedió y desarrugó el papel. Ensanchó su sonrisa burlona y guiñó el ojo a Adrienne.

—«Ven por Jillian.» Una mujer, ¿no? La trama se complica. Creía que habías renegado de las mujeres, mi veleidoso amigo. Bien, ¿quién es Jillian?

—¿Una mujer? —exclamó Adrienne, encantada—. ¿Una mujer joven y casadera?

—Eh, vosotros dos, basta ya. No es eso.

—Entonces, ¿por qué tratas de mantenerlo en secreto, Grimm? —insistió Hawk.

—Porque hay cosas que no sabes de mí, y serían muy largas de contar. Como no tengo tiempo de explicarte la historia completa, en unos meses te enviaré un mensaje —dijo eludiendo el asunto con frialdad.

—No podrás librarte tan fácilmente, Grimm Roderick. —Hawk se acarició pensativamente la oscura barba que poblaba su rotunda mandíbula—. ¿Quién es Jillian? ¿Y cómo es que conoces a Gibraltar St. Clair? Creía que habías llegado a la corte directamente desde Inglaterra. Pensaba que en Escocia no conocías a nadie salvo a los que trataste en la corte.

—No te conté la historia completa, Hawk, y ahora no tengo tiempo de hacerlo, pero lo haré en cuanto todo se haya arreglado.

—O me lo cuentas ahora mismo o voy contigo —amenazó Hawk—. Lo que significa que Adrienne y Carthian vienen también, así que explícamelo o prepárate para viajar acompañado, y nunca se sabe qué puede pasar estando Adrienne presente.

Grimm frunció el entrecejo.

—Hawk, puedes resultar realmente insoportable cuando te lo propones.

—Implacable. Terrible —Adrienne estuvo amablemente de acuerdo—. Más vale que te des por vencido, Grimm. Mi esposo jamás acepta un no por respuesta. Créeme, lo sé bien.

—Vamos, Grimm, si no confías en mí, ¿en quién vas a confiar? —soltó Hawk con tono engatusador—. ¿Adónde vas?

—No es una cuestión de confianza, Hawk. —Éste se limitó a aguardar con una mirada expectante, y Grimm supo que su amigo no tenía intención alguna de ceder. Insistiría y hurgaría y al final cumpliría su amenaza de acompañarle a menos que recibiera una respuesta satisfactoria. Quizás había llegado el momento de reconocer la verdad, aunque tan pronto lo hiciera había muchas posibilidades de no volver a ser bienvenido en Dalkeith—. Se podría decir que voy a casa —admitió Grimm por fin.

—¿Tu casa es Caithness?

—Tuluth —susurró Grimm.

—¿Qué?

—Tuluth —repitió Grimm con voz cansina—. Nací en Tuluth.

—¡Dijiste que habías nacido en Edimburgo!

—Mentí.

—¿Por qué? ¡Me dijiste que toda tu familia había muerto! ¿También eso era mentira?

—¡No! Sobre eso no mentí. Bueno... sólo en un detalle —corrigió—. Mi padre aún vive, pero hace más de quince años que no hablo con él.

La mandíbula de Hawk registró un nervioso tic.

—Siéntate, Grimm. No irás a ninguna parte hasta que me cuentes todo, y sospecho que es una historia larga.

—No tengo tiempo, Hawk. Si St. Clair dice que es urgente, hace semanas que debería estar en Caithness.

—¿Qué importancia tiene Caithness en todo esto, o para ti? Siéntate y habla. Ahora.

Al ver que no había posibilidad de aplazamiento, Grimm comenzó su historia y a andar de un lado a otro. Les contó que a los catorce años había abandonado Tuluth la noche de aquella carnicería y que durante dos años deambuló por los bosques de las Highlands, llevando sus trenzas de guerra y odiando a la humanidad, en particular a su padre y a sí mismo. Se saltó los episodios más crueles, como el asesinato de su madre, el hambre que pasó o los repetidos atentados contra su vida. Explicó que a los dieciséis años Gibraltar St. Clair le ofreció refugio; y que se había cambiado el nombre por el de Grimm para protegerse a sí mismo y a aquellos que le importaban. Contó que los McKane le habían descubierto en Caithness y habían atacado a su familia adoptiva. Y por último, y en un tono de temida confesión, les reveló su verdadero nombre.

—¿Qué has dicho? —exclamó Hawk con los ojos como platos.

Grimm aspiró hondo y exhaló el aire con enojo.

—He dicho Gavrael. Mi verdadero nombre es Gavrael. —No había otro Gavrael en toda Escocia; ningún hombre estaría dispuesto a confesar este nombre y su maldición. Se preparó para la explosión de Hawk. No tuvo que esperar mucho.

—¿McIllioch? —Los ojos de Hawk se entornaron incrédulos.

—McIllioch —confirmó Grimm.

—¿Y Grimm?

—Grimm significa Gavrael Roderick Icarus McIllioch. —El acento de las Highlands de Grimm retumbó tan confusamente que el nombre pareció una mezcla ininteligible de erres, eles y ces en *staccato* sostenido—. Coge la primera letra de cada nombre y ya lo tienes. G-R-I-M.

—¡Gavrael McIllioch era un berserker! —bramó Hawk.

—Ya te he dicho que no sabías mucho de mí —señaló Grimm con voz misteriosa.

Hawk cruzó irritado el gabinete en tres rápidas zancadas, se detuvo a unos centímetros del rostro de Grimm y lo estudió, como si pudiera sacar a la luz algún vestigio revelador de que años atrás una bestia hubiera traicionado el secreto de Grimm.

—Pero ¿cómo no me había dado cuenta? —murmuró Hawk—. Durante años me he estado preguntando sobre tu peculiar... talento. Por los puñeteros santos, debí haberlo adivinado sólo por los ojos...

—Mucha gente tiene los ojos azules, Hawk —repuso Grimm secamente.

—No como los tuyos —puntualizó Adrienne.

—Esto lo explica todo —prosiguió Hawk—. No eres humano.

Grimm retrocedió.

Adrienne dirigió una mirada reprobadora a su esposo y enlazó su brazo al de Grimm.

—Pues claro que es humano, Hawk. Es humano... y algo más.

—Un berserker. —Hawk meneó la cabeza—. Un maldito berserker. Dicen que William Wallace era un berserker, ya sabes.

—Y vaya una vida tan maravillosa que vivió, ¿eh? —masculló Grimm con amargura.

Grimm salió a caballo poco después, sin responder a más preguntas y dejando a Hawk profundamente inquieto. Se marchó deprisa, pues los recuerdos estaban regresando por su cuenta y con furia. Sabía que cuando los recuerdos le reclamaban, debía estar solo. Ya no pensó más en Tuluth por voluntad propia. Demonios, ya no pensaba nada por voluntad propia, al menos si podía evitarlo.

Tuluth: en su memoria un valle humeante, nubes negras tan espesas que le escocían los ojos por la acre fetidez de las casas y los cuerpos ardiendo. Los niños chillando. ¡Oh, Dios!

Tragó con dificultad y espoleó a *Occam*, poniéndolo al galope por las colinas. Era insensible a la belleza de la noche de las Highlands, andaba perdido en otro tiempo, rodeado sólo por el color de la sangre y la negrura de la desolación... con un puntito dorado resplandeciente.

Jillian.

«¿Es un animal, papá? ¿Puedo quedármelo? Por favor. ¡Es una bestia magnífica!»

Y en su cabeza volvía a tener dieciséis años, a mirar a la pequeña muchacha dorada. Los recuerdos recorrieron su mente, haciendo la vergüenza más espesa que la miel de un panal. Ella lo había descubierto en el bosque, buscando comida como una bestia salvaje.

«¡Será más fiero que mi *Savanna TeaGarden*, papá!» *Savanna TeaGarden* era su cachorro, cincuenta kilos de cachorro de perro lobo irlandés. «¡Me protegerá bien, papá, sé que lo hará!»

En el mismo instante en que ella había dicho estas palabras, él había hecho el silencioso juramento de hacer eso precisamente, sin imaginar que un día ello pudiera conllevar protegerla de él mismo.

Grimm se frotó la mandíbula afeitada y dejó la cabeza a merced del viento. Por unos momentos sintió otra vez el enmarañado cabello, el polvo y el sudor y las trenzas de guerra, los ojos fieros rebosantes de odio. Y la niña pura y dulce que había confiado en él en el acto.

Pero él la había disuadido enseguida.

2

Gibraltar y Elizabeth St. Clair habían cabalgado hacia la casa de su hijo en las Highlands durante una semana antes de que él por fin confesara su plan. No pensaba contarlo, pero no soportaba ver a su esposa enfadada.

—¿Has oído eso? —dijo Elizabeth a su esposo en tono acusatorio mientras hacía dar la vuelta a su yegua y se dirigía al lado de él a medio galope.

—¿Oír qué? No he oído nada. Estabas demasiado lejos —dijo con tono burlón.

—Ya está, Gibraltar. ¡Ya lo tengo!

Él alzó una ceja inquisitiva.

—¿De qué se trata, cariño? —Sonrojada de indignación, su esposa era aún más atractiva que cuando estaba tranquila. Él era muy capaz de provocarla con tacto para disfrutar del espectáculo.

Elizabeth agitó la cabeza enérgicamente.

—Gibraltar, estoy harta de oír a los hombres hablar de nuestra perfecta, piadosa y soltera hija, como si fuera ya una solterona.

—Has vuelto a tus escuchas indiscretas, ¿verdad, Elizabeth? —repuso él con tono suave.

—¿Escuchas indiscretas? Paparruchas. Si se habla de mi hija, aunque sean los guardias —señaló en su dirección con aire malhumorado—, tengo derecho a escuchar. Nuestros temibles protectores, hombres ya crecidos y perfectamente sanos, han estado rindiendo tributo a sus virtudes. Pero por virtudes no entienden sus pechos ni ninguna de sus encantadoras curvas, sino su carácter apacible, su paciencia, su vocación religiosa, por el amor de Dios. ¿A ti te ha dicho algo sobre esas ganas repentinas de entrar en un convento? —Sin aguardar respuesta, Elizabeth refrenó su montura y lo miró airada—. Hablan y hablan sobre lo perfecta que es y ninguno dice una palabra sobre montarla.

Gibraltar estalló en risas mientras detenía su semental junto a la yegua de su esposa.

—¿Cómo te atreves a encontrar esto divertido?

Su esposo meneó la cabeza, chispeantes los ojos. Sólo Elizabeth podía sentirse ofendida por el hecho de que los hombres no hablaran de seducir a su única hija.

—Gibraltar, he de pedirte que tomes esto en serio por un momento. Jillian tiene veintiún años y ningún hombre ha intentado cortejarla de verdad. Juro que es la chica más exquisita de Escocia y los hombres trazan círculos de veneración a su alrededor. Haz algo, Gibraltar. Estoy empezando a preocuparme.

La sonrisa del esposo se apagó. Elizabeth tenía razón. Ya no era un tema divertido. Él había llegado a esta conclusión por sí mismo. No era justo dejar que Elizabeth siguiera preocupándose cuando él ya había tomado las medidas necesarias que acabarían con todos sus temores.

—Ya me he ocupado de esto, Elizabeth.

—¿Qué quieres decir? ¿Qué has hecho esta vez?

Gibraltar la observó. En ese instante no estaba seguro de qué molestaría más a su mujer: continuar preocupada por el estado de soltería de su hija o conocer los pormenores de lo que él había hecho sin consultarla. Un momento de reflexión exclusivamente masculino le convenció de que ella quedaría deslumbrada por su ingenio.

—Elizabeth, he dispuesto que tres hombres vayan a Caithness en nuestra ausencia. Para cuando lleguemos, o bien Jillian habrá escogido a uno de ellos, o bien uno de ellos la habrá elegido a ella. No son la clase de hombres que abandonan ante una pequeña resistencia. Tampoco son de aquellos que se chiflan por «historias de conventos».

La expresión horrorizada de Elizabeth deshinchó su pose de suficiencia.

—¿Uno de ellos la escogerá? ¿Estás diciendo que uno de esos hombres que has seleccionado podría comprometerla si ella no elige?

—Seducir, no comprometer —objetó Gibraltar—. No le harán daño. Son terratenientes, *lairds* honorables y respetables. —Su voz se volvió persuasivamente más grave—. Seleccioné a estos tres basándome en parte en que también son muy... eeh... —buscó una palabra lo bastante inocua para no preocupar a su esposa, pues los hombres que había escogido podían ser preocupantes— masculinos. —Hizo un somero gesto de asentimiento buscando mitigar la inquietud de Elizabeth. No surtió efecto—. Exactamente lo que Jillian necesita —aseguró.

—¡Masculinos! ¡Te refieres a guardias cachondos e incorregibles! Seguramente dominantes y despiadados, por si fuera poco. ¡Gibraltar, no me mientas!

Él suspiró, perdida toda esperanza de persuasión sutil.

—¿Tienes alguna idea mejor, Elizabeth? Sinceramente, en mi opinión el problema es que Jillian no ha conocido a ningún hombre que no se sintiera intimidado por ella. Te garantizo que ninguno de los tres a quienes he invitado se verá intimidado en lo más mínimo. ¿Se sentirán cautivados? Sí. ¿Intrigados? Sí. ¿Serán implacablemente persistentes? Sí. Y eso es lo que necesita una Sacheron. Un hombre que sea lo bastante hombre para hacer algo al respecto.

Elizabeth St. Clair, de soltera Sacheron, se mordió el labio inferior en silencio.

—Piensa en cuánto deseabas ver a nuestro nieto —le recordó—. Sigamos con nuestra visita y veamos qué pasa. Te prometo que ninguno de los hombres que he escogido tocará un pelo de la cabeza de nuestra preciosa hija. O quizá la despeinen un poco, pero eso será bueno para ella. A nuestra impecable Jillian hace tiempo que le conviene desmelenarse.

—¿Esperas que siga adelante y la deje con esos tres hombres? ¿Con esa clase de hombres?

—Elizabeth, esos hombres son sólo hombres que no van a venerarla. Además, como quizá recuerdes, en otro tiempo yo fui un hombre de esa clase. Para nuestra hija poco corriente hace falta un hombre poco corriente, Elizabeth —añadió más amablemente—. Mi propósito es encontrarlo.

Elizabeth suspiró y con un soplo se apartó de la cara un rizo de cabello.

—Supongo que tienes derecho a ello —murmuró—. La verdad es que Jillian no ha conocido a ningún hombre que no la idolatrara. ¿Cómo crees que reaccionará?

—Supongo que al principio no sabrá qué hacer. Quizá pierda la compostura. Pero apuesto a que uno de ellos la ayudará a entenderlo todo —dijo Gibraltar con voz suave.

La alarma venció inmediatamente al abatimiento de Elizabeth.

—Ya está. Hemos de regresar. No puedo estar por ahí mientras mi hija está experimentando esas cosas de mujer por primera vez. Sólo Dios sabe lo que algunos hombres tratarán de enseñarle a mi niña, o cómo, por no hablar de lo sobresaltada que sin duda se sentirá ella. No puedo andar de visita mientras mi hija está siendo intimidada y engatusada para perder la virginidad... ¡no y no! Hemos de volver a casa. —Miró expectante a su esposo, esperando su asentimiento.

—Elizabeth. —Pronunció el nombre con voz muy tranquila.

—Dime, Gibraltar. —El tono de ella sonó cauteloso.

—No vamos a regresar. Visitaremos a nuestro hijo, asistiremos al bautizo de nuestro nieto y pasaremos ahí unos meses, tal como planeamos.

—¿Sabe Jillian lo que has hecho? —preguntó Elizabeth con frialdad.

Gibraltar meneó la cabeza.

—En su cabecita no alberga la menor sospecha.

—¿Y los hombres? ¿Crees que ellos se lo dirán?

Gibraltar sonrió maliciosamente.

—No se lo dije. Tan sólo se lo ordené. Pero Hatchard lo sabe y está preparado para informarles a su debido tiempo.

Elizabeth se sobresaltó.

—¿Al único que se lo dijiste fue al jefe de nuestros hombres de armas?

—Hatchard es un hombre juicioso. Y ella necesita esto, Elizabeth. Necesita encontrar su propio camino. Además —añadió con tono provocador—, ¿qué hombre se atrevería a engatusar a una virgen con su madre rondando alrededor?

—¡Bah! La presencia de mi madre, mi padre, mis siete hermanos y mis abuelos no te impidió engatusarme a mí. Ni secuestrarme.

Gibraltar soltó una risita.

—¿Y lamentas que lo hiciera?

La seductora mirada de Elizabeth indicó lo contrario.

—Pues ya lo ves, a veces un hombre sabe lo que más conviene. ¿No te parece, querida?

Ella tardó en responder, pero a Gibraltar no le importó. Sabía que Elizabeth confiaba absolutamente en él. Simplemente necesitaba cierto tiempo para acostumbrarse al plan de su esposo y aceptar el hecho de que a su hija le hacía falta un empujón cariñoso para sacarla del nido.

Cuando Elizabeth por fin habló, la resignación amortiguaba sus palabras.

—Sólo dime qué tres hombres escogiste sin mi consentimiento y mi perspicacia.

—Bueno, está Quinn de Moncreiffe. —Miró a su mujer, expectante.

Quinn era rubio, guapo y atrevido. Antes de heredar sus títulos había navegado para el rey bajo bandera corsaria y ahora dirigía una flota de barcos mercantes, con la cual había triplicado la ya considerable fortuna de su clan. Gibraltar lo había ayudado cuando era un muchacho, y a Elizabeth siempre le había caído bien.

—Un buen hombre. —Una dorada y perfecta ceja levantada delató su renuente admiración por el buen tino de su esposo—. ¿Quién más?

—Ramsay Logan.

—¡Oh! —Elizabeth puso los ojos como platos—. La última vez que lo vi en la corte iba vestido de negro de la cabeza a los pies. Peligrosamente atractivo como nadie. ¿Cómo es que ninguna mujer lo ha pescado? Sigue, Gibraltar, esto se está poniendo interesante. ¿Quién es el tercero?

—Mira los guardias, nos estamos quedando rezagados, Elizabeth —dijo él para eludir la pregunta—. Últimamente las Highlands han estado en paz, pero hemos de ir con cuidado. Vamos al alcanzarles. —Se cambió de posición en la silla, asió las riendas y la instó a seguirlo.

Elizabeth arrugó la frente mientras le arrebataba las riendas de la mano.

—Ya los atraparemos luego. ¿Quién es el tercero?

Gibraltar torció el gesto y miró hacia los guardias, que doblaban un recodo e iban desapareciendo del campo visual.

—Elizabeth, no debemos quedarnos atrás. No tienes ni idea de...

—El tercero, Gibraltar —repitió su esposa.

—Hoy estás especialmente encantadora —dijo él con voz sensual—. ¿Te lo había dicho? —Pero sus palabras no suscitaron respuesta alguna, sino una mirada fija y fría. Arrugó la frente—. ¿He dicho tres?

El semblante de Elizabeth se volvía más frío por momentos.

Gibraltar exhaló un suspiro de frustración. Murmuró un nombre y espoleó su caballo.

—¿Qué has dicho? —gritó ella desde atrás, y azuzó su yegua para alcanzarle.

—¡Oh, diablos, Elizabeth! ¡Ya está bien! Cabalga.

—Repite el nombre, por favor.

Hubo otra respuesta ininteligible.

—Cuando murmuras, no entiendo una palabra —señaló ella con voz melodiosa.

«Como el canto de las sirenas —pensó él—, y totalmente letal.»

—He dicho Gavrael McIllioch, ¿de acuerdo? Déjalo ya. —Hizo dar la vuelta a su semental bruscamente y miró airado, saboreando el hecho de que, al menos por un rato, había dejado a Elizabeth St. Clair tan estupefacta como jamás lo había estado en su vida.

Elizabeth lo miró con incredulidad.

—¡Dios del cielo! ¡Ha citado al berserker!

En la inclinada extensión de césped de Caithness, Jillian St. Clair temblaba pese a la calidez del resplandeciente sol. No había una sola nube en el cielo, y el umbroso bosque que bordeaba el extremo sur estaba a unos diez metros, es decir, no lo bastante cerca para justificar su frío repentino.

Por la nuca le subió un presentimiento inexplicable. Se lo sacudió de encima enérgicamente, regañando a su hiperactiva imaginación. Su vida se hallaba tan libre de nubes como el expansivo cielo azul; estaba siendo fantasiosa, nada más.

—¡Jillian! ¡Dile a Jemmie que deje de tirarme del pelo! —gritó Mallory, precipitándose junto a Jillian en busca de protección. La exuberante hierba verde estaba salpicada de una docena de niños que se reunían allí cada tarde para que Jillian les contara historias y les diera golosinas.

Acogiendo a Mallory en sus brazos, Jillian observó al niño con mirada reprobatoria.

—Si una niña te gusta, no hace falta tirarle del pelo para demostrarlo, Jemmie MacBean. Y según mi experiencia, las niñas a las que tiras ahora del pelo son las que cortejarás más adelante.

—¡Yo no le he tirado del pelo porque me guste! —Jemmie se puso colorado y apretó unos puños desafiantes—. Es una chica.

—Sí, lo es, y encantadora. —Jillian acarició el largo, hermoso y abundante pelo castaño de Mallory. La niña ya anunciaba la hermosa mujer que sería—. Por favor, dime, ¿por qué le tirabas del pelo, Jemmie? —preguntó Jillian con tono jovial.

Jemmie golpeteaba la hierba con los pies.

—Porque si la golpeara igual que a los demás chicos, seguramente lloraría —musitó.

—¿Por qué tienes que hacerle algo? ¿Por qué no hablas simplemente con ella?

—¿Y qué va a decir una chica? —Puso los ojos en blanco y frunció el entrecejo mirando a los otros chicos en busca de su apoyo.

Zeke era el único al que no afectaba lo más mínimo aquella actitud intimidante.

—Jillian tiene cosas interesantes que decir, Jemmie —afirmó Zeke—. Tú vienes aquí cada tarde a escucharla, y es una chica.

—Eso es diferente. No es una chica. Es... bueno, es casi una madre para nosotros, aunque mucho más bonita.

Jillian se apartó de la cara un mechón rubio con una mueca íntima de dolor. ¿De qué había servido ser «más bonita»? Ella deseaba tener hijos, pero los hijos requieren un esposo, y, bonita o no, las perspectivas no parecían halagüeñas. «Bueno, podrías dejar de ser tan quisquillosa», le aconsejó su conciencia con guasa.

—¿Os cuento una historia? —Jillian decidió cambiar de tema.

—¡Sí, cuéntanos una historia, Jillian!

—¡Que sea romántica! —gritó una niña algo más mayor.

—¡Una sanguinaria! —exigió Jemmie.

Mallory miró a Jemmie y arrugó la nariz.

—Cuéntanos una fábula. Me encantan las fábulas. Enseñan cosas buenas, y algunos de nosotros —miró airada a Jemmie— necesitamos aprender cosas buenas.

—Las fábulas son aburridas...

—¡No es verdad!

—¡Una fábula! ¡Una fábula! —clamaban los niños.

—Pues será una fábula. Os contaré la discusión entre el Viento y el Sol —dijo Jillian—. Es mi favorita.

Los niños se disputaron los sitios más cercanos a ella y se sentaron dispuestos a escuchar. Zeke, el más pequeño, quedó relegado a la parte de atrás del grupo.

—No entornes los ojos, Zeke —lo regañó Jillian con tono divertido—. Ven aquí, más cerca.

Acercó el niño a su regazo y le apartó el pelo de la cara. Zeke era el hijo de su sirvienta preferida, Kaley Twillow. Había nacido con la vista tan débil que apenas veía más allá de su propia mano. Siempre estaba entornando los ojos, como si eso pudiera algún día obrar el milagro de que todo quedara bien enfocado. Jillian no podía imaginar la tristeza de ser incapaz de ver con nitidez el precioso paisaje de Escocia, y ante el impedimento de Zeke se le encogía el corazón. El niño no podía participar en los juegos que encantaban a los otros niños. Era más fácil que fuera golpeado por una pelota de piel de vejiga que golpear con ella, así que, para compensar, Jillian le había enseñado a leer. Zeke tenía que hundir la nariz en el libro, pero allí dentro descubrió mundos a explorar que jamás había podido ver con sus propios ojos.

Cuando Zeke se hubo acomodado en el regazo de Jillian, ésta empezó.

—Un día, el Viento y el Sol estaban discutiendo sobre quién era el más fuerte, cuando de pronto vieron a un hojalatero bajando por el camino. El Sol dijo: «Resolvamos nuestra disputa ahora. Será el más fuerte aquel de nosotros que consiga que ese hombre se quite la capa.»

»El Viento aceptó el desafío. "Empiezas tú", dijo el Sol, y se retiró tras una nube para no interferir. El Viento comenzó a soplar todo lo fuerte que pudo sobre el hojalatero, pero, cuanto más soplaba, más se ceñía el hombre la capa alrededor del cuerpo. Esto no disuadió al Viento de seguir intentándolo; pero el caminante no se quitó la capa. Por fin, el Viento, desesperado, se dio por vencido.

»Entonces salió el Sol y brilló con todo su esplendor sobre el hojalatero, que pronto vio que hacía demasiado calor para llevar puesta la capa. De modo que se la quitó, se la echó al hombro y prosiguió su camino, silbando alegremente.

—¡Bieeen! —vitorearon las chicas—. ¡Ganó el Sol! ¡Nosotras también preferimos el Sol!

—Es una historia boba para niñas —soltó Jemmie torciendo el gesto.

—A mí me ha gustado —protestó Zeke.

—Claro, Zeke. Estás demasiado ciego para ver guerreros, dragones y espadas. A mí me gustan las historias de aventuras.

—Este cuento tiene un significado, Jemmie. Es lo que hablábamos de tirarle el pelo a Mallory —señaló Jillian amablemente.

Jemmie pareció confuso.

—Ah, ¿sí? ¿Qué tiene que ver el Sol con el pelo de Mallory?

Zeke meneó la cabeza, indignado por la torpeza de Jemmie.

—Ella nos ha contado que el Viento intentó que el hojalatero se sintiera mal, por lo que éste tuvo que defenderse. El Sol hizo que el hombre se sintiera bien, caliente y lo bastante seguro para caminar libremente.

Mallory contemplaba a Zeke con adoración, como si éste fuera el chico más listo del mundo. Zeke prosiguió con seriedad:

—Así que pórtate bien con Mallory y ella se portará bien contigo.

—¿De dónde sacas esas ideas tan tontas? —replicó Jemmie, irritado.

—Él escucha, Jemmie —dijo Jillian—. La enseñanza moral de la fábula es que la bondad influye más que la crueldad. Zeke comprende que no hay nada malo en ser amable con las niñas. Un día lamentarás no haber sido más amable. —«Cuando Zeke acabe con la mitad de las chicas locamente enamoradas de él pese a su mala vista», pensó divertida. Zeke era un niño guapo que un día sería un hombre atractivo con la única sensibilidad que suelen desarrollar los nacidos con algún impedimento.

—Ella tiene razón, muchacho. —Una voz profunda se incorporó a la conversación cuando un hombre espoleó su caballo desde el abrigo de los árboles cercanos—. Yo todavía lamento no haber sido más amable con las chicas.

A Jillian la sangre se le heló en las venas y su vida sin nubes de pronto estuvo inundada de espesos y negros nubarrones. ¡Ese hombre no podía ser tan insensato para regresar a Caithness! Apretó la mejilla contra el cabello de Zeke, hundiendo el rostro, lamentando no haberse puesto un vestido más elegante esa mañana... como siempre, deseos de cosas imposibles en lo referente a ese hombre. Aunque no había oído su voz desde hacía años, sabía que era él.

—Recuerdo una chica con la que fui malo cuando yo era joven, y ahora, sabiendo lo que sé, lo daría todo por tener otra oportunidad.

Grimm Roderick.

Jillian notó que sus músculos se le derretían, se fusionaban con el calor de aquella voz masculina. Dos timbres más bajos que cualquier otra voz que hubiera oído, modulados con tal precisión que transmitían autodisciplina intimidante; aquélla era la voz de un hombre con autoridad. Alzó la cabeza y lo miró fijamente, los ojos muy abiertos, sobresaltados y horrorizados. La respiración retenida en la garganta. Con independencia de cómo le cambiaran los años, ella siempre lo reconocería. Él había desmontado y se acercaba, moviéndose con la desenvuelta arrogancia y distinción de un conquistador, irradiando generosamente confianza al tiempo que respiraba. Grimm Roderick siempre había sido un arma andante. Si Jillian se levantaba apresuradamente y amagaba a la izquierda, sabía que él estaría delante. Si retrocedía, Grimm estaría detrás. Si gritaba, él podría taparle la boca antes de coger aire. Sólo en una ocasión había visto ella otra criatura con aquella velocidad y aquel poder contenido: un gato montés cuyos músculos se armonizaban en un muelle elástico mientras caminaba silenciosamente sobre sus peligrosas zarpas.

Inspiró hondo. Grimm estaba aún más espléndido que años atrás. Llevaba el negro cabello pulcramente recogido con una tira de cuero. El ángulo de la mandíbula era más altivo de lo que ella recordaba; ligeramente prominente, hacía que su labio inferior se contrajera en una sensual sonrisita al margen del momento en cuestión.

El aire mismo se notaba distinto cuando Grimm Roderick estaba presente; el entorno de Jillian retrocedió hasta que no hubo nada más que él. ¡Y aquellos ojos inconfundibles! De un azul gélido burlón, la mirada de Grimm se encontró con la suya sobre las cabezas de los expectantes niños. Él la miró con expresión insondable.

Jillian se puso en pie con presteza, dejando caer al suelo a un sorprendido Zeke. Mientras miraba sin habla a Grimm, afloraron los recuerdos y casi se ahoga en la amarga bilis de la humillación.

Recordó nítidamente el día en que juró no volver a dirigirle jamás la palabra. Había jurado no permitirle acercarse a Caithness —o a su vulnerable corazón— mientras viviera. ¿Y ahora él se atrevía a aparecer como si tal cosa? ¿Como si no hubiera cambiado nada? La posibilidad de reconciliación quedó aplastada bajo el peso de su orgullo. Ella no dignificaría la presencia de él con palabras. No sería amable. No le concedería un solo gramo de cortesía.

Grimm jugueteó ligeramente con su pelo y respiró hondo.

—Has crecido... muchacha.

Jillian se esforzó por hablar. Cuando por fin encontró la lengua, sus palabras sonaron glaciales.

—¿Cómo te has atrevido a regresar? Sabes que no eres bienvenido. ¡Fuera de mi casa!

—No puedo hacerlo, Jillian.

La suave voz la turbó. Con el corazón acelerado, Jillian inspiró hondo.

—Si no te vas voluntariamente, llamaré a los guardias para que te echen.

—Ellos no harán eso, Jillian.

Ella dio unas palmadas.

—¡Guardias! —gritó.

Grimm no se movió ni un centímetro.

—No servirá de nada, Jillian.

—¡Y deja de pronunciar mi nombre de ese modo!

—¿De qué modo, Jillian? —repuso con franca curiosidad.

—Como... como... una oración o algo así.

—Como desees. —Hizo una pausa que ocupó el intervalo de dos latidos. Jillian quedó asombrada de que él se plegara a su voluntad, algo que jamás había sucedido... Luego, con una resonancia ronca que se deslizó en el corazón de la joven sin su consentimiento, Grimm añadió—: Jillian.

«¡Dios me libre de este hombre!»

—¡Guardias! ¡Guardias!

Los guardias llegaron corriendo, se pararon de golpe y examinaron al hombre que estaba de pie frente a su señora.

—Milady, ¿nos habéis llamado? —preguntó Hatchard.

—Echad de Caithness a este inicuo sinvergüenza antes de que engendre... de que introduzca —se corrigió al punto— en mi casa su depravación y su perversa insolencia —farfulló con tono concluyente.

Los guardias llevaron la mirada desde ella hasta Grimm y no se movieron.

—¡Vamos! ¡Echadlo ahora mismo de mi propiedad!

Al ver que los guardias seguían sin moverse un solo centímetro, su furia subió de grado.

—Hatchard, he dicho que lo saquéis de aquí. Por Dios bendito, que desaparezca de mi vida. Desterradlo. ¡Agg! Sacadlo de este mundo, ¿de acuerdo?

Los boquiabiertos guardias miraban fijamente a Jillian sin salir de su asombro.

—Pero, ¿os encontráis bien, milady? —preguntó Hatchard—. ¿Voy a buscar a Kaley por si os ha dado un poquito de fiebre?

—No tengo fiebre ni nada. En mi casa hay un granuja degenerado, y quiero que se vaya —espetó Jillian apretando los dientes.

—¿Acabáis de hacer rechinar los dientes? —dijo Hatchard con la boca muy abierta.

—¿Cómo?

—Rechinar. Sucede cuando alguien habla con los dientes muy apretados...

—Voy a gritar con los dientes apretados si vosotros, miserables desobedientes, no expulsáis de Caithness a este degenerado, viril... —Jillian se aclaró la garganta— vil bribón.

—¿Gritar? —repitió Hatchard con voz débil—. Jillian St. Clair no grita, no habla haciendo rechinar los dientes y desde luego no tiene ataques de mal genio. ¿Qué demonios está pasando aquí?

—Él es el demonio —bufó Jillian señalando a Grimm.

—Llamadle como queráis, milady. Todavía no puedo echarlo —dijo Hatchard con voz grave.

La cabeza de Jillian sufrió una sacudida.

—¿Me desobedeces?

—Él no te desobedece, Jillian —indicó Grimm pausadamente—. Obedece a tu padre.

—¿Qué? —Volvió su pálida cara hacia él, que mostró un arrugado y sucio pergamino.

—¿Qué es eso? —preguntó ella con frialdad, negándose a acercarse ni un centímetro.

—Ven a verlo, Jillian —sugirió Grimm, cuyos ojos brillaban de una manera extraña.

—Hatchard, cógelo tú.

Hatchard no se movió.

—Ya sé lo que pone.

—Bueno, pues, ¿qué pone? —soltó Jilliam bruscamente—. ¿Y cómo es que lo sabes?

Respondió Grimm:

—Pone «Ven por Jillian»... Jillian.

Lo había vuelto a hacer, había añadido su nombre tras una pausa, una ronca veneración que la dejaba extrañamente sin aliento y asustada. En el modo en que pronunciaba su nombre había una advertencia, algo que ella tenía que entender pero se le escapaba. Había cambiado algo desde la última vez que ambos se enfrentaron de forma tan implacable, algo dentro de él, algo que ella no podía precisar.

—¿«Ven por Jillian»? —repitió sin comprender—. ¿Mi padre te ha enviado esto?

Después de que Grimm asintiera, Jillian sintió que se ahogaba y se anegó en llanto. Una manifestación pública de emoción como ésa habría sido una novedad. Así que hizo algo tan inesperado como lo de maldecir y hablar apretando los dientes: dio media vuelta y se precipitó al castillo como si le pisaran los talones todas las hadas malignas de Escocia, cuando en realidad se trataba únicamente de Grimm Roderick... lo que era mucho peor.

Mirando furtivamente hacia atrás, Jillian se acordó tardíamente de los niños. Éstos permanecían de pie en un semicírculo, mirándola estupefactos. Entró en el castillo furiosa y avergonzada. Dar un portazo iba a resultar un poco difícil, pues la puerta era tres veces más alta que ella; pero estaba tan colérica que lo consiguió.

3

«¡Inconcebible!», resoplaba Jillian mientras iba de un lado a otro de sus aposentos. Intentó tranquilizarse, pero llegó a la conclusión de que la calma sólo sería posible cuando se librara de él.

Así que, bramando de furia y andando de un lado a otro, pensó en romper cosas; sólo que le gustaba todo lo que había en su habitación y en realidad no quería romper ninguna de sus pertenencias. Pero ojalá pudiera ponerle la mano encima a él, oh... ¡entonces sí rompería una o dos cosas!

Irritada, siguió mascullando entre dientes mientras se quitaba el vestido. No quiso reflexionar sobre el impulso de sustituir aquel sencillo vestido y la blusa que hasta una hora antes habían resultado perfectamente idóneos. Desnuda, se dirigió al armario que había junto a la ventana, donde se distrajo un momento con la imagen de unos jinetes en el patio. Atisbó por la alta abertura. Dos hombres a caballo estaban cruzando la verja. Los observó atentamente apoyada en la ventana. Los dos alzaron la mirada al mismo tiempo, y ella dio un grito ahogado. En la cara del hombre rubio apareció una sonrisa, y ella tuvo la impresión de que la había vislumbrado sin ropa alguna, salvo una piel sonrojada por la cólera. Se escondió instintivamente tras el armario y cogió un vestido verde brillante diciéndose que el mero hecho de que ella pudiera verles no significaba que ellos pudieran verla a ella. Seguramente la ventana reflejaba el sol y no permitía distinguir gran cosa.

¿Quién más estaba llegando a Caithness?, se preguntó echando chispas. Como si Grimm no fuera lo bastante malo. ¿Cómo se había atrevido a ir hasta allí? Y además, ¿cómo se había atrevido su padre a llamarlo? «Ven por Jillian.» ¿Qué pretendía su padre con esa nota? La recorrió un estremecimiento mientras pensaba en el sonido posesivo de aquellas palabras. ¿Por qué respondería Grimm Roderick a esa extraña carta? Él la había atormentado sin cesar cuando era niña y la había rechazado cuando era ya una muchacha. Se trataba de un bruto autoritario... aunque en otro tiempo había sido el héroe de todas sus fantasías.

Ahora había vuelto a Caithness, un comportamiento absolutamente inaceptable. Fueran cuales fuesen las razones de su padre para hacerlo venir, tenía que marcharse y punto. Si los guardias no lo echaban, lo haría ella... aunque esto significara utilizar la espada, y Jillian sabía dónde encontrar una: encima de la chimenea del Gran Salón colgaba una enorme *claymore* que le iría de perlas.

Firmemente decidida, se abrochó el vestido y abandonó sus aposentos. Estaba dispuesta a enfrentarse a él; el cuerpo le hervía de indignación. Grimm no tenía ningún derecho a estar allí, y ella era la persona adecuada para explicárselo. En otro tiempo, Grimm se había ido cuando ella le había suplicado que se quedara. Ahora él no podía regresar por capricho. Se recogió el pelo detrás, lo sujetó con una cinta de terciopelo y se dirigió al Gran Salón, avanzando briosamente por el largo pasillo.

Se detuvo de golpe en la balaustrada exterior de la cámara principal, alarmada por el rumor de voces masculinas que se oía en el salón.

—¿Qué decía tu mensaje, Ramsay? —oyó preguntar a Grimm.

Las voces ascendían, percibiéndose nítidas en el abierto salón. En ese momento los tapices estaban descolgados para proceder a su limpieza, por lo que las palabras reverberaban en las paredes de piedra.

—Que el señor y su señora estarán fuera de Caithness, y él me reclama una vieja deuda. Desea que supervise su propiedad mientras esté ausente y no pueda hacerlo por sí mismo.

Jillian miró a hurtadillas por encima de la balaustrada y vio a Grimm sentado con dos hombres cerca de la chimenea principal. Durante un instante que se hizo eterno, no pudo apartar sus ojos de él. Enojada, desvió la vista y observó a los recién llegados. Uno de ellos se reclinó en la silla como si poseyera la torre del Homenaje y la mitad de las tierras circundantes. Tras un examen más a fondo, Jillian decidió que el hombre seguramente actuaría como el dueño de cualquier lugar en que se dignara estar. Era una sinfonía en negro de la cabeza a los pies: cabello negro, piel bronceada, vestido con una prenda de lana negra sin un solo hilo de color. Un armatoste con sangre de las Highlands, seguro. Se le apreciaba una fina cicatriz desde la mandíbula hasta justo debajo del ojo.

Los ojos de Jillian saltaron al segundo hombre. «Quinn», susurró. No había visto a Quinn de Moncreiffe desde que años atrás había vivido con Grimm bajo la protección de su padre. Alto, rubio y escandalosamente apuesto, Quinn de Moncreiffe la había consolado en las numerosas ocasiones en que Grimm la había echado de su lado. En los años transcurridos desde que dejase de verlo, había madurado hasta convertirse en un hombre altísimo de anchos hombros, cintura esbelta y una larga cabellera rubia recogida en una coleta.

—Parece que en Escocia y la mitad de Inglaterra todo el mundo debe algo a Gibraltar St. Clair —señaló Quinn.

Ramsay Logan cruzó las manos detrás de la cabeza y se reclinó en la silla, asintiendo.

—Sí. Cuando yo era más joven y pensaba con el culo, me sacó de más de un apuro.

—¿Y crees que has cambiado, Logan? —repuso Quinn, en tono malicioso.

—No tanto para no poder dejarte inconsciente de un golpe, De Moncreiffe —replicó Ramsay.

«Ramsay Logan», caviló Jillian; había acertado respecto a su linaje. En efecto, los Logan eran de las Highlands. Desde luego, Ramsay parecía uno de aquellos salvajes de las montañas cuya mala fama era superada sólo por sus cuantiosas posesiones. Constituían un clan dueño de grandes extensiones de tierra; a ellos pertenecía una buena porción de las Highlands del sur. Pese a su mejor voluntad, los ojos de Jillian se deslizaron hacia Grimm, que estaba relajado en su silla majestuosamente, sereno como un rey y actuando como si tuviera todo el derecho del mundo a estar allí. Jillian entrecerró los ojos. Las comisuras de la boca de Grimm se movieron ligeramente.

—Es como en los viejos tiempos, cuando os metíais el uno con el otro, pero por favor ahorradme vuestras diferencias. Aquí pasa algo raro. ¿Por qué Gibraltar St. Clair nos ha citado a los tres en Caithness? Me consta que desde hace años aquí no hay problemas. Quinn, ¿qué ponía en tu mensaje? ¿Que tenías que ocuparte de Caithness en su ausencia?

Por encima de ellos, Jillian frunció el entrecejo. Era una buena pregunta; ¿por qué sus padres mandarían llamar a esos hombres a Caithness mientras asistían al bautizo de su nieto? Hatchard, jefe de los hombres de armas de Caithness, mandaba un respetable contingente de guardias, y en esa parte de las Lowlands no había conflictos desde hacía años.

—Deseaba que supervisara Caithness en su ausencia, y que si los barcos me ocupaban todo el tiempo, que igual viniera en atención a Jillian. El mensaje me pareció un tanto extraño, pero tuve la impresión de que estaba preocupado por ella y, a decir verdad, he echado de menos a la muchacha —explicó Quinn.

Jillian sintió una sacudida. ¿Qué se proponía su artero padre?

—Jillian... la diosa-emperatriz. —Ramsay compuso una mueca feroz.

Ella resopló y su columna se puso rígida.

—¿Qué? —Grimm pareció desconcertado.

—Se está refiriendo a su alabadísima reputación. ¿No te has parado en los establos al entrar? —Grimm meneó la cabeza y Quinn soltó un bufido—. Te has perdido un rapapolvo. Antes de que desmontásemos, los chicos se pusieron a parlotear sin parar sobre ella y nos advirtieron de que no profanáramos su «santo semblante». «Diosa-emperatriz», la llamó uno de ellos, alegando que «reina» era demasiado vulgar para ella.

—¿Jillian? —Grimm no acababa de creerlo.

Ella le miraba ferozmente la coronilla.

—Están hechizados —aseguró Ramsay—. Todos. Uno de los chicos me ha dicho que ella es la segunda Virgen, y cree que, si tiene hijos, probablemente serán producto de la intervención divina.

—Cualquier intervención en Jillian sería divina —soltó Quinn con una sonrisa burlona.

—Sí, justo en medio de esos divinos muslos. ¿Has visto una muchacha mejor moldeada para el placer de un hombre? —Ramsay dirigió los pies hacia la chimenea y se removió en la silla, dejando caer las manos sobre el regazo.

Jillian, asombrada, alzó las cejas hasta la frente y se tapó la boca con la mano.

Grimm miró con severidad a sus amigos.

—Un momento, ¿qué quieres decir con sus «divinos muslos»? No conoces a Jillian, ¿verdad? Ni siquiera sabes cómo es. Y tú, Quinn, no la has visto desde que era una niña meona.

—¿Tiene el cabello rubio? —replicó Ramsay—. ¿Muy abundante, que le cae ondulado hasta las caderas? ¿Una cara inmaculada y más o menos así de alta? —Levantó la mano ligeramente por encima de su cabeza sentada para indicarlo—. ¿Su dormitorio está en la segunda planta, orientado al este?

Grimm asintió con cautela.

—Pues entonces sí sé cómo es. Quinn y yo la hemos visto en una ventana al entrar —le informó Ramsay.

Jillian gruñó, esperando que el otro no prosiguiera, pero Ramsay prosiguió:

—Si es la mujer que se estaba cambiando de vestido, la de unos pechos que un hombre...

Las manos de Jillian volaron protectoras hacia su corpiño. «Un poco tarde», se lamentó.

—No has visto cómo se vestía, ¿verdad? —masculló Grimm, echando un vistazo a Quinn para asegurarse de que todo era un broma.

—No —asintió Ramsay—, no la hemos visto vestirse. La hemos visto desnuda. Enmarcada en la ventana, el sol derramado sobre la más espléndida piel rosada que jamás he contemplado. La cara de un ángel, muslos cremosos, y en medio todo dorado.

La vergüenza impregnó a Jillian de un colérico sonrojo desde la coronilla hasta sus recién contemplados pechos. La habían visto; toda.

—¿Es eso verdad, Quinn? —preguntó Grimm.

Quinn asintió con aire avergonzado.

—Demonios, Grimm, ¿qué esperabas que hiciera? ¿Apartar la vista? Es una mujer imponente. Siempre pensé que aquella meona llegaría a ser una preciosidad, pero jamás imaginé tan exquisitos encantos. Aunque para mí era como una hermana pequeña, después de verla hoy... —Meneó la cabeza y silbó de admiración—. Bueno, los sentimientos pueden cambiar.

—Si hubiera sabido que Gibraltar tenía una hija así —se apresuró a añadir Ramsay—, habría empezado a merodear por aquí hace años...

—No es de ésas —soltó Grimm—. Es de las que se casan.

—Sí, de las que se casan, se quedan contigo y son buenas en la cama —dijo Ramsay con frialdad—. Quizás a los idiotas de Caithness les intimide su belleza, pero a mí no. Una mujer así necesita un hombre de carne y hueso.

Quinn le lanzó una mirada irritada y se puso en pie.

—¿Qué pretendes decir exactamente, Logan? Si hay algún hombre que pueda ocuparse de ella, soy yo. Conozco a Jillian desde que era niña. Mi mensaje decía específicamente «Ven por Jillian», y después de haberla visto hoy pretendo hacer precisamente eso.

Ramsay se levantó despacio, desplegando su formidable corpulencia hasta quedar unos cinco centímetros largos por encima del metro ochenta de Quinn.

—Quizá la explicación de que mi mensaje no estuviera redactado en los mismos términos es que St. Clair sabía que yo no la conocía. Pese a ello, ya es hora de que tome esposa, y mi intención es brindar a la hermosa muchacha una opción distinta de colgar el camisón (aunque si no lleva, naturalmente no voy a quejarme) al lado de un vulgar granjero de las Lowlands.

—¿A quién estás llamando granjero? Soy un maldito comerciante que vale más que todas tus miserables vacas flacuchas.

—¡Bah! Yo no obtengo mis rentas de mis vacas flacuchas, fámula de las Lowlands...

—¡Ya, las obtienes atacando a habitantes inocentes de las Lowlands! —le interrumpió Quinn—. ¿Y qué diablos significa «fámula»?

—No es una palabra que pueda conocer un llanero como tú —espetó Ramsay.

—Caballeros, por favor. —Hatchard entró en el Gran Salón con una expresión de inquietud. Tras haber ejercido el cargo de jefe de hombres de armas durante veinte años, era capaz de prever la amenaza de una batalla desde el otro extremo de la región, y ésta estaba fermentando delante de sus narices.

—No vale la pena pelearse por esto. Conteneos, pues traigo un mensaje de Gibraltar St. Clair. Sentaos. —Indicó las sillas situadas cerca de la chimenea—. La experiencia me dice que los hombres vueltos hacia otro lado casi nunca escuchan bien.

Ramsay y Quinn siguieron fulminándose con la mirada.

Jillian se puso en tensión y casi logró asomar la cabeza entre los barrotes de la balaustrada. ¿Qué pretendía su padre ahora? El astuto y pelirrojo Hatchard era el consejero de más confianza de su padre, además de amigo desde hacía mucho tiempo. Sus rasgos vulpinos eran un reflejo preciso de su inteligencia; era astuto y rápido como un zorro. Con sus largos y enjutos dedos daba golpecitos en la empuñadura de su espada mientras aguardaba a que los hombres obedecieran su orden.

—Sentaos —repitió con tono enérgico.

Ramsay y Quinn se dejaron caer de mala gana en dos sillas.

—Me complace ver que habéis llegado puntualmente —dijo Hatchard en tono más afable—. Pero, Grimm, ¿por qué vuestro caballo está deambulando por el patio?

Grimm repuso con voz tranquila:

—No le gusta estar encerrado. ¿Hay algún problema?

«El hombre es como su caballo.» Jillian puso los ojos en blanco.

—No, por mí no hay problema. Pero si le da por comerse las flores de Jillian quizás os veáis en un aprieto. —Hatchard se sentó en una silla libre, divertido—. En realidad, sospecho que vais a veros en un aprieto con independencia de lo que hagáis con el caballo, Grimm Roderick. —Rió entre dientes—. Me alegra volver a veros. Ha pasado mucho tiempo. Mientras estéis aquí quizá podríais adiestrar a mis hombres.

Grimm asintió secamente.

—Bien, Hatchard, ¿por qué nos han hecho venir?

—Había pensado dejar que os instalarais antes de transmitiros este mensaje. Pero ya todos tenéis derecho a saberlo. St. Clair os ha citado aquí por su hija —dijo Hatchard, acariciándose pensativo la corta barba pelirroja.

—Ya lo sabía —dijo Ramsay con suficiencia.

Jillian bufó ligeramente. «¿Cómo se atreve?» Más pretendientes, y entre ellos precisamente el hombre que ella había jurado odiar hasta la muerte: Grimm Roderick. ¿Cuántos hombres le plantaría delante su padre antes de aceptar por fin que ella no se casaría a menos que encontrara el tipo de amor que sus padres habían compartido?

Hatchard se reclinó en la silla y observó a los tres hombres con aire tranquilo.

—St. Clair espera que ella escoja a uno de vosotros antes de su regreso. Por tanto, podréis cortejarla hasta finales de otoño.

—¿Y si no lo hace? —preguntó Grimm.

—Lo hará. —Ramsay cruzó los brazos con arrogancia.

—¿Jillian lo sabe? —inquirió Grimm.

—Sí, ¿está implicada o es ajena a todo? —soltó Quinn con sarcasmo.

—Y si es inocente, ¿hasta qué punto? —preguntó Ramsay, malicioso—. Por lo pronto, yo intentaré averiguarlo a la menor oportunidad.

—Tendrás que pasar por encima de mi cadáver —gruñó Quinn.

—Pues muy bien. —Ramsay se encogió de hombros.

—Bueno, al margen de lo que pretenda St. Clair, no es cuestión de que os matéis por ella. —Hatchard sonrió—. Él sólo desea verla casada antes de que cumpla un año más, y uno de vosotros será el escogido. Y no, Grimm, Jillian no sabe nada de todo esto. Seguramente huiría de Caithness si tuviera la más ligera sospecha de las intenciones de su padre. El año pasado, Gibraltar trajo aquí a montones de pretendientes, y ella los fue despachando con una u otra artimaña. A padre e hija les encanta burlarse entre sí; cuanto más inusual es la táctica de él, más imaginativa es la reacción de ella. Si bien, todo hay que decirlo, Jillian maneja las cosas con una delicadeza y una sutileza muy propias de una Sacheron. La mayoría de los hombres no tenían ni idea de que estaban siendo... eeeh, cómo decirlo... embaucados. Al igual que su padre, Jillian puede componer el genuino semblante del decoro mientras tras su rostro sereno está planeando un motín. Uno de los tres ha de cortejarla y conquistarla. Sois la última esperanza de Gibraltar.

«Imposible.» Jillian expresó silenciosamente su dictamen con temblorosa convicción. Su padre no le haría una cosa así. ¿O sí? De pronto afloraron a su mente las largas y escrutadoras miradas que le había dirigido su padre antes de partir. Y su expresión un tanto culpable, sus abrazos de última hora, adquirieron sentido para Jillian. Por todos los santos, con el mismo cálculo con que apareaba sus yeguas de cría, su padre la había encerrado en los establos con tres sementales de sangre caliente y se había ido de viaje.

«Bueno, dos sementales de sangre caliente y un canalla frío, arrogante e insoportable», se corrigió. Pues, así como el sol sale y se pone, sin duda Grimm Roderick no se dignaría a tocarla ni siquiera con las manos de otro. Jillian hundió los hombros pesadamente.

Como si de algún modo le hubiera leído el pensamiento, Grimm habló y sus palabras alimentaron aquella estúpida furia que Jillian sentía en su presencia.

—Bien, no tenéis que preocuparos por mí, amigos, pues no me casaría con ella aunque fuera la última mujer de Escocia. Así que el esposo será uno de vosotros.

Jillian apretó la mandíbula y se alejó por el pasillo para no ceder a un arrebato de locura y tirarse por la balaustrada, un catapultado proyectil femenino de uñas y dientes enfilados contra Grimm Roderick.

4

Castillo de Maldebann
Highlands, más arriba de Tuluth

—Milord, vuestro hijo está cerca.

Ronin McIllioch se puso en pie bruscamente, encendidos los ojos azules.

—¿Viene hacia aquí? ¿Ahora?

—No, milord. Perdonad. No quería alarmaros —rectificó Gilles—. Está en Caithness.

—Caithness —repitió Ronin. Intercambió con sus hombres miradas que reflejaban inquietud, cautela y esperanza—. ¿Tienes idea de por qué se encuentra allí? —preguntó.

—No. ¿Queréis que lo averigüe?

—Manda a Elliot, que pasa casi inadvertido. Con discreción —dijo Ronin. Y añadió en voz baja—: Hace años que mi hijo no está tan cerca.

—Sí, milord. ¿Creéis que vendrá a casa?

McIllioch sonrió, pero esto no se reflejó en sus ojos.

—Aún no ha llegado el momento de su regreso. Todavía tenemos cosas que hacer. Que acompañe a Elliot el chico que dibuja. Quiero imágenes, con todo detalle.

—Sí, milord.

—Eh... Gilles.

Éste se detuvo en la puerta.

—¿Ha cambiado... algo?

Gilles suspiró y meneó la cabeza.

—Aún se hace llamar Grimm. Y por lo que mis hombres han podido saber, no se ha molestado en preguntar si seguís vivo. Y tampoco ha mirado una sola vez hacia el oeste, en dirección a Maldebann.

Ronin inclinó la cabeza.

—Gracias. Eso es todo, Gilles.

Jillian encontró a Kaley en la cocina, troceando patatas. Kaley Twillow era una mujer maternal próxima a los cuarenta, con un cuerpo curvilíneo que albergaba un gran corazón. Originaria de Inglaterra, tras morir su esposo había llegado a Caithness gracias a las referencias de un amigo de Gibraltar. Sirvienta, ayudante de cocina, confidente en el lugar de una madre intrigante... Kaley hacía de todo. Jillian se dejó caer pesadamente en una silla y habló sin preámbulos.

—Kaley, le he estado dando vueltas a una cosa.

—¿Y qué cosa es ésa, querida? —repuso Kaley con una tierna sonrisa. Dejó el cuchillo a un lado—. Por lo general, tus preguntas son muy peculiares, aunque siempre interesantes.

Jillian acercó la silla a la pequeña mesa con la tabla de cortar donde estaba Kaley, para que las demás sirvientas de la concurrida cocina no las oyeran.

—¿Qué significa que un hombre «vaya por una mujer»? —susurró con complicidad.

Kaley parpadeó.

—¿Que «vaya por»? —repitió.

—Sí, que «vaya por» —corroboró Jillian.

Kaley agarró el cuchillo como si fuera una espada pequeña.

—¿En qué contexto lo has oído? —inquirió con fría formalidad—. ¿Hacía referencia a ti? ¿Fue uno de los guardias? ¿Quién era?

Jillian se encogió de hombros.

—Oí por causalidad a un hombre diciendo que le habían dicho «Ven por Jillian», y decidió hacerlo al pie de la letra. No lo entiendo. Y lo ha hecho... está aquí.

Kaley pensó unos instantes y luego rió, tranquilizándose visiblemente.

—No habrá sido el robusto y rubio Quinn, ¿verdad, Jillian?

El sonrojo de la muchacha fue suficiente respuesta. Kaley volvió a dejar el cuchillo sobre la tabla.

—Querida muchacha, eso significa —agachó la cabeza para acercarla a la de Jillian— que tiene intención de acostarse contigo.

—¡Oh! —Jillian se estremeció, los ojos abiertos como platos—. Gracias, Kaley —se excusó rápidamente.

Los ojos de la cocinera centelleaban mientras Jillian se batía en apresurada retirada.

—Un hombre excelente —comentó para sí—. Eres una chica afortunada.

Mientras se dirigía a sus aposentos a toda prisa, a Jillian le hervía la sangre. Aunque comprendía el deseo de sus padres de verla casada, si no lo estaba era tanto culpa suya como de ellos. No habían comenzado a animarla hasta el año anterior, y poco después se pusieron a bombardearla con candidatos sin avisar. Jillian los había disuadido uno tras otro convenciéndoles de que ella era un inalcanzable dechado de virtudes que no debía ser contemplada en un sentido carnal o mundano... una mujer más destinada al claustro que al tálamo. Tal declaración de intenciones había enfriado el ardor de varios pretendientes.

Si la cortesía impasible y la reserva glacial no surtían efecto, insinuaba que en su familia había una marcada inclinación a la locura, y eso hacía que los hombres huyeran espantados. Había tenido que recurrir a ello en un par de ocasiones; por lo visto, su piadosa acción fue bastante convincente. ¿Y por qué no iba a serlo? En su vida jamás había hecho nada especialmente atrevido ni impropio, por lo que había adquirido merecida fama de «persona verdaderamente buena».

—Puaj —le dijo a la pared—. Grabad este epitafio en mi lápida: «Era una persona verdaderamente buena; pero ahora está muerta.»

Pese a que sus esfuerzos por ahuyentar a sus pretendientes habían resultado satisfactorios, al parecer no consiguió evitar que sus padres siguieran con su plan de casarla; habían convocado en Caithness a otros tres candidatos y la habían dejado sola en aquel aprieto. Un aprieto considerable, de hecho, pues ella sabía que aquellos hombres no eran de los que se desaniman sólo con unas cuantas palabras frías y un comportamiento distante. Y menos se creerían sus afirmaciones de locura hereditaria. Aquellos hombres eran demasiado seguros de sí mismos, demasiado osados... «Oh, madre mía», pensó con expresión infantil, eran demasiado masculinos para la tranquilidad de espíritu de una mujer. Y si no iba con cuidado, esos tres podían hacer que recuperara todos los epítetos infantiles que había aprendido mientras brincaba tras los talones de Quinn y Grimm. Jillian estaba acostumbrada a hombres pudorosos y amables, hombres castrados por sus propias inseguridades, no toros brutos y jactanciosos para quienes la palabra «inseguro» evocaba una fortaleza inestable o un madero débil en unos cimientos.

De los tres hombres que habían invadido su casa, el único al que podía intentar convencer de que comprendiese la difícil situación en que ella se encontraba era Quinn, y, con todo, eso distaba mucho de ser una certeza. El muchacho que Jillian había conocido años atrás era muy distinto del impresionante hombre en que se había convertido. Incluso en las zonas más alejadas de Caithness había oído hablar de su fama en toda Escocia como conquistador implacable, tanto en el mundo de los negocios como en el de las mujeres. Como remate, si había que dar por buena la interpretación de Kaley y realmente Quinn había hecho una insinuación sobre acostarse con ella, su actitud protectora de joven se había transformado en posesividad varonil.

Después estaba el intrépido Ramsay Logan. No hacía falta que nadie convenciera a Jillian de que el oscuro Ramsay era temible. Rezumaba peligro por todos sus poros.

Grimm Roderick era otro asunto. No lucharía por conseguir la mano de ella, pero su mera presencia ya era bastante mala de por sí. Era un recordatorio constante de la época más dolorosa y humillante de su vida.

Rondaban por su casa tres bárbaros seleccionados por su propio padre para que la sedujeran y se casaran con ella. ¿Qué iba a hacer? Aunque la idea le atraía, huir no tenía mucho sentido. Irían tras ella, y sería difícil que pudiera llegar a alguna de las casas de su hermano antes de que los hombres de Hatchard la alcanzaran. Además, rumió, no se iría de su casa sólo para escapar de Grimm Roderick. ¿Cómo podían hacerle esto sus padres? Y aún peor, ¿cómo podría ella volver a bajar las escaleras? No sólo dos de ellos la habían visto sin una puntada de hilo encima, sino que además estaban planeando arrancar la fruta madura de su virginidad, o al menos a esta conclusión habían llegado sus padres sin pedirle opinión a ella. Jillian juntó las rodillas en actitud protectora, inclinó la cabeza sobre el regazo y comprendió que las cosas no podían empeorar mucho más.

No le resultaba fácil permanecer encerrada todo el día en sus aposentos. Ella no era de las personas que se acobardan. Pero tampoco era una insensata, y sabía que, antes de someterse a los peligros de la infame maniobra de sus padres, debía urdir un plan. La tarde fue dejando paso a la noche y aún no se le había ocurrido ninguna idea genial; la situación empezaba a sacarla de quicio. No soportaba estar enjaulada en sus habitaciones. Quería tocar la espineta, quería dar un puntapié a la primera persona que viera, quería visitar a Zeke, quería comer. Suponía que aparecería alguien a la hora de la cena, estaba segura de que, si no se sentaba a la mesa, la leal Kaley subiría a inspeccionar; pero las sirvientas ni siquiera se presentaron para limpiar los aposentos o encender el fuego. A medida que pasaban las solitarias horas, su cólera aumentaba. Cuanto más enfadada se sentía, menos objetivamente consideraba su apurada situación, con lo que al final llegó a la conclusión de que ignoraría sin más a los tres hombres y se dedicaría a sus asuntos como si no pasara nada.

Ahora la prioridad era la comida. Tiritando en el frío aire vespertino, se puso una capa ligera pero voluminosa y se ciñó la capucha alrededor de la cara. Si se topaba con alguno de aquellos brutos, tal vez la combinación de oscuridad y atuendo generoso le permitiría pasar inadvertida. Quizás esto no engañaría a Grimm, pero los otros dos aún no la habían visto con ropa.

Cerró la puerta sin hacer ruido y salió al pasillo. Decidió ir por la escalera de servicio, y bajó con cuidado los peldaños en espiral y mal iluminados. Caithness era enorme, pero Jillian había jugado en todos los rincones y recovecos y conocía bien el castillo; contando nueve puertas y doblando a la izquierda estaba la cocina, a continuación de la despensa. Escrutó el largo pasillo. Iluminado por titilantes candiles, se veía desierto. Y el castillo estaba silencioso. ¿Dónde andaba todo el mundo?

Cuando empezó a avanzar, oyó una voz a su espalda.

—Perdón, muchacha, ¿podrías decirme dónde está la despensa? Se nos ha acabado el whisky y no aparece ninguna criada.

Jillian se quedó paralizada en mitad de un paso, por momentos sin habla. ¿Cómo podía ser que desaparecieran todas las sirvientas y que apareciera ese hombre en el preciso instante en que ella decidía salir a hurtadillas de sus habitaciones?

—Te pedí que te fueras, Grimm Roderick. ¿Qué estás haciendo aquí? —replicó con frialdad.

—¿Eres tú, Jillian? —Se acercó más, escudriñando en la penumbra.

—¿Tantas mujeres de Caithness te han pedido que te marches para que confundas mi identidad? —dijo ella con voz dulce al tiempo que hundía las temblorosas manos en los pliegues de la capa.

—Con esa capucha no te he reconocido; y en cuanto a las mujeres, ya sabes qué pensaban de mí las mujeres de aquí. Supongo que no ha cambiado nada.

A ella se le hizo un nudo en la garganta. Él se mostraba tan arrogante como siempre. Irritada, se echó la capucha hacia atrás. Cuando había estado acogido en la casa, las mujeres se desvivían por él, atraídas por su aspecto seductor y peligroso, su cuerpo musculoso y su absoluta indiferencia. Las criadas habían caído rendidas a sus pies, las damas de visita le ofrecían joyas y alojamiento. Presenciar todo aquello había sido repugnante.

—Bueno, te has hecho mayor —dijo ella con voz débil, eludiendo el tema—. Y ya sabes que cuando un hombre se hace mayor, su atractivo puede verse afectado.

Grimm sonrió levemente mientras se aproximada a la luz parpadeante de una antorcha de pared. Las minúsculas arrugas en las comisuras de los ojos resaltaban en aquel rostro bronceado de las Highlands. Así era aún más bello, si cabe.

—Tú también te has hecho mayor. —La observó detenidamente con ojos entornados.

—No está bien recordarle a una mujer su edad. Yo no soy una vieja sirvienta.

—No he dicho que lo fueras —dijo él suavemente—. Con los años te has convertido en una mujer preciosa.

—¿Y? —soltó Jillian.

—¿Y... qué?

—Bueno, sigue. No me tengas en vilo, esperando oír esa cosa repulsiva que vas a decirme. Dila de una vez y acabemos con esto.

—¿Qué cosa repulsiva?

—Grimm Roderick, no me has dicho una sola cosa bonita en toda la vida. Ahora no finjas.

La boca de Grimm se crispó en una comisura, y Jillian reparó en que él todavía detestaba sonreír. Lo evitaba con todas sus fuerzas, le contrariaba; casi nunca hacía nada que traspasara los límites de su eterno autocontrol. Vaya desperdicio, pues cuando sonreía resultaba aún más atractivo.

Grimm se acercó más.

—¡Quieto ahí!

Él no hizo caso y siguió adelante.

—He dicho quieto.

—O si no, ¿qué, Jillian? —Su voz sonó divertida. Ladeó la cabeza con expresión indolente y cruzó los brazos.

—Pues... yo... —Con cierto retraso, se dio cuenta de que no era mucho lo que podía hacer para impedir que él fuera donde quisiera y del modo en que quisiera. La única arma que podía usar contra él era su lengua afilada, que tras años de práctica defensiva con aquel hombre ya cortaba como una hoja de afeitar.

Grimm se encogió de hombros impaciente.

—Dime, muchacha, ¿qué harás?

Jillian no respondió, absorta en la intersección de los brazos dc él, las ladcras doradas dc los músculos quc sc flcxionaban al mcnor movimiento. Tuvo una fugaz visión del firme cuerpo de Grimm tendido sobre ella, los labios curvos no por su acostumbrada y exasperante condescendencia sino de pasión.

Se acercó un poco más, hasta quedar a escasos centímetros de ella. Jillian tragó saliva y se agarró las manos por dentro de la capa.

Él bajó la cabeza hacia ella.

Jillian no habría podido moverse ni aunque los muros de piedra hubieran empezado a derrumbarse. Si el suelo se hubiera hundido bajo sus pies, ella habría quedado suspendida en las etéreas nubes de la fantasía. Hechizada, miró fijamente los brillantes ojos de Grimm, fascinada por las sedosas y oscuras pestañas, el suave bronceado de su piel, la arrogante nariz aguileña, los sensuales labios curvos, el hoyuelo de la barbilla. Él se aproximó aún más, su aliento acariciándole la mejilla. ¿Iba a besarla? ¿Grimm Roderick era de veras capaz de besarla? ¿Había respondido realmente a la llamada de su padre... por ella? Las piernas se le aflojaron. Él se aclaró la garganta y ella tembló de expectación. ¿Qué iba a decirle? ¿Le pediría permiso para besarla?

—Entonces, milady, por favor, ¿dónde está la despensa? —preguntó él, y sus labios le rozaron el oído para musitar—. Creo que esta ridícula conversación ha empezado cuando he dicho que se nos había acabado el whishy y no había ninguna sirvienta a mano. Whisky, muchacha —repitió con voz repentinamente áspera—. Los hombres necesitamos beber. Llevo diez minutos buscando y no hay manera de encontrar nada.

Jillian, desconcertada, lo fulminó con la mirada.

—Hay una cosa que no ha cambiado, Grimm Roderick, no lo olvides nunca. Aún te odio.

Y se marchó apartándolo a un lado, retirándose nuevamente a la seguridad de sus aposentos.

5

Al abrir los ojos por la mañana, Jillian fue presa del pánico. ¿Se habría marchado Grimm porque ella se había mostrado tan aborrecible?

«Pero él debe marcharse», se recordó con gravedad. Ella quería que Grimm se fuera. ¿O no? Arrugó la frente mientras analizaba la chocante dualidad de sus sentimientos. Por lo que recordaba, ella siempre había tenido estas dudas acerca de Grimm: lo detestaba ahora y lo adoraba en el instante siguiente, pero siempre quería tenerlo cerca. Si él no hubiera sido tan cruel con ella lo habría amado siempre, pero Grimm había dejado clarísimo que lo último que deseaba era la adoración de Jillian. Y, por lo visto, esto no había cambiado. Desde el momento en que conoció a Grimm Roderick, se había sentido atraída desesperadamente hacia él. Pero tras años de ser dejada de lado, ignorada y al final abandonada, había renunciado a sus fantasías infantiles.

¿O no? Quizás ése era precisamente su temor: ahora que él había regresado, ella cometería los mismos errores otra vez y con el espléndido guerrero en que Grimm se había convertido se comportaría como una estúpida adolescente.

Se vistió deprisa, cogió las zapatillas y se apresuró hacia el Gran Salón. Cuando entró en la estancia, se paró de golpe. «Caramba», murmuró. Por alguna razón, de tan absorta que había estado pensando en Grimm había olvidado que había dos hombres más en su casa. Estaban todos reunidos junto al fuego mientras varias sirvientas recogían montones de platos y bandejas de la enorme mesa situada en el centro del salón. El día anterior, segura tras la balaustrada,

Jillian se había sorprendido por lo altos y anchos de espaldas que eran los tres. Ahora, a escasos metros de ellos, se sintió como un sauce enano en un bosque de robles imponentes. Cada uno era al menos treinta centímetros más alto que ella. Resultaba intimidante, y eso que ella no era fácil de intimidar. Su mirada vagó de uno a otro.

Ramsay Logan era poco menos que espeluznante. Quinn ya no era el mozalbete hijo de un jefe de clan de las Lowlands, sino un poderoso terrateniente a título propio. Y Grimm era el único que no la miraba; permanecía de pie contemplando el fuego fijamente. Jillian aprovechó que estaba distraído para examinar su perfil con ojos ávidos.

—Jillian. —Quinn se acercó para saludarla.

Ella se obligó a apartar la mirada de Grimm y a centrarse en Quinn.

—Bienvenido, Quinn —le dijo, y pegó una sonrisa jovial a sus labios.

—Me alegro de volver a verte, muchacha. —Quinn le tomó las manos entre las suyas y le dedicó una sonrisa—. Han pasado años y... bueno, pero los años han sido generosos contigo... ¡estás impresionante!

Jillian se ruborizó y miró de soslayo a Grimm, que no prestaba atención a la conversación. Ella tuvo ganas de pegarle un puntapié para que se diera cuenta de que alguien valoraba sus encantos.

—Has cambiado, Quinn —dijo con tono alegre—. No me extraña haber oído tu nombre relacionado con una mujer hermosa tras otra.

—¿Y dónde has oído eso, muchacha? —inquirió Quinn con voz suave.

—Caithness no está en el fin del mundo, Quinn. De vez en cuando tenemos visitas.

—¿Y les has preguntado por mí? —sondeó él con interés.

Tras él, Ramsay se aclaró impaciente la garganta.

Jillian volvió a mirar furtivamente a Grimm.

—Por supuesto. Además, mi padre siempre quiere tener noticias de los chicos que han vivido acogidos bajo su techo —añadió.

—Bueno, aunque yo no fui acogido aquí, tu padre me pidió que viniera. Eso significará algo —gruñó Ramsay, tratando de hacer a un lado a Quinn—. Y si este bobo recordara lo que son los buenos modales, quizá consideraría apropiado presentarme a la mujer más encantadora de Escocia.

Jillian creyó oír un sonido ahogado en el sitio donde estaba Grimm. Lo miró al punto, pero él no había movido un solo músculo y seguía pareciendo ajeno al diálogo.

Quinn soltó un bufido.

—No es que yo esté en desacuerdo con su opinión sobre ti, Jillian, pero ten cuidado con la lengua de este highlander. Tiene cierta fama de conquistador entre las muchachas. —Se volvió hacia Ramsay—. Jillian, te presento a...

—Ramsay Logan —cortó el otro, acercándose—. Jefe de clan de las tierras más extensas de las Highlands y...

—Pero qué dices —resopló Quinn—. Si los Logan apenas tienen una marmita para cocinar.

Ramsay lo apartó a un lado y ocupó su lugar.

—Déjalo ya, De Moncreiffe, a ella no le interesan los hombres de las Lowlands.

—Yo soy una lowlander —señaló Jillian.

—De nacimiento, pero no por elección, y el matrimonio podría enmendar eso. —Ramsay se aproximó a Jillian todo lo que pudo sin llegar a pisarle los dedos de los pies.

—Los lowlanders constituyen la parte civilizada de los escoceses, Logan. Y deja de acosarla, que vas a acabar echándola del salón.

Jillian dirigió una sonrisa agradecida a Quinn, y de pronto se estremeció al advertir que Grimm por fin la miraba de reojo.

—Jillian —dijo con voz tranquila, haciendo un gesto hacia ella antes de volver a contemplar el fuego.

¿Por qué aquel hombre le producía un efecto tan intenso? Se limitaba a pronunciar su nombre, y ella ya era incapaz de decir una frase coherente. Y había tantas cosas que quería preguntarle... años y años de «porqués». «¿Por qué me dejaste? ¿Por qué me aborrecías? ¿Por qué no podías adorarme como te adoraba yo?»

—¿Por qué? —preguntó Jillian antes de saber que había abierto la boca.

Ramsay y Quinn la miraron desconcertados, pero ella sólo tenía ojos para Grimm.

Jillian se acercó a la chimenea con decisión y sacudió el hombro de Grimm.

—¿Por qué? ¿Me dirás al menos esto? De una vez por todas, ¿por qué?

—¿Por qué qué, Jillian? —Grimm no se volvió.

Ella le zarandeó un brazo.

—Ya sabes a qué me refiero.

Grimm miró hacia atrás a regañadientes.

—En serio, Jillian, no tengo la menor idea de a qué viene esta tontería. —Sus gélidos ojos azules se encontraron con los de ella, y por un instante Jillian pensó que vislumbraba en ellos un ostensible desafío. Todos sus sentidos quedaron conmocionados.

—Vamos, Grimm, no seas ridículo. Es una pregunta muy sencilla. ¿Por qué habéis venido los tres a Caithness? —Jillian rescató rápidamente los restos de su orgullo. Ellos no sabían que había escuchado a escondidas el despreciable plan de su padre, y pronto descubriría si alguno de los tres era sincero con ella.

Grimm parpadeó de forma inusual; si se hubiera tratado de otro hombre, Jillian habría llamado a eso decepción; pero en el caso de Grimm no. Él la examinó de la cabeza a los pies, advirtiendo que llevaba las zapatillas en las manos. Al ver él los dedos desnudos, ella los contrajo bajo el vestido, sintiéndose extrañamente vulnerable, como si volviera a tener seis años.

—Ponte las zapatillas, muchacha. Cogerás un resfriado.

Jillian lo fulminó con la mirada.

Quinn se colocó a su lado y le ofreció el brazo para que se apoyara mientras se calzaba.

—Grimm tiene razón. Las piedras son frías, muchacha. Y en cuanto al porqué de todo esto, tu padre nos ha mandado llamar para que nos ocupemos de Caithness en su ausencia.

—¿En serio? —dijo Jillian con tono dulce, añadiendo la palabra «mentiroso» a la lista de adjetivos que dedicaría a aquellos hombres en la intimidad de sus pensamientos. Embutió un pie en una zapatilla y luego el otro en la otra. Dudaba mucho que a Grimm le importara si se moría de un resfriado. «Ponte las zapatillas», había ordenado, como si ella fuera una niña pequeña y revoltosa que ni siquiera supiera vestirse sola—. ¿Se teme que haya problemas en esta región de las Lowlands?

—Es mejor prevenir que curar, muchacha. —Ramsay soltó el tópico con su sonrisa más encantadora.

«¿Prevenir?, no me vengas con ésas», pensó ella, testaruda. Desde luego eso no tenía nada que ver con la prevención: rodeada de guerreros al acecho que se acaloraban con sólo oler a una mujer.

—Tu padre no quería que en Caithness aconteciera ninguna desgracia mientras él estuviera ausente; y ahora, al verte, muchacha, entiendo perfectamente su preocupación —añadió Ramsay con tono zalamero—. Yo también habría escogido a los mejores para protegerte.

—Yo soy toda la protección que ella necesita, Logan —dijo Quinn secamente. Tomó a Jillian de la mano y la acompañó a la mesa—. Trae el desayuno de la señora —ordenó a la sirvienta.

—¿Protección de qué? —preguntó Jillian.

—Con toda probabilidad, de ti misma. —La voz de Grimm sonó débil, pero se oyó nítida en la estancia de piedra.

—¿Qué has dicho? —Jillian se volvió en el asiento. Cualquier excusa para discutir con él era una excusa grata.

—He dicho protección de ti, mocosa. —Grimm le dirigió una mirada encendida—. Siempre te estás metiendo en líos. Como cuando te fuiste con los gitanos. Tardamos dos días en encontrarte.

Quinn estalló en risas.

—Por la lanza de Odín, lo había olvidado del todo. Casi nos volvimos locos de preocupación. Al final di contigo al norte de Dunrieffe...

—La habría encontrado yo si tú no hubieras insistido en que fuera hacia el sur, Quinn. Te dije que habían ido al norte —le recordó Grimm.

Quinn lo miró de soslayo.

—Madre mía, deja de darle vueltas a eso, hombre. La encontramos, eso es lo importante.

—Para empezar, no estaba perdida —les informó Jillian—. Sabía exactamente dónde me hallaba.

Los hombres rieron.

—Y no es cierto que siempre me esté metiendo en líos. Sólo quería sentir la libertad de los gitanos. Ya era lo bastante mayor...

—¡Tenías trece años! —le espetó Grimm.

—¡Pero pleno control de mí misma!

—Te estabas portando mal, como de costumbre —soltó Quinn con intención de fastidiar.

—Jillian nunca se porta mal —murmuró Kaley al entrar en la estancia y oír las últimas palabras de la conversación. Puso delante de Jillian un plato humeante de salchichas y patatas.

—Si es así, qué lastima —ronroneó Ramsay.

—Una vez también se quedó encerrada en la porqueriza, ¿te acuerdas, Grimm? —Quinn rió de nuevo, y ni siquiera Grimm pudo escatimarle una sonrisa—. ¿Recuerdas su aspecto, arrinconada, farfullando para alejar a una enfurecida mamá cerda? —Quinn soltó un bufido—. Doy fe de que Jillian chillaba más fuerte que la marrana.

Jillian se puso en pie de un brinco.

—Ya basta. Y deja de sonreír, Kaley.

—Yo también había olvidado ésa, Jillian —rió entre dientes Kaley—. Eras un verdadero bicho.

Jillian compuso una mueca.

—Ya no soy una niña. Tengo veintiún años...

—¿Y cómo es que no te has casado, muchacha? —preguntó Ramsay.

Se hizo el silencio mientras todos los ojos, incluyendo los de algunas criadas curiosas, se posaban en Jillian, que se puso rígida, ruborizadas las mejillas. Por todos los santos, esos hombres no se guardaban nada. Ninguno de sus antiguos pretendientes se habría atrevido a un ataque tan frontal; pero éstos, se recordó frunciendo el entrecejo, no eran como los hombres que ella había conocido. Incluso Grimm y Quinn eran una incógnita; se habían vuelto peligrosamente impredecibles.

—Bueno, ¿por qué? —inquirió Quinn con tono amable—. Eres hermosa, ocurrente, y tienes una buena dote. ¿Dónde están tus pretendientes, muchacha?

«En efecto, ¿dónde?», caviló Jillian.

Grimm se volvió desde su posición junto al fuego.

—Sí, Jillian, cuéntanos. ¿Por qué no te has casado?

Los ojos de ella volaron hacia los de él, y luego le costó liberarse del cepo de su mirada y de las extrañas emociones que ésta le provocaba. Con un ímprobo esfuerzo, apartó la vista.

—Porque voy a entrar en el claustro. ¿No te lo ha dicho mi padre? —contestó con tono jovial—. Seguramente por esto os ha hecho venir. Para que me acompañéis hasta las Hermanas de Getsemaní cuando llegue el otoño. —Pasó por alto con estudiada indiferencia la mirada de reproche de Kaley y se dejó caer en la silla para atacar su desayuno con fruición. «Déjales que rumien sobre eso.» Si ellos no reconocían la verdad, ¿por qué iba a hacerlo ella?

—¿Claustro? —dijo Quinn tras un silencio de estupefacción.

—El convento —aclaró ella.

—¿Te refieres al matrimonio con Jesucristo resucitado? —gruñó Ramsay.

—Exacto —confirmó Jillian frente a un trozo de salchicha.

Grimm no dijo una palabra mientras abandonaba el salón.

Al cabo de unas horas, Jillian deambulaba por el patio exterior sin rumbo fijo, y desde luego sin ninguna intención de preguntarse dónde podría haber ido Grimm, cuando Kaley salió a hurtadillas por la entrada de atrás del castillo justo al pasar ella por delante.

—El claustro, ¿eh? Vamos, Jillian —la reprendió Kaley.

—Por todos los santos, Kaley, ¡contaban historias sobre mí!

—Historias encantadoras.

—Historias humillantes. —Jillian se ruborizó.

—Historias simpáticas, verdaderas, no mentirijillas extravagantes como la que tú has dicho.

—Kaley, son hombres —señaló la joven, como si esto lo explicara todo.

—Sí, hombres excelentes y poderosos, muchacha. Tu padre ha citado aquí a la flor y nata para que elijas esposo, y tú vas y les dices que estás destinada al convento.

—¿Tú ya sabías que mi padre los mandó llamar para esto?

Kaley se sonrojó.

—¿Cómo te enteraste?

—Oí por casualidad lo que hablaban en la cámara principal, cuando tú estabas espiando desde la balaustrada. Por cierto, no deberías quitarte la ropa delante de la ventana, Jillian —le recordó con leve reproche.

—No lo hice adrede, Kaley. —Apretó los labios y frunció el entrecejo—. Por un momento creí que mis padres te lo habían dicho a ti pero no a mí.

—No, muchacha. No se lo dijeron a nadie. Quizás ellos fueron un poco torpes, pero tú puedes abordar el asunto de dos maneras: mostrándote enfadada y rencorosa y echando a perder tus posibilidades, o dando las gracias a la Providencia y a tu padre por haber buscado para ti lo mejor de lo mejor.

Jillian puso los ojos en blanco.

—Si estos hombres son los mejores, entonces seguro que me meto a monja.

—Vamos, muchacha. No rechaces lo que te conviene. Elige un hombre y no seas tan tozuda.

—No quiero ningún hombre —soltó Jillian.

La cocinera la estudió unos instantes.

—Por cierto, ¿qué haces vagando por aquí?

—Disfrutaba de las flores. —Se encogió de hombros con aire desenfadado.

—¿Normalmente no vas a montar caballo y luego de camino al pueblo?

—Esta mañana no tenía ganas, ¿acaso es un crimen? —replicó la joven de mala manera.

El labio de Kaley se crispó componiendo una sonrisa.

—Hablando de ir a caballo, creo que he visto al apuesto highlander Ramsay por los establos.

—Perfecto. Espero que acabe pisoteado. Aunque no estoy segura de que haya un caballo lo bastante alto. Podría facilitar las cosas tendiéndose en el suelo.

Kaley le escrutó el rostro.

—Quinn me ha dicho que iba al pueblo a comprarle un poco de whisky a MacBean.

—Ojalá se ahogue en él —soltó Jillian, irritada, y miró a Kaley expectante.

—Bueno —dijo ésta con voz cansina—, creo que voy a regresar a la cocina. Para estos hombres hay que preparar toneladas de comida. —La voluptuosa sirvienta dio media vuelta y empezó a alejarse.

—¡Kaley!

—¿Qué? —Kaley parpadeó inocentemente mirando hacia atrás.

Jillian entrecerró los ojos.

—Ese aire inocente no pega contigo, Kaley.

—Ni ese aire malhumorado contigo, Jillian.

La joven se puso colorada.

—Lo siento. Entonces, ¿qué?

Kaley meneó la cabeza ahogando una risita.

—Estoy segura de que te da igual, pero Grimm ha ido al lago. Me ha parecido que iba a lavar algo.

En cuanto Kaley se hubo marchado, Jillian miró alrededor para asegurarse de que nadie la miraba, se quitó las zapatillas y corrió hacia el lago.

Jillian se escondió detrás de una roca y lo observó.

Grimm estaba agachado en la orilla, frotando su camisa con dos piedras lisas. Con un castillo lleno de criadas y sirvientas para lavar ropa, coser, atender cualquier antojo suyo —incluso precipitarse a su cama sólo con que él les hiciera una seña con un dedo seductor—, Grimm Roderick había ido al lago, había escogido las piedras apropiadas y se estaba lavando su propia camisa. Vaya orgullo. Vaya independencia. Vaya... soledad.

Ella quería lavarle su gastada ropa. No, quería lavarle el musculoso pecho que el suave lino acariciaba. Ella quería recorrer con las manos los músculos que rodeaban su abdomen y seguir el sedoso rastro oscuro de vello por donde se hundía bajo el *kilt*. Quería ser bienvenida en su solitario confinamiento y liberar al hombre que, estaba convencida, se había fortificado tras una fachada de fría indiferencia.

Con una rodilla en la hierba, Grimm restregaba la camisa suavemente. Jillian observó cómo se flexionaban los músculos de los hombros. Era más bello que ningún otro hombre sobre la faz de la Tierra, con su gran estatura y su cuerpo perfectamente desarrollado, su negro cabello recogido por una cinta de cuero, sus ojos penetrantes...

«Te adoro, Grimm Roderick. —¿Cuántas veces había repetido Jillian mentalmente estas palabras en la seguridad de sus aposentos privados?—. Te amo desde el primer día que te vi. Desde entonces he estado esperando que te fijaras en mí.» Se dejó caer sobre el musgo tras la roca, cruzó los brazos sobre la piedra y apoyó la barbilla, contemplándolo con avidez. El sol bañaba de oro la espalda de Grimm, desde los anchos hombros hasta la esbelta cintura, donde el *kilt* se le ceñía a las caderas. Grimm hundió la mano en su espesa y negra cabellera y se apartó un mechón; cuando sus músculos se ondularon Jillian exhaló un suspiro.

Él se volvió y la miró fijamente. Jillian quedó paralizada. ¡Vaya oído más fino, maldita sea! Grimm siempre había tenido unos sentidos muy poco normales. ¿Cómo lo había olvidado?

—Lárgate, pava real —dijo, y volvió a centrar su atención en la camisa que estaba lavando.

Jillian cerró los ojos y dejó caer la cabeza en las manos, frustrada. Ni siquiera era capaz de reunir el valor necesario para intentar hablar con él, de acercársele. Siempre que ella empezaba a tener pensamientos románticos, el muy canalla decía algo mordaz y deshinchaba las velas de su resolución antes incluso de levar anclas. Suspiró con más fuerza, concediéndose una dosis generosa de autocompasión.

Él se volvió y la miró de nuevo.

—¿Qué? —dijo.

Jillian alzó la cabeza de mal talante.

—¿Qué, qué? No te he dicho nada.

—Estás ahí sentada suspirando como si el mundo se fuera a acabar. Haces tanto ruido que ni siquiera puedo restregar mi camisa en paz, y después tienes el descaro de mostrarte insolente conmigo cuando te pregunto educadamente qué haces pensando en las musarañas.

—¿Preguntar educadamente? —repitió ella—. ¿Crees que un grosero «qué», apenas un gruñido, es una pregunta educada? ¿Un «qué» que viene a decir «cómo te atreves a invadir mi territorio con tus sonidos lastimeros»? ¿Un «qué» que equivale a «por favor, puedes ir a morirte a cualquier otro sitio, pava real»? Grimm Roderick, no tienes maldita idea de lo que significa ser educado.

—No hace falta maldecir, pava real —repuso él con voz suave.

—No soy ninguna pava real.

Grimm le lanzó una mirada incisiva.

—Sí lo eres. Siempre estás picoteando algo. Pec-pec-pec-pec.

—¿Picoteando? —Jillian se puso en pie como impulsada por un resorte, saltó de la roca y se encaró con Grimm—. Yo te enseñaré a picotear. —Rápida con un gato, le arrebató la camisa de las manos, retorció la tela y la rasgó por la mitad. El sonido de la prenda al romperse le resultó perversamente satisfactorio—. Esto es lo que de veras me gusta hacer. Conque he invadido tu espacio, ¿eh? Y dime, ¿por qué te estás lavando esta estúpida camisa? —Le lanzó una mirada desafiante, agitando los faldones de la camisa para recalcar sus palabras.

Él se sentó sobre los talones, mirándola con cautela.

—¿Te encuentras bien?

—No, no me encuentro bien. No me he sentido bien en toda la mañana. Y deja de cambiar de tema y de meterte conmigo como haces siempre. Responde a mi pregunta: ¿por qué te estás lavando la camisa?

—Porque está sucia —contestó con irritante condescendencia.

Jillian lo ignoró con comedimiento.

—Hay sirvientas para lavar...

—No quería molestar...

—... las camisas de los hombres que...

—... a ninguna sirvienta pidiéndolo que me lavara...

—¡Hasta yo te habría lavado esta estúpida cosa!

Grimm apretó los labios.

—Quiero decir, esto... bueno, yo lo habría hecho si... si todas las criadas estuvieran muertas o gravemente enfermas y no hubiera nadie más que pudiera... —se encogió de hombros— y fuera la única camisa que tuvieras... e hiciera un frío glacial... y tú también estuvieras enfermo o algo así. —Se calló bruscamente, dándose cuenta de que no había forma de salir del atolladero en que se había metido. Grimm la miraba fijamente, fascinado.

Él se puso en pie con un movimiento rápido y garboso. Los separaban apenas unos centímetros.

A Jillian le contrarió tener que echar la cabeza atrás para mirarle la cara, pero este sentimiento pronto fue sustituido por una intensa conciencia del hombre. Estaba hechizada por su proximidad, paralizada por su penetrante mirada. ¿Él se había acercado más? ¿O ella se había inclinado hacia él?

—¿Me habrías lavado la camisa? —Grimm la estudió con atención.

Jillian lo miró en silencio, sin confianza para hablar. Si abría la boca, a saber qué saldría. «Bésame, grande y hermoso guerrero.»

Cuando él le acarició la tensa mandíbula con los nudillos, Jillian casi se desmaya. Un hormigueo le recorrió la piel acariciada. Los labios de Grimm estaban a un aliento de distancia de los suyos, sus ojos eran insondables, de párpados pesados.

Él quería besarla. Estaba segura.

Jillian ladeó la cabeza para recibir el beso. Cerró los párpados y se abandonó a la fantasía. La respiración de Grimm le acariciaba la mejilla, y ella esperó, temerosa de mover un solo músculo.

—Bueno, se ha hecho tarde.

Jillian abrió los ojos de golpe. «No, no es verdad —casi le espeta—. Bésame.»

—Para lavarla, quiero decir. —La mirada de Grimm se posó en la camisa hecha jirones que ella aún sostenía—. Además —añadió—, no necesito a ninguna pava real que se deshaga en atenciones conmigo. Las sirvientas al menos no rasgan las camisas, salvo, claro está, que tengan prisa por quitármela del cuerpo, aunque ésa es una cuestión que no viene a cuento y que en todo caso no querrías tener conmigo...

—Grimm...

Él miraba hacia el lago.

—¿Sí?

—Te odio.

—Lo sé, muchacha —repuso con voz suave—. Me lo dijiste anoche. Parece que nuestras pequeñas «discusiones» terminan con las mismas palabras. Podrías ser un poco más creativa, ¿no?

Grimm no movió un solo músculo cuando los restos de la mojada camisa le dieron en la cara y Jillian se marchó airadamente.

Grimm se presentó a la mesa vistiendo un tartán limpio. Tenía el cabello húmedo, peinado hacia atrás por el baño reciente, y la camisa estaba perfectamente rasgada en mitad de la espalda. Los extremos sueltos ondeaban por encima del tartán, y para consuelo de Jillian dejaban al descubierto más espalda musculada.

—¿Qué le ha pasado a tu camisa, Grimm? —preguntó Quinn.

Grimm miró a Jillian, al otro lado de la mesa.

Ella levantó la cabeza e intentó fruncir el entrecejo con pretensiones de superioridad moral, pero no lo consiguió. Él la miraba con aquella expresión extraña que ella no sabía interpretar, la que había visto cuando Grimm llegó y se dedicó a pronunciar su nombre. Su cara era impecablemente simétrica. Una barba oscura acentuaba las depresiones bajo los pómulos, definiendo con nitidez su arrogante mandíbula. El pelo húmedo, recogido en una cinta, resplandecía como ébano bajo la luz titilante. Sus ojos azules brillaban recortados en el telón de fondo de su piel bronceada, y cuando hablaba sus blancos dientes emitían destellos. Los labios eran firmes, sensuales, y en ese preciso instante componían una expresión burlona.

—He tenido un encontronazo con un felino malhumorado —dijo Grimm, sosteniéndole la mirada.

—¿Y por qué no te cambias de camisa? —le preguntó Ramsay.

—Sólo he traído una —le dijo Grimm a Jillian.

—¿Sólo una? —Ramsay resopló incrédulo—. Por la lanza de Odín, Grimm, puedes comprarte mil camisas. Pues sí que te has vuelto tacaño.

—La camisa no hace al hombre, Logan.

—Pero puede conformar la imagen de uno, maldita sea. —Ramsay se estiró cuidadosamente los pliegues de su blanquísima prenda de lino.

—Una sirvienta podrá arreglártela —señaló Quinn—. Yo también puedo prestarte una.

—No me importa llevarla así. En cuanto a la imagen, ¿quién nos está viendo?

—Pareces un villano, Roderick —resopló Ramsay con desdén.

Jillian emitió un sonido de resignación.

—Ya la arreglaré yo —murmuró, y bajó la vista al plato para no tener que ver sus semblantes asombrados.

—¿Sabes coser, muchacha? —inquirió Ramsay.

—Por supuesto que sé coser. Que sea vieja y soltera no significa que sea un desastre como mujer.

—Pero eso lo hacen las criadas, ¿verdad?

—A veces sí y a veces no —contestó ella con tono enigmático.

—¿Te encuentras bien, Jillian? —preguntó Quinn.

—¿Os queréis callar de una vez?

6

Aquello la ponía furiosa. Cada vez que veía la hilera de puntadas irregulares que arrugaban el centro de la camisa de Grimm era como si se transformara en un puercoespín irascible. Era tan humillante como si hubiera cosido en la espalda las palabras «Jillian perdió los estribos y haré que nunca lo olvide.» Le parecía inaudito haberla rasgado, pero los años en que sufrió el tormento de Grimm cuando era niña habían sido su perdición, y al final simplemente había estallado.

Él estaba de regreso en Caithness, más atractivo que antes, y seguía tratándola igual que cuando era niña. ¿Cuánto tardaría en darse cuenta de que ella ya no era una cría? «Bueno, para empezar, deja de actuar como si lo fueras», se reprochó. Desde el momento en que le arregló con ternura la camisa, había estado deseando acecharlo, quitársela y quemarla sin contemplaciones. Pero si hacía eso reforzaría en Grimm la convicción de que ella tenía tendencia a las acciones insensatas, por lo que en cambio le había conseguido tres camisas del mejor lino, sin puntadas defectuosas, y había ordenado a las criadas que las dejaran en su habitación. ¿Se las puso?

Ni una.

Cada día que amanecía, Grimm se ponía la misma camisa del ridículo remiendo en la espalda. Jillian había pensado preguntarle por qué no usaba las nuevas, pero eso habría sido admitir que estaba surtiendo efecto la treta de hacerla aparecer como estúpida y culpable. Se moriría antes de entregar otro gramo de emoción al hombre impasible que estaba saboteando sus impecables modales.

Apartó los ojos de aquel peligroso seductor que paseaba por el patio luciendo la camisa mal remendada, y trató de respirar hondo para tranquilizarse. «Jillian Alanna Roderick»; pronunció con énfasis el nombre entre dientes, un susurro de aliento espirado. «Sólo deseo...»

—Así que al claustro, ¿eh, muchacha?

Jillian se envaró. Lo que menos quería oír en ese momento era el estruendo gutural de Ramsay Logan.

—Hummm... —masculló ella en dirección a la ventana.

—No durarás dos semanas —vaticinó él con toda naturalidad.

—¿Cómo te atreves? —Se volvió para encararlo—. ¡No sabes absolutamente nada de mí!

Ramsay sonrió con suficiencia.

Jillian palideció al recordar que, el día de su llegada, él la había visto desnuda en la ventana.

—Has de saber que tengo vocación, que he recibido la llamada de Dios.

—No me cabe duda, muchacha —susurró Ramsay—. Sólo digo que tienes los oídos tapados y estás oyendo la llamada equivocada. Una mujer como tú ha de tener vocación de estar con un hombre de carne y hueso, no con un Dios que jamás le hará sentir la dicha de ser mujer.

—En la vida hay cosas más elevadas que ser la yegua de cría de un hombre, Logan.

—Ninguna mujer mía sería jamás una yegua de cría. No me malinterpretes: yo no menosprecio la elección de Cristo y la Iglesia; simplemente no te veo atraída por ese señuelo. Eres demasiado apasionada.

—Soy fría y serena.

—No con Grimm —repuso Ramsay lanzándole una indirecta.

—Porque me irrita.

Él alzó una ceja y sonrió burlón.

—¿Qué encuentras tan divertido, Logan?

—«Irrita» es una palabra interesante para esto. Pero yo habría elegido otra. Por ejemplo, veamos... ¿«excita»?, ¿«deleita»? Cuando él entra en una habitación, tus ojos arden como ámbar al sol.

—Muy bien. —Jillian se volvió de nuevo hacia la ventana—. Ahora que hemos discutido la elección de verbos adecuados, y que tú has escogido los equivocados y evidentemente no tienes ni idea sobre mujeres, puedes seguir con tus actividades diarias. Venga, largo. —Le despidió con un gesto de la mano.

La sonrisa de Ramsay se ensanchó.

—No te intimido, ¿verdad, muchacha?

—Aparte de tu actitud dominante y del hecho de que utilizas tu estatura y tus dimensiones para hacer que una mujer se sienta acorralada, sospecho que eres más bravo que bravucón —masculló ella.

—A la mayoría de las mujeres les gusta el bravo que hay en mí. —Se acercó un poco.

Jillian miró hacia atrás con una mueca de desdén.

—Yo no soy la mayoría de las mujeres. Y no te subas a mis pies, Logan, en ellos sólo hay sitio para mí. Puedes volver a la tierra del poderoso Logan, donde los hombres son hombres y las mujeres les pertenecen. Yo no soy de la clase de mujeres con que estás acostumbrado a tratar.

Ramsay soltó una carcajada.

Ella se volvió despacio, la mandíbula apretada.

—¿Te gustaría que te ayudara con Roderick? —Ramsay miró más allá del hombro de Jillian, al otro lado de la ventana.

—Creía que había quedado claro que no eres un asesino despiadado, con lo cual no me sirves de nada.

—Veo que necesitas ayuda. Ese hombre puede ser corto de entendederas.

Cuando de pronto la puerta del Gran Salón se abrió, Ramsay se movió tan rápidamente que Jillian no tuvo tiempo de protestar. El beso fue fugaz pero ardoroso. Hizo que ella se pusiera de puntillas y se quedara extrañamente sin aliento cuando él la soltó.

Jillian lo miró boquiabierta. La verdad, le habían dado tan pocos besos que estaba muy poco preparada para el beso experto de un hombre maduro y amante consumado. Parpadeó.

El portazo hizo temblar las vigas, y Jillian entendió.

—Era Grimm, ¿verdad? —musitó.

Ramsay asintió con una sonrisa. Pero cuando inclinó de nuevo la cabeza, Jillian se llevó al punto la mano a la boca.

—Vamos, muchacha —rogó él, tomándole una mano—. Concédeme un beso para agradecerme el haberle mostrado a Grimm que, si es tan estúpido como para no reclamarte, alguien más lo hará.

—¿De dónde sacas que me importa algo lo que piense ese bruto? —Jillian estaba furiosa—. Y desde luego a él le da igual que me hayas besado.

—Te estás recuperando de mi beso demasiado deprisa para mi gusto. En cuanto a Grimm, te he visto observándolo por esta ventana. Si no le hablas al corazón...

—Él no tiene corazón al que hablarle.

—Por lo que vi en la corte, deduzco que es cierto, pero uno nunca lo sabe hasta que lo intenta —prosiguió Ramsay—. Te aconsejo que lo intentes, para que fracases y te libres de una vez de esa carga; así podrás empezar a mirarme con ese mismo deseo.

—Gracias por tu astuto consejo, Logan. Por tu feliz vida conyugal, supongo que sabes de qué hablas cuando se trata de relaciones de pareja.

—La única explicación de por qué no estoy dichosamente casado es que me empeño en encontrar una mujer de buen corazón. Se han convertido en un bien escaso.

—Para atraer a una mujer de buen corazón hace falta un hombre de buen corazón, y seguramente habrás buscado en el lugar inapropiado. No encontrarás el corazón de una mujer entre sus...—Jillian se calló bruscamente, avergonzada por lo que iba a decir.

Ramsay soltó una carcajada.

—Dime que podré hacerte olvidar a Grimm Roderick y descubrirás a un hombre de buen corazón. Te trataría como a una reina. Roderick no te merece.

Ella suspiró con aire abstraído.

—Él no me quiere. Y si le dices una sola palabra de lo que tú crees que siento, y en lo que te equivocas de medio a medio, encontraré el modo de amargarte la vida.

—Por favor, no me rasgues las camisas. —Ramsay levantó las manos en señal de rendición—. Me voy al pueblo, muchacha. —Y se marchó sin más.

Tras la marcha de Ramsey, Jillian se quedó un buen rato mirando la puerta con ceño. Por todos los santos, aquellos hombres la hacían sentir como si volviera a tener trece años; y aquél no había sido un buen año. Un año horroroso, cabría decir. El año que vio a Grimm en los establos con una sirvienta y luego fue a su habitación y contempló su cuerpo con tristeza. Había sido un año espantoso de una dualidad imposible: sentimientos de mujer en un cuerpo de niña. En ese momento mostraba sentimientos de niña en un cuerpo de mujer. ¿Alcanzaría algún día el equilibrio con Grimm?

Caithness. En otro tiempo Grimm había pensado que ese nombre era intercambiable con «cielo». Cuando llegó a Caithness a los dieciséis años, a la niña rubia que lo «adoptó» sólo le faltaban dos alas vaporosas para completar la ilusión de que podría concederle la absolución angelical. Caithness era un lugar de paz y alegría, pero la alegría había quedado contaminada por el frustrado anhelo de cosas que él sabía que jamás serían suyas. Aunque Gibraltar y Elizabeth le habían abierto su puerta y su corazón, existía una barrera invisible que Grimm había sido incapaz de superar. Mientras comía en el Gran Salón, oía reír y bromear a los St. Clair, sus cinco hijos varones y su única hija. Era obvio que habían gozado en todas las etapas de la vida, saboreando cada fase de su desarrollo infantil. Grimm era plenamente consciente de que Caithness no era su casa sino la de otra familia, y él estaba allí acogido sólo por razones de generosidad, no por derecho de nacimiento.

Grimm exhaló un suspiro de frustración. «¿Por qué? —quería gritar, esgrimiendo los puños hacia el cielo—. ¿Por qué Ramsay Logan?» Éste era un mujeriego incorregible que carecía de la ternura y la sinceridad que necesitaba una mujer como Jillian. Grimm lo había conocido en la corte años atrás, y había visto varios corazones abandonados en el camino del indómito y encantador highlander. «¿Por qué Ramsay?» Y tras este pensamiento llegó un aullido silencioso: «¿Por qué no yo?» Pero sabía que esto jamás podría ser. «No podemos evitarlo, hijo... hemos nacido así.» Asesinos insensatos... y aún peor, por si fuera poco, él era además un berserker. Incluso sin llamar al berserker, su padre había matado a la propia esposa. Esta enfermedad mental hereditaria, junto con el hecho de ser un berserker, ¿de qué le haría capaz? Lo único que sabía con cierta certeza era que no quería averiguarlo.

Grimm se detuvo y se atusó el pelo, liberando la cinta de cuero y asegurándose de que estaba limpio, no apelmazado de tierra de tanto vivir en el bosque. No llevaba trenzas de guerra, ya no estaba moreno como un moro de tantos meses al sol y no bañarse demasiado; ya no parecía tan primitivo como el día en que Jillian lo encontró. Pero de algún modo sentía que nunca podría eliminar del todo las manchas de aquellos años vividos en los bosques de las Highlands, donde tuvo que valerse del ingenio para disputarle a los más fieros depredadores la comida necesaria para sobrevivir. Quizás era la capa de mugre de la piel, gracias a la cual pudo combatir las tiritonas en los gélidos inviernos. Quizás era la sangre en sus manos y la seguridad de que si alguna vez era lo bastante insensato para compadecer a alguien, tal vez le llegaría el turno de recuperar la conciencia con un cuchillo en la mano y su propio hijo mirando.

Jamás. Jamás haría daño a Jillian.

Era aún más hermosa de lo que recordaba. Era ya una mujer completamente desarrollada, y él no tenía defensas frente a ella salvo su voluntad. Había llegado tan lejos sólo gracias a su extraordinaria voluntad. Se había entrenado y disciplinado por su cuenta, había aprendido a controlar al berserker... en buena parte.

Cuando unos días antes había entrado en el patio y visto a la rubia y sonriente mujer rodeada de niños alegres, el pesar por su infancia perdida le causó un cierto ahogo. Le habría gustado meterse en el cuadro, en la suave pendiente de hierba, como niño y como hombre. Se habría acurrucado de buen grado a los pies de ella para escuchar, y también de buen grado la habría tomado en brazos para darle sus propios hijos.

Frustrado por su incapacidad para hacer ambas cosas, la había provocado. Cuando ella alzó la cabeza, Grimm se había sorprendido. Le había resultado más fácil recordarla con su cara inocente y más juvenil. Ahora la coqueta nariz y los ojos centelleantes formaban parte de los rasgos de una mujer sensual y seductora. Y los ojos, aunque todavía inocentes, reflejaban madurez y una pizca de tristeza reservada. Ojalá supiera quién había introducido eso en la mirada de Jillian, porque iría y mataría al canalla.

¿Pretendientes? Seguramente había tenido montones. ¿Había amado a alguno?

Meneó la cabeza. No le gustaba la idea.

Entonces, ¿por qué Gibraltar les había mandado llamar? Él no creía que tuviera nada que ver con competir por la mano de Jillian. Probablemente Gibraltar le estaba recordando el juramento de protegerla si alguna vez era preciso. Y Gibraltar seguramente necesitaba un guerrero lo bastante fuerte para impedir cualquier posible problema entre Jillian y sus dos «verdaderos» pretendientes: Ramsay y Quinn. Sí, eso sí tenía sentido. Se quedaría para impedir que Jillian corriera algún peligro y resolver las potenciales disputas entre sus cortejantes.

Jillian: olor a madreselva y una cabellera de seda y oro, ojos de un castaño intenso con motas doradas, el auténtico color del ámbar, tan preciado para los vikingos. Parecían dorados a la luz del sol, pero se oscurecían hasta un castaño salpicado de amarillo cuando se enfadaba... cosa que con él sucedía todas las veces. Ella aparecía siempre cuando soñaba despierto, en sus fantasías nocturnas. Y él era peligroso por naturaleza. Una bestia.

—Milord, ¿os pasa algo?

Grimm salió de su ensimismamiento. El niño que estaba en el regazo de Jillian el día de su llegada le tiraba de la manga y lo miraba inquisitivamente.

—¿Estáis bien? —preguntó con tono preocupado.

Grimm asintió.

—Estoy bien, muchacho. Pero no soy un terrateniente. Puedes llamarme Grimm.

—A mí me pareces un *laird*.

—Pues no lo soy.

—¿Por qué no le caes bien a Jillian? —inquirió Zeke.

Grimm meneó la cabeza, torciendo los labios con pesar.

—Zeke, sospecho que... te llamas Zeke, ¿no?

—¡Sabes mi nombre! —exclamó el niño.

—Lo oí cuando estabas con Jillian.

—¡Y te acuerdas!

—¿Por qué no iba a acordarme?

Zeke retrocedió, observando a Grimm con ostensible admiración.

—Porque eres un guerrero poderoso, y yo soy, bueno... soy yo. Sólo Zeke. Nadie se fija en mí. Sólo Jillian.

Grimm miró la postura del chico, en parte desafiante y en parte tímida. Le puso la mano en el hombro.

—Mientras esté aquí en Caithness, ¿te gustaría ser mi escudero, muchacho?

—¿Escudero? —Zeke se quedó boquiabierto—. ¡No puedo ser escudero! No veo bien.

—Deja que sea yo quien lo decida. Mis necesidades son muy sencillas. Alguien ha de vigilar mi caballo. No le gusta estar encerrado, por lo que es preciso llevarle comida y agua dondequiera que esté. También hay que almohazarlo y cepillarlo; y montarlo.

Con esas últimas palabras se desvaneció la expresión esperanzada de Zeke.

—Bueno, de momento no hace falta montarlo; para llegar aquí ha hecho un largo y duro viaje —rectificó Grimm sobre la marcha—. Además, yo podría darte algunas lecciones.

—Pero no veo bien. No puedo cabalgar.

—Un caballo tiene mucho sentido común, muchacho, y es posible adiestrarlo para que haga muchas cosas por su jinete. Lo haremos con calma. Pero primero, ¿te ocuparás de mi semental?

—¡Sí! ¡Lo haré! ¡Prometo que lo haré!

—Entonces vamos a verlo. A veces se muestra reservado con los extraños a menos que yo primero se los presente.

Grimm tomó al muchacho de la mano; le sorprendió ver cómo la diminuta mano, frágil y preciosa, desaparecía en la suya. Irrumpió en él un fogonazo brutal de recuerdos... un niño, no mayor que Zeke, con las alas cortadas por la espada de un McKane. Se sacudió aquellas imágenes de encima y cerró bien los dedos en torno a los de Zeke.

—Un momento. —Zeke tiró de él para que se parase—. Aún no me lo has dicho. ¿Por qué no le caes bien a Jillian?

Grimm buscó atropelladamente una respuesta que tuviera sentido para Zeke.

—Supongo que porque le tomaba el pelo y la fastidiaba cuando era niña.

—¿Te metías con ella?

—Sin piedad —admitió Grimm.

—Jillian dice que los niños sólo se meten con las niñas que en el fondo les gustan. ¿También le tiraste del pelo?

Grimm frunció el entrecejo, preguntándose qué importancia tendría eso.

—Supongo que sí, una o dos veces —confesó tras pensar un poco.

—¡Oh, bien! —exclamó Zeke, aliviado—. O sea que ahora la estás cortejando. Ella necesita un esposo —dijo como si tal cosa.

Grimm meneó la cabeza, los labios curvados en un indicio de mueca irónica. Debería haber previsto lo que se avecinaba.

7

Grimm se tapó los oídos con las manos, pero no sirvió absolutamente de nada. Se puso en vano una almohada sobre la cabeza. Pensó en levantarse y cerrar de golpe los postigos, pero una rápida ojeada le reveló que no lograría disfrutar siquiera de ese pequeño placer. Ya estaban cerrados. Uno de los muchos «dones» de la condición de berserker era una capacidad auditiva extrañamente aguzada, que le había permitido sobrevivir en situaciones en que un hombre normal no habría sido capaz de oír al enemigo aproximarse furtivamente.

Podía oírla. A Jillian.

Sólo quería dormir, por el amor de Dios... ¡y ni siquiera había amanecido! ¿Es que ella nunca descansaba? El trino de una flauta solitaria flotaba en la fría brisa de la mañana, escalando lentamente los muros de piedra del castillo y colándose entre los listones y las contraventanas. Grimm percibía las notas melancólicas intentando abrir las testarudas puertas de su corazón. En Caithness, Jillian estaba en todas partes: resplandeciendo en los arreglos de flores en las mesas, brillando en las sonrisas de los niños, retratada en los tapices admirablemente tejidos. Era ineludible. Y ahora se atrevía a invadir su sueño con la obsesionante melodía de una antigua canción gaélica de amor, elevándose hasta un intenso quejido y luego desplomándose hasta un débil gemido con una angustia tan convincente que le hizo soltar un resoplido. ¡Como si ella supiera del dolor de un amor no correspondido! Era hermosa, perfecta, con la ventura de unos padres, una familia, una casa, un lugar al que pertenecer. Jamás le había faltado amor, y desde luego él no podía imaginar a ningún hombre negándole nada. ¿Dónde había aprendido a tocar aquella desgarradora canción de amor con tal empatía quejumbrosa?

Se levantó, se dirigió a la ventana y abrió los postigos con tanto ímpetu que dieron contra los muros.

—Todavía tocando esa bobada, ¿eh? —gritó. Dios mío, qué bella era. Aún la quería con toda su alma, como años atrás. Entonces se había dicho que era demasiado joven. Ahora que era toda una mujer ya no podía valerse de esa excusa.

Jillian estaba debajo de él, mirando el lago desde un saliente. El sol asomaba dorado por el horizonte del lago de plata. Estaba de espaldas a Grimm. Se puso rígida; la agridulce canción tartamudeó y se desvaneció.

—Creía que estabas en el ala este —dijo Jillian sin volverse. Pese a que se encontraba a unos seis metros, la voz llegó a los oídos de él tan clara como la melodía.

—Elijo mi propio dominio, pava real. Como siempre. —Se inclinó ligeramente sobre la ventana para observar todos los detalles de ella: el cabello rubio ondulando al viento, la orgullosa postura de los hombros, el altivo ángulo que formaba al levantar la cabeza mientras contemplaba el lago como si no pudiese soportar la presencia de él.

—Vete a casa, Grimm —dijo con frialdad.

—No eres tú quien ha de decirlo sino tu padre —mintió él.

—¿Le debes lealtad, entonces? ¿Cómo se puede ofrecer lealtad a alguien como tú? —soltó ella con sarcasmo.

Grimm hizo una mueca.

—La lealtad no me es ajena. Ocurre simplemente que pocos la merecen.

—No te quiero aquí —dijo Jillian.

Le molestaba que ella no se volviera y lo mirara; era lo menos que podía hacer mientras se decían cosas desagradables.

—Me da igual lo que tú quieras —repuso él—. Tu padre me mandó llamar, y aquí me quedaré hasta que él me permita marchar.

—¡Te lo permito yo!

Grimm torció el gesto. Podía dejarle marchar, pero lo que lo mantenía unido a ella era indestructible. Lo sabía bien; durante años había intentado destruir el vínculo, no preocupándose por dónde estaba Jillian, cómo le iba o si era feliz.

—Los deseos de una mujer son insignificantes comparados con los de un hombre —dijo, seguro de que insultar al género femenino en general la obligaría a volverse hacia él, que entonces podría saborear la pasión del enojo de Jillian en vez de la pasión sensual que ansiaba provocar en ella. «Berserker», le reprendió su mente. «Déjala sola... no tienes derecho.»

—¡Eres un canalla! —Jillian satisfizo involuntariamente los deseos más innobles de él, dándose la vuelta tan rápidamente que se cayó. El breve tropezón ofreció a Grimm una impresionante imagen de la redondez de los pechos, que, pálidos, descendían hacia un suave valle que desaparecía bajo el corpiño del vestido. Su piel era tan traslúcida que se podía apreciar un leve trazado de venas azuladas. Grimm tragó saliva—. A veces juraría que tu único propósito es provocarme. —Jillian lo miró con ceño, sacudiéndose el polvo con la mano mientras se mantenía erguida, sorprendiendo la mirada de Grimm al escote.

—Vamos, ¿por qué iba a molestarme en hacer esto, mocosa? —preguntó Grimm con calma, tanta que constituyó un contrapunto y una ofensa al tono encendido de Jillian.

—¿Quizá temes que al dejar de torturarme puedas descubrir que te gusto? —soltó ella.

—No delires, Jillian. —Se atusó el pelo e hizo una mueca de cierto embarazo. No sabía mentir sin hacer ese gesto. Por suerte, ella no lo sabía.

—Me parece que con el tiempo te has aficionado demasiado a tu pelo, Grimm Roderick. No había reparado en tus pequeñas vanidades. Seguramente porque no podía ver mucho de ti bajo aquella capa de roña y suciedad.

Sucedió en un instante. Tras oír esas palabras, Grimm volvía a estar sucio, cubierto de barro, empapado en sangre y mugriento sin remedio. Ni bañándose ni restregándose podría sentirse limpio jamás. Sólo las palabras de Jillian podrían lograrlo, y era consciente de que no inspiraba la absolución.

—Hay gente que crece y madura, mocosa. Un día me desperté, me afeité y descubrí que era un hombre sumamente apuesto. —Al advertir que los ojos de Jillian se agrandaban, no pudo resistir la tentación de incordiarla un poco más—. Algunas mujeres han dicho que soy demasiado guapo para ellas. Quizá temían no poder tenerme ante tanta competencia.

—Guárdate tu engreimiento.

Grimm sonrió para sus adentros. Jillian era encantadora, temperamental, desdeñosa, y muy fácil de provocar. En innumerables ocasiones él se había preguntado qué tipo de pasión liberaría ella con un hombre. Con un hombre como él. Sus pensamientos tomaron un rumbo peligroso hacia lo prohibido.

—He oído a ciertos hombres decir que eres demasiado hermosa para que te toquen. ¿Es verdad? ¿Aún no te han tocado? —Grimm se mordió la lengua en el mismo instante en que lo dijo.

Jillian se quedó boquiabierta.

—¿Tú me lo preguntas?

Grimm tragó saliva. Hubo una época en que supo por experiencia directa y con precisión lo intacta que estaba, pero era un recuerdo que convenía enterrar.

—Si una muchacha permite que la bese un desconocido, eso le lleva a uno a pensar qué más va a permitirle. —Apretó los labios con amargura.

Jillian dio un paso atrás como si en su dirección cayese algo más que un insulto. Entornó los ojos y examinó a Grimm con ceño.

—Es curioso, parece que te importe.

—No te equivoques. Se trata simplemente de que no quiero tener que obligarte a que te cases con Ramsay antes de que regrese tu padre. Supongo que a Gibraltar le gustaría estar presente para ser el padrino.

Jillian lo escudriñó como si él fuese un bicho raro. Grimm se preguntó qué estaba pensando. Jillian había sido siempre muy lista, y él estaba rozando la actitud de un pretendiente celoso. Cuando ella era joven, él había necesitado reunir toda su voluntad para escenificar una farsa convincente de antipatía. Ahora, siendo ya una mujer hecha y derecha, harían falta medidas drásticas. Se encogió de hombros con aire arrogante.

—Mira, pava real, todo lo que quiero es que te lleves tu maldita flauta a otra parte, a ver si así puedo dormir un poco. No me gustabas cuando eras una meona, y tampoco me gustas ahora, pero me debo a tu padre y satisfaré su petición. Lo único que recuerdo de Caithness es que la comida era buena y que tu padre era una excelente persona. —La mentira casi le quema la lengua.

—¿No recuerdas nada de mí? —inquirió ella con cautela.

—Algunas cosas, ninguna de especial importancia. —Los dedos inquietos se entrelazaron en el cabello, liberándolo de la correa.

Jillian lo fulminó con la mirada.

—¿Ni siquiera el día que te fuiste?

—¿Te refieres al ataque de los McKane? —preguntó él con tono afable.

—No. —Jillian lo miró con ceño—. Más tarde, cuando te encontré en los establos.

—¿De qué estás hablando, muchacha? No recuerdo que me encontraras en los establos antes de marcharme. —Detuvo su traidora mano en mitad de su recorrido hacia el pelo y la metió entre la pretina del *kilt*.

—¿No recuerdas nada de mí? —repitió ella y apretó los labios.

—Recuerdo una cosa: que me seguías a todas partes y casi me volvías loco con tu incesante parloteo —repuso con tono de fastidio y resignación.

Jillian le dio la espalda y no pronunció ni una palabra más.

Grimm la observó unos instantes, sombríos los ojos por los recuerdos, antes de cerrar los postigos. Cuando un rato después volvió a oír el evocador lamento de la flauta, se tapó los oídos con tal fuerza que casi le dolía. ¿Cómo podía quedarse allí y seguir resistiéndose a ella cuando lo que más quería era convertirla en su mujer?

«No recuerdo que me encontraras en los establos antes de marcharme.»

En su vida había dicho una mentira mayor. Recordaba la noche en los establos. Estaba grabada en su memoria con la insoportable permanencia de una marca hecha a fuego. Había sido la noche en que el Grimm Roderick de veintidós años había hurtado una inolvidable pizca de cielo.

Después de que los McKane fueran ahuyentados y terminase la batalla, se restregó la sangre del cuerpo e hizo el equipaje tirando dentro ropas y recuerdos sin preocuparse de qué eran ni dónde caían. Casi había destruido la familia que lo había acogido generosamente, y jamás volvería a someter a sus miembros a semejante peligro. En el enfrentamiento había resultado herido Edmund, el hermano de Jillian, y aunque parecía seguro que se recuperaría, el joven llevaría cicatrices toda su vida. Marcharse era lo único honroso que Grimm podía hacer.

Encontró la nota de Jillian al coger las *Fábulas* de Esopo que ella le había regalado en su primera Navidad en Caithness. Asomaba entre las páginas el papel que ella había metido, con sus garabatos grandes y llenos de lazadas. «Al anochecer estaré en el tejado. ¡Grimm, esta noche he de hablar contigo!»

Arrugó la nota y se dirigió a los establos pisando fuerte y muy decidido.

No se atrevía a verla antes de irse. Lleno de odio hacia sí mismo por haber atraído a los McKane a ese lugar sagrado, jamás volvería a violar las normas. Desde que Jillian empezó a hacerse mayor había sido incapaz de quitársela de la cabeza. Sabía que eso estaba mal. Él tenía veintidós años y ella apenas dieciséis. Aunque Jillian estaba convencida de tener edad suficiente para casarse —diablos, muchas jóvenes se casaban a los trece—, él no podía proponerle matrimonio. No tenía casa ni clan y, por si fuera poco, era una bestia peligrosamente impredecible. La realidad era muy sencilla: por mucho que quisiera a Jillian St. Clair, jamás sería suya.

A los dieciséis años había entregado su corazón a la mocosa de oro; a los veintidós estaba a punto de perder la cabeza por aquella jovencita. Un mes atrás, Grimm había llegado a la conclusión de que tenía que marcharse enseguida, antes de hacer algo tan estúpido como besarla, como encontrar razones para llevársela y hacerla suya. Jillian merecía lo mejor: un esposo respetable, una familia decente y un lugar al que pertenecer. Él no podía ofrecerle nada de eso.

Ató con correas sus pertenencias en el lomo del caballo, exhaló un suspiro y se atusó el pelo. Tan pronto empezó a sacar al animal del establo, apareció Jillian de sopetón.

Los ojos de ella iban cautelosamente desde Grimm al caballo, sin perderse detalle.

—¿Qué estás haciendo, Grimm?

—¿Qué diablos crees que estoy haciendo? —gruñó él, exasperado por no haber podido huir sin toparse con ella. ¿Cuánto iba a poder resistir?

Jillian tenía los ojos empañados por las lágrimas, y él se maldijo. Ese día ella había visto mucho horror; al añadir él más dolor, se estaba comportando como el peor canalla. Ella lo buscaba porque necesitaba consuelo, pero por desgracia él no estaba en condiciones de consolarla. Las secuelas de su combate como berserker lo habían dejado incapaz de escoger opciones claras y tomar decisiones sensatas. La experiencia le había enseñado que, tras una reacción furiosa como berserker, era más vulnerable: tanto su cuerpo como su mente eran más sensibles. Tenía que marcharse de inmediato y hallar un lugar seguro y oscuro para poder descansar unos días. Tenía que obligarla a apartarse en ese mismo instante, antes de hacer algo imperdonablemente estúpido.

—Ve a buscar a tu padre, Jillian. Déjame solo.

—¿Por qué haces esto? ¿Por qué te vas, Grimm? —preguntó con voz lastimera.

—Porque he de hacerlo. ¡No debería haber venido nunca!

—¡Pero qué dices! —exclamó ella—. ¡Hoy has luchado como un coloso! ¡Mi padre me ha encerrado en la habitación, pero lo he visto todo! Si no hubieras estado aquí, no habríamos tenido muchas posibilidades contra los McKane... —Se le quebró la voz, y entonces él vio nítidamente el horror de la sangrienta batalla.

¡Por los clavos de Cristo, ella lo había visto en su condición de berserker!

—Si yo no hubiera estado aquí... —empezó con amargura, pero se detuvo antes de admitir que él era la única razón de la presencia de los McKane.

—Si no hubieras estado aquí... ¿qué? —Jillian tenía los ojos como platos.

—Nada —murmuró él con la vista fija en el suelo.

Ella volvió a la carga.

—Te vi desde la ven...

—¡Tenías que haber estado escondida, muchacha! —la interrumpió antes de que empezara a parlotear entusiasmada sobre su «bravura» en la batalla... bravura que surgía del mismo demonio—. ¿Tienes idea de cuál es tu aspecto? ¿Sabes qué te habría hecho un McKane si te hubiese descubierto? —Se le quebró la voz: había sido el miedo a lo que los McKane pudieran hacerle a su querida Jillian lo que lo había vuelto aún más implacable durante el combate, convertido en una bestia despiadada y cruel.

Jillian se había mordido nerviosamente el labio. Ese simple gesto clavó en él un dardo de puro deseo, y se despreció por ello. Estaba más tensado que un arco; todavía colmaba su cuerpo la adrenalina residual de la refriega. La excitación alcanzada al actuar como berserker tenía el desafortunado efecto de persistir, tiranizándolo y convirtiéndolo en un demonio, incitándolo a aparearse, a conquistar. Grimm meneó la cabeza y le dio la espalda. No podía seguir mirándola. No confiaba en sí mismo.

—Aléjate de mí. No sabes a lo que te arriesgas estando aquí conmigo.

Ella se movió, provocando un susurro de briznas de paja contra el dobladillo de su vestido.

—Confío plenamente en ti, Grimm Roderick.

La dulce inocencia de su joven voz casi lo estropea todo. Grimm hizo una mueca.

—Ése es tu primer error. El segundo es estar aquí. Vete.

Ella se acercó más y le puso una mano en el hombro.

—Pero es que yo confío de veras en ti, Grimm —dijo.

—Tú no puedes confiar en mí. Ni siquiera me conoces —gruñó, tenso.

—Sí puedo. Te conozco desde hace años. Has vivido aquí desde que yo era una niña. Eres mi héroe, Grimm...

—¡Basta, muchacha! —rugió él mientras se volvía y se quitaba la mano del hombro tan bruscamente que Jillian retrocedió un paso. Después entrecerró los gélidos ojos azules—. Crees que me conoces, ¿verdad? —Se le acercó.

—Sí —insistió ella, testaruda.

Grimm la miró con desdén.

—No tienes ni idea de nada. No sabes a quién he matado, a quién he odiado o a quién he enterrado, ni cómo. ¡No sabes qué me pasa porque no sabes quién soy realmente!

—Grimm, tengo miedo —susurró ella. A la luz de la antorcha, sus ojos eran inmensos estanques dorados.

—¡Pues ve con tu puñetero padre! ¡Él te consolará!

—Está con Edmund...

—¡Con quien también deberías estar tú!

—¡Te necesito, Grimm! ¡Estréchame entre tus brazos! ¡Abrázame! ¡No me dejes!

Grimm quedó paralizado hasta la médula. «Abrázame.» Las palabras de Jillian flotaban en el aire. El miedo y la vulnerabilidad alteraban sus profundos ojos ámbar, y él extendió el brazo hacia ella pese a su resolución. Pero se detuvo y bajó los hombros, súbitamente exhausto por el peso del dilema que lo desgarraba. No podía proporcionarle consuelo. Él era la verdadera razón de que ella necesitara ser confortada. Si no hubiera aparecido en Caithness, no habría traído consigo la destrucción. Jamás podría perdonarse lo que había hecho a las personas que le habían dado su corazón cuando a nadie le importaba si estaba vivo o muerto.

—No sabes lo que dices, Jillian —musitó, de pronto infinitamente cansado.

—¡No me dejes! —rogó ella lanzándose a sus brazos.

Cuando Jillian se ocultó en su pecho, los brazos de Grimm se cerraron instintivamente en torno a ella. La abrazó con fuerza, ofreciendo al tembloroso cuerpo el cobijo del suyo, desdichadamente casi invencible.

La acunó en sus brazos mientras Jillian sollozaba, experimentando una atroz sensación de afinidad con ella. Recordó nítidamente la pérdida de su propia inocencia. Ocho años antes había presenciado cómo los de su clan luchaban contra los McKane. Tras la visión de aquella brutalidad, el pesar y la rabia lo habían vuelto prácticamente insensible, y ahora su pequeña Jillian había conocido el mismo terror. ¿Cómo había sido capaz de hacerle esto?

¿Tendría ella pesadillas? ¿Reviviría aquello —como hacía él— mil veces?

—Cálmate, cariño —susurró Grimm, acariciándole la mejilla—. Te prometo que los McKane no volverán nunca más. Te prometo que, de un modo u otro, siempre cuidaré de ti esté donde esté. No dejaré que nadie te haga daño.

Jillian se sorbió la nariz, el rostro hundido entre el hombro y el cuello de Grimm.

—¡No podrás protegerme si no estás aquí!

—He hablado con tu padre y le he dicho que me iba. Pero también le he dicho que, si alguna vez me necesita, sólo tiene que mandarme llamar. —Aunque Gibraltar se había enfadado con él por su marcha, pareció calmarlo el hecho de saber dónde encontrar a Grimm en caso de precisar su ayuda.

Jillian alzó su cara surcada de lágrimas, los ojos abiertos como platos.

Al contemplarla, él se quedó sin aliento. La joven tenía las mejillas coloradas y los ojos brillantes de lágrimas. Los labios estaban hinchados de tanto llorar, y el cabello había quedado alborotado en una melena de fuego y oro alrededor del rostro.

Grimm no tenía ninguna intención de besarla. Pero se estaban mirando fijamente a los ojos, y un instante después él inclinó la cabeza y la besó en los labios: una promesa dulce, suave, de protección. En cuanto los labios se encontraron, el cuerpo de él se agitó con violencia. Grimm retrocedió y la miró con semblante inexpresivo.

—¿Ha... has no... notado eso? —dijo ella tartamudeando, la confusión ensombreciéndole los ojos.

«No puede ser —pensó él—. Cuando besas a una muchacha, el mundo no tiembla alrededor de su eje.» Para convencerse que en efecto no era así... volvió a besarla. Pero no: el terremoto tenía su epicentro justo debajo de sus pies.

Su casta promesa adquirió vida propia, se convirtió en un beso apasionado entre un hombre y su compañera, y llegaba al alma. Los labios vírgenes de Jillian se separaron dulcemente bajo los de él, y ella se derritió en el calor del masculino cuerpo.

Ahora, Grimm cerró los ojos con fuerza, recordando aquel lejano beso mientras oía el trino de la flauta al otro lado de la ventana.

Dios mío, cuán vívidamente lo evocaba. Y desde entonces no había tocado a ninguna mujer.

Quinn insistió en dar un paseo a caballo y, aunque al principio Jillian mostró reticencia, no tardó en ceder. Había olvidado lo encantador que era Quinn, la facilidad con que la hacía reír. Quinn había llegado a Caithness después de Grimm, el verano siguiente. Su padre había acogido a los dos muchachos —el primogénito de un jefe de clan y un vagabundo sin hogar— como si fueran iguales, pero a ojos de Jillian ningún otro sería jamás igual a Grimm.

Quinn tenía buenos modales y era solícito, pero había sido Grimm el objeto de su amor desde el primer día, el rudo chico que vivía en los bosques de los alrededores de Caithness. Había sido Grimm quien la había trastornado tanto que ella había derramado ardientes lágrimas de frustración. Pero había sido Quinn el que la había consolado cuando el otro se marchó. «Es curioso —se dijo pensativa mientras echaba una mirada al apuesto hombre que cabalgaba a su lado—, algunas cosas no han cambiado nada.»

Quinn advirtió su mirada de soslayo y sonrió.

—Te he echado de menos, Jillian. ¿Cómo es que no nos hemos visto en todos estos años?

—A tenor de lo que he oído contar sobre ti, Quinn, estabas demasiado ocupado conquistando el mundo y mujeres. No te quedaba tiempo para una simple muchacha de las Lowlands como yo —bromeó ella.

—Conquistando el mundo, quizá. Pero ¿mujeres? Eso no. A una mujer no hay que conquistarla, sino cortejarla y convencerla. Y quererla y respetarla.

—Díselo a Grimm. —Ella puso los ojos en blanco—. Ese hombre sólo respeta su mal genio. ¿Por qué me detesta tanto?

Quinn la examinó un instante, como reflexionando sobre qué decir. Al final se encogió de hombros.

—Antes creía que era porque le gustabas en secreto y él no podía manifestarlo abiertamente, sabiendo que no era nadie, al menos no lo bastante bueno para la hija de Gibraltar St. Clair. Pero ya no tiene mucho sentido, pues ahora Grimm es un hombre rico, lo suficiente para cualquier mujer, y sabe Dios que las mujeres lo desean. La verdad, Jillian, no tengo ni idea de por qué sigue tratándote con crueldad. Creía que las cosas habrían cambiado, sobre todo ahora que ya eres lo bastante mayor para ser cortejada. No puedo decir que lo lamento, pues así he de afrontar menos competencia —añadió con una mirada llena de intención.

Jillian abrió los ojos de par en par.

—Quinn... —empezó, pero él hizo un gesto con la mano para acallar su protesta.

—No, Jillian. No es necesario que me contestes ahora. No me obligues siquiera a pronunciar las palabras. Sólo trata de conocerme de nuevo, y después ya hablaremos de las cosas que pueden llegar a ser. Pero, pase lo que pase, siempre me portaré bien contigo —añadió en un susurro.

Ella se mordió el labio inferior y puso su montura a medio galope, mirando furtivamente a su espalda al gallardo Quinn. «Jillian de Moncreiffe», pensó con extrañeza.

«¡Jillian Alanna Roderick!», gritó desafiante su corazón.

8

Jillian estaba de pie en la larga y estrecha ventana de la albarrana, a unos treinta metros por encima del patio, observando a Grimm. Había ascendido la sinuosa escalera diciéndose que debía escapar de aquel hombre, pero consciente de que no era del todo sincera consigo misma.

La albarrana albergaba recuerdos, y eso era lo que ella había ido a visitar. Recuerdos espléndidos del primer verano que Grimm había vivido allí, aquella maravillosa época en que ella se había aficionado a dormir en la torre de la Princesa. Sus padres se lo habían consentido; hicieron tapar las grietas que había entre las piedras y colgaron tapices para que estuviera abrigada. Ahí estaban todos sus libros preferidos, unas cuantas muñecas que se habían salvado de los «entierros en el mar» de Grimm en el lago, y otros restos impregnados de amor del que había sido el mejor año de su vida.

Aquel primer verano en que había encontrado al «muchacho-bestia» ambos pasaron juntos todo el tiempo. Él la llevaba de excursión y le enseñaba a pescar truchas y atrapar resbaladizas salamandras. La subió a un poni por primera vez. El primer invierno que estuvieron juntos, le construyó una cueva de nieve en la hierba. Estaba siempre a punto para alzarla en brazos si ella no alcanzaba a ver, y también para ayudarla si se caía. Por las noches le contaba extravagantes historias hasta que ella se dormía, soñando con la próxima aventura que compartirían.

Hasta ese día, Jillian aún recordaba la mágica sensación que sentía siempre que estaban juntos. Era perfectamente creíble que él fuera un ángel travieso enviado para protegerla. Al fin y al cabo, ella había sido quien lo había descubierto merodeando por los matorrales del bosque que había detrás de Caithness. Había sido ella quien lo había engatusado para que se acercara a compartir un apetecible festín, esperando pacientemente día tras día sobre una manta arrugada en compañía de *Savanna TeaGarden*, su querido cachorro.

Él se había resistido durante meses, oculto entre los helechos y las sombras, observándola tan atentamente como lo observaba ella a él. Pero un día lluvioso abandonó la niebla y fue a arrodillarse en la manta de Jillian. La miraba con una expresión que la hacía sentirse hermosa y protegida. A veces, en los años que siguieron, pese a la cruel indiferencia de Grimm, había sorprendido esa misma mirada en sus ojos cuando él creía que ella no miraba. Había mantenido viva su esperanza cuando habría sido más juicioso dejarla morir. Se había convertido en una mujer joven locamente enamorada del feroz muchacho ya hecho hombre que tenía la extraña habilidad de aparecer siempre que ella lo necesitaba, rescatándola una y otra vez.

De acuerdo, él no siempre se había mostrado amable. Una vez, la ató a las altas ramas de un roble antes de correr hacia el bosque a salvar a *Savanna* del ataque de una manada de perros salvajes, como había hecho con ella misma momentos antes. Amarrada al árbol, aterrada por su cachorro, Jillian aulló y forcejeó pero no fue capaz de soltarse. La dejó allí durante horas. Pero igual que el sol sale y se pone, había vuelto por ella... sosteniendo contra el pecho al herido pero milagrosamente vivo perro lobo.

Grimm se negó a decirle una sola palabra Jillian acerca de cómo había rescatado a su cachorro de la manada de perros salvajes, pero ella no le dio demasiadas vueltas. Aunque Jillian consideraba un tanto sorprendente que él no hubiera sufrido ningún daño, con los años acabó dando por supuesto que Grimm siempre saldría ileso. Era su héroe. Podía hacerlo todo.

Un año después llegó a Caithness Quinn de Moncreiffe. Él y Grimm llegaron a ser como hermanos, y compartieron un mundo de aventuras del que ella quedó dolorosamente excluida. Ése fue el principio del fin de sus sueños.

Cuando Grimm desapareció dentro del castillo, Jillian exhaló un suspiro. Y se puso rígida cuando lo vio salir instantes después acompañado por Zeke. Entrecerró los ojos cuando el niño deslizó confiadamente su mano en la de Grimm. Jillian todavía recordaba lo fácil que había sido deslizar su mano de niña en aquella manaza. Él era el tipo de hombre que los niños y las mujeres querrían tener siempre cerca, si bien por razones muy distintas.

Había en él cierto misterio. Era como si una espiral de negra niebla dividiera el día en que Grimm Roderick había empezado a existir, y que ningún interrogatorio, ningún examen exhaustivo, pudieran iluminar su oscuro pasado. Era un hombre profundo, extraordinariamente consciente de los menores matices de cualquier conversación o interrelación. Cuando era niña, él siempre parecía saber exactamente cómo se sentía, adelantándose a sus sensaciones antes incluso de que ella las comprendiera.

Para ser sincera, lo único realmente cruel de lo que podía acusarle eran esos años de indiferencia. Jamás le había hecho nada brutal o despiadado. Pero la noche que se fue, su rechazo absoluto la había insensibilizado hacia él.

Lo observó levantar a Zeke en sus brazos. ¿Qué diablos se proponía? ¿Ponerlo a lomos de un caballo? Zeke no podía montar, no veía bien. Jillian abrió la boca para gritar, pero se contuvo. Grimm podía ser muchas cosas, pero no alguien que cometiera errores. Se resignó a mirar. Zeke estaba animadísimo, cosa poco habitual. Varios niños y padres se habían congregado alrededor. Jillian aguantó la respiración. Si Grimm no se salía con la suya, para Zeke supondría una pública y dolorosa humillación que no olvidaría en mucho tiempo.

Vio a Grimm inclinar la cabeza hacia el caballo; parecía estar susurrando palabras al oído del brincador semental gris. Jillian tuvo la absurda impresión de que el caballo asentía con la cabeza como respuesta. Cuando Grimm montó a Zeke en el lomo del animal, ella contuvo la respiración. Al principio Zeke se sentó rígido; luego se fue relajando poco a poco, mientras Grimm hacía trazar al animal amplios y lentos círculos en el patio. «Bueno, todo esto está muy bien —pensó Jillian—, pero ¿y ahora qué más hará Zeke?» No podían estar todo el rato así. ¿Qué sentido tenía poner al chico encima de un caballo si jamás podría cabalgar por su cuenta?

Decidió al punto que ya estaba bien. Evidentemente, Grimm no entendía nada; no debería estar enseñando al niño a querer cosas imposibles. Debería alentarlo a leer libros, a dedicarse a actividades más seguras, como había hecho ella. Si un niño tiene un impedimento, es absurdo animarle a poner a prueba sus límites insensatamente, de un modo que podría acarrearle perjuicios. Sería mucho mejor enseñarle a valorar otras cosas y perseguir sueños alcanzables. Con independencia de que, como a cualquier otro chico, a Zeke le apeteciera correr, jugar y cabalgar, había que hacerle entender que no podía, que eso era peligroso debido a su mala visión.

Indicaría a Grimm que enmendara su error antes de que las consecuencias fueran dolorosas. En el patio se había congregado bastante gente, y Jillian vio que los padres meneaban la cabeza y cuchicheaban. Se prometió que abordaría el problema de manera fría y racional, no dando lugar al chismorreo y las habladurías. Le explicaría a Grimm la forma adecuada para tratar al niño y le demostraría que ella no era tan idiota como él creía.

Abandonó la albarrana con decisión y se encaminó hacia el patio.

Grimm guiaba el caballo describiendo un último y lento círculo, seguro de que en cualquier momento Jillian saldría del castillo. Sabía que no le convenía estar con ella, y sin embargo impartía a Zeke su primera lección de equitación en un lugar visible desde todas partes. Sólo unos momentos antes había vislumbrado en la ventana de la torre un ligero revuelo y una cascada de pelo dorado. Se le formó un nudo de expectación en el estómago mientras bajaba al niño del caballo.

—Zeke, supongo que te sientes cómodo con este paso. Hemos empezado bien.

—Es muy fácil de montar. Pero nunca seré capaz de guiarlo yo solo. ¿Qué sentido tiene entonces? Nunca podré cabalgar por mi cuenta.

—Nunca digas nunca jamás, Zeke —le aconsejó—. Si dices «nunca», es que has decidido no intentarlo. En vez de preocuparte por lo que no puedes hacer, procura pensar en lo que sí puedes hacer. Te sorprenderás.

Zeke lo miró con asombro.

—Pero todos me dicen que no puedo montar.

—Y ¿por qué crees que no puedes? —preguntó Grimm.

—Porque no veo bien. ¡Podría hacer que tu caballo se diera de lleno contra una roca! —exclamó Zeke.

—Mi caballo tiene ojos, muchacho. ¿Crees que él permitiría que lo llevaras hacia una roca? *Occam* jamás dejaría que lo estrellaras contra nada. Confía en mí y verás que es posible adiestrar este caballo para que compense tu falta de visión.

—¿Crees de veras que algún día podré cabalgar sin tu ayuda? —preguntó Zeke en voz baja, para que los presentes no oyeran la esperanza contenida en su voz.

—Sí, lo creo. Y con el tiempo te lo demostraré.

—¿Qué insensatez le estás diciendo a Zeke? —inquirió Jillian, acercándose con paso vivo.

Grimm se volvió hacia ella y admiró sus mejillas encendidas y sus ojos resplandecientes.

—Venga, Zeke. —Dio al niño un suave empujón indicándole el castillo—. Seguiremos mañana.

Zeke le dedicó una ancha sonrisa, miró fugazmente a Jillian y se marchó a toda prisa.

—Estoy enseñándole a montar.

—¿Por qué? No ve bien, Grimm. Jamás será capaz de montar por su cuenta. Sólo acabará lastimado.

—No es verdad. Al chico se le ha dicho que no puede hacer un montón de cosas que sí puede hacer. Hay muchas maneras de adiestrar un caballo. Aunque tenga mala vista, *Occam* —señaló su semental, que no paraba de resoplar— tiene unos sentidos lo bastante agudos para ambos.

—¿Qué has dicho? —Jillian arrugó la frente.

—Que mi caballo ve lo bastante bien para...

—Esa parte ya la he oído. ¿Cómo has llamado a tu caballo? —preguntó con tono imperioso, sin ser consciente de que había alzado la voz bruscamente y de que los presentes estaban pendientes de sus palabras.

Grimm tragó saliva. ¡No había pensado que ella se acordaría!

—*Occam* —murmuró.

—¿*Occam*? ¿Pusiste a tu caballo el nombre de *Occam*? —Todos los hombres, mujeres y niños del patio estaban boquiabiertos ante la voz airada de su señora.

Jillian se acercó con paso firme y le hincó un dedo acusador en el pecho.

—¿*Occam*? —repitió, y se quedó esperando.

Ella esperaba que dijera algo inteligente, comprendió Grimm. Maldita mujer, ya debería saber que en su presencia a él no se le ocurría nada inteligente. Y la moderación y el comedimiento tampoco parecían muy habituales cuando aparecía Jillian. En sólo un minuto ya estaban peleándose en el patio de Caithness y convirtiéndose en la comidilla de todos los habitantes del maldito castillo.

Grimm examinó la cara de ella atentamente, buscando algún defecto que delatara alguna debilidad de carácter, cualquier cosa que pudiera utilizar para defenderse de sus encantos, pero era como buscar una aguja en un pajar. Ella era simplemente perfecta. La firme mandíbula reflejaba su espíritu orgulloso. Los claros ojos dorados traslucían sinceridad. Jillian apretó los labios, esperando. Labios generosos, el inferior más grueso y sonrosado. Labios que se separarían dulcemente si él la tocara, labios entre los cuales él deslizaría su lengua, labios que podrían cerrarse en torno a su...

Esos labios se estaban moviendo, pero Grimm no tenía la menor idea de qué estaban diciendo, pues había tomado un peligroso sendero hacia una fantasía sensual que incluía cuerpos sudorosos y excitados, los labios de Jillian y las necesidades de un hombre. La sangre aporreándole los oídos llegaría a ensordecerle. Se esforzó por centrarse en las palabras de ella, que ya perdían intensidad aunque alcanzó a oír:

—¡... mentiste! Me dijiste que jamás habías pensado en mí.

Grimm reunió su disperso ingenio y se puso a la defensiva. Ella parecía muy satisfecha consigo misma.

—¿Dónde estás picoteando ahora, pequeña pava real? —soltó con tono de máximo fastidio.

—*Occam* —repitió ella con aire triunfante.

—Sí, es mi caballo —dijo él—. ¿Qué significa todo esto?

Jillian vaciló. Sólo fue un instante, pero Grimm advirtió el parpadeo de desconcierto en sus ojos; seguramente se preguntaba si podía ser verdad que él no recordase el día en que ella había descubierto el principio de «la navaja de Occam», para luego dedicarse a instruir a todo el mundo al respecto en Caithness. ¿Cómo podía ser que Grimm no recordara su alegría? ¿Cómo podía él haber olvidado la turbación de visitar a señores muy versados en caza y política, pero intimidados por una mujer con la cabeza en su sitio, siquiera una niña de once tiernos años? Oh, sí se acordaba; se había sentido tan orgulloso de ella que casi le dolía. Grimm había deseado quitar a aquellos remilgados señores la sonrisita de un bofetón por haber dicho a los padres de Jillian que quemaran sus libros para que éstos no echaran a perder a una chica tan buena, volviéndola incasable. Lo recordaba. Y como homenaje, así había llamado a su caballo.

La navaja de afeitar de Occam: la teoría más simple que encaja en los hechos es la que más estrechamente se corresponde con la realidad. «Encaja esto, Jillian: ¿por qué te trato tan mal?» Hizo una mueca. La teoría más simple que abarcaba toda la gama de conductas necias que Grimm mostraba ante Jillian era que él estaba perdidamente enamorado de ella, y que si no andaba con cuidado ella lo descubriría. Tenía que comportarse de manera fría, quizá cruel, pues era una mujer inteligente y si él no mantenía una fachada convincente, quedaría en evidencia. Aspiró hondo y se armó de valor.

—¿Qué decías? —Alzó una ceja con suficiencia. Muchos hombres poderosos habían quedado fulminados por esa mirada mortífera y convertidos en idiotas balbuceantes.

Pero Jillian no, y eso le encantaba tanto como le preocupaba. Ella se mantuvo firme, incluso se acercó un poco, pasando por alto las miradas curiosas y las orejas aguzadas de los congregados. Se acercó tanto que su aliento le acarició el cuello y alimentó su deseo de besarla y aspirar su aliento e introducirlo en los pulmones tan profundamente que ella necesitara que Grimm espirara y se lo devolviera. Lo miró fijamente a los ojos, y acto seguido una sonrisa de placer le curvó la boca.

—Claro que te acuerdas —susurró furiosa—. Me pregunto sobre qué más me has mentido.

Él tuvo la atroz sospecha de que Jillian estaba a punto de efectuar un análisis riguroso de su estúpida conducta. Y entonces quedaría al descubierto su condición de tonto enamorado.

Le cogió una muñeca y apretó con fuerza, para demostrarle que podía partírsela con un leve giro. Grimm dejó que sus ojos lanzaran la violenta y terrible mirada que todo el mundo aborrecía. Incluso Jillian retrocedió ligeramente, y él supo que, de algún modo, ella había alcanzado a ver en sus ojos una minúscula imagen del berserker. Esto bien podía servir para que le temiera. Ella debía tenerle miedo, ya que incluso él se temía a sí mismo. Aunque Jillian había cambiado y madurado, Grimm aún no tenía nada que ofrecerle. Ni clan, ni familia ni hogar.

—Cuando me fui de Caithness juré no volver nunca más. Esto es lo que recuerdo, Jillian —susurró, y le soltó la muñeca—. Y no he vuelto de buen grado, sino porque tiempo atrás hice un juramento. Si puse a mi caballo un nombre que te resulta familiar, eres muy arrogante al pensar que tiene algo que ver contigo.

—¡Oh! Yo no soy arrogante...

—¿Sabes por qué tu padre nos mandó venir, muchacha?

Ella cerró la boca de golpe. Supuso que él sería el único que podía decirle la verdad.

—¿Lo sabes? Sé que tenías la mala costumbre de espiar, y dudo mucho que hayas cambiado.

Jillian adelantó la mandíbula, irguió la espalda y echó los hombros atrás, presentándole una imagen clara de su exuberante figura... una de las cosas que habían cambiado rotundamente en ella. Se mordió el labio para impedir que se le escapara una sonrisa petulante cuando él bajó bruscamente la mirada, que acto seguido levantó.

Grimm la observó fríamente.

—Tu padre nos hizo venir para asegurarte un esposo, mocosa. Al parecer, es tan difícil convencerte que para derribar tus defensas tuvo que llamar a los guerreros más poderosos de Escocia. —Examinó su postura firme y su expresión distante y soltó un bufido—. Tenía razón... aún escuchas detrás de las puertas. Mi revelación no te ha sorprendido. Bueno, pues ya que conoces el plan, ¿por qué no eres buena chica por una vez? Ve a buscar a Quinn y convéncele de que se case contigo y así yo podré marcharme y seguir con mi vida. —Al pronunciar esas palabras, no sin esfuerzo, se le hizo un nudo en el estómago.

—¿Es eso lo que deseas que haga? —preguntó ella con voz débil.

Grimm la miró largamente.

—Sí —dijo por fin—. Eso es lo que quiero que hagas. —Se atusó el pelo antes de coger a *Occam* por las riendas y llevárselo.

Jillian lo observó alejarse con dolor en el corazón. Pero no lloraría. No volvería a derramar lágrimas por él nunca más. Con un suspiro, se volvió hacia el castillo, sólo para encontrarse con el amplio pecho de Quinn. La contemplaba con tal compasión que ella se desmoronó. Cuando la rodeó con los brazos, a Jillian se le llenaron los ojos de lágrimas.

—¿Desde cuándo estás aquí? —preguntó con voz temblorosa.

—Desde hace rato —contestó él con suavidad—. No aceptaré ninguna artimaña, Jillian. Cuidé de ti cuando eras niña... Eras mi querida hermana pequeña. Y ahora podría quererte más que como a una hermana.

—¿Qué tengo yo para que se me pueda querer? ¡Soy idiota perdida!

Quinn sonrió con amargura.

—Sólo para Grimm. Siempre te ha tratado como si fueras tonta. Y en cuanto a lo que se puede querer de ti: tu espíritu indomable, tu ingenio, tu curiosidad por todo, la música que tocas, tu amor por los niños. Tienes un corazón puro, Jillian, algo poco común.

—Oh, Quinn, ¿por qué eres siempre tan bueno conmigo? —Le acarició afectuosamente la mejilla y acto seguido salió presurosa hacia el castillo.

9

—¿Qué diablos te pasa? —quiso saber Quinn, irrumpiendo en el establo.

Grimm miró hacia atrás mientras le quitaba el ronzal a *Occam*.

—¿De qué estás hablando? A mí no me pasa nada —respondió, al tiempo que indicaba al dispuesto mozo de cuadra que se fuera—. Yo me ocuparé de mi caballo, muchacho. Y no lo encierres aquí. Lo he traído para almohazarlo. Nunca lo encierres.

El mozo asintió, retrocedió y se marchó.

—Mira, McIllioch, no me importan los motivos por los que te comportas de forma tan miserable con ella —dijo Quinn, renunciando a todo disimulo al utilizar el verdadero nombre de Grimm—. Ni siquiera quiero conocerlos. Simplemente ya basta. No quiero que la hagas llorar. Ya lo hiciste bastante cuando éramos jóvenes. Yo entonces no intervine, diciéndome que Gavrael McIllioch lo había pasado mal en la vida y quizá necesitaba resarcirse un poco. Pero la vida dura terminó hace tiempo.

—¿Cómo lo sabes?

Quinn lo miró airado.

—Porque sé cómo te ha ido. Eres uno de los hombres más respetados de Escocia. Ya no eres Gavrael McIllioch, sino el famoso Grimm Roderick, una leyenda de disciplina y autodominio. Has salvado la vida del rey en una docena de ocasiones, te han recompensado tan generosamente que eres más rico que St. Clair y yo juntos, las mujeres caen rendidas a tus pies. ¿Qué más quieres?

«Solamente una cosa... la única cosa que no puedo tener —rumió—: Jillian.»

—Tienes razón, Quinn, como de costumbre. Soy un estúpido. Así que cásate con ella. —Se volvió de espaldas y jugueteó con la silla de *Occam*. Un instante después se sacudió del hombro la mano de su amigo—. Déjame solo, Quinn. Serás un esposo perfecto para Jillian, pero debes moverte deprisa, pues el otro día vi a Ramsay besándola.

—¿Ramsay la besó? —exclamó Quinn—. ¿Y ella le devolvió el beso?

—Sí —dijo Grimm con amargura—. Y ese hombre ha arruinado a muchas chicas inocentes, de modo que haznos un favor a todos y sálvala proponiéndole matrimonio.

—Ya lo he hecho —dijo Quinn con voz tranquila.

Grimm se volvió bruscamente.

—Ah, ¿sí? ¿Cuándo? ¿Y qué ha dicho ella?

Quinn iba cambiando de pie de apoyo.

—Bueno, no se lo he dicho con todas las palabras, pero sí he dejado claras mis intenciones.

Grimm esperó, una ceja oscura arqueada con aire interrogativo.

Quinn se dejó caer en un montón de heno y se reclinó, apoyándose en los codos. Irritado, se apartó un mechón de la cara con un soplido.

—Ella cree que está enamorada de ti, Grimm. Siempre ha pensado que lo estaba, desde que era niña. ¿Por qué no le dices la verdad de una vez? Dile quién eres realmente. Deja que decida si le pareces lo bastante bueno para ella. Eres heredero de un jefe de clan, si regresas a casa y reclamas tu derecho. Gibraltar lo sabe, y te mandó llamar para que fueras uno de los competidores por la mano de su hija. Está claro que él te considera bueno para ella. Acaso tú seas el único en el mundo que no lo cree.

—Quizá me llamó para que tú resultaras favorecido por comparación. Ya sabes, invitar al muchacho-bestia, ¿no es así como solía llamarme ella? —Puso los ojos en blanco—. Entonces, el apuesto *laird* parecerá aún más atractivo. Es imposible que esté interesada en mí. En lo que respecta a Jillian, yo ni siquiera tengo título. No soy nadie. Y yo pensaba que tú la deseabas, Quinn. —Se volvió de nuevo hacia su caballo y empezó a cepillarle el costado con movimientos largos y uniformes.

—Así es. Estaría muy orgulloso de hacerla mi esposa. Cualquier hombre...

—¿La quieres?

Quinn alzó una ceja y lo observó con curiosidad.

—Por supuesto.

—Me refiero a si la amas de verdad. ¿Estás loco por ella?

Quinn parpadeó.

—No sé a qué te refieres, Grimm.

Éste soltó un bufido.

—No me sorprende —murmuró.

—Oh, demonios, esto es un embrollo. —Quinn resopló con impaciencia y se dejó caer de espaldas en el fragante heno. Arrancó un trébol y lo mordisqueó pensativo—. Yo la deseo. Ella te desea a ti. Y tú eres mi mejor amigo. La única incógnita de esta ecuación es qué deseas tú.

—En primer lugar, dudo que ella tenga interés alguno en mí, Quinn. Y en todo caso, serían los rescoldos de un encaprichamiento infantil que yo le quitaré de la cabeza, descuida. En segundo lugar, lo que yo quiera da igual. —Sacó una manzana de la escarcela y se la ofreció a *Occam*.

—¿Qué quieres decir con que da igual? ¿Cómo va a dar igual? —Frunció el entrecejo.

—Lo que yo quiera es la parte más irrelevante de este embrollo, Quinn. Soy un berserker.

—¿Y qué? Mira lo que te ha reportado. La mayoría de los hombres venderían su alma por ser un berserker.

—Eso sería un negocio de lo más insensato. Muchos de vosotros ignoráis que esto forma parte de la maldición.

—Pues para ti ha resultado una bendición. Eres prácticamente invencible. Vaya, ahora recuerdo que en Killarnie...

—No quiero hablar de Killarnie...

—... mataste a la mitad de los malditos...

—¡Cállate! —Grimm volvió la cabeza con brusquedad—. No quiero hablar de muertos. Parece que sólo sirvo para eso. De Moncreiffe, pese a esta absurda leyenda sobre el control, hay una parte de mí que no puedo controlar. No consigo dominar la furia. Nunca puedo —admitió con aspereza—. Cuando sucede, no tengo memoria. No existe el tiempo. No tengo ni idea de lo que estoy haciendo, y cuando todo ha terminado tienen que explicarme lo que he hecho, bien lo sabes, ya que has tenido que hacerlo un par de veces.

—¿Qué estás diciendo, Grimm?

—Que debes casarte con ella al margen de lo que yo sienta, pues yo jamás podré ser nada para Jillian St. Clair. Lo sabía entonces y lo sé ahora. Nunca me casaré. No ha cambiado nada. No he sido capaz de cambiar.

—La compadeces. —Quinn se incorporó en el montón de heno y escrutó el rostro de Grimm—. Profundamente. Por eso quieres que te odie.

Grimm se volvió hacia el caballo.

—¿Nunca te he contado cómo murió mi madre?

Quinn se levanto y se sacudió el polvo del *kilt*.

—Creía que había muerto en la carnicería de Tuluth.

Grimm apoyó la cabeza en la aterciopelada mejilla de *Occam* y aspiró hondo el balsámico aroma del caballo y el cuero.

—No. Jolyn McIllioch murió aquella misma mañana, pero antes de que llegaran los McKane —dijo con frío tono monocorde—. Mi padre la mató en un ataque de furia. No sólo cometí la insensatez de llamar al berserker aquel día, sino que además sufro locura hereditaria.

—No te creo —repuso Quinn—. Eres el hombre más lógico y racional que conozco.

Grimm hizo un gesto de impaciencia.

—Mi padre me dijo lo mismo la noche que abandoné Tuluth. Aunque fuera más flexible conmigo mismo o consiguiera convencerme de que no he heredado locura alguna, seguiría siendo un berserker. Date cuenta de que, según la ley antigua, «los adoradores paganos de Odín» han de ser desterrados. Condenados al ostracismo, marginados y eliminados si es posible. La mitad de los habitantes del país sabe que los berserkers existen e intentan valerse de nosotros; los otros se niegan a admitir lo que hacemos mientras tratan de destruirnos. Gibraltar estaría confundido cuando me mandó llamar... ¡es imposible que pensara en mí seriamente como pretendiente para su hija! Y aunque yo quisiera tomar a Jillian por esposa, ¿qué podría ofrecerle? ¿Una vida como ésta? Y eso suponiendo que no esté loco por derecho de nacimiento.

—Tú no estás loco. No sé de dónde sacas esta ridícula idea de que, como tu padre mató a tu madre, a ti te pasa algo. Además, nadie sabe quién eres realmente salvo Gibraltar, Elizabeth y yo.

—Y también Hatchard —le recordó Grimm. Y Hawk y Adrienne, se dijo.

—Por tanto, lo sabemos cuatro. Y ninguno de nosotros te traicionaría. Por lo que respecta al mundo, eres Grimm Roderick, el legendario protector del rey. Dejando esto aparte, no entiendo por qué iba a ser para ti un problema admitir que eres quien realmente eres. Desde la matanza de Tuluth han cambiado muchas cosas. Y aunque algunas personas aún temen a los berserkers, la mayoría los venera. Sois los guerreros más extraordinarios que jamás ha dado Alba, y ya sabes cómo adoran los escoceses sus leyendas. El Consejo de Ancianos dicen que sólo la sangre más pura y honorable de Escocia puede realmente llamar al berserker.

—Los McKane todavía nos persiguen —mascculló Grimm.

—Los McKane han perseguido siempre a cualquier hombre del que sospecharan su condición de berserker. Son envidiosos. Dedican todo su tiempo a prepararse para ser guerreros y nunca logran estar a la altura de un berserker. Así que derrotémoslos y enterremos el asunto. Ya no tienes catorce años. Te he visto en acción. ¡Organiza un ejército, diablos, yo lucharía a tu lado! Y conozco montones de hombres que también lo harían. Vuelve a casa y reclama tu primogenitura...

—¿Mi dote de locura hereditaria?

—¡La jefatura del clan, idiota!

—Ahí podría haber una pequeña dificultad —señaló Grimm con amargura—. El loco asesino que es mi padre tiene unos modales espantosos y es posible que todavía esté vivito y coleando.

—¿Qué...? —Quinn se quedó sin habla. Meneó la cabeza y en su cara se dibujó una mueca—. ¡Dios mío! He estado todos estos años creyendo que te conocía y resulta que no tengo la menor idea acerca de ti. Me dijiste que tu padre había muerto.

Parecía que todos sus amigos estaban diciendo últimamente lo mismo, y él no era un hombre dado a mentir.

—Durante mucho tiempo pensé que así era. —Grimm se atusó el cabello—. Nunca regresaré a casa, Quinn, y sobre el hecho de ser berserker hay algunas cosas que no entiendes. No puedo alcanzar cierto grado de intimidad con una mujer sin que ella se dé cuenta de que no soy normal. ¿Qué voy a hacer, entonces? Decirle a la afortunada que soy una de esas bestias asesinas que a lo largo de los siglos han adquirido tan mala fama? ¿Decirle que no puedo ver sangre sin perder el control de mí mismo? ¿Decirle que si un día mis ojos empiezan a ponerse incandescentes es mejor huir de mí lo más lejos posible porque es bien sabido que los berserkers son indistintamente amigos o enemigos?

—¡A mí nunca me has atacado! —soltó Quinn—. ¡Y esto te ha pasado muchas veces estando yo contigo!

Grimm negó con la cabeza.

—Cásate con ella, Quinn. ¡Por el amor de Dios! ¡Cásate de una vez con ella y libérame! —Maldijo con aspereza y apoyó la cabeza contra su semental.

—¿Crees de veras que lo haré? —replicó Quinn con enojo—. ¿Nos liberaría eso a alguno de nosotros?

Jillian paseaba por el camino de ronda, la oscura vereda tras el parapeto. El crepúsculo era su hora preferida, cuando las sombras se difuminaban en la oscuridad sólo atenuada por la luna y las estrellas que iluminaban Caithness. Se detuvo y apoyó los brazos en el pretil. La brisa transportaba aromas de rosas y madreselva. Inspiró hondo y otro aroma le fastidió los sentidos. Alzó la cabeza. Misterioso y picante; cuero, jabón y hombre.

«Grimm.»

Se volvió despacio, y él estaba allí, detrás de ella, entre las sombras de los muros contiguos, observándola. Jillian no lo había oído aproximarse, ni un susurro de ropa, ni pasos en las piedras. Era como si estuviera hecho de aire nocturno y hubiera surcado el viento hasta llegar a ella.

—¿Te casarás? —preguntó él sin rodeos.

Jillian tomó aire. Las sombras disimulaban los rasgos de él salvo por una franja de luz de luna que iluminaba sus ojos intensos. ¿Cuánto rato llevaba allí? Al final de la frase, ¿había un «conmigo» tácito?

—¿Qué estás preguntando? —dijo ella con voz entrecortada.

El tono de Grimm era afable.

—Quinn será un buen esposo para ti.

—¿Quinn?

—Sí. Es rubio como tú, muchacha. Y amable, delicado y rico. Su familia te apreciará mucho.

—¿Y qué hay de la tuya? —Jillian no supo cómo se había atrevido a preguntar eso.

—¿Qué hay de la mía... sobre qué?

«¿Tu familia me apreciaría?»

—¿Cómo es tu familia?

La mirada de Grimm se tornó glacial.

—No tengo familia.

—¿Nadie? —Jillian frunció el ceño. Tendría parientes en alguna parte.

—No sabes nada de mí, muchacha —le recordó en voz baja.

—Bueno, ya que insistes en meter las narices en mi vida, creo que tengo derecho a hacer algunas preguntas. —Lo escrutó detenidamente, pero había demasiada oscuridad. ¿Cómo conseguía Grimm formar un todo con la noche?

—Dejaré de inmiscuirme. De todos modos, lo he hecho cuando parecía que te ibas a meter en líos.

—No me estoy metiendo en líos todo el tiempo, Grimm.

—Entonces... —hizo un gesto de impaciencia— ¿cuándo te casas con él?

—¿Con quién? —Bufando de rabia, Jillian se alisó las arrugas del vestido. Pasaron unas nubes por delante de la luna, con lo que él quedó momentáneamente a oscuras.

Su voz misteriosamente incorpórea adoptó un ligero tono de reproche.

—Intenta seguir la conversación, muchacha. Quinn.

—Por la flecha de Odín...

—La lanza —corrigió él con un atisbo de regocijo en la voz.

—¡No voy a casarme con Quinn! —informó al rincón oscuro.

—¿Entonces con Ramsay? —La voz de Grimm sonó peligrosamente más grave—. ¿Besa tan bien que te ha convencido?

Jillian inspiró hondo. Soltó el aire y cerró los ojos, rezando por mantener la calma.

—Muchacha, has de casarte con uno de ellos. Tu padre así lo exige —dijo él con calma.

Ella abrió los ojos. Alabado sea Dios, las nubes se habían disipado y volvía a distinguir el perfil de Grimm. Entre aquellas sombras había un hombre de carne y hueso, no una bestia mitológica.

—Tú eres uno de los hombres que mi padre mandó llamar, así que supongo que podría elegirte a ti, ¿no?

Él meneó la cabeza, fue un vago movimiento en la penumbra.

—Nunca aceptaré, Jillian. No tengo nada que ofrecerte, salvo una vida infernal.

—Puede que lo creas, pero quizá te equivocas. Si dejaras de compadecerte tanto, tal vez verías las cosas de otra manera.

—Yo no me compadezco...

—Ja. Hasta hartarte, Roderick. Sólo muy de vez en cuando una sonrisa consigue colarse furtivamente en tu preciosa cara, pero en cuanto la pillas te la tragas. ¿Sabes cuál es tu problema?

—No, pero tengo la extraña sensación de que tú vas a decírmelo, pava real.

—Muy listo, Roderick. Eso debería hacerme sentir lo bastante estúpida para cerrar la boca. Pero no funcionará, pues me siento estúpida siempre que estoy contigo, así que quizá más vale que también me comporte como tal. Sospecho que tu problema es que tienes miedo.

Grimm apoyó indolente la espalda contra las piedras del muro, con el aspecto de un hombre que jamás ha meditado sobre la palabra «miedo» el suficiente tiempo para darle cabida en su vocabulario.

—¿Y sabes de qué tienes miedo? —insistió ella, decidida.

—Puesto que ignoraba que tuviese miedo, me temo que me sacas cierta ventaja —soltó él con sorna.

—Tienes miedo de tener sentimientos —anunció ella con tono triunfal.

—Te equivocas, muchacha —replicó él, un conocimiento sensual y sombrío rezumando de su voz—. En todo caso, depende del tipo de sentimientos...

Jillian sintió un escalofrío.

—No cambies de tema...

—Y si los sentimientos se hallan por debajo de mi cintura...

—... pasando a una discusión sobre tus corrompidas...

—... entonces me siento totalmente a gusto con ellos.

—... y perversas necesidades masculinas...

—¿Perversas necesidades masculinas? —repitió él, reprimiendo la risa que aderezaba sus palabras.

Jillian se mordió el labio. Cuando estaba con él siempre acababa hablando demasiado, porque Grimm tenía la mala costumbre de enredarla, y ella perdía la calma una y otra vez.

—Estamos hablando de sentimientos... como los de las emociones —le recordó ella con aire rígido.

—¿Y crees que se excluyen mutuamente? —le pinchó Grimm.

¿Ella había dicho eso? Por todos los santos, tenía la cabeza hecha un lío por culpa de aquel hombre.

—¿De qué estás hablando?

—De sentimientos y «sentimientos», Jillian. ¿Crees que se excluyen mutuamente?

Jillian reflexionó unos instantes.

—No tengo mucha experiencia en esto, pero creo que se excluyen más a menudo en un hombre que en una mujer —contestó ella por fin.

—No todos los hombres son iguales, Jillian. —Hizo una pausa y luego añadió con voz tranquila—: ¿Cuánta experiencia has tenido exactamente?

—¿Qué tiene que ver esto con lo que yo decía? —soltó irritada, negándose a responder.

Grimm rompió a reír. ¡Por todos los santos, se rió! Fue una risa desinhibida, auténtica... profundamente resonante, abundante y cálida. Jillian se estremeció, pues el destello de los blancos dientes en su cara ensombrecida le hizo parecer tan guapo que ella quiso gritar ante la mezquindad con que él dispensaba tanta belleza.

—Esperaba que tú me lo explicarías en un momento u otro, Jillian.

—Roderick, las conversaciones contigo nunca van por donde yo creo que van.

—Al menos no te aburres. Ya es algo.

Jillian resopló con frustración. Era cierto. Estaba eufórica, animada, sensualmente despierta... y jamás aburrida.

—Entonces, ¿para ti se excluyen mutuamente? —se atrevió ella a preguntar.

—¿El qué? —dijo Grimm con tono afable.

—Los sentimientos y los «sentimientos».

Grimm arrugó la frente.

—Supongo que aún no he conocido a la mujer que pueda hacerme sentir cosas mientras la toco.

«¡Yo podría, sé que podría!», casi gritó Jillian.

—Pero tú tienes este otro tipo de sentimientos bastante a menudo, ¿verdad? —soltó ella.

—Todo lo a menudo que puedo.

—Ya estás otra vez con el pelo. ¿Qué diablos te pasa con el pelo? —Como él no contestó, Jillian añadió con aire infantil—: Te odio, Roderick. —En el mismo instante que lo dijo lamentó no haberse mordido la lengua. Ella se vanagloriaba de ser una mujer inteligente, pero cuando estaba con Grimm volvía a ser una niña quisquillosa. Si quería discutir con él, tendría que encontrar algo más eficaz que decir que la misma respuesta pueril de siempre.

—No es verdad, muchacha. —Soltó una áspera maldición y dio un paso adelante, abandonando las sombras—. Es la tercera vez que me lo dices, y ya empiezo a estar harto.

Jillian aguantó la respiración mientras él se acercaba, mirándola fijamente con expresión tensa.

—Desearías poder odiarme, Jillian St. Clair, y Dios sabe que deberías odiarme, pero no puedes odiarme tanto, ¿verdad? Lo he visto en tus ojos, Jillian, donde si me odiaras habría un vacío absoluto y sin embargo se aprecia una llama de curiosidad.

Grimm se volvió en un remolino de sombras y empezó a bajar moviéndose con garbo lobuno. Al final de la escalera, se paró y volvió la cabeza. El claro de luna mudaba la expresión amarga de Grimm en desnudo alivio.

—No vuelvas a decirme esas palabras, Jillian. Hablo en serio. Nunca más.

Los adoquines crujieron bajo sus botas mientras desapareció en los jardines. Jillian se consoló al pensar que, al fin y al cabo, él era realmente de este mundo.

Analizó las palabras de Grimm un buen rato, sola bajo el cielo morado del parapeto. La había llamado tres veces por su nombre, ni mocosa ni muchacha: Jillian. Y aunque las palabras finales fueron pronunciadas en tono frío y monocorde, ella había advertido —a menos que la luna le gastara bromas visuales— un atisbo de angustia en sus ojos.

Cuando más pensaba en ello, más convencida estaba. El amor y el odio podían pasar por lo mismo. Era cuestión de quitar esa máscara, mirar debajo y determinar qué emoción impulsaba a aquel hombre. Una chispa de entendimiento atravesó la penumbra que la rodeaba.

«Ve donde te diga el corazón —le había aconsejado su madre cientos de veces—. El corazón habla claro incluso cuando la mente insiste en lo contrario.»

—Mamá, te echo de menos —susurró Jillian cuando la última mancha del crepúsculo púrpura se disipó en un horizonte negro como el azabache.

Pero pese a la distancia, la fortaleza de Elizabeth St. Clair estaba dentro de ella, en su sangre. Ella era una Sacheron y una St. Clair, una combinación formidable.

¿Él sentía indiferencia hacia ella? Había llegado el momento de ocuparse de eso.

10

—Bien, ya está. Se han ido —murmuró Hatchard, mirando a los hombres que se marchaban. Pensativo, se peinó con los dedos la corta barba pelirroja. Estaba junto a Kaley en los peldaños de la entrada principal de Caithness, observando cómo tres caballos desaparecían entre remolinos de polvo por el tortuoso camino.

—¿Por qué tuvieron que escoger Durrkesh? —preguntó Kaley, irritada—. Si querían echar una cana al aire podían haber ido al pueblo de aquí al lado. —Hizo un gesto en dirección al pequeño pueblo que se apiñaba cerca de las protectoras murallas de Caithness derramándose hacia el valle.

Hatchard le lanzó una mirada incisiva.

—Aunque esto pueda suponer una grave conmoción para tu... digamos naturaleza acomodaticia, no todo el mundo piensa todo el rato en echar una cana al aire, Missus Twillow.

—No me llames Missus Twillow, Remmy —soltó ella—. Y no creo que hayas vivido casi cuarenta años sin haber echado algunas. Pero, sinceramente, me parece vergonzoso que se hayan ido de juerga cuando se les mandó llamar por Jillian.

—Kaley, si para variar escucharas un poco, quizás habrías oído lo que te he dicho. Van a Durrkesh porque Ramsay lo propuso. No para echar ninguna cana al aire sino para adquirir mercancías que sólo allí se pueden comprar. Me dijiste que se nos estaba terminando la pimienta y la canela, y aquí no es posible conseguirlas. —Señaló el pueblo e hizo una pausa elocuente antes de añadir—: También he oído que este año en la feria de la ciudad se puede encontrar azafrán.

—¡Azafrán! Alabado sea el Señor, no tenemos azafrán desde la primavera pasada.

—No dejas de repetírmelo —gruñó Hatchard.

—Para ayudar a un viejo a refrescar la memoria se hace lo que se puede. —Kaley se sorbió la nariz—. Y corrígeme si voy errada, pero normalmente eres tú quien envía a los hombres a comprar, ¿no?

—Vi a Quinn tan ansioso por comprar un regalo bonito para Jillian que no quise interponerme, como es lógico. Además, creo que Grimm ha ido con ellos simplemente para no quedarse solo con la muchacha —añadió Hatchard.

A Kaley le centellearon los ojos y empezó a dar palmas.

—¡Un regalo para Jillian! Así que será Jillian de Moncreiffe, ¿no? Un nombre excelente para una excelente muchacha, todo hay que decirlo. Y eso hará que ella se quede cerca, en las Lowlands.

Hatchard volvió a mirar la franja de camino que se dirigía al valle y vio desaparecer el último jinete tras un recodo.

—Yo no estaría tan seguro, Kaley —susurró.

—¿Qué se supone que significa este comentario tan misterioso? —dijo Kaley con ceño.

—Sólo que, a mi juicio, la muchacha jamás se ha fijado en otro que no sea Grimm.

—¡Grimm Roderick es el peor elemento que le podría caer en suerte! —exclamó Kaley.

Hatchard dirigió una mirada curiosa a la voluptuosa sirvienta.

—Vaya, ¿y por qué?

Kaley se llevó la mano a la garganta y suspiró.

—Hay hombres que las mujeres desean y hay hombres con los que se casan. Roderick no es de estos últimos.

—¿Por qué no? —preguntó Hatchard, confuso.

—Es peligroso —musitó Kaley—. Peligrosísimo para una muchacha.

—¿Te refieres a que podría hacerle algún daño? —Hatchard se envaró.

—Incluso sin querer, Remmy —dijo Kaley y exhaló otro suspiro.

—¿Que han ido adónde? ¿Y para cuánto tiempo dices? —Jillian parecía indignada.

—A la ciudad de Durrkesh, milady —contestó Hatchard—. Supongo que estarán fuera sólo una semana.

Ella se alisó el vestido con irritación.

—Esta mañana llevo un vestido, Kaley... uno bonito —se quejó—. Incluso iba a cabalgar hasta el pueblo con él en vez del tartán de mi padre, y ya sabes cómo detesto montar llevando un vestido.

—De hecho, estás encantadora —le aseguró Kaley.

—Encantadora, ¿para quién? Todos mis pretendientes me han abandonado.

Hatchard se aclaró la garganta con brusquedad.

—¿Hay alguno al que esperabas impresionar en particular?

Jillian se volvió hacia él con semblante acusador.

—¿Mi padre te ha encargado que me espíes, Hatchard? ¡Seguramente le estás enviando informes semanales! Pues muy bien, no diré nada.

Hatchard tuvo la delicadeza de aparentar contrición.

—No estoy enviándole informes. Simplemente me preocupaba tu bienestar.

—Pues preocúpate del bienestar de otro. Ya soy lo bastante mayor, puedes dejarme en paz.

—Jillian —la regañó Kaley—, no te pongas gruñona, no va contigo. Hatchard sólo está preocupado por ti.

—Me gusta ponerme gruñona. —Frunció una ceja mientras reflexionaba—. Un momento —dijo pensativa—. Durrkesh, ¿no? En esta época del año celebran una feria estupenda... La última vez que fui con papá y mamá nos alojamos en una pequeña posada preciosa... La Bota Negra, ¿verdad, Kaley?

Kaley asintió.

—Cuando vivía tu hermano Edmund ibais bastante a menudo a la ciudad.

El rostro de Jillian se ensombreció.

Kaley hizo una mueca.

—Lo siento, niña. No quería sacar esto a relucir.

—Lo sé. —Emitió un hondo suspiro—. Kaley, empieza a hacer el equipaje. Siento un deseo repentino de ir a una feria, ¿y qué mejor momento que éste? Hatchard, prepara los caballos. Iré en busca de la vida, estoy harta de quedarme sentada esperando que la vida venga a mí.

—Esto no presagia nada bueno, Missus Twillow —le dijo Hatchard a Kaley mientras Jillian se alejaba con brío.

—Una mujer tiene tanto derecho como un hombre a echar una cana al aire. Al fin y al cabo, quiere conseguir un esposo. Hemos de vigilarla y asegurarnos de que elige al más adecuado —le informó Kaley con altivez antes de ir tras Jillian, meneando las rollizas caderas de un modo que evocó en Hatchard una cancioncilla tiempo ha olvidada y muy subida de tono.

El hombre suspiró con resignación y se encaminó hacia los establos.

Los aleros de La Bota Negra se combaban peligrosamente, pero por suerte las habitaciones que Grimm había conseguido estaban en la tercera planta, no en la última, por lo que estarían razonablemente protegidos del diluvio que les había sorprendido a mitad de camino.

Grimm se detuvo frente a la puerta abierta de la posada y escurrió la camisa retorciendo y estrujándola. El agua salió a chorros y salpicó la gran losa de piedra de la entrada.

Sobre la ciudad descendían remolinos de niebla espesa. En un cuarto de hora sería imposible seguir; habían llegado justo a tiempo para evitar lo peor. Grimm había dejado su caballo en el pequeño patio en forma de U situado tras la posada, donde un deteriorado cobertizo se cimbraba precariamente bajo el tejado inclinado. Allí *Occam* estaría bien resguardado, siempre y cuando el agua no se lo llevara por delante.

Antes de entrar en la posada, Grimm se sacudió las gotas de agua del tartán. Toda tejedora digna de este nombre tejía la tela de manera tan apretada que ésta era casi impermeable, y las de Dalkeith eran de las mejores. Se desató un trozo de la prenda de lana y se la echó al hombro. Quinn y Ramsey ya se hallaban junto al fuego, calentándose las manos y secando las botas.

—Vaya tiempo de perros, ¿eh, chicos? —El posadero les sonrió desde el umbral de la taberna contigua—. Aquí tengo un fuego tan caliente como ése, y una buena cerveza para que se os pase el frío; no tardéis. Me llamo Mac —se presentó con un amistoso asentimiento de la cabeza—. Os espero.

Grimm echó una mirada a Quinn, que se encogió de hombros. Su expresión decía que en una noche espantosamente húmeda como aquélla poco más había que hacer aparte de beber. Los tres hombres cruzaron la puerta baja que dividía el comedor de la taberna propiamente dicha y se sentaron en sendos taburetes maltrechos en una mesa junto a la chimenea.

—Ya que está casi vacío, en cuanto os haya servido las bebidas también me acercaré yo una silla. No hay muchos que se aventuren a salir con un aguacero así. —El tabernero se dirigió cojeando a la barra y al poco regresó con una botella de whisky y cuatro vasos.

—Menudo temporal tenemos ahí fuera, ¿eh? ¿Y adónde os dirigís? —preguntó sentándose pesadamente—. No os preocupéis por mi pierna. Creo que la madera se está ablandando —añadió mientras acercaba un segundo taburete, levantaba su pierna de madera por el tobillo y la dejaba caer sobre el asiento—. Cuando el tiempo es húmedo, a veces me duele. Y en este maldito país esto sucede continuamente. Un lugar deprimente, ¿eh? Pero me gusta. ¿Habéis estado fuera de Alba, muchachos?

Grimm miró de soslayo a Quinn, quien observaba absorto al hombre con una expresión de regocijo e irritación al mismo tiempo. Grimm sabía que ambos se estaban preguntando si el tabernero acabaría callándose de una vez.

Iba a ser una noche larga.

Al cabo de unas horas aún no había amainado, y Grimm aprovechó esta excusa para ir a ver a *Occam* y huir de la humeante taberna y la interminable cháchara de Mac. Acosado por la misma inquietud que había sufrido en Dalkeith, aguantaba sentado y quieto apenas unas horas. Salió al patio trasero de la posada, preguntándose qué estaría haciendo Jillian en ese momento. Una leve sonrisa curvó sus labios cuando se la imaginó paseándose rabiosa, agraviada porque la hubieran dejado de lado. A Jillian la indignaba verse excluida de cualquier cosa que hicieran «los chicos». Pero esta vez era mejor así, y ella lo entendería cuando Quinn regresara con su regalo e hiciera su petición formal de mano. A Grimm le costaba mirar a Quinn sin pensar en la perfecta pareja que formarían, sus hijos rubios y sanos con rasgos aristocráticos y ni un solo indicio de locura hereditaria. Quizás eso le redimiría en cierta medida, caviló, aunque al imaginarse a Jillian en brazos de Quinn se le hacía un nudo en el estómago.

—Sal de mi cocina y no vuelvas, granuja. —De repente se abrió una puerta en el otro extremo del patio. Un niño salió despedido y acabó boca abajo en el barro.

Grimm examinó al hombre cuyo cuerpo casi ocupaba toda la puerta. Era un individuo grande, fornido, más de metro ochenta, con una mata de cortos rizos castaños. Su rostro estaba salpicado de manchas rojas, debido a la cólera o al esfuerzo, o probablemente a ambos, concluyó Grimm. Empuñaba un gran cuchillo de carnicero que brillaba débilmente.

El muchacho regresó al umbral a cuatro patas, resbalando en la tierra empapada. Con dedos delgados y sucios se restregó una salpicadura de barro en la mejilla.

—Pero Bannion siempre nos da las sobras. ¡Por favor, señor, necesitamos comer!

—¡Yo no soy Bannion, insolente rapaz! Bannion ya no trabaja aquí, y si viene le echaré igual que a ti, seguro. Ahora el carnicero soy yo. —El hombre abofeteó con tal fuerza al chico que éste cayó de espaldas al barro, moviendo la cabeza aturdido—. ¿Crees que guardamos algo para la gentuza como tú? Ya puedes pudrirte en el arroyo, te lo dice Robbie MacAuley. Yo no espero que nadie me dé de comer. Las ratas como tú acaban siendo ladrones y asesinos de las personas honradas y trabajadoras. —El carnicero salió a la lluvia, agarró al chico por el cuello y lo zarandeó. Cuando el niño empezó a gritar, el hombre le cruzó la cara con una manaza.

—Suéltalo —dijo Grimm.

—¿Eh? —El hombre miró alrededor, sobresaltado. Esbozó un gesto fiero en el rostro cuando posó la mirada en Grimm, parcialmente oculto por las sombras. El carnicero se enderezó amenazante, sosteniendo al chico con una mano—. ¿Quién te ha dado vela en este entierro? No te metas en esto. No te he pedido tu opinión. He sorprendido a este granuja robándome vituallas.

—¡No! ¡Yo no robaba! Bannion nos daba las sobras.

El carnicero le golpeó la cara con el dorso de la mano, y la nariz del chico empezó a sangrar.

En la sombra del cobertizo, Grimm miró paralizado al sangrante muchacho. Empezaron a acudir recuerdos en tropel a su memoria —el destello de una hoja plateada, un revoltijo de rizos rubios y un babero manchado de sangre, columnas de humo—, se levantó un viento extraño, y él sintió que el cuerpo se le retorcía por dentro, remodelándose presa de la rabia interior. Al margen de todo pensamiento consciente, Grimm arremetió contra el carnicero y lo estampó contra la pared de piedra.

—¡Vil bastardo! —Cerró las manos en torno al cuello del hombre—. El chico necesita comida. Ahora irás a la cocina y le llenarás una cesta con la mejor carne que tengas, y luego vas a...

—¡Vete al infierno! —logró espetarle el carnicero, resollando. Se resistió al agarrón de Grimm y lanzó el cuchillo hacia delante a ciegas. Cuando la hoja alcanzó su objetivo, la mano de Grimm se relajó levemente, y el carnicero tomó aire soltando una especie de silbido—. ¡Cabrón! —gritó con voz ronca—. Nadie se mete con Robbie MacAuley. Yo te enseñaré. —Empujó a Grimm con la mano al tiempo que retorcía el cuchillo.

Grimm se tambaleó hacia atrás y el carnicero avanzó, sólo para detenerse en seco, los ojos abiertos de incredulidad, pues el loco al que había apuñalado con una brutalidad que debía haberle causado una herida mortal ahora estaba sonriendo.

—Sonríe, eso es... sigue sonriendo mientras te mueres —soltó—. Porque vas a morir, desgraciado.

La sonrisa de Grimm era tan maléfica que el carnicero retrocedió hasta la pared de la posada.

—Hay un cuchillo en tu vientre, desgraciado —masculló, observando la sobresaliente empuñadura para asegurarse de que, en efecto, estaba allí.

Grimm cogió la empuñadura y extrajo la hoja, colocándola tranquilamente bajo la temblorosa papada del carnicero.

—Vas a darle al chico la comida que ha venido a buscar. Y luego le pedirás perdón —dijo con tono suave, los ojos brillantes.

—Y un cuerno —farfulló el hombre—. Te derribaré en menos que canta un gallo.

Grimm puso la hoja bajo la oreja del carnicero, al nivel de la yugular.

—No estés tan seguro.

—Deberías estar muerto. ¡Tienes un agujero en la barriga!

—Grimm. —La voz de Quinn reverberó en la noche.

Apretando suavemente, con el cuidado de un amante, Grimm rasgó la piel del cuello.

—Grimm —repitió Quinn en voz baja.

—¡Dios mío! ¡Lleváoslo de aquí! —gritaba el carnicero desesperado—. Está loco de atar. Sus ojos inyectados son como...

—Cállate, imbécil —gruñó Quinn.

Sabía por experiencia que las palabras pronunciadas con aspereza podían agravar el estado del berserker. Rodeó a los dos con cautela. Grimm estaba paralizado, con la hoja contra la garganta del otro. El harapiento chico permanecía acurrucado a sus pies, mirando con ojos asombrados.

—Es un berserker —susurró el chico con reverencia—. Por Odín, mira sus ojos.

—Está poseído —gimoteó el carnicero mientras miraba a Quinn—. ¡Haced algo!

—Ya estoy haciendo algo —replicó Quinn con calma—. No hagas ruido, y por el amor de Dios, no te muevas. —Se acercó a Grimm para asegurarse de que su amigo podía verle.

—Este granuja es sólo un vagabundo y un ladrón. Por algo así no se mata a un hombre honrado —gimoteó el carnicero—. ¿Cómo iba a saber yo que era un maldito berserker?

—Que lo sea o no lo sea no tiene importancia. Un hombre no debería comportarse con integridad sólo cuando alguien más fuerte lo obliga a ello —repuso Quinn con una mueca de repugnancia—. Grimm, ¿quieres matar a este hombre o dar de comer al chico? —Lo preguntó con tono afable, al oído de su amigo. A la débil luz, los ojos de Grimm eran incandescentes. Quinn supo que estaba en la fase más profunda de la sed de matar que acompañaba al trance del berserker—. Sólo quieres que el muchacho coma, ¿verdad? Quieres simplemente que el chico coma y no sufra, ¿recuerdas? Grimm, Gavrael, escúchame. ¡Mírame!

—Aborrezco esto, Quinn —dijo Grimm más tarde mientras se desabotonaba la camisa con dedos rígidos.

Quinn le dirigió una mirada de curiosidad.

—¿En serio? ¿Hay aquí algo que aborrecer? La única diferencia entre lo que has hecho tú y lo que habría hecho yo es que tú, cuando haces algo, no sabes lo que estás haciendo. Eres honorable incluso cuando no estás plenamente consciente. Eres tan condenadamente honorable que nunca puedes comportarte de otro modo.

—Le habría matado.

—No estoy tan seguro. Te he visto hacer esto antes, y esta noche te has contenido. Cuanto más mayor te haces, más control vas adquiriendo. Y no sé si te has dado cuenta, pero esta vez no estabas totalmente inconsciente. Cuando te hablé me oías. Antes era más difícil conseguirlo.

Grimm arrugó la frente.

—Es verdad —admitió—. Parece que logro retener una pizca de consciencia. No mucha... pero más de la acostumbrada.

—Déjame ver esa herida. —Quinn acercó una vela—. Y recuerda que el carnicero no habría dudado en golpear al chico hasta dejarlo inconsciente y luego abandonarlo moribundo en el barro. En esta ciudad, a los niños vagabundos no se les trata mejor que a las ratas, y la idea general es que cuanto antes mueran mejor.

—No es justo. Los niños son inocentes. No han tenido la oportunidad de corromperse. Deberíamos llevarlos a algún otro sitio para que se eduquen y crezcan como es debido. Con alguien como Jillian contándoles fábulas —añadió.

Quinn sonrió al inclinarse sobre la arrugada herida.

—Será una madre maravillosa, ¿verdad? Como Elizabeth. —Abstraído, pasó los dedos por el tajo en el costado de Grimm, que ya se estaba cerrando—. Por la lanza de Odín, amigo, ¿cómo es que te curas tan deprisa?

Grimm hizo una leve mueca.

—Es cierto. Parece que cuanto más viejo, más deprisa incluso.

Quinn se dejó caer en la cama, meneando la cabeza.

—Qué bendición del cielo. Nunca tienes que preocuparte de las infecciones, ¿verdad? Entonces, ¿cómo se mata a un berserker?

—Es muy difícil. He intentado beber hasta la muerte, y no ha funcionado. Y hacer esfuerzos físicos desmesurados, y tampoco. También he participado en todas las batallas que he podido, pero tampoco ha surtido efecto. Lo único que quedaba por probar era fo... —Se calló, azorado—. Bueno, como puedes ver, tampoco ha servido de nada.

Quinn sonrió burlón.

—Pero no pasó nada malo por intentarlo, ¿verdad?

Grimm no pudo evitar sonreírse.

—Duerme un poco, amigo. —Quinn le dio una palmadita en el hombro—. Por la mañana todo tiene mejor aspecto. Bueno, casi todo —añadió con una mueca—, siempre y cuando no se beba demasiado la noche anterior. Entonces la moza parece más fea. Y yo también, si vamos a eso.

Grimm se limitó a menear la cabeza y se dejó caer pesadamente en la cama. Cruzó los brazos tras la cabeza y se quedó dormido en cuestión de segundos.

11

«Por la mañana todo tiene mejor aspecto.» Mientras miraba a Jillian desde la ventana, Grimm recordó las palabras de Quinn y estuvo completamente de acuerdo. ¿Qué error de cálculo le había hecho pensar que ella no los seguiría?

Jillian estaba imponente, reconoció mientras la observaba secretamente y con avidez desde su habitación. Vestida con una capa de terciopelo ámbar, era una aparición de mejillas sonrojadas y ojos centelleantes. El rubio cabello le caía sobre los hombros, devolviendo el sol al cielo. Había dejado de llover —«seguramente gracias a ella», rumió Grimm—, y Jillian se hallaba de pie en un charco de luz que anunciaba que faltaba poco para el mediodía. Él había dormido como un lirón, como solía suceder tras sucumbir a la furia del berserker.

Mirando con ojos escrutadores a través de la ventana con bisagras, frotó el cristal hasta obtener una imagen nítida. Mientras Hatchard se ocupaba del equipaje, Jillian y Kaley se cogieron del brazo y charlaban animadamente. Cuando instantes después apareció Quinn en la callejuela, ofreció galantemente sus brazos a las dos damas y las acompañó al interior de la posada, Grimm suspiró con semblante sombrío.

El rubio, gallardo y cortés Quinn.

Grimm murmuró una maldición y fue a dar de comer a *Occam* antes de pensar en su propio desayuno.

Jillian se dirigió a la escalera para subir a su habitación, pero echó un vistazo alrededor para asegurarse de que estaba sola y luego salió furtivamente al pequeño patio trasero de la posada. Grimm se encontraba allí, tal como ella sospechaba, dando a *Occam* un puñado de grano y hablándole en voz baja. Jillian se detuvo, disfrutando de la imagen. Era alto, espléndido, y su cabello negro se ondulaba en la brisa. El tartán le quedaba indecorosamente corto, sobre sus delgadas caderas con sensual insolencia. Alcanzó a verle la zona de la cintura donde se había remetido la camisa desaliñadamente. Jillian anheló poder sacarle los faldones y acariciarle la espalda. Cuando él se agachó para recoger un cepillo, los músculos de las piernas se tensaron, y pese a su juramento de no emitir ningún sonido, ella exhaló un suspiro de genuino deseo.

Él la oyó, naturalmente. Jillian se colocó al instante una máscara de indiferencia y decidió que la mejor defensa es un buen ataque.

—¿Por qué no encierras nunca a *Occam*? —inquirió vivamente.

Grimm le echó un breve vistazo y acto seguido empezó a cepillar el lustroso costado del caballo.

—En una ocasión quedó atrapado en un establo en llamas.

—No parece haber sufrido mucho por ello. —Jillian cruzó el patio, observando el semental—. ¿Resultó herido? —El caballo era magnífico; tenía las patas más largas de lo habitual y era de un brillante y uniforme color pizarra.

Grimm dejó de cepillar.

—Te gusta hacer preguntas, ¿verdad? Pero aparte de eso, ¿qué estás haciendo aquí? ¿No podías ser buena chica y quedarte en Caithness? No, claro, me olvidaba: Jillian detesta que la dejen a un lado —dijo con tono mordaz.

—Entonces, ¿quién lo salvó? —Estaba resuelta a no morder el anzuelo.

Grimm volvió a concentrarse en el animal.

—Yo. —Hubo una pausa en la que sólo se oyó el rumor de las cerdas contra el pelaje. Cuando Grimm habló de nuevo, liberó un torrente de palabras en voz baja—. ¿Has oído alguna vez relinchar un caballo presa de las llamas, Jillian? Es uno de los sonidos más espeluznantes que he oído en mi vida. Te atraviesa tan cruelmente como el grito de dolor de una criatura inocente. Lo que más me afecta es la inocencia en peligro.

Jillian se preguntó cuándo había oído aquellos relinchos y quiso averiguarlo, pero prefirió no husmear en las heridas de Grimm. Mantuvo la boca cerrada, esperando que él proseguiría.

Pero no. Alejándose en silencio del caballo, Grimm hizo un gesto brusco acompañado de un chasquido de la lengua. Jillian observó asombrada cómo el semental doblaba las rodillas y se dejaba caer pesadamente sobre el costado con un débil relincho. Grimm se arrodilló junto al animal e indicó a Jillian que se acercara.

Ella lo hizo.

—Oh, pobrecito *Occam* —susurró asombrada. Toda la parte inferior del caballo estaba llena de cicatrices. Jillian pasó los dedos por la gruesa piel, y arrugó la frente en señal de compasión.

—Sufrió quemaduras muy graves, decían que no viviría —explicó Grimm—. Tenían pensado sacrificarlo, pero entonces lo compré. Y no sólo eran las heridas sino que durante meses estuvo enloquecido. ¿Te imaginas el horror de verte atrapado en un establo ardiendo, allí encerrado? *Occam* podía correr más rápido que el más veloz, podía haber dejado el fuego kilómetros atrás, pero estaba aprisionado en un infierno provocado por la mano del hombre. Desde entonces no lo he encerrado nunca.

Jillian tragó saliva y echó una mirada a Grimm, que exhibía amargura en el rostro.

—Parece que también tú te hayas visto atrapado en más de un infierno provocado por el hombre, Grimm Roderick —señaló con voz débil.

Él la miró con aire burlón.

—¿Qué sabes tú de infiernos provocados por los hombres?

—Una mujer vive la mayor parte de su vida en un mundo hecho por los hombres —contestó Jillian—. Primero el mundo del padre, después el del esposo, finalmente el de su hijo, por cuyo favor vive en su casa si el esposo muere antes que ella. Y en Escocia, parece que ellos siempre mueren antes que ellas en una guerra u otra. A veces, sólo observar los infiernos que los hombres conciben para los demás ya es horror suficiente para una mujer. Nosotras sentimos las cosas de otra forma. —Grimm fue a replicar, pero Jillian llevó impulsivamente su mano a los labios de él para impedírselo—. No, no digas nada. Piensas que sé poco sobre tristeza o dolor, pero también he tenido mi parte. Ignoras muchas cosas de mí, Grimm Roderick. Y no olvides la batalla que presencié cuando era niña. —Abrió los ojos como platos, incrédula, cuando Grimm besó ligeramente la punta de los dedos posados en sus labios.

—*Touché*, Jillian —susurró. Le cogió la mano y la colocó suavemente en su regazo; la cubrió con ademán protector y la joven se quedó inmóvil.

—Si fuera un hombre que creyera en estrellas de deseos, mi deseo sería que Jillian St. Clair no tuviera jamás el menor vislumbre de infierno alguno. Que para los ojos de Jillian sólo hubiera cielo.

Ella se quedó aún más inmóvil, disimulando su asombro, exultante por la sensación de su mano cobijada en la fuerte y cálida mano de Grimm. Por todos los santos, habría cabalgado hasta Inglaterra y cruzado la más feroz de las batallas fronterizas si hubiera sabido que al final del viaje la esperaba una experiencia así. Imaginó que su cuerpo había echado raíces donde estaba arrodillada; para que él la siguiera tocando, estaba dispuesta a hacerse vieja en aquel pequeño patio, a aguantar el viento y la lluvia, la nieve y el granizo, sin la menor preocupación. Hechizada por el vislumbre de duda en la mirada de él, echó la cabeza atrás mientras la de Grimm parecía inclinarse hacia delante, como empujada suavemente por una brisa inopinada.

Los respectivos labios se hallaban a un aliento de distancia, y ella aguardó, el corazón desbocado.

—¡Jillian! ¡Jillian! ¿Estás ahí?

Ella cerró los ojos, deseando que aquella intrusa voz se fuera al infierno y a ser posible más lejos. Sintió el suave roce de los labios de Grimm en los suyos, dándole un beso rápido y delicado, nada que ver con el que ella anhelaba. Jillian quería que los labios de él le magullaran los suyos, quería la lengua de él dentro de su boca y la respiración de él en sus pulmones. Quería todo lo que él tenía para dar.

—Es Ramsay —dijo Grimm y apretó la mandíbula—. Va a salir. Levántate, muchacha. Vamos, de pie.

Jillian lo hizo con torpeza y retrocedió, intentando ver la cara de Grimm, pero la oscura cabeza de éste se había inclinado hacia el suelo.

—Grimm —susurró con apremio. Quería que alzara la cabeza, necesitaba ver sus ojos. Tenía que confirmar que había visto deseo en sus ojos.

—Muchacha... —dijo con voz quejumbrosa, la cabeza todavía inclinada.

—¿Sí? —musitó ella sin aliento.

Las manos de Grimm estaban cerradas en los pliegues de su *kilt*, y Jillian esperó, temblando.

La puerta se abrió y se cerró con estrépito a su espalda.

—Jillian —dijo Ramsay al salir al patio—. Estás aquí. Me alegra que te hayas reunido con nosotros. Pensaba que igual te gustaría acompañarme a la feria. ¿Qué hace tu caballo tumbado en el suelo, Roderick?

Jillian soltó un bufido de frustración y siguió dándole la espalda a Ramsay.

—¿Qué, Grimm? ¿Qué? —suplicó con un susurro apremiante.

Él levantó la cabeza. En sus ojos azules se apreciaba un destello desafiante.

—Quinn está enamorado de ti, muchacha. Creo que deberías saberlo —dijo con delicadeza.

12

Jillian se zafó hábilmente de Ramsay diciéndole que tenía que comprar «cosas de mujeres», expresión que por lo visto lo intimidó. De este modo, pudo pasar la tarde comprando con Kaley y Hatchard. Al platero le compró una hebilla nueva para su padre. Al curtidor, tres alfombras de blanquísima piel de cordero, gruesas y suaves como pelo de conejo. En la herrería regateó sagazmente hasta conseguir tres diminutas estrellas con incrustaciones de oro para adornar su vestido nuevo.

Pero estuvo todo el rato pensando en lo sucedido en el patio, demorándose en aquel hombre sombrío y sensual que había puesto al descubierto el primer atisbo de grieta en las gruesas murallas que protegían su corazón. Esto la había sorprendido, desconcertado, y también había reforzado su decisión. Jillian no dudó ni un instante de lo que había visto. A Grimm Roderick ella le importaba. Enterrado bajo un montón de escombros —los restos de un pasado que, según empezaba a sospechar, había sido más atroz de lo que ella alcanzaba a comprender— había un hombre vulnerable, real.

En la mirada desnuda de Grimm había visto que la deseaba, pero, más importante aún, que tenía sentimientos tan profundos que no podía expresar, y por tanto se obstinaba en negarlos. Eso bastaba para mantener la esperanza. Ni siquiera le pasó por la cabeza que el esfuerzo no mereciera la pena: no tenía dudas al respecto. Grimm tenía para ofrecer todo lo que ella había querido siempre en un hombre. Jillian sabía que nadie es perfecto, que a veces las personas han recibido heridas tan graves que hace falta mucho amor para sanarlas y, así, lograr hacer realidad todo su potencial. A veces aquellos con más cicatrices son los más profundos y los que más tienen para ofrecer porque comprenden el valor inmenso de la ternura. Ella sería el sol que le despojaría de la capa de indiferencia que él se había puesto hacía años, y lo invitaría a caminar sin protección.

Su decisión fue tan contundente que se sintió temblorosa y débil. El deseo había brillado en los ojos de Grimm cuando la había mirado, y, se diera cuenta él o no, Jillian había detectado en su rostro una promesa intensa, sensual.

Ahora todo lo que tenía que hacer ella era encontrar el modo de liberar esa promesa. Tuvo un escalofrío, nerviosa por la intuición de que cuando Grimm Roderick diera rienda suelta a su pasión, comprobaría que definitivamente había valido la pena.

—¿Tienes frío, muchacha? —preguntó Hatchard.

—¿Frío? —repitió Jillian con la mirada ausente.

—Estabas temblando.

—¡Oh, vamos Hatchard! —gruñó Kaley—. Era el tembleque típico del que está fantaseando. ¿No ves la diferencia?

Jillian miró a Kaley, sobresaltada. La cocinera se limitó a sonreír con suficiencia.

—Era eso, ¿no, Jillian?

—¿Cómo lo has sabido?

—Esta mañana Quinn estaba muy guapo —repuso Kaley lanzando una clara indirecta.

—Grimm también —soltó Hatchard al punto—. ¿No lo crees así, muchacha? Sé que lo has visto en los establos.

Jillian se quedó boquiabierta.

—¿Me estabas espiando?

—Por supuesto que no —respondió él a la defensiva—. Estaba en la ventana y te vi, eso es todo.

—Oh —exclamó Jillian con voz débil, la mirada oscilando entre la sirvienta y el hombre de armas—. ¿Por qué me miráis así?

—¿Así, cómo? —Kaley hizo aletear las pestañas con candidez. Jillian puso los ojos en blanco, enfurruñada por los esfuerzos casamenteros de ambos.

—¿Volvemos a la posada? Dije que regresaría a la hora de cenar.

—¿Con Quinn? —inquirió Kaley, expectante.

Hatchard propinó un ligero codazo a la mujer.

—Con Grimm.

—Con *Occam* —corrigió Jillian a su espalda con sequedad.

Hatchard y Kaley intercambiaron miradas de complicidad mientras la joven se apresuraba calle abajo cargada de paquetes.

—Creía que nos había traído para que le lleváramos las cosas —comentó Hatchard alzando una ceja castaño rojiza y mostrando sus manos vacías.

Kaley sonrió.

—Remmy, me parece que Jillian podría echarse el mundo entero a la espalda sin notar peso alguno. La muchacha está enamorada, sin duda. La pregunta es de quién.

—¿Cuál, Jillian? —preguntó Kaley sin rodeos mientras abrochaba los diminutos botones de la parte posterior del vestido de Jillian, un modelo de seda verde que se arrugaba en un sensual rizo mediante unas cintas colocadas ingeniosamente en el corpiño.

—¿Cuál qué? —repuso Jillian con indiferencia. Se pasó los dedos por el pelo y se echó tras el hombro un pulcro y rebelde mechón dorado. Estaba encaramada en el pequeño banco que había frente al empañado espejo de su habitación de la posada, ardiendo de impaciencia por reunirse con los hombres en el comedor.

El reflejo de Kaley buscó el de Jillian con una reprimenda muda. La cocinera le recogió el cabello en un moño tirando con más entusiasmo del necesario.

—¡Ay! —La chica frunció el entrecejo—. Muy bien, sé a qué te refieres. Pero mira, aún no puedo responder. A ver cómo van las cosas esta noche.

Kaley relajó la mano y sonrió.

—Así pues, ¿admites que tienes intención de escoger esposo entre ellos tres? ¿Harás caso de tu padre?

—¡Claro, Kaley, por supuesto que sí! —Los ojos de Jillian centelleaban cuando se puso en pie de golpe.

—Supongo que esta noche podrías llevar el pelo suelto —dijo la mujer—. Pero al menos deberías dejar que te lo arreglara y rizara.

—Me gusta lacio. Ya es naturalmente bastante ondulado, y además no puedo perder más tiempo.

—Vaya, ahora la chica que tarda una hora en elegir un vestido no puede perder más tiempo.

—Ya llego tarde, Kaley —dijo Jillian ruborizada mientras salía a toda prisa de la habitación.

—Llega tarde —dijo Grimm, yendo de un lado a otro, irritado. Habían estado esperando un rato en la pequeña antecámara que había entre la parte de la posada que albergaba las habitaciones y el comedor—. Por la lanza de Odín, ¿por qué no mandamos subir una bandeja a su cuarto?

—¿Y renunciar al placer de su compañía? Ni hablar —dijo Ramsay.

—¿Te quieres estar quieto, Grimm? —dijo Quinn con una mueca—. Deberías tranquilizarte un poco.

—Estoy muy tranquilo —repuso Grimm sin dejar de dar pasos airados.

—No es cierto —objetó Quinn—. Estás crispado, como quebradizo. Si te diera un golpecito con la espada, te harías añicos.

—Si me dieras un golpecito con tu espada, te daría yo otro con la mía, y no con la empuñadura.

—No hace falta ponerse a la defensiva...

—¡No me estoy poniendo a la defensiva!

Quinn y Ramsay le dirigieron sendas miradas condescendientes.

—No es justo. —Grimm torció el gesto—. Es una trampa. Si alguien dice «no te pongas a la defensiva», ¿qué respuesta puede darse sino una de carácter defensivo? Sólo tienes dos opciones: no decir nada o decir algo que sonará defensivo.

—Grimm, a veces piensas demasiado —señaló Ramsay.

—Voy a tomar algo. —Grimm hervía de indignación—. Cuando la princesa esté lista venid a buscarme, siempre y cuando este hecho singular acontezca antes de que salga el sol.

Ramsay lanzó a Quinn una mirada interrogativa.

—En la corte no era tan grosero, De Moncreiffe. ¿Qué mosca le ha picado? No es por mí, ¿verdad? Sé muy bien que en ocasiones hemos tenido algunos malentendidos, pero creía que estaba todo olvidado.

—Si la memoria no me falla, esa cicatriz que tienes en la cara es un recuerdo de uno de esos malentendidos, ¿no? —Ramsay hizo una mueca y Quinn prosiguió—: No es por ti, Logan. Siempre se pone así cuando Jillian anda cerca. Pero desde que ella se ha hecho mayor, parece que el asunto ha empeorado.

—Si cree que va a conseguirla, está en un error —dijo Ramsay.

—No está tratando de conseguirla sino de odiarla, Logan. Y si piensas que la conseguirás tú, el que está en un error eres tú.

Ramsay Logan no contestó, pero su desafiante mirada fue muy elocuente mientras entraba en el comedor.

Quinn echó un rápido vistazo a las escaleras vacías, se encogió de hombros y siguió los pasos del otro.

Cuando Jillian llegó abajo, no la esperaba nadie.

«Menuda panda de pretendientes —pensó—. Primero me dejan plantada, y luego vuelven a dejarme plantada.»

Miró escaleras arriba, tirando nerviosa del escote del vestido. ¿Regresaba con Kaley? La Bota Negra era la mejor posada de Durrkesh, se jactaba de ofrecer la mejor comida del pueblo, si bien la idea de abrirse paso por sí sola en el atestado comedor era algo desalentadora. Nunca antes había estado sola en el comedor de una posada.

Se acercó a la puerta y miró a hurtadillas por el agujero de la cerradura.

La estancia estaba llena de bulliciosos grupos de clientes. Las risas resonaban, pese a que la mitad de los presentes comían de pie. De pronto, como obedeciendo una orden de los dioses, todos se apartaron para permitir destacar a un hombre obscenamente apuesto, solo, junto al labrado mostrador de roble que servía de barra. Sólo Grimm Roderick podía estar de pie con aquel garbo insolente.

Mientras ella miraba, Quinn se acercó a Grimm, le dio una copa y dijo algo que por poco le hizo reír. Cuando él reprimió la expresión, eliminando todo rastro de regocijo, ella sonrió para sus adentros. Quinn desapareció entre la gente, y entonces Jillian entró en la sala y se dirigió hasta Grimm. Al verla, los ojos de él resplandecieron de un modo extraño y asintió sin decir nada. Jillian se quedó en silencio, pensando en algo que decir, algo interesante e ingenioso. Por fin estaba sola con él en un entorno adulto, podía entablar la conversación íntima con que había fantaseado tantas veces.

Pero antes de encontrar algo que decir, él pareció perder interés y se volvió. «Caramba, Jillian —se reprendió a sí misma—, ¿te vuelves tonta de remate cuando estás con este hombre?» Sus ojos iniciaron un amantísimo viaje por la nuca de Grimm, acariciaron su espeso cabello negro, deambularon por la musculosa espalda, que se tensó contra la camisa cuando él pidió otra jarra de cerveza. Ella se deleitaba sólo con verlo, con ver la forma en que sus hombros se juntaban al saludar con la mano a algún conocido. Sus ojos bajaron más, hacia la estrecha cintura, las caderas compactas y robustas y unas piernas poderosas.

Grimm tenía piernas velludas, advirtió ella, examinando la parte posterior de sus piernas por debajo del *kilt*, pero ¿dónde terminaba ese sedoso vello negro?

Jillian soltó el aire que había estado reteniendo sin ser consciente de ello. Cada partícula de su cuerpo respondía al de él con deliciosa expectación. Sólo por el hecho de estar cerca de aquel hombre misteriosamente seductor, sentía flojera en las piernas y escalofríos en el estómago.

Grimm se echó hacia atrás y por un momento la rozó en aquella estancia abarrotada, y ella tocó brevemente el hombro de él con la mejilla, tan levemente que él no lo supo. Ella aspiró su aroma y adelantó las manos, tocándole los omóplatos, que arañó suavemente, marcándole apenas la piel bajo la camisa.

Grimm gruñó quedamente, y Jillian abrió los ojos como platos. Ella siguió arañando con suavidad, sorprendida de que él no se resistiera. No se apartó. No giró sobre los talones para lanzarle alguna pulla.

Jillian aguantó la respiración, luego inhaló con avidez, deleitándose con el fresco aroma a jabón especiado y a hombre. Grimm empezó a mover sutilmente la espalda, como un gato al que rascan la barbilla. ¿Le gustaba de veras lo que le estaba haciendo?

«Oh, esta noche los dioses pueden concederme un deseo... ¡sentir el beso de este hombre testarudo!»

Jillian deslizó la palma de las manos cariñosamente por la espalda de él y se arrimó más a su cuerpo. Los dedos de ella recorrieron los anchos hombros, bajaron hasta la escueta cintura y subieron otra vez. El cuerpo de Grimm se relajó.

«El cielo, esto es el cielo», pensó ella con ojos soñadores.

—Pareces de lo más satisfecho, Grimm. —La voz de Quinn interrumpió la fantasía de Jillian—. Es asombroso lo que puede hacer una copa por el estado de ánimo de uno. ¿Dónde ha ido Jillian? ¿No estaba contigo hace un momento?

Las manos de Jillian se quedaron quietas en la espalda de Grimm, tan ancha que le permitía quedar fuera del campo visual de Quinn. Agachó la cabeza, sintiéndose de pronto culpable. La espalda de Grimm se envaró y dijo:

—¿No ha salido fuera a tomar el aire?

Jillian se quedó pasmada.

—¿Ella sola? Por el amor de Dios, hombre... ¡no debías dejar que paseara por ahí fuera sola! —Las botas de Quinn resonaron en el suelo de piedra mientras se dirigía a zancadas en busca de Jillian.

Grimm se volvió rápidamente.

—¿Se puede saber qué estás haciendo, pava real? —gruñó.

—Te estaba tocando —respondió ella con sencillez.

Grimm le cogió ambas manos, casi aplastando los delicados huesos.

—Pues no lo hagas, muchacha. Entre tú y yo no hay nada...

—Te has arrimado a mí —protestó ella—. No parecías descontento precisamente...

—¡Creía que eras una fulana de taberna! —espetó Grimm, atusándose el cabello.

—¡Oh! —Jillian se quedó cabizbaja.

Grimm bajó la cabeza hasta que sus labios rozaron el oído de la joven, para que sus palabras fueran audibles pese al bullicio del comedor.

—Por si no lo recuerdas, es Quinn el que te quiere, y es sin duda la mejor opción. Ve con él y tócale a él, muchacha. Déjame con las fulanas de taberna, las que entienden a los hombres como yo.

Los ojos de Jillian destellaban peligrosamente cuando se volvió y se abrió camino entre la atestada estancia.

Sobreviviría a la noche. No iba a ser tan terrible; al fin y al cabo había pasado por cosas peores. Grimm había sido consciente de la presencia de Jillian en cuanto ella entró en el comedor. De hecho, cuando pareció que ella iba a hablarle, se había puesto de espaldas a propósito. De poco había servido... tan pronto ella lo tocó, él fue incapaz de alejarse del sensual tacto de aquellas manos en su espalda.

Había dejado que las cosas fueran demasiado lejos, pero llegado un punto ya era demasiado tarde para enmendar la situación.

Se mantuvo de espaldas a Jillian, bebiendo metódicamente whisky para embotar sus perfectos sentidos de berserker. De vez en cuando oía la entrecortada cadencia de la risa de ella. Alguna que otra vez, cuando el tabernero movía botellas de los estantes, alcanzaba a vislumbrar un mechón de pelo dorado en una jarra abrillantada.

Pero le importaba un bledo. Él la había empujado a hacer lo que ella estaba haciendo, así que, ¿por qué iba a preocuparse? No le preocupaba, se dijo, porque él era el único hombre sensato de una raza al parecer condenada a verse arrastrada por emociones violentas e impredecibles que no eran más que lujuria desatada. Lujuria, no amor, y ni una ni otro tenía nada que ver con Jillian, maldita sea.

¡Dios! ¿A quién creía que engañaba? Grimm cerró los ojos y meneó la cabeza ante sus mentiras.

La vida era el infierno y él era Sísifo, condenado eternamente a arrastrar un pedrusco de implacable deseo colina arriba sólo para ser aplastado por él antes de llegar a la cumbre. Grimm jamás había tolerado la frivolidad. Era un hombre que resolvía problemas, y esa noche se ocuparía de que Jillian consolidara su compromiso con Quinn, y ahí concluiría su cometido.

No podría codiciar a la esposa de su mejor amigo, ¿verdad? Por tanto, todo lo que debía hacer era procurar que ella se casara con Quinn, y así terminaría su sufrimiento. Simplemente, ya no podía vivir más tiempo con esa batalla interior. Si ella seguía libre y soltera, él aún podría soñar. Si Jillian estaba felizmente casada, él se vería forzado a enterrar sus insensatos deseos. Con el asunto ya resuelto, lanzó una mirada furtiva hacia atrás y observó cómo progresaba todo. Sólo Mac, con su pata de palo, pudo oír tras el mostrador la ansiosa inspiración de Grimm y advertir la rigidez de su mandíbula.

Jillian estaba de pie en mitad de la sala, la cabeza rubia inclinada hacia atrás, dedicando este deslumbrante gesto femenino a su mejor amigo, gesto que en esencia no daba a entender nada más que lo que ella era: irresistible. Una mirada burlona, unos centelleantes ojos llenos de vida; un exquisito labio inferior levemente mordido. Los dos estaban en su pequeño mundo, ajenos a Grimm. Precisamente la situación que él había animado a Jillian a buscar. Esto lo puso furioso.

Mientras miraba, el mundo que no era Jillian —pues, ¿qué era el mundo sin Jillian?— se desvaneció. Alcanzaba a oír el susurro del pelo de ella a través de la abarrotada taberna, el rumor del aire cuando levantó la mano hacia el rostro de Quinn. De repente, el único sonido que Grimm oía era la sangre aporreándole los oídos mientras contemplaba los finos dedos de Jillian recorrer la mejilla de Quinn, demorándose en la mandíbula. A Grimm se le hizo un nudo en el estómago y de su corazón brotó un clamor de ira.

Subyugado, la mano de Grimm se deslizó lentamente hacia su propia cara. La palma de Jillian se movía como una pluma por la piel de Quinn: sus dedos seguían el rastro de la recortada barba. Grimm lamentó no haber roto aquella mandíbula perfecta un par de veces cuando ambos jugaban de niños.

Indiferente a la mirada fascinada de Mac, Grimm hizo el mismo dibujo en su rostro; imitó el tacto de ella, absorbiéndola con tal intensidad que, si ella se hubiera vuelto hacia él, habría salido huyendo. Pero no se volvió. Estaba demasiado ocupada contemplando embelesada a su mejor amigo.

A su espalda, un ligero resoplido y un silbido atravesaron el cargado ambiente.

—Amigo, las cosas pintan muy mal, y esto es más cierto que lo que encontrarás en otra botella de matarratas. —La voz de Mac hizo añicos las fantasías de Grimm—. Vaya, es cosa del demonio desear a la mujer de tu mejor amigo, ¿no crees? —A Mac el tema le encantaba—. Yo mismo tuve algo con la chica de un amigo, oh, veamos, de esto hará diez años...

—No es mi esposa. —Los ojos que Grimm fijó en Mac no eran los de un hombre cuerdo, sino los mismos que los habitantes del pueblo habían visto muchos años atrás... los ojos azules de mirada glacial de un vikingo berserker que no se detendría ante nada para conseguir lo que deseara.

—Bueno, ella seguro que es algo de él. —Mac hizo caso omiso de la advertencia en los ojos de Grimm con el aplomo de un hombre que ha sobrevivido a demasiadas reyertas tabernarias para preocuparse por un cliente irascible—. Y tú desearías que no fuera así, desde luego. —Mac retiró la botella vacía y cogió otra llena. La miró con curiosidad—. Vaya, ¿de dónde sale esto? —preguntó frunciendo el entrecejo—. Oh, me estoy aturullando, no recuerdo haber abierto ésta, aunque sin duda has estado bebiendo de ella —dijo llenándole nuevamente el vaso. El locuaz tabernero se dirigió cojeando a la estancia que había tras la barra y regresó al cabo de unos instantes con una bandeja de pollo cocinado con brandy—. Por la forma que tienes de beber, has de comer algo, amigo —le aconsejó.

Grimm puso los ojos en blanco. Por desgracia, todo el whisky de Escocia no podría embotar los sentidos de un berserker. Mientras Mac atendía a un recién llegado, Grimm, contrariado, vertió el vaso de whisky sobre el pollo. Había decidido dar un paseo cuando Ramsay se sentó a su lado.

—Parece que Quinn está haciendo progresos —murmuró con tono sombrío mientras echaba una mirada al pollo—. Mmm, esto ha de estar sabroso. ¿Puedo servirme?

—Adelante —dijo Grimm con fría formalidad—. Toma... bebe también —añadió, deslizando la botella por la barra.

—No, gracias. Tengo la mía. —Ramsay levantó su vaso.

En ese momento Jillian y Quinn se reunieron con ellos en la barra. Pese a sus ímprobos esfuerzos por evitarlo, la mirada que Grimm dirigió a Quinn fue furibunda y amenazadora.

—Vaya con lo que tenemos aquí —dijo Quinn sirviéndose pollo de la bandeja.

—Disculpadme —murmuró Grimm, apartándolos para pasar e ignorando a Jillian.

Sin mirar atrás, salió de la taberna y desapareció en la noche de Durrkesh.

Cuando Grimm regresó a La Bota Negra casi amanecía. Subió cansadamente las escaleras, superó el último peldaño y cuando un sonido inesperado alcanzó sus oídos se quedó paralizado. Miró detenidamente en el pasillo, una puerta tras otra.

Volvió a oír el sonido... un lloriqueo seguido de un gruñido ronco y profundo.

¿Jillian? ¿Con Quinn?

Echó a andar rápida y silenciosamente hasta detenerse frente a la habitación de Quinn. Escuchó con atención y lo oyó por tercera vez —un suspiro áspero y una inspiración entrecortada—, y cada vez sentía como si una hoja de doble filo le desgarrara las tripas. La rabia se apoderó de él y resucitó en su interior todo lo sombrío que había intentado reprimir. Notó que se deslizaba por un terreno peligroso hacia la furia que había sentido por primera vez quince años atrás, mientras observaba Tuluth desde aquel precipicio. Quizás algo más poderoso que un simple hombre tomara forma en sus venas, dotándole de una fuerza indecible y una capacidad inimaginable para el derramamiento de sangre: un antiguo monstruo vikingo de mirada glacial.

Grimm apoyó la frente contra la fría madera de la puerta de Quinn y respiró lenta y acompasadamente, como si luchara por dominar su reacción violenta. La respiración se normalizó poco a poco... su sonido poco tenía que ver con los ruidos incontrolados procedentes del otro lado de la puerta. Dios mío, ¡él la había alentado a casarse con Quinn, no a acostarse con él!

De sus labios escapó un gruñido salvaje.

Pese a sus mejores intenciones, su mano encontró el pomo y lo hizo girar, sólo para encontrarse con el cerrojo puesto. Se quedó inmóvil un instante, anonadado por la barrera. Una barrera entre él y Jillian... un cerrojo que le revelaba la decisión de ella. Tal vez él la había empujado a hacerlo, ¡pero Jillian también podía haberse tomado su tiempo! Un año o dos... acaso el resto de su vida.

Sí, sin duda Jillian había elegido, por tanto, ¿con qué derecho consideraba él siquiera la posibilidad de derribar aquella puerta, reducirla a astillas y a continuación seleccionar la más mortífera para atravesar con ella el corazón de su mejor amigo? No, no tenía derecho a hacer nada que no fuera volverse y desandar el camino por el pasillo en dirección a su infierno individual, donde seguramente le esperaba el demonio con un pedrusco totalmente nuevo que arrastrar hasta lo alto de la colina: la inexorable piedra del arrepentimiento.

El encarnizado dilema interno se prolongó hasta alcanzar su máxima tensión, que se resolvió sólo cuando la bestia interior irguió la cabeza, extendió las garras y echó abajo la puerta de Quinn.

La respiración de Grimm chirriaba en fatigosos jadeos. Se agachó en el umbral y escrutó la habitación mal iluminada, preguntándose por qué nadie despavorido había saltado de la cama .

—Grimm...

Confuso, Grimm avanzó en la habitación y se acercó a la cama baja. Quinn estaba enredado en las empapadas sábanas, acurrucado y... solo. Las gastadas tablas del suelo aparecían manchadas de vómito. Se veía un recipiente de agua junto a un jarro de cerámica, y por la ventana abierta entraba el frío aire nocturno.

De repente, Quinn se revolvió y se incorporó a duras penas. Grimm se apresuró a cogerlo antes de que se precipitara al suelo. Sosteniendo a su amigo en brazos, balbuceó presa del desconcierto hasta que vio un fino resto de baba en los labios de Quinn.

—Ve... ve... neno —jadeó Quinn—. A... ayúdame.

—Oh, no —susurró Grimm—. Hijo de puta —mascculló, y acunó la cabeza de Quinn mientras bramaba pidiendo ayuda.

13

—¿Quién querría envenenar a Quinn? —dijo Hatchard, extrañado—. Nadie le tiene ninguna antipatía. Quinn es el *laird* y el caballero por excelencia.

Grimm hizo una mueca.

—¿Se pondrá bien? —preguntó Kaley, ansiosa, retorciéndose las manos.

—¿Qué pasa? —Una soñolienta Jillian estaba de pie en la umbral—. Madre mía —exclamó al ver la destrozada puerta—. ¿Qué ha ocurrido aquí?

—¿Cómo te encuentras, muchacha? ¿Estás bien? ¿Te duele el estómago? ¿Tienes fiebre? —De pronto las manos de Kaley estaban en todas partes: tocándole la frente, palpándole el estómago, alisándole el pelo.

Jillian parpadeó.

—Kaley, estoy bien. ¿Quieres dejar de tocarme? He oído el alboroto y me he asustado, nada más. —Cuando Quinn emitió un quejido, Jillian se quedó boquiabierta—. ¿Qué le pasa a Quinn? —Después advirtió el desorden en el cuarto y el hedor a enfermedad pegado a las sábanas y las cortinas.

—Ve a buscar un médico, Hatchard —dijo Grimm.

—El barbero está más cerca —sugirió Hatchard.

—Nada de barberos —soltó Grimm, y se volvió hacia Jillian—. ¿Estás bien, muchacha? —Ella asintió, y él suspiró aliviado—. Ve a buscar a Ramsay —ordenó a Kaley.

Los ojos de la cocinera revelaron que había comprendido y salió a toda prisa.

—¿Qué ha sucedido? —inquirió Jillian con la mirada un poco perdida.

Grimm colocó un paño húmedo sobre la cabeza de Quinn.

—Creo que es veneno. —No le dijo que estaba seguro; los contenidos recientes del estómago de Quinn impregnaban el aire, y para un berserker el olor a veneno era inconfundible—. Supongo que se recuperará. Si es lo que pienso, ahora mismo estaría muerto si la dosis hubiera sido mayor. La habrán diluido de algún modo.

—¿Quién querría envenenar a Quinn? Cae bien a todo el mundo —repitió sin querer las palabras de Hatchard.

—Lo sé, muchacha. Todos opinan lo mismo —soltó Grimm en tono extrañamente irónico.

—¡Ramsay está enfermo! —Las palabras de Kaley resonaban en el pasillo—. ¡Que alguien venga a ayudarme! ¡No puedo sujetarlo!

Grimm miró hacia el pasillo, y luego otra vez a Quinn, martirizado por el sufrimiento.

—Ve con Kaley, muchacha. No puedo dejarlo —dijo. Alguien podría considerarle un paranoico, pero, si sus sospechas no iban erradas, debería haber sido él quien estuviera yaciendo entre sus propios vómitos, muerto.

Una Jillian de semblante pálido obedeció al instante.

Grimm reprimió una maldición, humedeció un poco la frente de Quinn y se sentó a esperar al médico.

El médico llegó con dos grandes carteras y salpicando agua de lluvia desde la escasa mata de pelo que remataba su coronilla. Después de interrogar a la gente de la posada, se dispuso a examinar a los enfermos. Se movía con sorprendente garbo para ser un hombre tan corpulento, yendo de un lado a otro, garabateando notas en una libreta. Tras examinarles los ojos y la lengua, les palpó el hinchado abdomen y volvió a sus notas.

—Dadles una compota de agua de cebada con higos, miel y regaliz —ordenó tras unos instantes de reflexivo silencio—. Nada más, pues no podrían digerirlo. El estómago es un caldero donde se cuecen los alimentos a fuego lento. Cuando sus humores no están en equilibrio, no se puede cocer nada y se vomita cualquier cosa sólida —explicó—. Sólo líquidos.

—¿Se recuperarán? —preguntó Jillian con aire preocupado. Para atenderlos mejor, habían trasladado a los dos hombres a una habitación limpia contigua a la de Kaley.

El médico frunció la frente.

—Creo que están fuera de peligro. Ninguno de los dos parece haber tomado una dosis letal, pero durante algún tiempo se sentirán débiles. Para que no intenten levantarse, debéis diluir esto en agua... es mandrágora. —Les tendió una pequeña bolsa—. Empapad un paño aquí y colocádselo sobre la cara. Debéis aseguraros de cubrir totalmente la nariz y la boca durante varios minutos. Mientras inhalen, los vapores penetrarán en el cuerpo y los mantendrán dormidos. El ánimo se recupera antes si se dejan tranquilos los humores. Veamos, hay cuatro humores y tres espíritus... oh, perdonadme, no creo que queráis oír nada de esto. Sólo quien estudia con el afán de un médico puede encontrar fascinante este tipo de cosas. —Cerró la libreta de golpe—. Haced lo que os he dicho y se restablecerán sin contratiempos.

—¿No practicáis ninguna sangría? —Hatchard miraba asombrado.

El médico soltó un bufido.

—Si hay un enemigo al que queráis matar, id en busca del barbero. Si hay una persona enferma que queréis que se recupere, mandad llamar al médico.

Grimm asintió para mostrar su acuerdo y se puso de pie para acompañar al médico fuera de la habitación.

—Oh, Quinn —exclamó Jillian, y suspiró colocando las manos sobre la sudorosa frente del enfermo. Empezó a arreglar con mimo la ropa de cama, remetiéndola de forma cómoda y acogedora alrededor del enfebrecido cuerpo del enfermo.

Detrás de Jillian, en un lado de la cama de Quinn, Kaley irradiaba satisfacción mirando a Hatchard, que estaba en el otro extremo de la habitación aplicando paños fríos en la frente de Ramsay. «Escogerá a Quinn, ¿no te lo dije?», dijo ella moviendo los labios en silencio.

Hatchard se limitó a alzar una ceja y poner los ojos en blanco.

A la mañana siguiente, Grimm fue a ver cómo estaban los enfermos y comprobó que su estado había mejorado; de todos modos, seguían sedados y no se encontraban en condiciones de viajar.

Kaley insistió en comprar todo aquello que los hombres habían ido a buscar, por lo que Grimm aceptó de mala gana acompañar a Jillian a la feria. Una vez allí, la llevó por los puestos a un ritmo endiablado, pese a las protestas de ella. Cuando por la tarde un manto de niebla bajó de las montañas y cubrió Durrkesh, un aliviado Grimm informó a Jillian de que era hora de regresar a la posada.

La niebla siempre desasosegaba a Grimm, lo que sin duda era un inconveniente, pues Escocia es una tierra ciertamente brumosa. Pero ahora no era una niebla normal; se trataba de una capa de nubes blancas y espesas que se detenían largo rato en la tierra y se arremolinaban alrededor de sus pies mientras andaban. Para cuando abandonaron el mercado, Grimm apenas veía el rostro de Jillian, a tan sólo un par de pasos.

—¡Me encanta! —exclamó la joven, dispersando con los brazos los zarcillos de bruma—. La niebla siempre me ha parecido tan romántica...

—La vida siempre te ha parecido romántica, muchacha. Solías decir que, allá en los establos, era algo romántico que Bertie escribiera tu nombre con estiércol de caballo —recordó él con sequedad.

—Y aún lo pienso —replicó ella—. Aprendió a escribir con la expresa finalidad de saber escribir mi nombre. Creo que eso es muy romántico. —Mientras atisbaba entre la espesa niebla, arrugó la frente.

—Está claro que no has tenido que librar una batalla en medio de esta porquería —espetó él con irritación. Se acordó de Tuluth y de ciertas decisiones irrevocables—. Es condenadamente difícil matar a un hombre si no ves dónde estás dando tajos con la espada.

Jillian se paró en seco.

—Nuestras respectivas vidas son muy distintas, está claro —dijo, seria de pronto—. Has matado a muchos hombres, ¿verdad, Grimm Roderick?

—Lo sabes de sobra —respondió, con tono lacónico—. Me has visto hacerlo.

Jillian se mordió el labio y lo observó.

—Aquel día los McKane habrían matado a mi familia, Grimm. Tú nos protegiste. Si un hombre mata para proteger a su clan, no comete ningún pecado.

Ojalá pudiera él absolverse a sí mismo con tanta generosidad, pensó. Jillian ignoraba que el ataque de los McKane no iba dirigido contra su familia. Aquel día brumoso, los McKane fueron a Caithness sólo porque se habían enterado de que quizá se hallara allí un berserker. Entonces ella no lo supo, y al parecer Gibraltar St. Clair jamás le reveló el secreto.

—¿Por qué te fuiste aquella noche, Grimm? —inquirió Jillian con cautela.

—Porque era el momento de irse —respondió con aspereza, y se atusó el pelo—. Había aprendido de tu padre todo lo que él podía enseñarme. Ya no había nada que me retuviera en Caithness.

La joven suspiró.

—Bien, pues deberías saber que ninguno de nosotros te culpó nunca de nada, pese a saber que tú te culpabas a ti mismo. Incluso el querido Edmund juró hasta el último momento que eras el guerrero más noble que jamás había conocido. —Sus ojos se empañaron—. Lo enterramos bajo el manzano, tal como él nos había pedido —añadió casi para sí misma—. Voy allí cuando florece el brezo. Me encanta el brezo blanco.

Grimm se paró, sorprendido.

—¿Enterrado? ¿Edmund? ¿Qué...?

—Edmund. Deseaba ser enterrado bajo el manzano. Solíamos jugar allí, ¿recuerdas?

Grimm la retuvo cogiéndole la muñeca.

—¿Cuándo murió Edmund? Creía que estaba con tu hermano Hugh en las Highlands.

—No. Edmund murió poco después de tu marcha. Hace casi siete años.

—Cuando atacaron los McKane apenas recibió algunas heridas leves —insistió Grimm—. ¡Incluso tu padre dijo que se recuperaría con rapidez!

—Tuvo una infección, que para colmo se complicó con una afección pulmonar —precisó ella, desconcertada ante la reacción de él—. La fiebre no bajaba. El sufrimiento no duró mucho, Grimm. Y algunas de sus últimas palabras fueron para ti. Juró que habías derrotado a los McKane con una sola mano y murmuró un disparate, que tú eras... no sé, un guerrero de Odín que podía cambiar de forma o algo así. Edmund siempre fue muy fantasioso —agregó con una débil sonrisa.

Grimm tenía la vista clavada en ella.

—¿Qué... pasa? —Jillian estaba confusa por la intensidad con que él la observaba.

Grimm se le acercó, y ella retrocedió ligeramente hacia el muro de la iglesia que había a su espalda.

—Jillian, ¿y si esas criaturas existieran? —preguntó, brillantes los ojos. Grimm sabía que ella no se aventuraría por ese peligroso terreno, pero era una oportunidad para, sin revelar su personalidad, averiguar los sentimientos de ella.

—¿Qué quieres decir?

—¿Y si no fuera una fantasía? ¿Y si realmente hubiera hombres que pudieran hacer las cosas de que hablaba Edmund? Hombres que fueran en parte bestias mitológicas... dotados de capacidades especiales, diestros en el arte de la guerra, casi invencibles. ¿Qué pensarías tú de un hombre así?

Jillian lo miró con extrañeza.

—Qué pregunta más rara. ¿Crees que esos guerreros existen, Grimm Roderick?

—Nada de eso —masculló—. Creo en lo que puedo ver y tocar y coger con las manos. La leyenda de los berserkers no es más que un cuento estúpido para asustar a los niños traviesos y conseguir que se porten bien.

—Entonces, ¿por qué me has preguntado qué pensaría yo en caso de que existieran? —insistió Jillian.

—Ha sido simplemente una pregunta hipotética. Sólo estaba dando conversación, una conversación estúpida, por otra parte. ¡Por la lanza de Odín, muchacha, nadie cree en los berserkers! —Reanudó el paso con mala cara, haciéndole un gesto para que lo siguiera.

Anduvieron unos metros en silencio. De repente, Grimm preguntó sin rodeos:

—¿Ramsay besa bien?

—Pero ¿qué...? —Jillian casi trastabilla.

—Ramsay, pava real. ¿Besa bien? —repitió Grimm con un tono cada vez más irritado.

Ella reprimió el impulso de mostrar regocijo.

—Bueno —dijo pensativa, arrastrando las palabras—, no he tenido mucha experiencia, pero, para ser justos, he de reconocer que es el mejor beso que me han dado jamás.

Grimm la inmovilizó al instante, aprisionándola entre su firme cuerpo y el muro de piedra. Con una mano implacable bajo la barbilla, le levantó la cabeza hacia atrás. Por todos los santos, ¿cómo podía un hombre moverse con tal rapidez? Pero qué delicia...

—Te ayudaré a entender la verdadera dimensión de las cosas, muchacha. Pero no pienses que esto significa algo. Sólo intentaré ayudarte a comprender que por ahí hay hombres mejores. Tómalo como una lección, nada más. Lamentaría que te casaras con Logan sólo porque pensaras que es quien besa mejor, cuando una percepción tan equivocada puede remediarse fácilmente.

Jillian llevó la mano a los labios de él, interceptando el beso con que Grimm la amenazaba.

—No necesito ninguna lección, Grimm. Puedo tomar mis propias decisiones. Pero siento mucho que te hayas incomodado, que sufras por mí...

—Estoy dispuesto a sufrir un poco. Entiéndelo como un favor por el hecho de haber sido amigos de la infancia. —Le agarró la mano y la apartó de sus labios.

—Tú nunca fuiste amigo mío —le recordó ella con voz suave—. Me echabas continuamente de tu lado...

—El primer año no...

—Creía que no recordabas nada sobre mí o sobre el tiempo que pasaste en Caithness. Eso es lo que dijiste, ¿no? No necesito que me hagas ningún favor, Grimm Roderick. Además, ¿qué te hace pensar que tus besos serían mejores? Ramsay me dejó verdaderamente pasmada. Cuando hubo terminado, yo apenas me tenía en pie —mintió con descaro—. ¿Y si me besas y tu beso no es tan bueno como el de Ramsay? Entonces, ¿por qué razón no iba yo a casarme con él? —Tras arrojar el guante, Jillian se sintió pagada de sí misma como un gato mientras esperaba el impresionante beso que vendría a continuación.

Con furia en el semblante, Grimm reclamó la boca de ella con la suya.

Y el terremoto empezó bajo sus pies. Gimió contra los labios de Jillian a medida que las sensaciones iban reduciendo su menguante control.

Jillian suspiró y abrió los labios.

La estaba besando Grimm Roderick, y eso era todo lo que sabía. El beso que se habían dado en los establos mucho tiempo atrás había sido como una experiencia mística, y con los años se había preguntado si lo había sobrevalorado en su mente, imaginando que había sacudido todo su mundo. Pero el recuerdo era preciso. Su cuerpo cobró vida, sus labios se estremecieron, sus pezones se endurecieron. Quería cada centímetro del cuerpo de él, de todas las formas posibles. Encima, debajo, de lado, detrás. Duro, musculoso, exigente... sabía que Grimm era lo bastante hombre para saciar el deseo infinito que ella sentía.

Entrelazó los dedos en el cabello de él y le devolvió el beso, y acto seguido perdió por completo el aliento cuando él intensificó su acometida. Una mano ahuecada bajo el mentón de ella, la otra deslizándose por la espalda, palpándole las caderas, ciñendo su cuerpo al suyo. Todo pensamiento cesó cuando Jillian se entregó a lo que había sido durante largo tiempo su mayor fantasía: tocar a Grimm Roderick como mujer, como su mujer. Él la sujetó por las caderas, ciñéndola... y de pronto las manos de Jillian estuvieron en el *kilt* de él, tirando de la escarcela para deslizarse debajo. Allí encontró la gruesa virilidad, que asió descaradamente a través de la tela del tartán. Jillian notó que él se ponía rígido, y el gemido de deseo que se le escapó a Grimm fue el sonido más dulce que ella había oído en su vida.

Entre ellos estalló algo, y Jillian estaba tan consumida por el deseo de aparearse con su hombre que ya no le importaba si se encontraban en un lugar público. Grimm la deseaba, quería hacer el amor con ella... su cuerpo se lo decía claramente. Ella se arqueó contra él, alentando, suplicando. El beso no sólo la había dejado sin resuello, sino que había agotado el escaso sentido común que conservaba.

Él le agarró la mano buscona y la sujetó contra el muro, por encima de la cabeza. Sólo cuando hubo asegurado las dos manos de Jillian cambió el ritmo del beso, convirtiéndolo en un parpadeo juguetón de su lengua, explorando, retirándose luego, hasta que ella empezó a jadear, pidiendo más. Grimm frotó todo el cuerpo de ella con el suyo siguiendo el mismo ritmo lento y atormentador.

Apartó los labios con insoportable lentitud, capturó su labio inferior entre los dientes y tiró de él suavemente. Acto seguido, tras una última y deliciosa lamedura, se retiró.

—Así pues, ¿qué piensas? ¿Ramsay se puede comparar con esto? —preguntó con voz ronca, mirándole los pechos. Sólo cuando comprobó que éstos ya no subían y bajaban, que había conseguido «besarla hasta dejarla sin aliento», alzó los ojos para encontrar los de ella.

Jillian se tambaleaba mientras se esforzaba por impedir que se le doblaran las rodillas. Lo miró fijamente como sin comprender. ¿Palabras? ¿Creía él que se podían articular palabras después de eso? ¿Creía él que ella podía siquiera pensar?

Grimm le observó el rostro de hito en hito, y en sus brillantes ojos advirtió Jillian un semblante de satisfacción engreída. Un ligerísimo atisbo de sonrisa curvó el labio de Grimm cuando ella no contestó sino que siguió mirando, hinchados los labios, muy abiertos los ojos.

—Respira, pava real. Ahora puedes respirar.

Inmóvil, Jillian lo observó con la mirada vacía. A continuación aspiró valientemente una sibilante bocanada de aire.

—Hummm —fue todo lo que él dijo mientras la tomaba de la mano y tiraba de ella.

Jillian anduvo a su lado sobre piernas inseguras, robando de vez en cuando una mirada a la expresión de satisfacción sumamente masculina de Grimm.

Grimm no dijo nada más durante el resto del trayecto hasta la posada. Mejor, pensó Jillian, pues no estaba segura de poder formar una frase completa aunque su vida entera dependiera de ello. Se preguntó quién de los dos había vencido en aquella escaramuza. No del todo convencida, se dijo que ella. Él no había quedado afectado por su encuentro, mientras que ella había conseguido el beso que anhelaba.

Cuando llegaron a La Bota Negra, Hatchard informó a la pareja extrañamente taciturna de que los hombres, pese a sentirse aún bastante débiles, estaban impacientes por marcharse de la posada. Tras analizar todos los riesgos, Hatchard se había mostrado de acuerdo en que era la decisión más atinada. A tal fin se había procurado un carro; regresarían a Caithness al rayar la luz del día.

14

—Cuéntame una historia, Jillian —pidió Zeke tras entrar tranquilamente en la cámara principal—. Os he echado mucho de menos a ti y a mamá mientras habéis estado fuera. —El pequeño se encaramó en el asiento junto a ella y se acurrucó en sus brazos.

Jillian le acarició el pelo desde la frente, donde depositó un beso.

—¿De qué, querido Zeke? ¿Dragones? ¿Hadas? ¿Sirenas?

—De los berserkers —contestó sin dudarlo.

—¿Los qué?

—Los berserkers. Ya sabes, los poderosos guerreros de Odín.

Jillian resopló con delicadeza.

—Así pues, quieres un cuento de hadas. A mis hermanos les encantaban esos cuentos.

—Los berserkers no tienen nada que ver con los cuentos de hadas —le aclaró Zeke—. Mamá me dijo que todavía rondan por las Highlands.

—Bobadas —soltó Jillian—. Te contaré una historia adecuada para un niño.

—No quiero una historia adecuada. Quiero una historia con caballeros, héroes y aventuras. Y berserkers.

—Vaya, veo que estás creciendo, ¿eh? —dijo Jillian alborotándole el cabello.

—Pues claro que sí —dijo Zeke indignado.

—Nada de berserkers. Te contaré el del chico y las ortigas.

—¿Otra de tus historias con significado? —refunfuñó Zeke.

Jillian se sorbió la nariz.

—Las historias con significado no tienen nada de malo.

—Muy bien. Cuéntame el cuento de las tontas ortigas. —Zeke dejó caer pesadamente la barbilla sobre el puño cerrado y frunció el entrecejo.

Ante su hosquedad, Jillian soltó una risita.

—Mira, Zeke. Yo te cuento una historia con significado, y después te vas con Grimm y que él te cuente la historia de tus intrépidos guerreros. Estoy seguro de que la sabe. Es el hombre más intrépido que he conocido en mi vida —añadió con un suspiro—. Vamos. Presta atención.

»Érase una vez un niño muy pequeño que caminaba por el bosque y se encontró con un terreno lleno de ortigas. Fascinado por el descubrimiento, intentó arrancar algunas para enseñárselas a su mamá. Pero la planta le picó, y el chico corrió a su casa con los dedos doloridos y escocidos. "¡Apenas la he tocado, mamá!", gritaba el chico.

»"Por eso precisamente te ha picado", le explicó su madre. "La próxima vez que toques una ortiga, agárrala sin miedo, y notarás que es suave como la seda y no te dolerá nada." —Jillian hizo una pausa elocuente.

—¿Ya está? —dijo Zeke con ceño—. ¡Esto no es una historia! ¡Me has engañado!

Jillian se mordió el labio para contener la risa; el chico parecía un cachorro de oso enfadado. Estaba cansada del viaje y en ese momento su habilidad para contar cuentos estaba un poco menoscabada, pero el caso es que todos ellos encerraban lecciones prácticas. Además, la mayor parte de su mente estaba ocupada pensando en el insólito beso que había recibido el día anterior. Tuvo que reunir los restos de su menguante autodominio para no correr hacia Grimm, acurrucarse en su regazo y suplicarle que le contara un cuento para dormir. O, para ser más exactos, dormir con él.

—Dime qué significa, Zeke —dijo con tono persuasivo.

El niño meditó sobre la fábula, la frente arrugada por la concentración. Jillian aguardó con paciencia. De todos los niños, Zeke era el más hábil a la hora de entresacar moralejas.

—¡Ya lo tengo! —exclamó—. No he de dudar. Debo agarrar las cosas con valentía. Si no eres decidido, las cosas pueden picarte.

—Zeke, hagas lo que hagas —le aconsejó Jillian—, empléate a fondo.

—Como en aprender a montar a caballo —concluyó él.

—Sí. Y en querer a tu mamá y trabajar con los caballos y hacer los deberes que te pongo. Si no haces las cosas empleándote a fondo, las cosas que hagas a medias pueden acabar lastimándote.

Zeke resopló.

—Bueno, no es el berserker, pero supongo que no está mal, viniendo de una chica.

Jillian emitió un sonido exasperado y abrazó con fuerza a Zeke, haciendo caso omiso de los impacientes intentos de éste por desasirse.

—Ya te estoy perdiendo, ¿verdad, Zeke? —dijo ella con tristeza mientras el muchacho salía corriendo en busca de Grimm.

Antes de cenar, Jillian fue a ver a Quinn y Ramsay. Los dos dormían profundamente, agotados tras el viaje a Caithness. Aún no había visto a Grimm, que se había marchado tras atender un rato a los enfermos. Grimm había permanecido en silencio todo el viaje, y ella, molesta por ese retraimiento, se había trasladado al carro y había viajado con los enfermos.

Tanto Quinn como Ramsay seguían mostrando una palidez enfermiza, y su sudorosa piel evidenciaba la pertinaz presencia de la fiebre. Jillian depositó un suave beso en la frente de Quinn y le subió las mantas hasta el mentón.

Tras abandonar las habitaciones, la mente de Jillian se retrotrajo al verano en que ella tenía casi dieciséis años... el verano en que Grimm se marchó de Caithness.

A lo largo de su vida hasta entonces, nada había preparado a Jillian para una batalla tan atroz. Antes, ni la muerte ni la brutalidad habían aparecido en su existencia, pero ese día ambas surgieron de repente montadas en grandes corceles negros luciendo los colores de los McKane.

Tan pronto los guardias dieron la alarma, su padre la encerró en su habitación. Jillian vio con ojos incrédulos la sangrienta masacre que se desarrolló bajo su ventana. Estaba sitiada por la impotencia, frustrada por no poder luchar junto a sus hermanos. Pero aunque hubiera sido libre para dirigir el castillo, sabía que no era lo bastante fuerte para manejar una espada. ¿Qué iba a hacer ella, una simple muchacha, contra curtidos guerreros como los McKane?

La visión de tanta sangre la aterrorizó. Cuando un astuto McKane se acercó sigilosamente a Edmund, cogiéndolo desprevenido, ella chilló y aporreó la ventana con los puños, pero el escaso ruido que hacía no podía competir con el ensordecedor estrépito del combate. El fornido McKane derribó a su hermano.

Jillian se pegó al cristal, arañándolo histéricamente como si así pudiera salvar a su hermano. De pronto, de sus pulmones brotó una temblorosa exclamación de alivio cuando Grimm apareció súbitamente en la refriega, matando al vociferante McKane antes de que Edmund recibiera otro golpe brutal. Mientras miraba a su lastimado hermano arrastrándose sobre las rodillas, algo profundo la alteró tan rápidamente que apenas fue consciente de ello: la sangre dejó de aterrorizar a Jillian y deseó ver hasta la última gota de sangre McKane derramada en el suelo de Caithness. Cuando un rabioso Grimm empezó a dar buena cuenta de todos los McKane en un radio de veinte metros, a ella le pareció algo de una tremenda belleza. Jamás había visto a un hombre moverse con tan insólita velocidad y tan letal elegancia... luchando para proteger lo más querido para Jillian.

Después de la batalla, Jillian se perdió en la confusión mientras su familia se ocupaba de Edmund, atendía a los heridos y enterraba a los muertos. Sintiéndose demasiado joven y vulnerable, esperó en el tejado a que Grimm respondiera a su nota sólo para verle llevar su equipaje hacia el establo.

Se quedó perpleja. No podía ser que se fuera. ¡Entonces no! No cuando ella estaba tan confusa y asustada por todo lo sucedido. En ese momento lo necesitaba más que nunca.

Jillian se precipitó hacia los establos. Pero Grimm era un hombre terriblemente obstinado; se despidió fríamente de ella y se volvió para partir. La negativa de él a ofrecerle algún consuelo fue el último desprecio que Jillian podía soportar... se arrojó en sus brazos, exigiéndole con el cuerpo que la protegiera y le proporcionara seguridad.

El beso que comenzó como un inocente contacto de los labios enseguida le confirmó sus sueños más secretos: Grimm Roderick era el hombre con quien se casaría.

Se le llenó el corazón de júbilo, pero Grimm se apartó de ella y se volvió bruscamente hacia su caballo, como si para él aquel beso no significara nada. Jillian se sintió avergonzada y desconcertada por su rechazo, y la alarmante intensidad de tantas cosas nuevas la sumió en la desesperación.

—¡No puedes irte! ¡No después de esto! —gritó.

—Debo irme —masculló él—. Y esto —se limpió la boca con furia— ojalá no hubiera pasado jamás.

—¡Pero ha pasado! ¿Y si no vuelves nunca, Grimm? ¿Y si no te veo más?

—Precisamente de esto de trata —dijo con dureza—. No tienes siquiera dieciséis años. Encontrarás un esposo. Tienes un futuro esplendoroso.

—¡Ya he encontrado a mi esposo! —repuso Jillian entre gemidos—. ¡Me has besado!

—¡Un beso no es un compromiso de matrimonio! —protestó él—. Y ha sido un error. Yo no tenía que haberlo hecho, pero te has arrojado en mis brazos. ¿Qué esperabas que hiciera?

—¿T... tú no querías be... besarme? —Los ojos de Jillian se ensombrecieron de pena.

—Soy un hombre, Jillian. Si una mujer se me echa encima, ¡soy tan humano como cualquier otro!

—¿Quieres decir que no lo has sentido? —preguntó ella con voz entrecortada.

—¿Sentir el qué? —resopló Grimm—. ¿Deseo? Pues claro. Eres una chica bonita.

Jillian bajó la cabeza, humillada. ¿Cómo podía haberse equivocado tanto? ¿Había sucedido todo sólo en su cabeza?

—No, quiero decir si has sentido que... que el mundo es un lugar perfecto y... y que estamos destinados a ser... —Sus palabras se fueron apagando, y se sintió idiota.

—Olvídame, Jillian St. Clair. Crece, cásate con un guapo *laird* y olvídame —dijo Grimm fríamente. Montó con un rápido movimiento y salió a toda prisa del establo.

—¡No me dejes, Grimm Roderick! ¡No me dejes así! ¡Te amo!

Pero él cabalgó como si ella no hubiera hablado. Jillian sabía que él había oído todas y cada una de las palabras, aunque lamentó que así fuera. No sólo se había arrojado en brazos de un hombre que no la quería, sino que también había arrojado su corazón tras él.

De vuelta al presente, suspiró profundamente y cerró los ojos. Era un recuerdo amargo, pero desde lo de Durrkesh la herida se había cerrado un poco. Ya no creía haberse equivocado sobre cómo les había afectado el beso, pues en Durrkesh había sucedido lo mismo y ella, con su sexto sentido de mujer, había visto en sus ojos que él había sentido lo mismo.

Ahora sólo debía conseguir que Grimm lo reconociera.

15

Tras buscar durante más de una hora, Jillian lo localizó en la armería, junto a una mesa baja de madera, examinando varias hojas de espada. Por la forma de ponerse tenso, estuvo segura de que él había notado su presencia.

—A los diecisiete años estuve cerca de Edimburgo —informó ella a la rígida espalda—. Mientras estaba visitando a los Hammond me pareció verte.

—Sí —dijo él, examinando un escudo forjado a martillo.

—¡Eras tú! ¡Lo sabía! —exclamó Jillian—. Estabas de pie junto a la verja. Me mirabas, y parecías... triste.

—Sí —admitió entre dientes.

Ella contempló un instante su ancha espalda, dudando de cómo expresar sus sentimientos. Podría haberle servido de gran ayuda saber qué quería decirle, pero no era así. De todos modos, no habría importado demasiado, pues Grimm se volvió y pasó rozándola con una expresión fría que la desafiaba a humillarse y seguirle.

Pero no lo hizo.

Lo encontró más tarde en la cocina, metiéndose un puñado de azúcar en el bolsillo.

—Es para *Occam* —explicó él.

—La noche que fui al baile de Glannises, cerca de Edimburgo —dijo, retomando la conversación interrumpida poco antes—, estabas medio oculto en las sombras, ¿verdad? El otoño que cumplí dieciocho años.

Grimm resopló impaciente. Ella lo había vuelto a descubrir de nuevo. Al parecer, poseía una habilidad especial para saber dónde se encontraba él, en qué momento, y si estaba solo. La miró con aire resignado.

—Sí —respondió. «El otoño que te hiciste mujer, Jillian. Lucías un vestido de terciopelo color rubí. Y el pelo estirado te caía sobre los hombros. Tus hermanos estaban muy orgullosos de ti. Yo no salía de mi asombro.»

—Cuando el granuja de Alastair (¿sabes?, luego me enteré de que estaba casado) me llevó fuera y me besó, oí un barullo tremendo en los arbustos. Él dijo que sería un animal salvaje.

—Y luego te dijo lo afortunada que eras por tenerle a él para protegerte, ¿no? —soltó Grimm con tono burlón. «Casi mato a aquel canalla por haberte tocado.»

—No me hace ninguna gracia. Tuve miedo de veras.

—¿En serio? —Grimm le dirigió una mirada penetrante—. ¿Miedo de qué? ¿Del hombre que te abrazaba o de la bestia oculta entre los arbustos?

Jillian le aguantó la mirada y se humedeció los labios, que de pronto se habían secado.

—De la bestia no. Alastair era un crápula, y si él no se hubiera alarmado por el ruido, a saber qué habría podido hacerme. Yo era joven y, Dios mío, ¡tan inocente!

—Ya.

—Hoy Quinn me ha pedido que me case con él —anunció ella de repente.

Grimm guardó silencio.

—Aún no lo he besado, así que no sé si besa mejor o peor. ¿Cómo crees que es? Quiero decir, ¿mejor o peor que tú?

Él no contestó.

—Grimm, ¿besará mejor o peor que tú?

—Sí, Jillian. —Grimm exhaló un suspiro, y salió en busca de su caballo.

Grimm se las ingenió para evitarla durante casi todo el día. Ya eran altas horas cuando Jillian le salió al paso cuando él abandonaba las habitaciones de los enfermos.

—Mira, aunque no estaba segura de que te encontraras realmente allí, aun así... me sentí segura. Porque tal vez estabas.

Los labios de Grimm esbozaron un indicio de sonrisa aprobadora.

—Sí, Jillian.

Ella dio media vuelta.

—Jillian.

Se quedó paralizada.

—¿Ya has besado a Quinn?

—No, aún no.

—Ya. Pues deberías ir pensando en ello.

Jillian torció el gesto.

—Te vi en el Royal Bazaar.

Por fin Jillian había conseguido tenerlo para ella sola durante algo más que unos instantes. Con Quinn y Ramsay postrados en cama, le había propuesto cenar juntos en el Gran Salón y se había asombrado al ver que él aceptaba. Jillian se sentó en un lado de la larga mesa, escrutando el sombríamente apuesto rostro de Grimm entre los brazos de un candelabro que contenía una docena de parpadeantes velas. Habían cenado en silencio, un silencio roto sólo por el ruido de platos y copas. Las sirvientas se habían retirado para llevar caldo arriba, a los enfermos. Desde el regreso habían pasado tres días, durante los cuales ella había intentado desesperada e infructuosamente recuperar la ternura que había vislumbrado en Durrkesh. No había logrado tenerle cerca el suficiente tiempo como para conseguir otro beso.

En la cara de Grimm no se movía nada. Ni una pestaña.

«Sí.»

Si Grimm le contestaba con otro «sí» fastidiosamente evasivo, ella montaría en cólera. Jillian quería respuestas. Quería saber qué pasaba realmente por la cabeza de Grimm, qué había en su corazón. Quería saber si el beso que se habían dado había trastocado el mundo de él con la misma fuerza inusitada que había estabilizado el de ella.

—Estabas espiándome —dijo acusadoramente Jillian, atisbando entre las velas con el entrecejo fruncido—. Y lo de que aquello me hizo sentir segura no es verdad. Me irritó —mintió.

Grimm cogió la copa de peltre llena de vino, la apuró y luego hizo girar entre las palmas el frío metal. Jillian observó su movimiento preciso y controlado, y sintió un odio visceral hacia todas las acciones intencionadas. Ella había vivido así: una decisión cauta, precisa, seguida de otra, salvo cuando estaba cerca de Grimm. Ahora quería verlo actuar igual que se sentía ella: sin control, guiado por las emociones. Que tuviese uno o dos arrebatos. Ella no quería besos ofrecidos con la torpe excusa de salvarla de decisiones equivocadas. Necesitaba saber que podía meterse dentro de su piel igual que él penetraba la suya. Apretó los puños en el regazo, arrugando la tela del vestido.

¿Qué haría él si ella dejaba de mostrarse tan compuesta y cortés? Inspiró hondo.

—¿Por qué me estabas vigilando? ¿Por qué te fuiste de Caithness si luego ibas a seguirme todo el tiempo? —inquirió con más vehemencia de la pretendida. Sus palabras resonaron contra los muros de piedra.

Grimm no apartó los ojos del pulido peltre que sostenía.

—Tenía que verificar que todo te iba bien, Jillian —dijo con voz tranquila—. ¿Ya has besado a Quinn?

—¡Jamás me dijiste siquiera una sola palabra! Aparecías, mirabas, yo me volvía y ya habías desaparecido.

—Hice un juramento para protegerte de todo daño. Era perfectamente lógico que quisiera echar un vistazo si estabas cerca. ¿Ya has besado a Quinn? —insistió.

—¿Protegerme de todo daño? —Su voz se elevó con incredulidad—. ¡Pues has fracasado! ¡Eres quien más daño me ha hecho en toda mi vida!

—¿Ya has besado a Quinn? —tronó Grimm.

—¡No! ¡Todavía no le he besado! —gritó ella a su vez—. ¿Eso es lo único que te importa? Haberme hecho daño te trae sin cuidado.

Grimm se levantó de repente y la copa cayó al suelo con estrépito. Y entonces sus manos empezaron a moverse con furia desatada. Las bandejas saltaron por los aires, el intacto estofado salpicó la estancia entera, rebotaron en la chimenea trozos de pan de centeno. El candelabro se estrelló contra el muro y las velas se diseminaron por el suelo. El destrozo no terminó hasta que la mesa quedó totalmente despejada. Grimm se detuvo jadeando, las manos extendidas en el borde de la mesa, un brillo febril en los ojos. Jillian lo miraba fijamente, atónita.

Con un aullido de rabia, Grimm descargó las manos en el centro del macizo roble de medio palmo de grosor, y Jillian se llevó la mano a la garganta para ahogar un grito al ver que la larga mesa se agrietaba por la mitad. Los ojos azules de Grimm ardían incandescentes, y ella habría jurado que parecían cada vez más grandes y peligrosos. Había conseguido la reacción que quería, desde luego; y también algo más.

—¡Ya sé que he fracasado! —rugió él—. ¡Ya sé que te he hecho daño! ¡He tenido que vivir sabiendo esto!

Entre los dos, la mesa crujió y se estremeció en un intento por permanecer entera, pero se inclinaba precariamente. De pronto, con un crujido de derrota, el centro se hundió y ambas partes del mueble cayeron pesadamente al suelo.

Jillian parpadeó. Se quedó de pie, anonadada por la violenta reacción de Grimm. ¿Sabía él que le había hecho daño? ¿Y le importaba lo suficiente para guardar esa furia en el recuerdo?

—Entonces, ¿por qué has vuelto ahora? —susurró ella—. Podías haber desobedecido a mi padre.

—Tenía que comprobar que estabas bien, Jillian —repuso él desde el otro lado del mar de destrucción que los separaba.

—Estoy bien, Grimm —dijo ella con cautela—. Así pues, ya te puedes ir —añadió, sin un soplo de verdad en la frase.

Sus palabras no suscitaron respuesta alguna.

¿Cómo podía un hombre estar tan inmóvil? Parecía haberse convertido en piedra por una maldición. La brisa que entraba por la alta ventana no llegaba a alborotarle el pelo. Nada le afectaba.

No lo había logrado, estaba claro. ¿Aún no se había dado cuenta? Jillian no había logrado llegar hasta el verdadero Grimm, el que conoció aquel primer verano. ¿Por qué había creído que podía haber cambiado algo? ¿Porque ya era una mujer madura? ¿Porque tenía los pechos desarrollados y el cabello brillante y creía que podría seducirle valiéndose de la debilidad de un hombre ante una mujer? Y habida cuenta de que él se mostraba indiferente hacia ella, ¿por qué aun así seguía deseándole?

Pero Jillian ya sabía la respuesta pese a no comprender el cómo. Cuando era una mocosa y echaba la cabeza atrás para ver al chico salvaje que se alzaba altísimo frente a ella, se había abierto su corazón. Según un saber antiguo que habitaba en su pecho de niña, ella podía poner su vida en manos de Grimm con independencia de las atroces cosas de que se le acusara. Jillian sabía que él le pertenecería.

—Pero ¿por qué no colaboras? —La frustración arrancó las palabras de sus labios, y se maldijo por pronunciarlas en voz alta. Pero ya no había vuelta atrás.

—¿Qué?

—Colaborar —repitió—. Significa seguir adelante. Ser atento, complaciente.

Grimm la miraba de hito en hito.

—Si me voy, no podré complacerte. Tu padre...

—No te pido que te vayas —señaló ella con delicadeza.

Jillian ignoraba de dónde estaba sacando el valor; sólo sabía que estaba cansada de desear y ser rechazada. Así que conservó su orgullo, moviendo el cuerpo exactamente como le apetecía siempre que Grimm se encontraba en la misma habitación: seductora, apasionada, más viva que en ningún otro momento del día. Seguramente su lenguaje corporal dejó claras sus intenciones, pues Grimm se puso rígido.

—¿Cómo quieres que colabore, Jillian? —preguntó con voz apagada.

Ella se le acercó, sorteando con cuidado la comida y los platos rotos. Despacio, como si él fuera un animal salvaje, ella alzó la mano con la palma abierta hacia el pecho de Grimm, que miró con una mezcla de fascinación y desconfianza cómo ella le colocaba la mano en el pecho y luego sobre el corazón. Jillian notó su calidez a través de la camisa de lino, su temblor, los firmes latidos del corazón.

Jillian levantó la cabeza y lo miró.

—Si de veras quieres colaborar —dijo humedeciéndose los labios—, bésame.

Él le lanzó una mirada furiosa, pero en sus ojos Jillian vislumbró la pasión que trataba de disimular.

—Bésame —repitió sin dejar de mirarle a los ojos—. Bésame y luego me dices que no lo sientes igual.

—Basta —graznó él dando un paso atrás.

—¡Bésame, Grimm! ¡Y no creyendo que me estás haciendo ningún favor! ¡Bésame porque así lo deseas! Una vez me dijiste que no porque era una niña. Bueno, pues ya no soy una niña sino una mujer adulta. Otros hombres desean besarme. ¿Por qué tú no?

—No es eso, Jillian. —La frustración le hizo atursarse el pelo. Luego se quitó de un tirón la cinta de cuero y la arrojó al suelo.

—Entonces, ¿qué es? ¿Por qué Quinn y Ramsay y todos los hombres que he conocido me desean y tú no? ¿Debo elegir entre ellos? ¿Es a Quinn a quien debo pedir que me bese? ¿Que se acueste conmigo? ¿Que me haga una mujer?

Grimm soltó un gruñido de advertencia.

—¡Basta ya, Jillian!

Ella echó la cabeza atrás en el clásico gesto femenino de tentación y desafío.

—Bésame, Grimm. Y por favor. Sólo una vez, pero de verdad.

Grimm se adelantó con tal elegancia y rapidez que la pilló por sorpresa. Hundió las manos en el cabello de Jillian, le sujetó la cabeza entre las manos y le hizo arquear el cuello hacia atrás. La besó en los labios y aspiró el aire de sus pulmones.

Los labios de Grimm se movían con avidez desatada, pero ella advirtió una nota de enojo... algo que no comprendió. ¿Cómo podía él estar enojado con ella cuando era evidente que deseaba besarla desesperadamente? Porque de eso estaba segura. En cuanto las labios de Grimm hubieron reclamado los suyos, quedaron definitivamente descartadas todas las dudas que antes la habían asaltado. Jillian percibía el deseo de él forcejeando a ras de piel, librando una encarnizada batalla contra su voluntad. «Y perdiendo», pensó con satisfacción mientras él le inclinaba la cabeza para así introducirle más profundamente la lengua en su boca.

Jillian se agarró a sus hombros y se dejó llevar por vertiginosas oleadas de sensaciones. ¿Cómo podía un simple beso vibrar en cada centímetro de su cuerpo y que por ello le pareciera que el suelo se tambaleaba bajo sus pies? Ella le besó a su vez con ansia y voracidad. Su deseo de tantos años por fin obtenía respuesta. Grimm Roderick necesitaba tocarla con la misma innegable urgencia que sentía ella.

Y ella sabía que, con Grimm Roderick, una sola vez nunca bastaba.

16

El beso se prolongó y se intensificó. Estaba alimentado por años de emociones negadas y pasión frustrada que rápidamente rasgaron la superficie de la resolución de Grimm. De pie en el Gran Salón, en medio de los destrozos del banquete, besando a Jillian, reparó en que se había estado negando a sí mismo no sólo paz sino también vida. Porque eso era vida, ese exquisito instante de armonía. Sus sentidos de berserker estaban colmados, aturdidos por el sabor y el tacto de Jillian. Estaba exultante en el beso, convirtiéndose en un adorador de los labios de ella mientras deslizaba las manos entre su cabello, siguiendo espalda abajo la sedosa madeja.

La besó como no había besado jamás a otra mujer, impulsado por el anhelo que surgía de lo más profundo de su alma. La deseaba por instinto y la veneraba con su necesidad primigenia. El contacto de los labios de Jillian derritió al hombre, la exploradora lengua de ella sujetó y sometió al glacial guerrero vikingo que hasta ese momento no había conocido el cariño. El deseo neutralizó todas sus objeciones y él pegó su cuerpo al de ella, tomándole la lengua en su boca tan profundamente que sin duda ella aceptaría el cuerpo de él en el suyo.

Se deslizaron entre los restos esparcidos por el suelo, deteniéndose sólo junto al muro. Sin despegar su boca de la de ella, Grimm la apoyó contra la pared y le colocó las piernas alrededor de su cintura. Tantos años de vigilarla, de prohibirse tocarla, culminaban en un estallido de pasión desenfrenada. La urgencia dictaba sus movimientos, no la paciencia ni la destreza. Las manos de Grimm bajaron hasta los tobillos de Jillian, mientras los brazos de ésta le rodeaban el cuello y él le subía el vestido poniendo al descubierto sus largas y primorosas piernas. Le acarició la piel, gimiendo cuando sus dedos ascendieron por la suave piel de la cara interna de los muslos.

Volvió a besarla, tomándo la boca de Jillian igual que asediaba los castillos: de manera persistente, implacable, resuelta. El objetivo era aquella mujer cálida en sus brazos, una lengua cálida en su boca, y ella se acopló a él, cada exigencia muda del cuerpo de Grimm satisfecha por el de ella. Jillian le recorrió el cabello con las manos y lo besó hasta dejarlo casi sin aliento, mientras sus manos encontraban los pechos de ella y reseguían sus curvas. Los pezones estaban erectos y en su apogeo. Grimm necesitaba algo más que sus labios, necesitaba degustar enteramente el cuerpo de Jillian.

Acunando la cara de Grimm en sus manos, ella lo obligó a interrumpir el beso. Él la miró a los ojos, como para descifrar el significado oculto del gesto. Cuando ella le bajó la cabeza hacia la curva de su pecho, él obedeció sin rechistar. Con la lengua trazó reverencialmente un camino de cumbre a cumbre, mordisqueando suavemente antes de cerrar los labios sobre el pezón.

Jillian gritó desenfrenada y sumisamente, un sonido entrecortado de capitulación ante su propio deseo. Empujó con tal firmeza la ingle de Grimm que el cálido hueco entre sus muslos se ajustó perfectamente a él, proporcionándole la sensual delicadeza de un guante de terciopelo. Las barreras que había entre ellos lo sulfuraban, así que se arrancó el tartán e hizo a un lado el vestido de Jillian.

«¡Alto! —gritó su mente—. ¡Es virgen! ¡Así no!»

Jillian gimió y se frotó contra él.

—Basta —susurró él con voz ronca.

Los ojos de Jillian se abrieron apenas.

—Ni lo sueñes —dijo ella, con una sonrisa curvándole el labio inferior.

Las palabras de Jillian lo sacudieron como un hierro candente, llevándole la sangre al punto de ebullición. Grimm notaba la bestia moverse en su interior, desperezándose con perversa alerta.

«¿El berserker? ¿Ahora?», se preguntó. No había sangre en ninguna parte... todavía. ¿Qué pasaría cuando la hubiera?

—Tócame, Grimm. Aquí. —Le colocó la mano en su seno y atrajo la cabeza de Grimm hacia la de ella.

Él gimió y cambió de postura, trazando lentos y eróticos círculos en los muslos abiertos de Jillian. Grimm reparó vagamente en que el berserker estaba despertándose del todo, pero ahora era algo distinto... no violento, sino excitado, duro y ávido de todo lo que pudiera obtener de Jillian.

La habría tendido de espaldas en la mesa, pero ya no había mesa, por lo que se sentó en una silla, la sentó a ella encima de sus muslod y luego le separó las piernas de modo que éstas quedaron colgando de los brazos de él, sus manos en los hombros de Grimm, su sexo apenas velado. Jillian no necesitaba estímulo alguno para apretarse contra Grimm, provocándolo en el pecho con el roce de sus erguidos pezones. Echó la cabeza atrás, dejando al descubierto el esbelto arco de su cuello, y Grimm quedó paralizado por un momento, contemplando a su encantadora Jillian montada a horcajadas en su regazo, la estrecha cintura curvándose en las exuberantes caderas. Aunque logró bajarle el vestido desde los hombros, la tela se amontonó en la cintura, y Jillian fue una diosa surgiendo de un mar de seda.

—¡Dios mío, eres la mujer más bella que he visto jamás!

La cabeza de Jillian dio una sacudida y él la miró fijamente. La mirada incrédula de ella pronto se tornó en apariencia de placer sencillo y luego en expresión de pícara sensualidad.

—Cuando tenía trece años —dijo recorriendo con los dedos la arrogante mandíbula de Grimm— te sorprendí con una sirvienta y me juré a mí misma que un día yo te haría todo lo que te hizo ella. Todos los besos. —Pegó la boca al pezón de él, moviendo la lengua mientras saboreaba su piel—. Todas las caricias —deslizó la mano abdomen abajo hasta la dura verga— y todas las sensaciones...

Grimm gruñó y le agarró la mano, impidiendo que sus dedos se cerraran en torno a su turgente miembro. Si la encantadora mano de Jillian hacía eso una sola vez, él perdería el control y la penetraría sin más. Recurriendo a su legendaria disciplina, contuvo su cuerpo. Se negó a hacerle daño así. De sus propios labios brotó una confesión.

—Estuve loco por ti desde el día en que empezaste a ser una mujer. Por la noche no podía cerrar los ojos sin desearte debajo de mí. Sin el deseo de estar a tu lado, dentro de ti. Jillian St. Clair, espero que seas tan fuerte como crees que eres, pues esta noche vas a necesitar hasta el último gramo de fortaleza. —Y la besó, acallando cualquier respuesta que ella quisiera darle.

Jillian se fundió en el beso hasta que él se retiró. Luego la contempló con ternura.

—Otra cosa, Jillian —añadió con voz suave—. Yo lo siento igual. Así ha sido siempre.

Las palabras de Grimm le abrieron el corazón de par en par, y la sonrisa que ella le dedicó fue deslumbrante.

—¡Lo sabía! —susurró.

Mientras sus manos se deslizaban por la piel caliente de Jillian, ella se abandonó a las sensaciones. Cuando Grimm llevó la mano al interior de sus muslos, ella ahogó un grito y su cuerpo se restregó contra la mano.

—Más, Grimm. Dame más —musitó.

Él entrecerró los ojos y la observó. El placer se mezcló con el asombro y el deseo. Grimm sabía que su miembro era grande, y que ella tenía que estar preparada. Cuando Jillian empezó a moverse frenéticamente contra su mano, él ya no pudo aguantarse más. Se la colocó encima.

—Así tendrás las riendas, Jillian. Te dolerá, pero tendrás las riendas. Si duele demasiado, dímelo —ordenó Grimm con fiereza.

—De acuerdo, cariño. Sé que al principio duele, pero Kaley me dijo que un amante habilidoso hará que sienta algo increíble, como jamás he sentido.

—¿Kaley te dijo esto?

Jillian asintió y susurró:

—Por favor, enséñame a qué se refería.

Grimm exhaló un suspiro de fascinación. Su Jillian no tenía miedo. Deslizó suavemente el glande dentro de Jillian, detectando en ella toda suerte de estremecimientos.

Los ojos de Jillian llameaban. Su mano fue al instante a cerrarse en torno a la palpitante verga.

—Grande... —dijo con cierta preocupación—. Grande de veras. ¿Estás seguro de que lo lograré?

En el rostro de Grimm se dibujó una mueca de puro regocijo.

—Muy grande —admitió—. Pero sólo lo justo para dar placer a una mujer.

Y la penetró con cuidado. Cuando se encontró con la resistencia del himen, se detuvo. Jillian jadeó ligeramente.

—Ahora, Grimm. Hazlo.

Él cerró los ojos y colocó las manos en las nalgas de ella, situándola encima. Al abrir los ojos, brillaron tenuemente con resolución. Perforó la barrera con un empujón firme.

Jillian emitió un grito ahogado.

—No había para tanto —murmuró al cabo de unos instantes—. Creía que dolería mucho más. —Pero cuando él empezó a moverse lentamente, los ojos de ella destellaron—. ¡Oh...!

Jillian chilló, y él la acalló con un beso. Moviéndose despacio, Grimm la balanceó contra él hasta que desapareció todo resto de dolor y su rostro quedó iluminado por la expectativa. Jillian inició con las caderas un movimiento erótico, circular, mordiéndose el labio inferior.

Él la contemplaba, extasiado por aquella innata sensualidad. Se mostraba entregada, desinhibida, participando totalmente en el juego íntimo sin reservas. Los labios se le curvaron deliciosamente cuando un suave empujón de las caderas de Grimm insinuó la pasión que llegaba, y él sonrió con perverso deleite.

La levantó y la sentó en la silla, intercambiándose el sitio. Arrodillado, hizo que ella le rodeara la cintura con las piernas y la penetró, presionando con exquisita fricción el secreto punto que la llevaría al límite. Le estimuló el clítoris hasta que Jillian se retorció, suplicándole con el cuerpo lo que sólo él podía darle.

El berserker estaba exultante en su interior, divirtiéndose como jamás hubiera imaginado.

Cuando ella gritó y se estremeció contra él, Grimm emitió un sonido fuerte y ronco que era el retumbante anuncio del éxtasis. Su triunfo pronto se convirtió en un gemido de redención. El cuerpo de Jillian estremeciéndose apretado contra el suyo era más de lo que podía resistir, y se vertió dentro de ella.

Jillian se aferró a él, resollando. Sus músculos se derritieron y perdieron toda la fuerza, la cabeza se inclinó exhausta hacia delante, y a través de su cabello entrevió al desnudo guerrero inmóvil.

—¿Qué ocurre...? —exclamó con voz entrecortada.

Grimm le acariciaba la cara interna de los muslos, los hilos de sangre. La sangre de su virginidad marcaba sus pálidos muslos.

—Jillian... yo... oh...

—Sobre mí no te quedes quieto, Grimm Roderick —dijo ella al punto.

Él comenzó a temblar violentamente.

—No puedo evitarlo —masculló, sabiendo que no estaban hablando de lo mismo ni mucho menos—. En el Gran Salón —murmuró—. Qué idiota soy. Soy tan...

—¡Basta! —Jillian le agarró la cabeza con ambas manos y le dirigió una mirada furiosa—. Yo quería esto —dijo exaltada—. Esperaba esto, necesitaba esto. ¡Ni se te ocurra lamentarlo! ¡Yo no lo lamento, ni lo lamentaré jamás!

Grimm siguió paralizado, horrorizado por la sangre que salpicaba los muslos de Jillian. No pasaría mucho rato hasta que la oscuridad lo reclamara y sobreviniera la violencia.

Pero pasaron unos instantes y no ocurrió nada. Pese a la incontenible energía que anegaba su cuerpo, no se produjo el ataque de locura.

Miró a Jillian, enmudecido. En su interior, la bestia estaba completamente despierta, pero domeñada. ¿Cómo lo había logrado? Ninguna sed de matar, ninguna ansia de violencia, sino todas las cosas buenas que el berserker llevaba consigo...

—Gracias, Jillian —susurró con tono reverente.

17

—¿Cómo te encuentras? —preguntó Grimm en voz baja. Sacudió las almohadas y ayudó a Quinn a sentarse. Los postigos estaban apenas entornados, unas colgaduras de guirnaldas enmarcaban la ventana, y la luna creciente arrojaba suficiente luz para que su agudísima visión pudiera funcionar como si estuviera en pleno día.

Quinn parpadeó aturdido y atisbó en la penumbra.

—No, por favor —gimió cuando Grimm alcanzaba un paño.

Grimm se detuvo.

—¿No qué? Sólo iba a secarte la frente.

—Estoy harto de esta maldita mandrágora —refunfuñó Quinn—. Si estoy fatal es en parte porque Kaley me deja sin conocimiento una y otra vez.

Desde la otra cama, Ramsay expresó su asentimiento con un sonido sordo.

—No dejes que nos duerma más, amigo. Por culpa de esta mierda mi cabeza está a punto de reventar y siento la lengua como si un bicho peludo se hubiera arrastrado dentro y se hubiese muerto. Hace tres días. Y ahora se está pudriendo...

—¡Basta! ¿Hace falta ser tan explícito? —Quinn hizo una mueca de asco mientras notaba náuseas en su estómago vacío.

Grimm levantó las manos y dijo:

—Se acabó la mandrágora. Lo prometo. Entonces, ¿cómo os encontráis?

—Como todos los demonios —refunfuñó Ramsay—. Enciende una vela, ¿quieres? No veo nada. ¿Qué sucedió? ¿Quién nos envenenó?

Una expresión sombría cruzó la cara de Grimm. Salió al pasillo para coger una bujía encendida con la que prendió varias velas junto a las camas. Luego volvió a su asiento.

—Sospecho que el veneno iba dirigido a mí, y también que estaba en el pollo.

—¿El pollo? —exclamó Quinn haciendo un gesto de dolor al incorporarse—. ¿No lo sirvió el tabernero? ¿Por qué querría el tabernero envenenarte?

—No creo que fuera cosa del tabernero, sino más bien un intento de venganza por parte del carnicero. Si alguno de los dos se hubiera comido la bandeja entera, seguramente habría muerto. Estaba pensado solamente para mí. Pero resultó que los dos lo compartisteis.

—Se mire como se mire, que el carnicero quisiera vengarse no tiene ningún sentido, Grimm —objetó en seguida Quinn—. Él te había visto en acción. Todo el mundo sabe que es imposible envenenar a un ber...

—¡Verdadero hombre como yo! —rugió Grimm, ahogando la última palabra de Quinn antes de que la oyera Ramsay.

Ramsay se agarró la cabeza.

—¡Puaj, amigo, deja de vociferar! Esto me mata.

Quinn articuló un mudo «lo siento» para que Grimm le leyera los labios, y luego susurró una disculpa:

—Son los efectos de la mandrágora. He sido un estúpido.

—¿Eh? ¿Qué? —dijo Ramsay—. ¿Qué estáis murmurando?

—Ni siquiera entre los dos nos comimos todo el pollo —dijo Quinn, eludiendo la pregunta de Ramsay—. Pensaba que el posadero había despedido al carnicero después del incidente. Yo mismo le pedí que lo hiciera.

—¿Qué incidente? —inquirió Ramsay.

—Pues al parecer no lo hizo. —Grimm se atusó el pelo y exhaló un suspiro.

—¿Sabéis su nombre? —preguntó Ramsay.

—¿De quién? ¿Del posadero?

—No; del carnicero. —Ramsay puso los ojos en blanco.

—¿Por qué? —repuso Quinn.

—Porque el canalla envenenó a un Logan, estúpido. Y eso debe ser castigado.

—Nada de venganzas —avisó Grimm—. Mejor olvídalo, Logan. Ya he visto lo que haces cuando te propones vengarte. Los dos habéis salido ilesos de este intento fallido. Y eso no justifica la muerte de un hombre, al margen de lo mucho que lo pueda merecer por otras razones.

—¿Dónde está Jillian? —Quinn cambió de tema rápidamente—. Tengo vagos recuerdos de una bella diosa rondando en torno a mi cama.

Ramsay torció el gesto.

—Por muchos progresos que estuvieras haciendo antes de que nos envenenaran, no creas que vas a conseguirla, De Moncreiffe.

Grimm hizo una mueca de dolor para sus adentros y se quedó meditabundo mientras Quinn y Ramsay discutían sobre Jillian. Un rato después aún seguían con lo mismo y ni siquiera se percataron de que Grimm había abandonado la habitación.

Tras pasar las primeras horas del alba con Quinn y Ramsay, Grimm fue a ver a Jillian, que aún dormía profundamente cuando él la había dejado, acurrucada de lado bajo un montón de mantas. Deseaba meterse en la cama al lado de ella, experimentar el placer de despertar teniéndola entre los brazos, pero no podía arriesgarse a que lo vieran salir de los aposentos de Jillian una vez iniciada la actividad diaria en el castillo.

De modo que, cuando se hizo de día en Caithness, saludó con la cabeza a Ramsay, que había conseguido bajar la escalera dando continuos traspiés y totalmente obsesionado por encontrasr algún alimento sólido, silbó a *Occam* y montó el semental a pelo. Acto seguido se dirigió al lago con la intención de sumergir su acalorado cuerpo en agua helada.

Lo que había llevado a cabo con Jillian sólo había avivado su deseo, y temía caer sobre ella con la incontrolada avidez de un lobo hambriento tan pronto le sonriera. Se habían liberado años de pasión denegada, y se daba cuenta de que jamás saciaría el vehemente deseo que tenía entonces de Jillian.

Condujo a *Occam* hasta un bosquecillo y se paró, saboreando la apacible belleza de la mañana. El lago formaba ondas, un inmenso espejo plateado bajo nubes rosadas. Majestuosos robles agitaban negras ramas frente al cielo rojo.

La brisa transportaba débiles sones de canciones desafinadas. Siguiendo los sonidos, Grimm rodeó el lago con cuidado, guiando a lentamente a su caballo junto a sumideros empapados de agua y terrenos cenagosos y poco firmes. Finalmente, tras doblar un espeso matorral, vio a Zeke encorvado cerca del agua. El muchacho tenía las piernas encogidas y los antebrazos apoyados en las rodillas, y se frotaba los ojos.

Grimm detuvo a *Occam*. Zeke estaba medio sollozando las palabras de una vieja canción de cuna. Se preguntó quién habría herido los sentimientos del chico a aquella temprana hora. Lo observó, decidiendo la mejor manera de acercársele sin ofender su dignidad. Mientras vacilaba en las sombras, un crujido entre la maleza y los helechos le alertó de la presencia de un intruso. Escudriñó el bosque circundante, pero antes de detectar el origen del ruido un animal saltó desde los árboles, a unos metros de Zeke. Un gato montés apareció repentinamente en la orilla del lago, echando por el hocico espumarajos espesos y blancos, gruñendo y dejando al descubierto unos blancos y letales colmillos. Zeke se volvió con los ojos como platos e hizo gorgoritos hasta que la canción se desvaneció.

Grimm saltó al instante del lomo de *Occam*, tiró del *sgain dubh* de su muslo, se rasgó la palma de la mano y se hizo sangre. En menos de un suspiro, la visión de las gotas carmesí despertaron al guerrero vikingo y liberaron al berserker.

Moviéndose con una velocidad impropia de un ser humano, agarró a Zeke, lo lanzó sobre su semental y dio a éste un manotazo en la grupa. Después se encaró con la bestia...

—¡Ayuda! ¡Ayuda! —chillaba frenéticamente Zeke mientras entraba en el patio interior a lomos de *Occam*—. ¡Tenéis que ayudar a Grimm!

Hatchard salió a toda prisa del castillo y se encontró con Zeke encaramado en *Occam*, agarrado a sus crines.

—¿Dónde? —gritó.

—¡El lago! ¡Un gato montés enloquecido por poco me come y Grimm me lanzó sobre el caballo y yo cabalgué solo, pero el gato lo atacó a él!

Hatchard se apresuró hacia el lago, sin ser consciente de que otras dos personas, también alertadas por los gritos, ya le pisaban los talones.

Hatchard vio a Grimm de pie, inmóvil, una sombra negra recortada contra el cielo rojo y brumoso, contemplando los restos de lo que había sido un animal. Tenía los brazos y la cara cubiertos de sangre.

—Gavrael —dijo Hatchard en voz baja, usando el nombre verdadero con la esperanza de que así llegaría al hombre que había en el interior del berserker.

Grimm no respondió. El pecho le subía y bajaba con rapidez. Su cuerpo recibía el bombeo de las ingentes cantidades de oxígeno que un berserker necesita para compensar su furia sobrenatural. En las venas de sus fibrosos antebrazos se apreciaba un latido azulado contra la piel, y, para asombro de Hatchard, parecía el doble de grande de lo normal. Hatchard había visto a Grimm en pleno ataque de furia del berserker varias veces, cuando entrenaba al hijo adoptivo, pero en el caso del maduro Grimm eso resultaba mucho más peligroso que cuando era mozalbete.

—Gavrael Roderick Icarus McIllioch —dijo Hatchard. Se le acercó de lado, intentando entrar en el campo visual de Grimm de la manera más inofensiva posible. Detrás de él, dos siluetas se detuvieron en las sombras del bosque. Una de ellas jadeaba ligeramente y repitió el nombre.

—Gavrael, soy yo, Hatchard —repitió éste con tono afable.

Grimm se volvió y miró al jefe de los hombres de armas. Los azules ojos del guerrero estaban incandescentes, brillaban como brasas, y Hatchard comprendió por primera vez lo que se siente cuando alguien te atraviesa con la mirada.

Llamó la atención de Hatchard un ruido sofocado a su espalda. Se volvió y advirtió que Zeke lo había seguido.

—Oh, Dios mío —susurró Zeke. Se aproximó más, mirando al suelo con atención, y se detuvo a escasos centímetros de Grimm. Tenía los ojos abiertos de par en par mientras examinaba los pedacitos de lo que había sido un gato montés rabioso, lo bastante salvaje para despedazar a un hombre y, empujado por la enfermedad de la sangre, lo bastante loco para intentarlo. La mirada atónita de Zeke se elevó hacia los brillantes ojos azules de Grimm, y casi se puso de puntillas, mirando fijamente—. ¡Es un berserker! —musitó con tono reverente—. ¡Mira como le brillan los ojos! ¡Entonces sí existen!

—Zeke, ve en busca de Quinn. Rápido —ordenó Hatchard—. Sólo trae a Quinn, a nadie más, ¿entiendes? ¡Y ni una palabra de lo que has visto!

Zeke hurtó una última mirada de veneración.

—De acuerdo —dijo, y salió corriendo en busca de Quinn.

18

—Dudo mucho que hiciera pedazos al animal, Zeke. No es bueno exagerar —dijo Jillian con tono de reprimenda, disimulando su regocijo para proteger la susceptibilidad del muchacho.

—No exagero —repuso el niño con vehemencia—. ¡He dicho la verdad! ¡Estaba en el lago y un gato montés rabioso me atacó y Grimm me levantó y me lanzó sobre su caballo y agarró la bestia en mitad de su salto y la mató con un giro de muñeca! ¡Es un berserker! ¡Yo sabía que él era especial! ¡Brrr! —El chico resopló—. ¡Es el rey de los guerreros! ¡Una leyenda!

Hatchard cogió a Zeke del brazo y lo apartó de Jillian.

—Ve a buscar a tu madre, muchacho. Ahora. —Le clavó una mirada admonitoria para disuadirle de desobedecer, y torció el gesto cuando el chico abandonó la estancia. Se encontró con la mirada de Jillian y se encogió de hombros—. Ya sabes cómo son los niños. Han de creer en cuentos de hadas.

—¿Grimm está bien? —inquirió ella. Le dolía todo el cuerpo, pero de la forma más placentera posible. Cualquier movimiento era un sutil recordatorio de las cosas que él le había hecho, las cosas que ella le había suplicado que le hiciera antes de que acabara la noche.

—Como si tal cosa —contestó Hatchard secamente—. El animal estaba en efecto rabioso, pero no te preocupes, no consiguió morderle.

—¿Grimm lo mató? Un gato montés rabioso podría diezmar un rebaño de ovejas en menos de quince días. No suelen atacar al hombre, pero Zeke es bastante pequeño y la bestia estaba enloquecida, ¿no?

—Así es —confirmó Hatchard, lacónico—. Ahora él y Quinn lo están enterrando —mintió con frío aplomo. No había quedado casi nada que enterrar, pero Hatchard no le habría dicho eso a Jillian ni por todo el oro del mundo. Hizo una mueca de dolor para sus adentros. Si el gato montés infectado hubiera mordido a Zeke siquiera una vez, al muchacho se le habría contagiado la enfermedad de la sangre del animal y habría muerto en cuestión de días, sacando espuma por la boca en una agonía atroz. Alabado sea Dios por que Grimm estuviese allí, y alabado sea Odín por sus dones especiales, de lo contrario, Caithness se habría llenado de lágrimas y cánticos fúnebres.

—Zeke montó a *Occam* sin ayuda —dijo Jillian, absolutamente maravillada.

Hatchard levantó la vista y esbozó una sonrisa.

—Así es, y eso le salvó la vida, milady.

Jillian compuso una expresión pensativa y se dirigió a la puerta.

—Si Grimm no hubiera confiado en Zeke, quizás éste no habría sido capaz de escapar.

—¿Adónde vas? —preguntó Hatchard al punto.

Jillian se detuvo en el umbral.

—Pues a ver a Grimm, naturalmente. —Para decirle que se había equivocado al dudar de él. Para ver su cara, para entrever la recién descubierta intimidad en sus ojos.

—Milady, espérate un rato. Está hablando con Quinn y necesita estar solo.

De pronto Jillian sintió que volvía a tener trece años, a quedar excluida de la compañía del hombre que amaba.

—¿Él lo ha dicho? ¿Que necesita estar solo?

—Se está lavando en el lago —precisó Hatchard—. Sólo dale algo de tiempo, ¿de acuerdo?

Jillian exhaló un suspiro. Esperaría que él fuera a verla.

—Grimm, antes no quise decir nada, pero le pagué al posadero una buena suma para que se librara del carnicero —explicó Quinn mientras paseaba por la orilla del lago. Grimm salió del agua helada, por fin limpio, y miró los restos del animal con ceño.

Quinn sorprendió su mirada.

—No empieces. Le has salvado la vida al chico, Grimm. No quiero oír una sola palabra de odio a ti mismo por ser un berserker. Es un don, ¿me oyes? ¡Un don!

Grimm resopló con semblante sombrío y no contestó. Quinn prosiguió.

—Como te decía, pagué al hombre. Si no se libró del carnicero, voy a volver a Durrkesh a exigir ciertas aclaraciones.

Grimm hizo un gesto con la mano, desechando las preocupaciones de Quinn.

—Olvídalo, Quinn. No fue el carnicero.

—¿Qué quieres decir?

—Ni siquiera fue el pollo. Fue el whisky.

Quinn parpadeó varias veces.

—Entonces, ¿por qué dijiste que había sido el pollo?

—Yo confío en ti, Quinn, pero no conozco a Ramsay. El veneno era raíz de genciana. La raíz pierde sus propiedades tóxicas si se cuece o se asa. Hay que machacarla y diluirla, y el alcohol potencia sus efectos. Además, a la mañana siguiente encontré abajo el resto de la botella. Quienquiera que fuera, no fue muy cuidadoso.

—Pero yo no bebí whisky contigo —objetó Quinn.

—No sabías que bebías whisky. —Grimm torció el gesto a modo de disculpa—. Como estaba harto de beber y me disponía a irme, eché el whisky de mi jarra sobre el pollo. El veneno no tiene olor hasta que se digiere, y ni siquiera mis sentidos lo captaron. Pero en cuanto se mezcla con los fluidos corporales, adquiere un olor pernicioso.

—¡Dios mío! —Quinn le dirigió una mirada penetrante—. Pues vaya mala pata. Entonces, ¿quién crees que lo hizo?

—Durante estos últimos días he pensado mucho en ello. La única conclusión es que de algún modo los McKane me han descubierto.

—¿No saben que el veneno no surte efecto en un berserker?

—Nunca han logrado atrapar a uno vivo para poder preguntárselo.

—Así que seguramente ignoran las proezas de que cualquiera de vosotros es capaz. Ni siquiera saben cómo mataros.

—Exacto.

Quinn reflexionó sobre esa nueva información. Luego se le nublaron los ojos.

—Si es así, si realmente los McKane han vuelto a localizarte, ¿qué va a impedirles seguirte hasta Caithness? —preguntó con cautela—. Otra vez.

Grimm alzó la cabeza con expresión afligida.

Jillian no vio a Grimm durante el resto del día. Quinn le informó de que su amigo había ido de paseo a caballo y probablemente no regresaría hasta el anochecer. Se hizo de noche y el castillo cesó en su actividad. Jillian atisbó por la ventana de hojas y divisó a *Occam* deambulando por el patio interior. Grimm había vuelto.

Tras echarse encima una prenda de lana sobre la blusa, abandonó sus aposentos. El castillo estaba tranquilo, sus habitantes dormían.

—Jillian.

La joven se paró de golpe. Se dio la vuelta, impaciente. Necesitaba ver a Grimm, tocarlo otra vez, investigar su nueva intimidad, gozar del sexo.

Kaley Twillow se apresuraba por el pasillo hacia ella, con una bata sobre los hombros. Iba despeinada, sueltos los rizos castaños, y tenía la cara arrebolada por el sueño.

—He oído que se abría tu puerta —dijo—. ¿Quieres algo de la cocina? Tenías que haberme llamado. Te traeré lo que sea. ¿Qué te apetece? ¿Un tazón de leche caliente? ¿Un trozo de pan con miel?

Jillian vaciló un instante y dio a Kaley unas palmaditas tranquilizadoras en la espalda.

—No te apures, Kaley. Vuelve a la cama. Iré yo.

—Pero si no hay ningún problema. Yo misma estaba pensando en tomar un refrigerio. —Sus ojos preocupados parpadearon ante el improvisado atuendo de lana ligera que llevaba Jillian.

—Kaley —dijo la joven intentándolo de nuevo—, no te preocupes por mí. No pasa nada, en serio. Solamente estaba algo inquieta y...

—Vas a ver a Grimm.

Jillian se ruborizó.

—Tengo que ir. He de hablar con él. No puedo dormir. Hay cosas que debo decirle...

—¿Y no puedes esperar a mañana? —Kaley se fijó en la fina blusa que asomaba por debajo de la lana—. Además no vas vestida como Dios manda —añadió con tono reprobatorio—. Si vas vestida así, tendrás más de lo que esperas.

—No lo entiendes —dijo Jillian y suspiró.

—Oh, claro que lo entiendo, mi querida muchacha. Esta mañana he visto los restos del naufragio del Gran Salón.

Jillian tragó saliva y no dijo nada.

—He puesto el dedo en la llaga, ¿eh? —soltó Kaley, lacónica—. No soy tan vieja para no recordar cómo es todo esto. Hubo un tiempo en que amé a un hombre como él. Comprendo cómo te sientes, quizá más que tú misma, así que te hablaré sin rodeos. Quinn y Ramsay son atractivos, y el poder que emana de ellos promete momentos muy animados. —Kaley tomó las manos de Jillian entre las suyas y la observó seria—. Pero Grimm Roderick, ah, ése es un animal totalmente distinto, no es sólo sexy. Rezuma poder sensual y, Jillian, el poder sensual puede cambiar a una mujer.

—Veo que me entiendes.

—También soy de carne y hueso, muchacha. —Kaley llevó una suave mano a la mejilla de la chica—. Jillian, te he visto crecer con orgullo, amor y últimamente un poquito de miedo. Me siento orgullosa de ti porque tienes un audaz y buen corazón y una gran fuerza de voluntad. Y tengo miedo porque tu voluntad puede volverte tremendamente testaruda. Presta atención a mis palabras antes de tomar un rumbo que es irrevocable: a los hombres atractivos se les puede olvidar, pero un hombre sensual permanece en el corazón de una mujer para siempre.

—Oh, Kaley, es demasiado tarde —reconoció Jillian—. Ya está ahí.

La cocinera la atrajo hacia sí.

—Me lo temía. Pero ¿y si te abandona? ¿Cómo lo afrontarás? ¿Cómo seguirás adelante? Un hombre como Quinn no te dejará nunca. Un hombre como Grimm, bueno, los hombres tan exuberantes, que desbordan tanto la realidad, son también los más peligrosos para una mujer. Grimm es impredecible.

—¿Lamentas lo que pasó con el tuyo?

—¿Mi qué?

—Tu hombre parecido a Grimm.

Las facciones de Kaley se suavizaron embelesadamente, y su expresión ya valió como respuesta.

—Pues ahí lo tienes —señaló Jillian—. Si supiera que iba a pasar en brazos de ese hombre sólo unas cuantas noches, tomaría esas noches mágicas y las utilizaría para reconfortarme el resto de mi vida.

Kaley tragó saliva, llenos los ojos de empatía. Sonrió débilmente.

—Lo entiendo, muchacha —dijo por fin.

—Buenas noches, querida Kaley. Vuelve a la cama, y déjame tener los mismos dulces sueños que tú tuviste una vez.

—Te quiero, Jillian —dijo Kaley con voz áspera.

—Y yo a ti, Kaley —repuso la joven con una sonrisa mientras avanzaba pasillo abajo en busca de Grimm.

Entró en los aposentos de Grimm en silencio. No estaba. Emitió un suspiro de frustración y se movió inquieta por la habitación, que era espartana, limpia y disciplinada como su ocupante. No había nada desordenado salvo una almohada arrugada. Se dirigió a la cama sonriendo y cogió la almohada para darle volumen. Se la apretó en la cara e inspiró el vivificante aroma masculino. La sonrisa titubeó y se convirtió en contenida sorpresa al ver el deteriorado libro que la almohada ocultaba: las *Fábulas* de Esopo. Era el manuscrito ilustrado que le había dado ella hacía casi doce años, las primeras Navidades nevadas que habían pasado juntos. Dejó caer la almohada, cogió el libro y lo acarició tiernamente con la yema de los dedos. Las páginas estaban desgastadas, las ilustraciones descoloridas, y en la encuadernación se apreciaban breves anotaciones y curiosidades. Grimm lo había llevado consigo todos aquellos años, metido entre sus recuerdos igual que había hecho ella con el suyo. Lo acunó asombrada. El libro le revelaba todo lo que ella precisaba saber. Grimm Roderick era un guerrero, un cazador, un guardia, un hombre duro que acarreaba una ajada reproducción de las *Fábulas* dondequiera que fuera, metiendo de vez en cuando flores secas entre las páginas. Lo hojeó y se detuvo en una nota que había sido arrugada y alisada montones de veces. «Al anochecer estaré en el tejado. ¡Grimm, esta noche he de hablar contigo!»

Él jamás la había olvidado.

Sensible pero fuerte, capaz pero vulnerable, mundano y sensual. Estaba perdidamente enamorada de él.

—Lo he conservado.

Jillian se volvió al instante, sobresaltada. Esta vez tampoco lo había oído entrar en la habitación. Estaba enmarcado en el umbral, la mirada sombría e inescrutable.

—Ya lo veo —dijo ella en voz baja.

Él cruzó la habitación y se dejó caer en una silla junto al fuego, de espaldas a Jillian, que se quedó de pie, apretando contra su pecho el precioso libro. Estaban tan cerca de la intimidad que siempre había deseado con él que tuvo miedo de romper el hechizo con palabras.

—Me sorprende que no me acoses a preguntas —dijo él con cautela—. Por ejemplo, por qué lo he conservado.

—¿Por qué lo conservaste, Grimm? —preguntó ella, aunque en realidad daba igual. Él había llevado el libro consigo todo el tiempo, y eso bastaba.

—Ven aquí, muchacha.

Jillian dejó el libro sobre una mesa y se le acercó despacio. A unos pasos, vaciló.

La mano de Grimm se estiró y le agarró la muñeca.

—Jillian, por favor. —Su voz era débil, casi inaudible.

—Por favor, ¿qué? —susurró ella.

Grimm hizo un movimiento rápido y de pronto ella estuvo frente a él, apresada entre sus muslos, los ojos fijos en las inmediaciones del ombligo de Jillian, como si no tuviese fuerza suficiente para apartarlos de ahí.

—Bésame, Jillian. Tócame. Demuéstrame que estoy vivo —dijo también entre susurros.

Jillian se mordió el labio mientras las palabras de él le llegaban al corazón. El hombre más valiente y apasionado que jamás había conocido tenía miedo de no estar totalmente vivo. Grimm levantó la cabeza y ella ahogó un grito al ver su semblante sombrío, los ojos formando remolinos con las sombras, recuerdos de épocas que ella ni siquiera podía atreverse a comprender. Acunó la cara de él entre sus manos y le besó, demorándose en el labio inferior, saboreando la sensual curva.

—Eres el hombre más increíblemente vivo que he conocido.

—¿De veras, Jillian? ¿De veras? —preguntó él, desesperado.

¿Cómo podía él preguntarse algo así? Los labios de Grimm eran cálidos y enérgicos, sus manos se movían por la piel de ella, despertando terminaciones nerviosas de las que jamás había sospechado su existencia.

—¿Por qué conservaste el libro, Grimm?

Él la sujetó posesivamente por la cintura.

—Para no olvidar nunca que, aunque existe el mal, a veces también hay luz y belleza. Tú, Jillian. Tú fuiste siempre mi luz.

El corazón de la joven dio un brinco. Ella había ido a confirmar la frágil intimidad de ambos, a demostrarse a sí misma que la ternura y el cariño físico ofrecidos por Grimm la noche anterior no habían sido algo aislado. Jillian no había soñado jamás que él pudiera decirle palabras... de amor. Porque, ¿qué otra cosa era aquello sino palabras de amor?

Por fin sus sueños se habían hecho realidad. Jillian siempre había sabido que había un vínculo entre ella y su muchacho-bestia con ojos de mirada salvaje, pero llegar a estar juntos como hombre y mujer superaba todas sus fantasías infantiles.

Grimm se levantó y la atrajo hacia sí, contra su cuerpo musculado, ofreciéndole involuntariamente la concluyente evidencia de su deseo. Con el simple roce con los muslos de él, Jillian se estremeció quedándose sin aliento.

—Nunca quedaría saciado de ti, Jillian —susurró él, fascinado por el sensual agrandamiento de los ojos de ella, por la manera instintiva en que humedecía con la lengua la plenitud de su labio inferior.

La besó despacio, con besos que abrasaban, persistían,nublaban la mente, mientras la conducía hacia la cama. A mitad de camino, él pareció cambiar de opinión. Con sus fuertes manos, la cogió por los hombros y le hizo dar la vuelta en sus brazos. Jillian creía que la sensación de Grimm apretado contra sus muslos era tan excitante que no se podía soportar, pero en ese momento todo el cuerpo de él elevó la tensión, y ella empujó a su vez en una súplica sin palabras. Grimm inició con sus manos un lánguido viaje por el cuerpo de ella. Le acarició la suave curva de las caderas, deslizó lentamente las manos por el arco de la espalda, y luego la rodeó con los brazos para tocarle los pechos, encontrando los sensibles pezones y tirando ligeramente de ellos a través de la fina blusa.

Grimm le recogió el pelo, lo depositó a un lado y besó la expuesta nuca. El breve mordisco hizo que ella arqueara la espalda y se restregara contra él.

La condujo hacia delante, dejando la cama atrás, en dirección a la pared. La apretó de bruces contra las lisas piedras, entrelazó sus dedos con los de ella, sus palmas montadas al dorso de las de ella. Colocó las manos de Jillian contra la pared, por encima de la cabeza.

—No retires las manos de la pared. Haga yo lo que haga, sigue agarrada a la pared y sólo siente...

Jillian se mantuvo arrimada a la pared como si eso fuera su último asidero a la cordura. Él le quitó la blusa y ella se estremeció. Las manos de Grimm le rozaron la firme parte inferior de los pechos, siguieron la línea de la cintura y vacilaron al llegar a las caderas. Entonces sus dedos la ciñeron con firmeza y su lengua trazó un lento recorrido por la hondonada de la columna. Jillian siguió apoyada contra la pared, las palmas planas, balanceándose de placer. Para cuando él hubo terminado, no quedaba un solo centímetro de su piel que no hubiera besado o acariciado con el aterciopelado movimiento de su lengua.

Entonces ella comprendió por qué Grimm le había dicho que se mantuviera pegada a la pared. No tenía que ver con la pared en sí, sino con evitar tocarle a él. Ser tocada por Grimm Roderick y al mismo tiempo no poder tocarle le abrumaba los sentidos y la obligaba a aceptar el placer puro, sin distracciones.

Grimm se puso de rodillas detrás de ella y le dijo —con las manos y con suaves palabras— lo hermosa que era, lo que le hacía y lo mucho que la deseaba y necesitaba.

Deslizó las manos por la cara interna de los muslos, dejando a su paso besos por las redondeadas curvas del trasero. De Jillian escapó un súbito jadeo de placer cuando la mano de Grimm encontró el centro sensible entre las piernas. Le mordió las nalgas mientras con los dedos la acariciaba con una fricción irresistible que arrancó un gimoteo de Jillian.

—¡Grimm! —exclamó sin aliento.

La risa unida a algo peligrosamente erótico incrementó aún más la excitación.

—Manos a la pared —le recordó él cuando ella iba a volverse. Grimm le separó los muslos y maniobró de tal modo que de pronto estuvo en el suelo, mirándola desde abajo, el rostro a escasos centímetros de la zona de ella aún dolorida. Jillian fue a protestar por esa postura descarada cuando el calor de la lengua de él acalló cualquier amonestación que ella pudiera dirigirle. Jillian arqueó el cuello y tuvo que hacer acopio de toda su fuerza de voluntad para no gritar debido al indescriptible placer que él le proporcionaba.

Luego la mirada de ella se posó en el magnífico guerrero arrodillado entre sus muslos. La visión de su semblante apasionado, unida a las inauditas sensaciones que estaba experimentando, abrevió su respiración hasta convertirla en brevísimos y desvalidos jadeos. Jillian se balanceó suavemente sobre Grimm, emitiendo grititos entrecortados.

—Voy a caerme —dijo casi sin aliento.

—Yo te sujetaré.

—Pero pienso que no debemos... ¡oh!

—No pienses —ordenó él.

—Pero mis piernas... no... ¡sujétame!

Grimm soltó una risita y con un ligero tirón se la colocó encima. Se revolcaron por la alfombra en un agolpamiento de piel acalorada y miembros enredados.

—Y pensar que tenías miedo de caerte —bromeó él.

Jillian saboreó la estrecha proximidad de sus cuerpos, y en ese momento se dejó ir por completo. Cuando cayó sobre Grimm, se sintió aún más locamente enamorada, inmersa en una pasión ciega. Él siempre la sujetaría, no le cabía ninguna duda. Rodaron por la alfombra en una escaramuza juguetona para alcanzar la siguiente posición; de pronto, Grimm le dio la vuelta tan bruscamente que ella acabó a cuatro patas. En un instante él estuvo detrás, empujando suavemente en la hendidura, entre las suaves curvas de su trasero, y ella emitió un resuello.

—¡Ahora! —exclamó.

—Ahora —asintió él, y la penetró.

Jillian lo sintió dentro, llenándola, unidos visceralmente. Acariciándole los pechos con las manos ahuecadas, Grimm empujó más, y ella se sintió tan unida a él que se quedó sin aliento. Jillian suspiró de consternación cuando él se retiró dejándole un vacío en lo más profundo, y ronroneó de placer cuando él volvió llenarla tan profundamente que arqueó la espalda y se elevó contra el pecho de Grimm.

Él seguramente despertó algo en su interior, pensó ella, pues sólo hicieron falta unas cuantas acometidas más para que su cuerpo se liberara y estallara en mil añicos temblorosos. Jamás quedaría saciada de él.

Horas después, Jillian yacía en la cama plenamente satisfecha. Cuando las manos de Grimm comenzaron a deslizarse sensualmente por su cuerpo, exhaló un suspiro.

—No podría repetir, Grimm —protestó débilmente—. No me queda en el cuerpo un solo músculo sano, simplemente no podría...

Grimm sonrió con perversidad.

—Cuando era joven, pasé un tiempo con los gitanos.

Jillian se recostó en la almohada, sin saber qué tenía eso que ver con las arrebatadoras emociones que él le había provocado.

—Los gitanos celebraban una extraña ceremonia para inducir «visión». No consistía en tomar ninguna mezcla de hierbas y especias ni en fumar ninguna pipa. Se basaba en el exceso sexual para alcanzar un estado que superara el marco habitual de la mente. Colocaban a uno de sus videntes en una tienda con una docena de mujeres, que le llevaban reiteradamente al orgasmo hasta que él suplicaba que no le dieran más placer. Los gitanos dicen que el clímax libera en el cuerpo algo que eleva el espíritu, arrancándolo de su páramo terrenal, despertándolo a lo extraordinario.

—Te creo. —Jillian estaba fascinada—. A mí me hace sentir como si hubiera bebido demasiado vino dulce, la cabeza da vueltas y el cuerpo está fuerte y débil al mismo tiempo. —Cuando los dedos de Grimm encontraron la confluencia de sus muslos, Jillian se estremeció. Con unos cuantos movimientos diestros, él logró que ella sintiera de nuevo consquilleo y deseo, y cuando la llevó a una liberación rápida con las manos, fue aún más exquisito que la vez anterior—. ¡Grimm, oh, Grimm...! —La pasión estalló dentro de Jillian, que se estremeció bruscamente.

Grimm no retiró la mano, sino que la mantuvo allí suavemente ahuecada hasta que ella se calmó. Y luego empezó de nuevo, moviendo los dedos en un ligero movimiento martirizador sobre el sensible botón.

—Y otra vez, mi dulce Jillian, hasta que ya no puedas mirarme sin saber lo que puedo hacerte, adónde puedo llevarte, y cuántas veces puedo hacerlo.

Para Grimm, durante aquella noche no hubo descanso. Fue de un lado a otro por el suelo de piedra, dando puntapiés a las alfombras de piel de cordero, preguntándose qué debía hacer. Jamás en su vida había querido vincularse demasiado a nada ni a nadie, pues siempre había sabido que en cualquier momento debería partir, huyendo de la persecución a la que los McKane sometían a todo hombre sospechoso de ser un berserker.

Lo habían localizado en Durrkesh. Quinn tenía razón. ¿Qué les impediría ir a Caithness? Podían haber seguido sin problemas el pesado carro que llevaba a los enfermos. Y si volvían a aparecer en Caithness, ¿qué daño sufriría ese bendito lugar? ¿Qué desgracias caerían sobre la familia de Jillian y ella misma? Edmund había muerto a consecuencia del último ataque de los McKane. Quizás había contraído una pulmonía, pero si no hubiera resultado herido, jamás habría padecido la enfermedad que había puesto fin a su vida.

Grimm no soportaba la idea de causar daño, otra vez, a Caithness y a Jillian.

Se paró junto a la cama, bajó la vista hacia Jillian y la contempló. «Te amo, Jillian —declaró ante la silueta dormida—. Siempre te he querido y siempre te querré. Pero soy un berserker, y tú lo mejor de la vida. Tengo un padre viejo y loco y un montón de piedras desmoronándose a las que llamo casa. No es vida para una dama.»

Ahuyentó sus sombríos pensamientos, dispersándolos con su formidable voluntad. Sólo quería pensar en sumergirse en el cuerpo de Jillian. Los dos últimos días pasados con ella habían sido los más felices de su vida. Debería contentarse con eso, se dijo.

Ella se dio la vuelta, aún dormida, quedando la palma abierta, los dedos ligeramente contraídos. El dorado cabello se abrió en abanico sobre las blancas almohadas, los generosos pechos saliéndose del sedoso hilo. Sólo otro día, se prometió a sí mismo, y otra noche mágica, increíble, dichosa. Y después se iría, antes de que fuera demasiado tarde.

19

De madrugada, Quinn y Ramsay saquearon la cocina. No quedó ni una pieza de fruta, ni un trozo de carne, ni un solo bocado sabroso.

—¡Dios santo, me siento como si no hubiera comido nada sólido desde hace semanas!

—Pues bastante cerca hemos estado, maldita sea. Porque el pan y el caldo no cuentan como comida de verdad. —Ramsay arrancó con los dientes un enorme trozo de jamón ahumado—. Hasta ahora no había tenido hambre. ¡Ese condenado veneno me dejó tan malparado que temí haber perdido para siempre las ganas de comer!

Quinn cogió una manzana y la mordió con fruición. Los platos estaban amontonados aquí y allá, sin orden ni concierto. Las sirvientas probablemente se desmayarían cuando descubrieran que aquellos dos habían arramblado en un santiamén con toda la comida de la semana.

—Cazaremos y repondremos. —Quinn se sintió moderadamente culpable mientras recorría con la mirada la diezmada despensa—. ¿Te apetece cazar un poco, Ram, amigo?

—Siempre y cuando la pieza lleve blusa —repuso el otro con un impetuoso suspiro— y responda al nombre de Jillian.

—Pues siento desilusionarte —replicó Quinn con tono mordaz—. Quizá no te has dado cuenta, pero es evidente que Jillian se muestra algo *tendre* hacia mí. Si yo no hubiera caído enfermo en Durrkesh, le habría propuesto matrimonio y ahora estaríamos comprometidos.

Ramsay tomó un largo trago de whisky y dejó la botella en la encimera con un ruido sordo.

—De Moncreiffe, realmente eres duro de mollera.

—¿Acaso crees que eres tú el elegido? —Quinn puso los ojos en blanco.

—Desde luego que no. Es ese cabrón de Roderick. Siempre lo ha sido, desde que llegamos aquí. —La sombría expresión de Ramsay era inquietante—. Y después de lo que pasó hace dos noches...

Quinn se puso rígido.

—¿Qué pasó hace dos noches?

Ramsay tomó otro trago, chasqueó la lengua y rumió en silencio durante unos instantes.

—Quinn, ¿te has dado cuenta de que la mesa larga del Gran Salón no está?

—Pues ahora que lo dices, sí. ¿Qué ha sucedido?

—He visto pedazos de la misma detrás del cobertizo. Se partió por el centro y quedó hecha añicos.

Quinn no dijo nada. Sabía que sólo un hombre podía destrozar con las manos una mesa tan maciza.

—Ayer me encontré a las criadas recogiendo comida del suelo. Uno de los candelabros estaba empotrado en la pared. Hace dos noches, allí hubo una pelea de mil demonios. Pero nadie ha dicho una palabra sobre el asunto, ¿verdad?

—¿Qué insinúas, Logan? —preguntó Quinn torciendo el gesto.

—Solamente que las únicas dos personas que hace dos noches se encontraban lo bastante bien para cenar allí eran Grimm y Jillian. Está muy claro que tuvieron una pelea terrible, pero hoy a Grimm no se le veía nada resentido. Y en cuanto a Jillian, bueno, era toda sonrisas y buen humor. Podríamos hacer una pequeña prueba práctica. ¿Por qué no vamos a despertar a Grimm ahora mismo y hablamos de este asunto con él? Si no está ocupado en otra cosa, claro.

—Si estás dando a entender que Jillian podría estar en los aposentos de Grimm, es que eres un estúpido canalla y te retaré por ello —espetó Quinn—. Tal vez en el salón hubo una pelea entre los dos, pero te aseguro que Grimm es demasiado honorable para seducir a Jillian. Además, ni siquiera logra decirle una palabra cortés. Seguro que no puede ser amable con ella el tiempo suficiente para seducirla.

—¿No te parece muy curioso que, precisamente en el momento en que parecía que estabas haciendo progresos con Jillian, tú y yo seamos envenenados y quedemos fuera de circulación, y en cambio él no? —dijo Ramsay—. Me parece algo sospechosamente oportuno. Resulta realmente muy extraño que él no enfermara también.

—Grimm no tomó veneno.

—Quizá porque sabía de antemano dónde estaba —replicó Ramsay.

—¡Ya basta, Logan! Una cosa es acusarle de desear a Jillian. Diablos, todos la deseamos. Y otra completamente distinta es acusarle de intentar matarnos. No sabes nada de Grimm Roderick.

—Quizás eres tú quien no le conoce. Tal vez Grimm Roderick finge ser algo que no es. Por lo pronto, tengo intención de despertarle ahora mismo y averiguarlo. —Ramsay salió de la estancia a grandes pasos, mascullando entre dientes.

Quinn corrió tras él.

—Logan, no seas impaciente, espera...

—¡No! Tú estás demasiado convencido de su inocencia, ¡pero yo exigiré que la demuestre! —Subió de tres en tres los escalones que conducían al ala oeste, y para mantener el paso Quinn tuvo que trotar.

Mientras Ramsay aceleraba por el largo pasillo, Quinn lo adelantó e intentó contenerle con una mano en el hombro, pero Ramsay se la sacudió.

—Si estás tan convencido de que no lo haría, ¿de qué tienes miedo, De Moncreiffe? Despertémosle.

—Estás ofuscado, Ram... —Se interrumpió bruscamente cuando se abrió la puerta de los aposentos de Grimm.

Al ver salir a Jillian al pasillo, los ojos de ambos se abrieron incrédulos de par en par. Desde luego, nada justificaba que Jillian saliese de las habitaciones de Grimm a esa temprana hora, sólo lo que apuntaba Ramsay: era la amante de Grimm.

Quinn se escondió al instante, tirando de Ramsay hacia el hueco en sombras de una puerta.

Jillian iba despeinada y vestía sólo una prenda de lana sobre los hombros. Había pocas dudas de que no llevaba nada debajo.

—Por los huevos de Odín —susurró Quinn.

Ramsay esbozó una sonrisa burlona mientras ambos permanecían al acecho.

—El honorable Grimm no, ¿eh, Quinn?

—Qué hijo de puta... —La mirada de Quinn se entretuvo embelesada en las dulces curvas de Jillian mientras ésta desaparecía por el pasillo. Los primeros rayos del amanecer que entraban por las altas ventanas colorearon los ojos de Quinn con un extraño fulgor carmesí.

—El mejor amigo, ¿eh, De Moncreiffe? Él sabía que tú la deseabas. Ni siquiera le propone matrimonio. La toma sin más, por las buenas.

—Antes tendrá que pasar por encima de mi cadáver —juró Quinn.

—Su padre mandó llamar a tres hombres para que ella eligiera esposo. ¿Y qué hace él? Tú y yo haríamos lo que es honorable, casarnos con ella, darle un nombre, hijos y una vida respetable. Roderick la monta y después se va como si tal cosa, ya me entiendes. No tiene ninguna intención de casarse con ella. Si tuviera intenciones honorables, nos la habría dejado a ti o a mí, hombres que obrarían bien con ella. No le conoces tanto como crees, te lo aseguro.

Quinn frunció el entrecejo y se marchó indignado, hablando entre dientes.

Jillian pasó el día montada en unagran nube de felicidad. El único momento desagradable fue cuando se encontró con Quinn a la hora de desayunar. Él se mostró distante y reservado, muy distinto que de costumbre. La miraba de una manera muy extraña, nervioso, jugueteando con su desayuno, y finalmente se fue, serio y en silencio.

En una o dos ocasiones se rozó con Ramsay, que también se comportaba de forma rara. Jillian no le dio demasiadas vueltas; seguramente ambos estaban sufriendo aún las secuelas del veneno. Con el tiempo se recuperarían.

En aquellos momentos sólo pensaba que el mundo era un lugar absolutamente maravilloso. Incluso se mostraba magnánima con su padre por haberle devuelto su verdadero amor: en un arranque de generosidad, llegó a la conclusión de que era más juicioso de lo que ella creía. Se casaría con Grimm Roderick y su vida sería perfecta.

20

—¿Y bien? —preguntó Ronin McIllioch.

Elliot se acercó arrastrando los pies, en la mano un fajo de apretados pergaminos.

—Tobie lo ha hecho bien, milord, a pesar de que no podíamos arriesgarnos a llegar demasiado cerca de Caithness, pues vuestro hijo posee los mismos sentidos extraordinarios que vos. Aun así, Tobie logró atisbar su imagen en diversos momentos: cabalgando, salvando a un niño, y dos veces con la mujer.

—Déjame ver. —Ronin alargó una mano impaciente hacia Elliot. Buscó en los papeles, uno a uno, asimilando todos los detalles—. Es un muchacho hermoso, ¿verdad, Elliot? ¡Mira qué hombros! Tobie no ha exagerado, ¿eh? —Elliot meneó la cabeza, y Ronin sonrió—. Fíjate en ese poderío. Mi hijo es un guerrero legendario hasta la médula. Las muchachas se desmayan a sus pies, seguro.

—Sí, vuestro hijo es una leyenda, sin duda. Deberíais haberlo visto matar al gato montés. Se cortó su propia mano para provocar la furia del berserker y así poder salvar al chico.

Ronin iba pasando los esbozos al hombre que tenía al lado. Dos pares de ojos azul claro analizaban cada trazo.

—¡Por la lanza de Odín! —Ronin exhaló lentamente mientras cogía los dos últimos dibujos—. Es la criatura más encantadora que he visto jamás.

—Eso mismo piensa vuestro hijo —señaló Elliot con suficiencia—. Está tan loco por ella como vos lo estabais por Jolyn. Es «la elegida», milord, no lo dudéis.

—¿Ya han... eh...?

—A juzgar por el destrozo que hizo Gavrael en el Gran Salón, yo diría que sí. —Elliot sonrió con aire burlón.

Ronin sonrió.

—Se acerca el momento. Ve con Gilles y empezad los preparativos para el regreso de mi hijo a casa.

—¡Sí, milord!

El hombre sentado junto a Ronin alzó los gélidos ojos azules hacia los de McIllioch.

—¿Crees realmente que va a pasar lo que nos vaticinó la anciana? —preguntó en voz baja Balder, el hermano de Ronin.

—Se producirán cambios tremebundos —murmuró Ronin—. La mujer dijo que esta generación sufriría más que cualquier otra generación McIllioch, pero también prometió que progresaría y sería más feliz. La vieja adivina juró que mi hijo tendría hijos propios, y lo creo. Y juró que cuando escogiera compañera, ésta lo llevaría de regreso a casa, a Maldebann.

—¿Y cómo superarás el odio que siente hacia ti, Ronin? —inquirió el hermano.

—No lo sé. —Ronin suspiró—. Quizás estoy esperando un milagro, que me escuche y me perdone. Ahora que ha encontrado su pareja, tal vez se muestre más comprensivo con mi situación. Acaso sea capaz de comprender por qué hice lo que hice. Y por qué le dejé marchar.

—No seas tan duro contigo mismo, Ronin. Si hubieras ido tras él, los McKane te habrían seguido. Estaban esperando que revelaras el escondite de Gavrael. Saben que no tendrás más hijos. No saben siquiera que yo existo. Están resueltos a destruir a Gavrael, y el tiempo se nos echa encima. Si se enteran de que ha encontrado compañera, no se detendrán ante nada.

—Lo sé. Estuvo bien escondido en Caithness durante años, así que pensé que era mejor dejarlo solo. Gibraltar lo preparó mejor de lo que lo habría hecho yo entonces. —Ronin cruzó su mirada con la de Balder—. Pero siempre creí que en algún momento volvería a casa por voluntad propia; al menos empujado por la curiosidad o la confusión sobre qué era él. Pero eso fue mucho tiempo atrás. Cuando vi que no venía, que no miraba jamás al oeste, a Maldebann... ah, Balder, me invadió la más negra amargura. No podía creer que me odiara tanto.

—¿Qué te hace pensar que ahora puede perdonarte?

Ronin levantó las manos en gesto de impotencia.

—¿Será la ilusión de un idiota? No sé, pero debo creer en ello. Si no, no tendría motivo alguno para seguir adelante.

Balder le apretó el hombro cariñosamente.

—Tienes motivos para seguir adelante. Hay que derrotar a los McKane de una vez por todas, y tú has de garantizar la seguridad de los hijos de tu hijo. Eso es ya motivo suficiente.

—Y así será —juró Ronin.

Grimm pasó el día cabalgando, buscando en todos los rincones de Caithness alguna señal de que los McKane lo habían descubierto. Sabía cómo actuaban: instalaban su campamento en el perímetro del feudo y esperaban el momento oportuno, cualquier momento de vulnerabilidad. Recorrió la circunferencia completa por si descubría algo: restos de una hoguera reciente, ganado robado y sacrificado, información que pudieran darle los campesinos sobre desconocidos...

No encontró nada. Ni la menor prueba que respaldara sus sospechas de que estaba siendo vigilado.

Aun así, un hormigueo de intranquilidad acechaba en la base de su cuello, donde siempre lo sentía cuando algo andaba mal. En algún lugar de Caithness había una amenaza invisible y sin identificar.

Al anochecer entraba en el patio interior, reprimiendo un irresistible deseo de bajar del caballo y correr hacia el castillo y hacia Jillian. Abrazarla con fuerza y llevarla a su habitación, y hacerle el amor hasta que ninguno de los dos pudiera moverse, lo que para un berserker significaba bastante tiempo.

«Vete —pensaba con remordimientos de conciencia—. Vete ahora. No cojas ni siquiera el morral, no digas siquiera adiós, sólo vete.»

Notó como si fuera a desgarrarse. En todos los años en que había soñado con Jillian, jamás había imaginado que se iba a sentir así: ella lo colmaba. El berserker había surgido en su interior y había resultado humillado en presencia de Jillian. Gracias a ella volvía a sentirse limpio. El mero hecho de estar con ella apaciguaba a la bestia que él había aprendido a aborrecer, la bestia cuya existencia Jillian ni siquiera conocía.

Hizo una mueca mientras la esperanza, aquella traicionera emoción que él jamás se había concedido, disputaba la posición a su premonición de peligro. La esperanza era un lujo que no podía permitirse. Por culpa de la esperanza, los hombres hacían cosas insensatas, como quedarse en Caithness cuando sus acentuados sentidos le decían a voz en grito que, pese a no hallar ninguna señal de los McKane, estaba siendo vigilado y la confrontación era inminente. Sabía cómo lidiar con el peligro. Con la esperanza, no.

Exhaló un suspiro, entró en el Gran Salón y cogió una bandeja de fruta que se llevó cerca de la chimenea. Eligió una pera madura, se dejó caer en una silla frente al fuego y se quedó rumiando con la vista fija en las llamas, forcejeando con su impulso de ir en busca de Jillian. Tenía que tomar varias decisiones, entre ellas encontrar la manera de comportarse como un hombre honorable, de hacer lo debido, pero ya no sabía qué era lo debido. Las cosas ya no eran blancas o negras; no había respuestas fáciles. Él sabía que quedarse en Caithness era peligroso; pero precisamente deseaba eso más que nada en la vida.

Estaba tan absorto en sus pensamientos que no oyó a Ramsay acercarse hasta que la voz grave y estruendosa del highlander lo sobresaltó. Esto solo ya era aviso suficiente de que había bajado peligrosamente la guardia.

—¿Dónde has estado, Roderick?

—Paseando a caballo.

—¿Todo el día? Maldita sea, amigo, ¿habiendo en el castillo una mujer hermosa te vas a cabalgar todo el día?

—Tenía algo en que pensar. Cabalgar me aclara las ideas.

—Sí, desde luego que tienes algo en que pensar —murmuró Ramsay para sí.

Gracias a su extraordinaria capacidad auditiva, Grimm oyó cada sílaba. Se volvió y le dirigió una mirada penetrante.

—¿En qué crees tú que tengo que pensar?

Ramsay se quedó perplejo.

—¡Estoy a doce pasos! No puede ser. Apenas se ha oído.

—Pues lo he oído —repuso Grimm con frialdad—. Así pues, ¿qué supones que debería yo pensar?

Los oscuros ojos de Ramsay parpadearon, y Grimm percibió que trataba de reprimir su imprevisible mal genio.

—Hay que ser honorable, Roderick —dijo con fría formalidad—. Se trata de honrar a nuestro anfitrión. Y a su hija.

La sonrisa de Grimm era peligrosa.

—Te propongo un trato, Logan. Si tú no sacas a colación mi honor, yo no sacaré el tuyo de la pocilga donde ha estado alojado durante años.

—Mi honor... —empezó Ramsay con vehemencia, pero Grimm lo interrumpió impaciente. Tenía cosas más importantes de qué ocuparse que discutir con aquel highlander.

—Vayamos al grano, Logan. ¿Cuánto oro debes a los Campbell? ¿La mitad del valor de Jillian? ¿O más? Por lo que he oído, estás tan apurado que más te valdría esconderte tres metros bajo tierra. Pero si pescas a la heredera St. Clair podrás pagar tus deudas y vivir en el despilfarro durante años. ¿No es verdad?

—No todos los hombres son tan ricos como tú, Roderick. Para algunos de nosotros, con muchísimas personas a nuestro cargo, cuidar del clan supone un gran esfuerzo. Y Jillian me gusta mucho —añadió.

—No me cabe duda. Igual que te gusta llenarte el estómago con la comida más suculenta y el mejor whisky. Igual que te gusta montar un semental purasangre o alardear de tus perros lobo. Quizá todos esos gastos expliquen las dificultades que tienes para mantener a los tuyos. ¿Cuántos años dilapidaste en la corte, gastando oro con tanta generosidad como crecía tu clan?

Ramsay se quedó rígido y en silencio durante un largo instante. Grimm lo observaba, todos sus músculos listos para entrar en acción. Logan tenía un carácter violento... Grimm había podido comprobarlo. Se reprendió por haberse enfrentado a Ramsay Logan, pero le enfurecía la tendencia de éste a colocar sus necesidades por encima de las de su depauperado clan.

Ramsay respiró hondo y se dio la vuelta, sorprendiendo a Grimm con una sonrisa afable.

—Te equivocas conmigo, Roderick. Admito que mi pasado no es ejemplar, pero no soy el mismo de antes.

Grimm lo miró con escepticismo.

—¿Lo ves? Ya no pierdo los estribos. —Ramsay levantó las manos en un gesto conciliador—. Sé por qué piensas todas esas cosas de mí. En otro tiempo era depravado, egocéntrico y disoluto, sí, pero ya no lo soy. Claro que no puedo demostrarlo; sólo el tiempo puede poner de manifiesto mi sinceridad. Concédeme al menos eso, ¿no?

Grimm resopló.

—Por supuesto, Logan, te lo concedo. Quizá seas diferente. —«Peor, sin duda», pensó, y volvió la cabeza hacia las llamas.

Cuando Grimm oyó que el otro se marchaba, no pudo evitar la pregunta:

—¿Dónde está Jillian?

Logan se detuvo y miró impasible por encima del hombro.

—En el estudio, jugando al ajedrez con Quinn. Esta noche él tiene intención de proponerle matrimonio, así que mejor dejarlos tranquilos. Jillian merece un esposo como Dios manda. Si no le acepta, entonces se lo propondré yo.

Grimm asintió con semblante severo. Después de intentar ahuyentar de su cabeza todos los pensamientos sobre Jillian —instalada en el acogedor estudio con Quinn, que le estaba proponiendo matrimonio— y fracasar, salió nuevamente a la noche; las palabras de Ramsay le habían trastornado más de lo que quería admitir.

Deambuló por los jardines durante casi media hora antes de reparar súbitamente en que no había señal alguna de su semental. Lo había dejado junto al puesto interior de vigilancia. *Occam* casi nunca se aventuraba lejos del castillo.

Desconcertado, Grimm miró también en el puesto exterior, silbando reiteradamente, pero no oyó un solo relincho ni ruido de cascos. Dirigió su pensativa mirada a los establos que daban realce al extremo del patio exterior. En su interior se activó el instinto, como un aviso, y se apresuró hacia la dependencia anexa.

Irrumpió en los establos y se paró de golpe. Había un silencio desacostumbrado, y el aire estaba impregnado de un olor extraño. Acre, intenso, como de huevos podridos. Atisbando en la oscuridad, antes de entrar hizo una relación de todos los detalles. En el suelo, balas de heno desordenadas... normal. Lámparas de aceite colgadas de las vigas... normal. Todas las puertas cerradas... también normal. Olor a algo sulfúrico... rotundamente anormal.

Fue entrando con cautela, silbando, y se vio recompensado con un amortiguado relincho procedente del compartimiento situado en el extremo más alejado. Grimm se obligó a sí mismo a no avanzar.

Era una trampa.

Aunque no alcanzaba a calibrar la naturaleza exacta de la amenaza, el peligro goteaba de las vigas del bajo edificio. Tenía los sentidos en estado de alerta. ¿Qué era eso? ¿Azufre?

Entrecerró los ojos, dio un paso adelante y rozó ligeramente el heno con la bota. A continuación se agachó para apartar a un lado una gruesa gavilla de trébol.

Emitió un ahogado silbido de asombro.

Apartó más heno, avanzó cinco pasos, hizo lo mismo, se desplazó cinco pasos a la izquierda y repitió la operación. Pasó la mano por el polvoriento suelo de piedra que había bajo el heno y cogió un puñado de polvillo negro finamente granulado.

«¡Dios santo!» Todo el suelo del establo estaba cubierto por una capa uniforme de pólvora. Alguien la había esparcido generosamente sobre las piedras y luego había echado heno encima. La pólvora se obtenía de una combinación de salitre, carbón vegetal y azufre. Muchos clanes elaboraban su propio salitre en los establos o cerca de ellos, pero el material desparramado por el suelo era pólvora enteramente procesada, esmeradamente pulverizada hasta formar gránulos uniformes, con propiedades explosivas letales y colocada allí a propósito. Mediaba un gran abismo entre eso y la versión rudimentaria del estiércol fermentado del que se obtenía el salitre. Unido eso a la naturaleza inflamable del heno y a la abundancia de estiércol fresco, los establos eran un infierno a punto de arder. Una chispa los haría saltar por los aires con la fuerza de una bomba descomunal. Si caía una de las lámparas de aceite o de alguna de ellas saltaba una chispa grasienta, todo el edificio —y la mitad del puesto de vigilancia— estallaría en llamas.

Occam relinchó, un sonido de miedo frustrado. Grimm cayó en la cuenta de que el caballo llevaba colocado el bozal. Alguien se lo había puesto y le había encerrado en una trampa mortal.

Jamás permitiría que su caballo volviera a quemarse; por otro lado, quienquiera que hubiera concebido esa trampa conocía muy bien su debilidad por aquel semental. Grimm se quedó inmóvil a diez pasos de la puerta, no demasiado lejos para intentar salvarse en caso de que el heno empezara a arder. Pero *Occam* estaba en un compartimiento cerrado, a cincuenta metros de la salvación; ahí radicaba el problema.

Un hombre frío habría dado media vuelta y se habría marchado. Al fin y al cabo sólo era un caballo. Una bestia al servicio del hombre. Grimm resopló. *Occam* era una criatura regia, hermosa, inteligente, y con la misma capacidad que un ser humano para sentir miedo y dolor.

No, jamás dejaría su caballo atrás.

Apenas había concluido ese pensamiento cuando cayó algo arrojado por una ventana y la paja se prendió en un instante.

Grimm se lanzó hacia las llamas.

En la comodidad del estudio, Jillian reía mientras movía el alfil para dar jaque mate. Lanzó una furtiva mirada a la ventana, lo que había hecho una docena de veces en la última hora, buscando alguna señal de que Grimm había regresado. Desde que le viera salir a caballo por la mañana, había estado esperándolo. En el momento en que la gran forma gris de *Occam* pasó pesadamente frente al estudio, Jillian tuvo miedo de ponerse en pie de golpe, atolondrada como una niña, y salir corriendo. Los recuerdos de la noche que había pasado enredada en el firme e incansable cuerpo de Grimm la ruborizaron, acalorándola como jamás lo harían las llamas de una hoguera.

—¡No es justo! ¿Cómo voy a concentrarme? Era mucho más fácil cuando eras una mocosa —dijo Quinn con tono quejumbroso—. Ahora si juego contigo no puedo pensar.

—Ah, las ventajas de ser mujer —repuso Jillian con voz cansina y maliciosa. Sin duda estaba irradiando sus nuevos conocimientos sensuales—. ¿Es culpa mía que tu mente divague?

La mirada de Quinn se demoró en sus hombros desnudos.

—Por supuesto —le aseguró—. Mírate, Jillian. ¡Eres demasiado hermosa! —Su voz se atenuó hasta un tono íntimo—. Muchacha, quiero hablar contigo de algo...

—Quinn, chissst. —Colocó un dedo en los labios de él y meneó la cabeza.

Él le apartó la mano.

—No, Jillian. Ya me ha callado bastante. Sé lo que sientes. —Hizo una pausa para enfatizar sus siguientes palabras—. Y sé lo que está pasando con Grimm. —Quinn le dirigió una mirada penetrante.

Ella adoptó una actitud cautelosa.

—¿A qué te refieres? —dijo, elusiva.

Quinn sonrió para suavizar sus palabras.

—Jillian, no es de los que se casan.

Ella se mordió el labio y apartó la mirada.

—No lo sabes con seguridad. Es como decir que Ramsay no es de los que se casan porque, por lo que me he enterado, ha sido un consumado mujeriego. Pues esta misma mañana me ha pedido en matrimonio. El mero hecho de que en el pasado un hombre no haya mostrado inclinación a casarse no quiere decir que no vaya a hacerlo. La gente cambia. —Sin duda, Grimm había cambiado, lo cual estaba sacando a la luz al hombre tierno y encantador que ella siempre había creído que era.

—¿Logan te ha pedido que te cases con él? —preguntó Quinn frunciendo el entrecejo.

Jillian asintió.

—Esta mañana. Después de desayunar se me acercó mientras yo paseaba por el jardín.

—¿Te ha propuesto matrimonio? ¡Pero él sabía que yo pensaba hacerlo! —Soltó una maldición y luego murmuró una apresurada disculpa—. Perdóname, Jillian, pero no soporto que se actúe así a mis espaldas.

—No he aceptado, así que tampoco importa demasiado.

—¿Y cómo se lo ha tomado?

Jillian suspiró. El highlander no se lo había tomado nada bien; ella tenía la sensación de que había escapado por poco a una peligrosa demostración de mal genio.

—No creo que Ramsay Logan esté acostumbrado a que le rechacen. Parecía furioso.

Quinn la examinó un instante antes de hablar.

—Jillian, muchacha, no iba a decirte esto, pero creo que deberías estar informada para así poder tomar una decisión sensata. Los Logan son ricos en tierras pero pobres en oro. Ramsay Logan necesita casarse, y hacer una buena boda. Tú serías un don del cielo para su empobrecido clan.

Jillian lo miró con asombro.

—¡Quinn! Es inaudito que quieras desacreditar a mis pretendientes. ¡Cielo santo! Esta mañana Ramsay ha pasado un cuarto de hora intentando desprestigiarte a ti y a Grimm. ¿Qué os pasa a todos?

Él se puso tenso.

—No estoy tratando de desacreditar a tus pretendientes. Te estoy diciendo la verdad. Logan necesita oro. Su clan está pasando penurias, y ya hace años de esto. Últimamente apenas han logrado conservar sus tierras. En el pasado, los Logan se ofrecían como mercenarios para conseguir dinero, pero en los últimos años ha habido tan pocas guerras que ya no hay trabajo para ellos. La tierra requiere dinero, y dinero es algo que los Logan nunca han tenido. Tú eres la respuesta a todas sus oraciones. Disculpa mis palabras quizá demasiado toscas, pero si Logan consigue cazar a la rica novia St. Clair, su clan lo proclamará su salvador.

La joven se mordió el labio, pensativa.

—¿Y tú, Quinn de Moncreiffe? ¿Por qué quieres casarte conmigo?

—Porque te tengo un gran cariño, muchacha —respondió sin más.

—Quizá debería preguntar a Grimm sobre ti.

Quinn cerró los ojos y emitió un suspiro.

—¿Qué tiene de malo Grimm como candidato? —preguntó ella, resuelta a ponerlo todo en claro.

La mirada de Quinn era compasiva.

—No quiero ser cruel, pero él jamás se casará contigo. Todo el mundo sabe que Grimm Roderick ha jurado no casarse nunca.

Jillian no dejó que Quinn viera cómo le afectaban esas palabras. Se mordió el labio para impedir que se le escapara alguna imprudencia. Casi había reunido el valor necesario para preguntarle por qué y si Grimm había dicho algo así recientemente cuando el castillo se vio sacudido por una tremenda explosión.

Las ventanas temblaron en sus marcos y el castillo entero se estremeció. Jillian y Quinn se levantaron de un brinco.

—¿Qué ha sido eso? —dijo ella con voz entrecortada.

Él se precipitó hacia la ventana y miró.

—¡Dios mío! —exclamó—. ¡Los establos están ardiendo!

21

Jillian corrió hacia el patio tras Quinn, gritando el nombre de Grimm una y otra vez, ajena a los ojos curiosos de los trabajadores del castillo y a las miradas perplejas de Kaley y Hatchard. La explosión había despertado a todos. Hatchard se encontraba en el patio dando órdenes a gritos, organizando la acción contra las hostiles llamas que devoraban los establos y se desplazaban hacia el este con peligro para el castillo.

El tiempo otoñal había sido lo bastante seco para que el fuego enseguida ardiera furiosa y descontroladamente, engullendo dependencias y cosechas. Si las llamas llegaban a alcanzarlo, el abarrotado pueblo de chozas de adobe y cañas se prendería como hierba seca. Unas chispas sueltas transportadas por la brisa podían destruir el valle entero. Jillian intentó contener el pánico; tenía que encontrar a Grimm.

—¿Dónde está Grimm? ¿Alguien ha visto a Grimm? —Se abrió paso entre la multitud, mirando los rostros, tratando de vislumbrar la postura altiva de Grimm, sus intensos ojos azules. La mirada de Jillian buscaba con avidez la forma de un gran semental gris—. No seas un héroe, no seas un héroe —musitaba—. Por una vez sé sólo un hombre, Grimm Roderick. No te arriesgues.

Lo dijo en voz alta sin darse cuenta, y entonces Quinn, que había aparecido entre la multitud al lado de ella, la miró con dureza y meneó la cabeza.

—Vaya, muchacha; le amas, ¿verdad?

Jillian asintió y se le llenaron los ojos de lágrimas.

—¡Encuéntralo, Quinn! ¡Sálvalo del peligro!

Él suspiró y asintió.

—Quédate aquí, muchacha. Lo encontraré y te lo traeré. Lo prometo.

El sobrecogedor relincho de un caballo atrapado desgarró el aire, y Jillian se volvió hacia los establos, paralizada por un repentino y atroz presentimiento.

—No puede estar allí, ¿verdad, Quinn?

La expresión del lowlander simplemente se hizo eco del temor de ella. Claro que Grimm podía estar allí, y seguro que estaba. No iba a quedarse mirando sin más cómo se quemaba su caballo. Jillian lo sabía; aquel día en Durrkesh, él había venido a decir eso. En su cabeza, el relincho de un caballo desesperado era tan intolerable como el de un niño herido o una mujer asustada.

—Ningún hombre puede sobrevivir a esto. —Jillian observaba la hoguera.

Las llamas crecían vertiginosas, altas como el castillo, naranja brillante contra el cielo negro. La cortina de fuego era tan intensa que resultaba casi imposible mirarla. Jillian entrecerró los ojos en un intento desesperado por distinguir la forma baja y rectangular del establo, pero fue en vano. Sólo veía fuego.

—Tienes razón, Jillian —dijo Quinn lentamente—. Ningún hombre podría.

Como si estuviera en un sueño, ella vio una forma fundida en las llamas. En una imagen de pesadilla, las llamas blanco-anaranjadas brillaban trémulas, una forma oscura y borrosa meciéndose detrás, y un jinete atravesándolas de repente, envuelto en llamas, pasando como un rayo en dirección al lago, donde jinete y caballo se zambulleron en las frías aguas emitiendo un sonido sibilante al sumergirse. Jillian contuvo la respiración hasta que ambos salieron a la superficie.

Quinn miró a Jillian y le dirigió un breve gesto tranquilizador antes de apresurarse y unirse al combate contra el fuego que amenazaba Caithness.

Ella se precipitó hacia el lago, dando traspiés en su prisa por reunirse con Grimm. En cuanto él hubo salido del agua y conducido a *Occam* hasta la orilla rocosa, ella se lanzó a sus brazos, acurrucándose apretadamente contra el empapado pecho. Grimm la abrazó durante un largo instante, hasta que ella dejó de temblar, y luego retrocedió secándole cuidadosamente las lágrimas.

—Jillian —dijo con tristeza.

—¡Grimm, pensé que te perdía! —Le dio apremiantes besos en la cara mientras le palpaba el cuerpo torpemente para asegurarse de que estaba ileso—. Anda, si ni siquiera te has quemado —dijo, sorprendida. Aunque la ropa le colgaba en jirones ennegrecidos y tenía la piel un poco enrojecida, apenas una ampolla estropeaba su piel suave. Jillian miró más allá, a *Occam*, que tampoco parecía haber sufrido daño—. ¿Cómo puede ser...? —se preguntó.

—Se le ha chamuscado un poco la piel, pero en general está bien. Hemos salido a tiempo —dijo Grimm.

—Pensaba que te perdía —repitió Jillian. Mirándole a los ojos, tuvo la repentina y terrible impresión de que, aunque Grimm había salido de las llamas milagrosamente ileso, sus palabras jamás habían sido más atinadas: lo había perdido. No tenía ni idea de cómo ni por qué, pero la centelleante mirada de él rebosaba distancia y tristeza—. ¡No! —gritó—. No te dejaré marchar. ¡No vas a dejarme otra vez!

Grimm bajó la vista al suelo.

—No —insistió ella—. Mírame.

La mirada de él era sombría.

—Tengo que irme, muchacha. No volveré a traer la destrucción a este lugar.

—¿Por qué piensas que el incendio tiene que ver contigo? —inquirió ella, luchando contra todos los instintos que le decían que, efectivamente, el fuego tenía que ver con él. Jillian no sabía por qué, pero sabía que así era—. ¡Oh, no seas tan presuntuoso! —insistió valientemente, decidida por completo a convencerle de que la verdad no era la verdad. Para retenerlo utilizaría todas las armas, permitidas y no permitidas.

—Jillian. —Grimm suspiró con la frustración dibujada en el rostro y extendió el brazo hacia ella.

Jillian lo golpeó con los puños.

—¡No! ¡No me toques, no me abraces, no si eso significa que vas a irte!

—Debo hacerlo, muchacha. He intentado decírtelo... ¡Dios mío, he intentado decírmelo a mí mismo! No tengo nada que ofrecerte. No lo entiendes; lo nuestro jamás podrá ser. Con independencia de lo mucho que yo lo desee, no puedo ofrecerte el tipo de vida que mereces. Cosas como este incendio me suceden continuamente, Jillian. Estar conmigo no es seguro. ¡Me persiguen!

—¿Quién te persigue? —preguntó ella con un gemido mientras el mundo se desmoronaba a su alrededor.

Él hizo un gesto de enojo.

—No puedo explicarlo, muchacha. Sólo has de creer en mi palabra. No soy un hombre normal. ¿Habría sobrevivido a esto un hombre normal? —dijo señalando el fuego.

—Entonces, ¿qué eres? —chilló ella—. ¿Por qué no me lo dices?

Él meneó la cabeza y cerró los ojos. Los abrió tras una larga pausa. Brillaban incandescentes, y Jillian se quedó boquiabierta cuando afloró un recuerdo fugaz. El recuerdo de una chica de quince años que había visto a aquel hombre luchar contra los McKane. Que había visto cómo se volvía más grande, más ancho y más fuerte con cada gota de sangre derramada. Que había visto sus ojos arder como carbón al rojo, oído su risa espeluznante, y se había preguntado cómo un hombre podía dar muerte a tantos y resultar ileso.

—¿Qué eres? —repitió Jillian en un susurro, pidiéndole que la consolara. Pidiéndole que fuera tan sólo un hombre.

—El guerrero que siempre te ha... —Cerró los ojos. «Amado.» Pero no podía pronunciar esa palabra, pues después no podría cumplir lo prometido— adorado, Jillian St. Clair. Un hombre que no es exactamente un hombre, que sabe que jamás podrá tenerte. —Inspiró hondo—. Debes casarte con Quinn. Cásate con él y libérame. No te cases con Ramsay... no es lo bastante bueno para ti. Pero has de dejarme marchar, porque no soportaría verte morir en mis brazos, y eso es lo que pasaría si estamos juntos. —Le sostuvo la mirada, implorando en silencio que no hiciera su partida más difícil de lo que ya era.

Jillian se puso rígida. Si aquel hombre la dejaba, ella iba a asegurarse de que eso conllevara un dolor insoportable. Entrecerró los ojos, lanzándole un desafío mudo para que fuera valiente, para que luchara por su amor. Grimm apartó la cara.

—Gracias por estos días y estas noches, muchacha. Gracias por darme los mejores recuerdos de mi vida. Pero dime adiós, Jillian. Déjame ir. Quédate con todo lo esplendoroso y maravilloso que hemos compartido y déjame marchar.

Entonces ella rompió a llorar. Él ya había tomado su decisión, ya había empezado a poner distancia entre ellos.

—Dime sólo qué es, Grimm —rogó—. No puede ser algo tan malo. Sea lo que sea, podemos afrontarlo juntos.

—Soy una bestia, Jillian. ¡No me conoces!

—¡Sé que eres el hombre más honorable que he conocido jamás! Me da igual cómo sea nuestra vida. Viviría cualquier clase de vida, siempre y cuando la viviera contigo —susurró.

Mientras Grimm se retiraba despacio, Jillian vio que desaparecía la vida de sus ojos, quedando su mirada vacía y glacial. Notó el momento en que lo perdía; algo en su interior desapareció dejando un vacío que, sospechaba ella, podría matarla.

—¡No!

Grimm se alejó. *Occam* lo siguió, relinchando débilmente.

—¡Decías que me adorabas! ¡Si hubieras sentido de veras cariño por mí, habrías procurado quedarte a mi lado!

Él hizo una mueca de dolor.

—Te tengo tanto cariño que no quiero lastimarte.

—¡Bah, sólo palabras! ¡No sabes lo que es el cariño! —gritó ella enfurecida—. Cariño es amor. ¡Y el amor lucha! El amor no busca el camino más fácil. ¡Caramba, Roderick, si el amor fuera tan fácil todo el mundo lo tendría! ¡Eres un cobarde!

Grimm vaciló y un músculo de su mandíbula se tensó.

—Estoy haciendo lo más honorable.

—¡Al cuerno lo honorable! —gritó Jillian—. El amor no tiene orgullo. El amor busca maneras de perdurar.

—Basta. Quieres de mí más de lo que puedo dar.

La mirada de ella se tornó glacial.

—Evidentemente. Creía que eras un héroe en todo. Pero no. Al fin y al cabo, eres sólo un hombre. —Desvió la mirada y aguantó la respiración, preguntándose si lo había aguijoneado lo suficiente.

—Adiós, Jillian.

Se subió al caballo de un brinco, y ambos parecieron fundirse en una criatura de sombras que desaparecía en la noche.

Jillian se quedó boquiabierta, incrédula ante el agujero que se había abierto en su mundo. Él la había abandonado. Realmente lo había hecho. De su interior brotó un sollozo tan doloroso que se dobló por la cintura.

—Cobarde —masculló.

22

Ronin introdujo la llave en la cerradura, dudó un instante y luego cuadró los hombros con firmeza. Observó la altísima puerta de roble con tiras de acero. Se elevaba por encima de su cabeza hasta incrustarse en un majestuoso arco de piedra. Sobre el arco se leía «*Deo non fortuna*», con escritura florida: «Por Dios, no por suerte.» Durante años, Ronin había rechazado esas palabras, se había negado a ir a ese lugar creyendo que Dios lo había abandonado. Su clan había adoptado el lema «Deo non fortuna» en la creencia de que sus dones especiales eran concedidos por Dios y tenían una finalidad. Su «don» había originado la muerte de Jolyn.

Ronin se obligó a hacer girar la llave y abrir la puerta. Las oxidadas bisagras chirriaron por el prolongado desuso. En la puerta bailaban telarañas y le recibió el olor a viejo de leyendas olvidadas. «Bienvenido al Salón de los Señores —gritaban las leyendas—. ¿Creías de veras que podías olvidarnos?»

Honraban el salón mil años del clan de los McIllioch. Esculpida en las entrañas de la montaña, la cámara se elevaba imponente unos quince metros. Los muros curvos confluían en un arco regio, y en los techos había pintadas representaciones de los héroes épicos del clan.

Al cumplir dieciséis años, su propio padre le había llevado ahí. Le había explicado la noble historia de los suyos y le había guiado a través del cambio... guía que Ronin había sido incapaz de brindar a su hijo.

Pero ¿quién iba a pensar que Gavrael cambiaría mucho antes que cualquiera de ellos? Había sido algo totalmente inesperado. La batalla contra los McKane seguida tan inmediatamente del salvaje asesinato de Jolyn había dejado a Ronin demasiado agotado, demasiado paralizado por el pesar para tender la mano a su hijo. Aunque era difícil matar a los berserkers, si recibían heridas graves éstas tardaban en sanar. Ronin había tardado meses en restablecerse. El día que los McKane habían matado a Jolyn había dejado como secuela una apariencia de hombre que no deseaba curarse.

Sumido en la pena, había fracasado con su hijo. Había sido incapaz de iniciar a Gavrael en la vida de un berserker, de enseñarle las maneras secretas de controlar la sed de matar. No había estado ahí para explicárselo. Había fracasado, y su hijo había huido para encontrar una nueva familia y una nueva vida.

A medida que los años fueron desgastando el cuerpo de Ronin, éste fue recibiendo con gratitud las señales de los huesos cansados, los dolores en las articulaciones, las canas incipientes, pues ello significaba que faltaba menos para estar de nuevo con su querida Jolyn.

Pero aún no podía irse con Jolyn. Todavía quedaban cosas por hacer. Su hijo regesaría a casa, y esta vez él no le fallaría.

No sin esfuerzo, Ronin alejó sus sentimientos de culpa y volvió al Salón de los Señores. Ni siquiera había cruzado el umbral. Cuadró los hombros, agarró una antorcha encendida y se abrió camino entre las telarañas hasta el salón. Sus pisadas resonaban como pequeñas explosiones en la inmensa cámara de piedra. Sorteó unos cuantos muebles olvidados y enmohecidos y siguió el muro hasta el primer retrato grabado en la piedra unos mil años atrás. Los más antiguos eran de piedra, pintados con una mezcla de hierbas y arcillas. Los más recientes, pinturas y esbozos hechos con carbón vegetal.

Las mujeres de los retratos tenían en común un rasgo singular. Estaban todas increíblemente radiantes, rebosantes de felicidad. Los hombres compartían también una característica notable. Los novecientos cincuenta y ocho varones del salón tenían ojos azules y mirada glacial.

Ronin se acercó al retrato de su esposa y alzó la antorcha. Sonrió. Si alguna deidad pagana le hubiera propuesto un trato diciéndole «eliminaré todas las desgracias que has sufrido en la vida, te permitiré retroceder en el tiempo y te daré docenas de hijos y una paz absoluta, pero nunca tendrás a Jolyn», Ronin McIllioch se habría mofado. Aceptaría de buen grado todas las tragedias que había sobrellevado para amar a Jolyn, aunque fuera sólo durante el brevísimo período que le había sido concedido.

—Esta vez no le fallaré, Jolyn, te lo juro, haré que el castillo de Maldebann sea nuevamente seguro y tenga un futuro prometedor. Entonces, todos juntos, volveremos a sonreír en este lugar. —Tras una larga pausa, susurró con fiereza—: Te echo en falta, mujer.

Fuera del Salón de los Señores, un asombrado Gilles entró en el pasillo que comunicaba con el salón y se detuvo, observando incrédulo la puerta abierta. Se apresuró por el corredor e irrumpió en la estancia largamente sellada reprimiendo un grito de alegría al ver a Ronin, ya no encorvado sino orgullosamente erguido bajo un retrato de su esposa y su hijo. Ronin no se volvió; Gilles no esperaba que lo hiciera. Ronin sabía siempre quién se encontraba en su entorno más próximo.

—Que las sirvientas vengan a limpiar, Gilles —ordenó sin apartar los ojos del retrato de su sonriente esposa—. Abrid y que corra el aire. Quiero que frieguen todo el castillo, como cuando Jolyn estaba viva. Quiero que este lugar brille de limpio. —Abrió los brazos con ademán expansivo—. Enciende las teas de los tederos y en adelante que ardan día y noche como años atrás. Mi hijo vuelve a casa —dijo por fin, orgulloso.

—¡Sí, milord! —exclamó Gilles, y se apresuró a obedecer una orden que había estado esperando toda su vida.

«¿Y ahora, adónde, Grimm Roderick?», se preguntó fatigado. ¿Otra vez a Dalkeith, a ver si podía atraer la destrucción hacia aquellas benditas orillas?

Apretó los puños y lamentó no tener a mano una botella entera de whisky, aun sabiendo que eso no le garantizaba el olvido que pretendía. Si un berserker bebía lo bastante deprisa, podía sentirse borracho durante unos tres segundos. No surtiría efecto.

Al final, los McKane siempre lo encontraban. Cayó en la cuenta de que con seguridad tenían un espía en Durrkesh. Probablemente, alguien había visto la furia que le invadió en el patio de la taberna y luego intentó envenenarlo. A lo largo de los años, los McKane habían aprendido a atacar con sigilo. Sólo se podía atrapar a un berserker con alguna trampa ingeniosa o utilizando un gran número de personas, y ni un medio ni otro eran infalibles. Ahora que había escapado de los McKane por dos veces, sabía que la tercera vez que golpearan lo harían con más fuerza.

Primero habían probado con el veneno, luego el incendio de los establos. Grimm sabía que si se hubiera quedado en Caithness quizás habrían destruido todo el castillo, eliminando a todos los St. Clair en su ciega persecución para matarle. Ya desde edad temprana, Grimm se había familiarizado con el excepcional fanatismo de aquella gente; era una lección que nunca olvidaría.

Gracias a Dios, durante los años que pasó en Edimburgo le habían perdido el rastro. Los McKane eran guerreros, no unos lameculos principescos, y prestaban poca atención a los acontecimientos de la corte. Grimm había permanecido escondido. Después, cuando se hubo trasladado de la corte a Dalkeith, se encontró con pocas personas desconocidas, y las que conoció eran servilmente leales a Hawk. Había empezado a bajar la guardia y a sentirse casi normal.

Vaya palabra tan fascinante y tentadora: normal.

—Acabemos, Odín. Me equivoqué —susurró—. Ya no quiero seguir siendo un berserker.

Pero a Odín parecía darle igual.

Grimm tenía que afrontar los hechos. Ahora que los McKane habían vuelto a descubrirlo, destrozarían el territorio en su búsqueda. Para él no era seguro estar cerca de otras personas. Había llegado el momento de un nombre nuevo, quizá de un nuevo país. Sus pensamientos se dirigieron a Inglaterra, pero su sangre escocesa se rebelaba.

¿Cómo podría vivir sin volver a tocar a Jillian? Tras experimentar un placer así, ¿cómo iba a reanudar su insulsa existencia? Dios del cielo, ¡habría sido mejor no saber jamás cómo podría haber sido su vida! Aquella fatídica noche de Tuluth, a la insensata edad de catorce años, había llamado al berserker, suplicando el don de la venganza sin darse cuenta de lo completa que ésta podría ser. La venganza no devolvía la vida a los muertos, sino que quitaba vida al vengador.

Pero lamentarse no tenía mucho sentido, pensó, pues él poseía a la bestia y la bestia lo poseía a él, así de sencillo. Lo embargó la resignación. Sólo quedaba un asunto pendiente: «Y ahora, ¿adónde, Grimm Roderick?»

Condujo a *Occam* hacia el único lugar que quedaba: en las inhóspitas Highlands podía desaparecer en los bosques. Conocía todas las cuevas y chozas vacías, todos los sitios para protegerse del cortante viento que pronto congelaría y pintaría de blanco las cumbres de las montañas.

Volvería a pasar frío.

Guiando a *Occam* con las rodillas, se hizo trenzas de guerra y se preguntó si un berserker invencible podía morir de algo tan inofensivo como un corazón roto.

Jillian observaba con tristeza la ennegrecida tierra de Caithness. Todo constituía un recordatorio. Era noviembre, y la hierba estaría negra hasta que cayeran las primeras nieves y la cubrieran. Era incapaz de salir del castillo sin verse forzada a recordar aquella noche, el incendio, la partida de Grimm. La hierba se inclinaba y ondulaba formando una inmensa, interminable, alfombra de ceniza negra. Ya no había ninguna flor. Ya no estaba Grimm.

La había abandonado porque era un cobarde.

Jillian había tratado de justificar su conducta, pero ya no era posible. El hombre más valiente que ella había conocido tenía miedo de amar. «¡Muy bien, al diablo con él!», pensó.

Sufría, no iba a negarlo. La mera idea de vivir sin Grimm el resto de su vida era insoportable, pero se negó a autocompadecerse. Ése sería un camino seguro hacia el hundimiento emocional. Así que avivó su enojo contra él, agarrándolo a modo de escudo para proteger su corazón herido.

—No volverá, muchacha —dijo Ramsay a sus espaldas.

Jillian apretó la mandíbula y giró sobre los talones.

—Creo que ya lo he entendido, Ramsay —repuso sin alterarse.

Él la observaba con actitud resuelta. Cuando ella se movió para irse, la mano de él la retuvo por la muñeca. Jillian intentó soltarse, pero él era demasiado fuerte.

—Cásate conmigo, Jillian. Te trataré como a una reina, te lo juro. Jamás te abandonaré.

«No mientras yo tenga dinero», pensó ella.

—Suéltame —dijo entre dientes.

Ramsay no se movió.

—Jillian, piensa en tu situación. Un día de éstos tus padres estarán de vuelta; y esperan que te cases. Probablemente te obligarán a elegir. Yo sería bueno contigo —prometió.

—No me casaré nunca —espetó muy convencida.

El comportamiento de él cambió al instante. Su mirada desdeñosa se deslizó por el vientre de Jillian, que se sobresaltó.

—Si crece un bastardo en tu barriga, quizá lo veas de otra forma, muchacha —soltó él con una sonrisa afectada—. Entonces tus padres te obligarán a casarte y tú darás gracias a Dios si algún hombre decente te acepta. Para las mujeres como tú hay un nombre. No eres tan pura —añadió con crueldad.

—¡Cómo te atreves! —gritó ella. El impulso de quitarle aquella sonrisita de un bofetón fue irresistible, y Jillian actuó en consecuencia.

En el rostro de Ramsay, lívido de rabia, el rojo verdugón resultante del bofetón destacó con nitidez. Él le agarró la otra muñeca y la acercó hacia sí enfurecido.

—Algún día lamentarás esto, muchacha. —La apartó de un empujón tan violento que la hizo caer.

Jillian advirtió tal crueldad en los ojos de Ramsay que temió que la inmovilizara en el suelo por la fuerza y la golpeara. O algo peor. Se puso en pie a duras penas y se precipitó hacia el castillo con piernas temblorosas.

—No va a volver, muchacha —le dijo Kaley.

—¡Ya lo sé! Por el amor de Dios, ¿queréis dejar de decírmelo? ¿Parezco dura de entendederas? ¿Es eso?

A la cocinera se le humedecieron los ojos, y Jillian se arrepintió al instante de lo que había dicho.

—Oh, Kaley, no quería gritarte. Últimamente no soy la misma. Es que estoy preocupada por... cosas...

—¿Qué clase de cosas?... ¿Bebés?

La joven se puso rígida.

—¿Es posible...? —La voz de Kaley se fue apagando.

Jillian apartó la mirada con aire culpable.

—Oh, muchacha. —Kaley la estrechó en un bondadoso abrazo— Oh, muchacha —repitió con la voz de la impotencia.

Al cabo de dos semanas regresaron Gibraltar y Elizabeth St. Clair. Jillian estaba dividida por sentimientos contradictorios. Se sentía loca de alegría porque se encontraban de nuevo en casa, pero al mismo tiempo tenía miedo de verlos, por lo que se escondió en sus aposentos y esperó que ellos la llamaran. Y eso hicieron, pero a la mañana siguiente. Después reparó en que había sido tonta al darle a su astuto padre tiempo para obtener información antes de hablar con ella.

Cuando por fin le llegó el aviso, Jillian empezó a temblar, y el último vestigio de emoción por ver a sus padres se convirtió en puro temor. Se dirigió al estudio arrastrando los pies.

—¡Mamá! ¡Papá! —exclamó. Se precipitó a sus brazos, abrazándolos ávidamente antes de que iniciaran el inevitable interrogatorio.

—Jillian. —Gibraltar puso fin a su abrazo tan rápidamente que ella supo que la situación era realmente apurada.

—¿Cómo está Hugh? ¿Y mi nuevo sobrino? —inquirió ella con tono alegre.

Sus padres intercambiaron miradas; acto seguido la madre se sentó en una silla cerca del fuego, dejando que Jillian se las arreglara sola con Gibraltar.

—¿Ya has elegido esposo, Jillian? —Gibraltar desechó toda sutileza.

La joven aspiró hondo.

—De esto quería hablarte, papá. He tenido mucho tiempo para pensar. —Tragó saliva nerviosamente mientras Gibraltar la observaba sin apasionamiento. Su desapasionamiento nunca presagiaba nada bueno: significaba que su padre estaba furioso. Se aclaró la garganta con ansiedad—. He decidido, tras pensarlo mucho, quiero decir que he reflexionado sobre ello profundamente... que yo... hummm... —Se calló. Tenía que dejar de gorjear como una idiota, su padre jamás se dejaría convencer con protestas tibias—. Papá... el hecho es que no quiero casarme. Nunca. —Vaya, ya lo había dicho—. Quiero decir, valoro lo que tú y mamá habéis hecho por mí, no creáis que no, pero yo no estoy hecha para el matrimonio. —Recalcó sus palabras con un gesto de la cabeza que buscaba denotar seguridad en sí misma.

Gibraltar la miró con una desconcertante mezcla de regocijo y condescendencia.

—Buen intento, Jillian. Pero ya no participo en jueguecitos. Mandé llamar a tres hombres para ti. Sólo quedan dos y te vas a casar con uno de ellos. Ya estoy harto de tus maquinaciones. Dentro de un mes vas a cumplir veintidós años, y ambos, De Moncreiffe y Logan, pueden ser esposos perfectamente válidos. Se acabó lo de andar alicaída así como los truquitos arteros. ¿Con cuál te vas a casar? —preguntó, con más apremio del pretendido.

—¡Gibraltar! —protestó Elizabeth, y se levantó de la silla, contrariada por la prepotencia de su esposo.

—No te metas en esto, Elizabeth. Es la última vez que esta niña me toma por idiota. Si se lo permitimos, esgrimirá una razón tras otra para justificar que no puede casarse hasta que nosotros seamos demasiado viejos para hacer nada al respecto.

—Gibraltar, no vamos a obligarla a casarse con alguien si ella no quiere. —Elizabeth estampó su delicado pie en el suelo para remachar su afirmación.

—Jillian va a aceptar el hecho de que no puede tener al hombre que quiere, Elizabeth. Porque estaba aquí y se fue. Y sanseacabó. —Gibraltar exhaló un suspiro y observó la rígida postura de su hija—. Elizabeth, lo he intentado. ¿No crees que lo he intentado? Sabía lo que Jillian sentía por Grimm. Pero no lo forzaré a casarse con ella, y si lo hiciera, ¿qué tendría eso de bueno? Jillian no querría un esposo coaccionado.

—¿Sabías que lo amaba? —exclamó Jillian. Estuvo a punto de correr hacia su padre, pero se contuvo y se puso aún más tiesa.

Gibraltar casi rompió a reír; la columna de su hija estaba más rígida que un palo de escoba. Terca como su madre.

—Naturalmente, muchacha. Lo he visto en tus ojos durante años. Por esto lo mandé llamar. Y ahora Kaley me dice que hace una semana se marchó y te sugirió que te casaras con Quinn. Se ha ido, Jillian. Ha dejado claros sus sentimientos. —Gibraltar se irguió—. No voy a dejar a mi hija en manos de un canalla desconsiderado, tan idiota además que no ve el tesoro que pierde. No te entregaré a un hombre que no se da cuenta de la excepcional mujer que eres. ¿Qué clase de padre sería yo si fuera tras ese hombre y te arrojara a sus pies?

Elizabeth se sorbió la nariz y reprimió una lágrima.

—Lo mandaste llamar porque sabías que lo amaba —susurró—. ¡Oh, Gibraltar! Yo creía que no era justo para ella, pero tú lo viste claramente desde el principio. Sabías lo que quería Jillian.

El placer que sentía Gibraltar ante la adoración prodigada por su esposa se evaporó rápidamente cuando Jillian hundió los hombros en señal de derrota.

—Jamás supe que sabías cómo me sentía, papá —dijo con voz débil.

—Pues lo sabía, claro. Igual que sé cómo te sientes ahora. Pero has de hacer frente a los hechos. Se fue, Jillian...

—¡Ya sé que se fue! ¿Todos tenéis que seguir recordándomelo?

—Sí, si insistes en echar tu vida a perder. Le di una oportunidad, y fue un estúpido al no aprovecharla. La vida sigue, muchacha.

—Él creía que no era lo bastante bueno para mí —murmuró la joven.

—¿Dijo eso? —preguntó Elizabeth.

Jillian sopló para apartarse un mechón de la cara.

—Más o menos. Dijo que yo no podía alcanzar a comprender qué sucedería si se casaba conmigo. Y tenía razón. Sea lo que sea esa cosa terrible, ni siquiera puedo imaginarla. Actúa como si tuviera algún secreto espantoso, y, mamá, soy incapaz de quitarle eso de la cabeza. No tengo la menor idea de qué es eso tan horrible que le pasa. Grimm Roderick es el mejor hombre que he conocido después de ti, papá. —Sonrió débilmente a su padre antes de acercarse a la ventana y mirar la hierba ennegrecida.

Gibraltar entornó los ojos y observó pensativamente a Elizabeth, que había alzado las cejas, sorprendida.

«Aún no lo sabe, díselo», dijo Elizabeth formando con los labios la silenciosa frase, y lanzó una mirada a la rígida espalda de su hija.

«¿Qué es un berserker? —respondió Gibraltar incrédulo, vocalizando también en silencio—. Debe decírselo él mismo.»

«No puede. ¡No está aquí!»

«Se niega. Y yo no le sacaré las castañas del fuego. Si no es capaz de confiar en Jillian, ella no debería casarse con él. Evidentemente, no es lo bastante hombre para mi Jillian.»

«Nuestra Jillian.»

Gibraltar se encogió de hombros. Avanzó y colocó las manos en los hombros de su hija con ademán reconfortante.

—Lo lamento, Jillian. En serio. Creí que con los años él habría cambiado. De todos modos, esto no quita que debes casarte. Y a mí me gustaría que fuera con Quinn.

Jillian se envaró y susurró con un hilo de voz:

—No me casaré con nadie.

—Sí lo harás —proclamó su padre severamente—. Mañana haré públicas las amonestaciones, y antes de que transcurran tres semanas te casarás con alguien.

Jillian giró sobre los talones, los ojos lanzando destellos.

—Deberías saber que fui su amante.

Elizabeth se abanicó enérgicamente.

Gibraltar se encogió de hombros.

Elizabeth miró boquiabierta, primero a Jillian y después a su inefable esposo.

—¿Eso es todo? ¿Te encoges de hombros y ya está? —Jillian observó a su padre parpadeando de incredulidad—. Bueno, quizá no te importe, pero no creo que mi futuro esposo lo acepte con demasiado entusiasmo, ¿verdad, papá?

—A mí no me importaría —dijo Quinn con calma, sorprendiendo a todos con su inesperada presencia—. Me casaría contigo sin condiciones.

Todas las miradas se posaron en Quinn de Moncreiffe, cuyo imponente cuerpo ocupaba el umbral.

—Buen hombre —dijo Gibraltar con firmeza.

—¡Oh, Quinn! —exclamó Jillian con tristeza—. Tú te mereces algo mejor...

—Ya hemos hablado de esto, muchacha. Te tomaré sin condiciones. Grimm es un insensato, pero yo no. Me casaré contigo encantado. Nunca he entendido por qué se supone que una mujer ha de permanecer intacta y en cambio si se trata de un hombre sucede todo lo contrario.

—Pues asunto resuelto —resolvió Gibraltar rápidamente.

—¡No!

—Sí, Jillian —soltó Gibraltar con tono severo—. Te casarás en el plazo de tres semanas. Y punto. Se acabó la conversación. —Y se dio la vuelta.

—¡No podéis hacerme esto!

—Un momento. —Ramsay Logan cruzó el umbral detrás de Quinn—. A mí también me gustaría proponerle matrimonio.

Gibraltar observó a los dos hombres y volvió despacio la mirada hacia su hija, que estaba boquiabierta.

—Jillian, tienes doce horas para escoger. Mañana notificaré las amonestaciones.

—¡Mamá, no dejes que lo haga! —rogó Jillian entre sollozos.

Elizabeth St. Clair se irguió, se sorbió la nariz y salió del estudio tras Gibraltar.

—¿Qué demonios te propones, Gibraltar? —preguntó Elizabeth.

Su marido se reclinó, apoyado en el alféizar de la ventana de su dormitorio, el vello del pecho destellando sus tonos dorados entre los pliegues de la bata de seda al débil resplandor del fuego de la chimenea.

Elizabeth se recostó desnuda en la cama y Gibraltar quedó maravillado, pasmado.

—Por la lanza de Odín, mujer, sabes que cuando te veo así no puedo negarte nada.

—No obligues a Jillian a casarse, cariño —dijo ella sin más. Siguiendo la tónica de siempre, no se andaban con juegos. Elizabeth estaba convencida de que la mayoría de los problemas de una relación podían resolverse o evitarse mediante la comunicación concisa y clara. Los juegos suscitaban discordancias innecesarias.

—No es ésa mi intención —replicó él con una sonrisa—. No llegaremos tan lejos.

—¿Qué quieres decir? —Elizabeth se quitó las horquillas del pelo, permitiendo que éste cayera en una cascada de olas doradas sobre sus apetecibles pechos—. ¿Es otro de tus infames planes, Gibraltar? —preguntó con perezoso regocijo.

—Sí. —Y se hundió en el borde de la cama, al lado de su esposa. Recorrió con la mano la suave forma del costado, perfilando la encantadora hendidura de la cintura, remontando la exuberante curva de la cadera—. Si ella no hubiera admitido que fue su amante, quizá no me habría sentido tan seguro de mí mismo. Pero él es un berserker, Elizabeth. Hay una sola compañera genuina para cada berserker, y ellos lo saben. Grimm no puede dejar que se celebre la boda. Un berserker moriría antes.

A Elizabeth se le iluminó la cara, y su sensual languidez se vio imbuida de revelación.

—Harás públicas las amonestaciones para provocarle, ¿no es así? Porque es el medio más eficaz de obligarle a declararse.

—Querida, como de costumbre, nos entendemos perfectamente. Volverá a la carrera.

—Muy ingenioso. No se me había ocurrido. Es imposible que un berserker permita a su pareja casarse con otro.

—Esperemos que todas las leyendas sobre estos guerreros sean ciertas, Elizabeth. Según me explicó el padre de Gavrael hace años, una vez que un berserker hace el amor con su verdadera compañera ya no puede emparejarse con otra mujer. Gavrael es incluso más berserker que su padre. Vendrá por ella, y cuando lo haga no tendrá más remedio que contarle la verdad. Jillian se casará en tres semanas, no lo dudes, y con el hombre que quiere: Grimm.

—¿Y qué pasa con los sentimientos de Quinn?

—Quinn no cree realmente que ella vaya a casarse con él. También opina que Grimm vendrá. Hablé con él antes de forzar a Jillian a elegir, y se mostró de acuerdo con eso. Pero debo admitir que Ramsay me sorprendió mucho con su proposición.

—¿Me estás diciendo que lo tenías todo planeado antes de hablar con ella? —Elizabeth estaba, una vez más, totalmente asombrada ante las vueltas que daba la brillante mente maquinadora de su esposo.

—Era uno entre varios planes posibles. Cuando la cuestión incumbe a las mujeres que ama, un hombre debe prever todas las posibilidades.

—Mi héroe. —Elizabeth le hizo ojitos.

Gibraltar la cubrió con su cuerpo.

—Te demostraré lo que es un héroe —gruñó.

Gibraltar no había previsto que incluso su mimada Jillian podía hacer pucheros, estar enfurruñada y mostrarse desagradable durante tres semanas enteras.

Efectivamente, podía.

Desde la mañana que deslizó bajo la puerta del dormitorio de sus padres una nota con el nombre «Quinn» se había negado a hablar con éste, salvo utilizando respuestas de una sola palabra. Además acosaba a los demás habitantes del castillo con las mismas preguntas: cuántas amonestaciones se habían hecho públicas, cuándo y dónde.

—¿También en Durrkesh, Kaley? —insistía preocupada.

—Sí, Jillian.

—¿Y Scurrington y Edimburgo?

—Sí, Jillian. —Hatchard suspiró, sabiendo que era inútil recordarle que el día anterior ya le había preguntado lo mismo.

—¿Y los pueblos pequeños de las Highlands? ¿Cuándo se mandaron allí?

—Hace días, Jillian. —Gibraltar interrumpió el interrogatorio.

La joven aspiró por la nariz y le dio la espalda a su padre.

—¿Por qué te preocupas tanto de las amonestaciones? —preguntó él con intención de provocar.

—Es sólo curiosidad —respondió Jillian alegremente, saliendo de la estancia con paso regio.

—Vendrá, mamá. Sé que vendrá.

Elizabeth sonreía y acariciaba el cabello de Jillian; pero pasaban los días y Grimm seguía sin aparecer.

Incluso Quinn empezó a ponerse un poco nervioso.

—Si no viene, ¿qué haremos? —preguntó Quinn. Iba de un lado a otro del estudio, moviendo en silencio sus largas piernas. La boda era al día siguiente y nadie había oído una palabra de Grimm Roderick.

Gibraltar sirvió sendas copas.

—Ha de venir.

Quinn cogió la copa y tomó un sorbo con aire meditabundo.

—Seguramente sabe que la boda es mañana. Sólo podría ignorarlo si ya no estuviera en Escocia. Hemos mandado estas malditas amonestaciones a todos los pueblos de más de cien habitantes.

Ambos contemplaron el fuego y bebieron en silencio.

—Si no viene, seguiré adelante con ello.

—Vamos, vamos, ¿por qué ibas a hacer eso, muchacho? —inquirió Gibraltar con tono afectuoso.

Quinn se encogió de hombros.

—La amo. Siempre la he amado.

Gibraltar meneó la cabeza.

—Hay distintas clases de amor, Quinn. Y tú no estás dispuesto a matar a Grimm sólo porque haya tocado a Jillian, ésta no es la clase de amor que sientes tú. Ella no es para ti.

Quinn no replicó, y Gibraltar soltó una carcajada y le dio unas palmaditas en el muslo.

—Oh, no es para ti, eso está clarísimo. Tú ni siquiera discutes conmigo.

—Grimm me dijo algo muy parecido. Me preguntó si la amaba de verdad... si estaba loco por ella.

Gibraltar sonrió maliciosamente.

—Eso es porque ella sí le vuelve loco a él.

—Quiero que Jillian sea feliz, Gibraltar —dijo Quinn con fervor—. Ella es especial. Es generosa y bella y tan... ¡oh, y está tan enamorada de Grimm, maldita sea!

Gibraltar alzó la copa hacia Quinn y sonrió.

—Así es. En el momento de la verdad interrumpiré la ceremonia y le daré a elegir. No permitiré que se case contigo sin darle esa opción. —Mientras bebía observó a Quinn pensativamente—. De hecho, creo que no dejaría que te casaras con ella ni siquiera en ese caso.

—Eso duele —protestó Quinn.

—Es mi pequeña, Quinn. Quiero amor para ella. Amor de verdad. La clase de amor que vuelve loco a un hombre.

Jillian se acurrucó hecha un ovillo en el antepecho de la ventana de la albarrana, frente a la noche, con la mirada perdida. Salpicaban el cielo cientos de estrellas, pero no veía ninguna. Mirar en la noche era como mirar en un inmenso vacío... su futuro sin Grimm.

¿Cómo iba a casarse con Quinn?

¿Cómo iba a negarse? Evidentemente, Grimm no aparecería.

Las amonestaciones se habían hecho públicas en todo el país. Era imposible que él no supiera que al día siguiente Jillian St. Clair iba a contraer matrimonio con Quinn de Moncreiffe. Todo el maldito país lo sabía.

Tres semanas atrás ella podía haber huido.

Pero no ahora, no con un retraso de tres semanas de la regla, no sin tener noticias de Grimm. No tras creer en él y acabar descubriendo que era un idiota amartelado.

Se llevó la palma de la mano al estómago. Quizás estuviera embarazada, pero no estaba del todo segura. En el pasado, su flujo menstrual había sido irregular en ocasiones, llegando incluso con más retraso que esta vez. Su madre le había dicho que muchas cosas podían afectar las reglas de una mujer: los trastornos emocionales... o el ferviente deseo de quedarse embarazada.

¿Era eso? ¿Deseaba tanto tener un hijo de Grimm Roderick que se estaba engañando a sí misma? ¿O había realmente un niño creciendo en sus entrañas? Cómo le gustaría saberlo con seguridad. Aspiró hondo y soltó el aire despacio. Con el tiempo lo sabría.

Pensó en ponerse en camino por su cuenta, intentar encontrarle, luchar por su amor, pero una desafiante pizca de orgullo combinada con el sentido común la hizo contenerse. Grimm se hallaba en lo más reñido de un combate consigo mismo, combate que él tenía que ganar o perder. Jillian le había ofrecido su amor, le había dicho que aceptaba cualquier tipo de vida siempre y cuando la vivieran juntos. Una mujer no debía luchar contra el hombre que amaba por el amor de éste. Él tenía que decidirlo libremente, debía aprender que el amor era la única cosa del mundo que no daba miedo.

Grimm era un hombre inteligente y valeroso. Vendría.

Jillian emitió un suspiro. Seguía creyendo, que Dios la perdonara.

Él vendría.

23

Pero él no vino.

El día de la boda amaneció nuboso y frío. De madrugada empezó a caer aguanieve, que cubrió la chamuscada hierba con una capa de crujiente hielo negro.

Jillian estaba en la cama, oyendo los sonidos de los preparativos para el banquete de la boda. El estómago le crujió por culpa de los aromas de faisanes y jamones asándose. Era un festín para reavivar a los muertos; y funcionaba. Se levantó dando traspiés y avanzó a tientas hasta el espejo por la habitación débilmente iluminada. Observó su reflejo. Donde los pómulos alcanzaban los inclinados ojos ámbar, unas sombras oscuras estropeaban su piel delicada.

Faltaban menos de seis horas para su boda con Quinn de Moncreiffe.

Oía claramente el murmullo de voces; la mitad del condado estaba allí ya desde el día anterior. Habían sido invitadas cuatrocientas personas y se habían presentado quinientas, atestando el enorme castillo y repartiéndose en alojamientos menos acogedores del pueblo cercano.

Quinientas personas, más de las que habría en su funeral, andando por la helada hierba negra.

Jillian cerró los ojos con fuerza y se negó a llorar, convencida de que si consentía en derramar otra lágrima, sería de sangre.

A las once, Elizabeth St. Clair se secaba graciosamente las lágrimas con un primoroso pañuelo.

—Estás preciosa, Jillian —dijo con un sentido suspiro—. Incluso más de lo que lo estaba yo.

—Mamá, ¿no crees que las bolsas bajo los ojos deslucen un poco? —repuso Jillian con tono mordaz—. ¿Y qué hay de la mueca permanente en mi boca? Camino encorvada y tengo la nariz roja como un tomate de tanto llorar. Me parece que alguien podría considerar mi aspecto un tanto sospechoso.

Elizabeth se sorbió la nariz, colocó un tocado sobre el pelo de Jillian y tiró de una fina gasa de un azul transparente hasta tapar el rostro de su hija.

—Tu padre piensa en todo —dijo encogiéndose de hombros.

—¿Un velo? Por favor, mamá. Hoy día ya nadie lleva velo.

—Piensa que estás implantando una nueva moda. A finales de año todo el mundo volverá a llevarlo —soltó Elizabeth con un gorjeo.

—Pero ¿cómo puede hacerme esto, mamá? Sabiendo el tipo de amor que los dos compartís, ¿cómo justifica que yo me vea condenada a un matrimonio sin amor?

—Quinn te ama, así que no es sin amor.

—Por mi parte sí.

Elizabeth se sentó en el borde de la cama. Examinó el suelo un momento y luego miró a su hija.

—A ti sí te importa —dijo Jillian, algo apaciguada por la compasión que había en la mirada de Elizabeth.

—Pues claro que me importa. Soy tu madre. —Elizabeth la observó pensativa—. Cariño, no te preocupes, tu padre tiene un plan. Yo no pensaba decírtelo, pero él no quiere que esto llegue al final. Cree que Grimm aparecerá.

Jillian soltó un bufido.

—Y yo también, mamá. Pero faltan diez minutos y ni rastro de ese hombre. ¿Qué va a hacer papá? ¿Interrumpir la ceremonia si Grimm no se presenta? ¿Ante quinientos invitados?

—Sabes que a tu padre nunca le ha importado dar el espectáculo... o que lo dé otro, si vamos a eso. En mi boda me raptó. Creo que está deseando que te pase lo mismo.

Jillian esbozó una sonrisa. La historia del «cortejo» de su padre a su madre la había cautivado desde niña. Su padre era un hombre que podría dar lecciones a Grimm. Grimm Roderick no debería estar luchando por ella consigo mismo sino con el mundo entero. Inspiró hondo, esperando contra todo pronóstico, imaginando una escena así con ella como protagonista.

—Estamos aquí reunidos, en compañía de la familia, amigos y gente de bien para unir a este hombre y a esta mujer en el vínculo sagrado e inquebrantable...

Jillian sopló furiosa contra el velo. Aunque lo apartó un poco, la visión no era clara. El predicador era ligeramente azul, Quinn era ligeramente azul. Irritada, lo apartó del todo. En el día de su boda no había color rosa en ninguna parte. De todos modos, ¿por qué iba a haberlo? Al otro lado de las altas ventanas, caía aguanieve en cortinas vagamente azules.

Miró de soslayo a Quinn, de pie a su lado. Los ojos de Jillian llegaban a la altura del pecho de él. Pese a lo desesperada que estaba, admitió que era un hombre magnífico. Regiamente vestido con un tartán de gala, había recogido su cabello atrás dejando despejado el cincelado rostro. La mayoría de las mujeres se sentiría emocionada si se hallara en su lugar, jurando amor eterno a Quinn, acompañándole como señora de sus tierras, dándole hermosos hijos rubios y viviendo espléndidamente el resto de sus días.

Pero era el hombre equivocado. «Él vendrá por mí, vendrá por mí, sé que lo hará», se repetía en silencio como si fuera una especie de conjuro mágico que pudiera tejer con las fibras de la pura repetición.

Mientras pasaba corriendo, Grimm arrancó del muro de una iglesia otro papel con las amonestaciones. Lo arrugó y lo metió a la fuerza en un zurrón que rebosaba de bolas de pergamino. Se encontraba en Tummas, un pequeño pueblo de las Highlands, cuando había visto el primero, clavado en la pared de un desvencijado cobertizo. A unos veinte pasos vio el segundo, y luego el tercero, el cuarto...

Jillian St. Clair se casaba con Quinn de Moncreiffe. Maldijo con furia. ¿Cuánto tiempo había esperado ella? ¿Dos días? Aquella noche Grimm no durmió, consumido por una rabia que amenazaba con liberar al berserker aunque no hubiera por medio derramamiento de sangre.

La cólera sólo se había intensificado, torturándolo a lomos de *Occam*, enviándolo a trazar círculos por las Highlands. Había cabalgado hasta el límite de Caithness, dado la vuelta y regresado, arrancando todas las amonestaciones que encontraba, pasando de las Lowlands a las Highlands como una bestia enloquecida. Después había vuelto sobre sus pasos, impulsado hacia Caithness por una fuerza que escapaba a su comprensión, una fuerza que le llegaba hasta los tuétanos. Se echó las trenzas atrás y soltó un gruñido. En el bosque cercano, un lobo respondió con un aullido lúgubre.

La noche anterior había tenido otra vez el sueño. El sueño en que Jillian lo veía transformarse en un berserker, en que ella le colocaba en el pecho su mano y lo miraba a los ojos y se comunicaban... Jillian y la bestia. En su sueño, Grimm se daba cuenta de que la bestia amaba a Jillian tan profundamente como el hombre, y era igualmente incapaz de hacerle daño. A la luz del día, ya no tenía miedo de lastimar a Jillian, ni siquiera con la amenaza de la locura de su padre. Se conocía a sí mismo lo suficiente para saber que no le causaría daño ni siquiera en los peores trances de las acciones del berserker.

Pero en el sueño, mientras Jillian buscaba en los ojos ardientes y terribles de Grimm, el miedo y la repugnancia marcaban los preciosos rasgos de ella. Jillian extendía la mano para detenerlo, suplicándole que se marchara todo lo lejos que *Occam* pudiera llevarle.

El berserker emitía un sonido lastimero mientras el corazón del hombre se helaba lentamente, volviéndose más frío aún que los ojos azul claro que habían visto tanta destrucción. En el sueño, Grimm huía al refugio de la oscuridadpara esconderse de la horrorizada mirada de Jillian.

En una ocasión Quinn le había preguntado qué podía matar a un berserker; ahora lo sabía: algo tan insignificante como la mirada de Jillian.

Despertó del sueño completamente desesperado. Aquél era el día de la boda, y si los sueños eran presagios, Jillian jamás le perdonaría lo que estaba a punto de hacer por miedo a que algún día ella descubriera su verdadera naturaleza.

Pero ¿necesitaba ella saberlo?

Si era preciso, él ocultaría el berserker en su interior para siempre. Jamás volvería a salvar a nadie, ni a luchar, ni a ver sangre; nunca revelaría su secreto. Viviría como un hombre normal. Se detendría en Dalkeith, donde los Hawk le guardaban una fortuna considerable, y, con suficiente oro para comprarle a Jillian un castillo en cualquier parte, ambos huirían lejos de los traicioneros McKane y de todos aquellos que conocían su secreto.

Si ella aún lo aceptaba.

Grimm sabía que lo que estaba a punto de hacer era lo más honorable, pero a decir verdad, ya no le importaba. Que Dios le perdonara... era un berserker que seguramente llevaba la locura de su padre en las venas, pero, mientras aún viviera y respirara, no podía quedarse impasible mientras Jillian St. Clair se casaba con otro hombre.

Ahora entendió lo que ya sabía por instinto desde hacía años, desde el día en que abandonó el bosque y se quedó mirándola.

Jillian St. Clair era suya.

Era casi mediodía y se hallaba a menos de cinco kilómetros de Caithness cuando sufrió una emboscada.

24

«¡Dios santo!» Jillian regresó a la deriva de sus errantes pensamientos, alarmada. El rechoncho sacerdote ya casi llegaba a la parte fatídica del «Sí, quiero». Jillian estiró el cuello, buscando desesperadamente a su padre, pero en vano. El Gran Salón estaba de bote en bote, a rebosar; los invitados se extendían hasta la escaleras, colgaban de la balaustrada, llenaban todos y cada uno de los rincones y recovecos.

El miedo se apoderó de ella. ¿Y si su madre se había inventado la historia del plan de su padre? ¿Y si aquello había sido sólo una artimaña para que ella resistiera delante de la multitud? ¿Y si su madre había mentido deliberadamente, presumiendo que, una vez hechas las promesas, Jillian no tendría valor para deshonrar a sus padres y a Quinn, y no digamos a sí misma, al negarse a casarse con él?

—Si alguien de los presentes conoce algún motivo por el que estas dos personas han de permanecer separados, que hable ahora o que calle para siempre.

Se hizo el silencio en el salón.

La pausa se alargó varios latidos. Cuando se hubo prolongado insoportablemente varios minutos, la gente comenzó a bostezar, a moverse de un lado a otro y a desperezarse con impaciencia.

Silencio.

Jillian se apartó el velo de un soplo y miró a Quinn a hurtadillas. Éste permanecía a su lado tieso como una escoba, cogidas las manos. Ella susurró su nombre, pero o bien no la oyó o bien fingió no haberla oído. Jillian miró al sacerdote, que parecía estar en trance, concentrado en el empastado libro que sostenía.

¿Qué demonios estaba pasando? Dio unos golpecitos con el pie y aguardó a que su padre dijera algo y pusiera fin a aquel desbarajuste.

—Digo que si alguien de los presentes conoce algún motivo... —El cura entonaba de manera teatral.

Más silencio.

Jillian estaba al borde de un ataque de nervios. ¿Qué iba a hacer ella? Si su padre no la rescataba, que se lo llevaran los demonios. Se negaba a acorbardarse por miedo al escándalo. Era la hija de su padre, por Dios, y él jamás se había postrado ante el falso ídolo del decoro. Se apartó el velo hacia atrás, irritada, y miró al sacerdote con mala cara.

—Oh, por el amor de Dios...

—No me vengas con insolencias, muchacha —soltó el cura—. Yo sólo hago mi trabajo.

Ante la inopinada reprimenda, Jillian se tragó el coraje.

Quinn le tomó ambas manos entre las suyas.

—¿Pasa algo? ¿Te encuentras mal? Estás colorada. —Su mirada rebosaba preocupación y... ¿compasión?

—No... puedo casarme contigo —empezó Jillian cuando las puertas del Gran Salón se abrieron de golpe aplastando contra la pared a varias personas desprevenidas. Sus palabras quedaron ahogadas por el jaleo de chillidos y aullidos de indignación.

Todas las miradas se dirigieron a la entrada.

Un gran semental gris se levantó en la puerta, su aliento escarchando el aire con soplidos de vaho. Era una escena que aparecía en todos los cuentos de hadas que había leído: el bello príncipe irrumpiendo en el castillo montado en un magnífico caballo, encendido de deseo y honor mientras declaraba ante todo el mundo su amor imperecedero. El corazón de Jillian se inflamó de dicha.

A continuación, al examinar a «su príncipe» arrugó la frente. Bueno, era casi como un cuento de hadas. Sólo que este príncipe vestía un tartán empapado y sucio de barro, tenía sangre en la cara y las manos, y lucía trenzas de guerra en las sienes. Aunque en su mirada brillaba la resolución, no parecía que su primera prioridad fuera una declaración de amor imperecedero.

—¡Jillian! —rugió.

A ella se le doblaron las rodillas. La voz de él la hizo volver violentamente en sí. Todo se desvaneció y quedó sólo Grimm, los azules ojos ardientes, su enorme cuerpo ocupando el umbral. Era majestuoso, altísimo, implacable. Ahí estaba su feroz guerrero, dispuesto a luchar contra el mundo entero por su amor.

Instó a *Occam* a cruzar entre la multitud, abriéndose paso hasta el altar.

—Grimm —susurró ella.

Él se paró a su lado. Saltó del caballo y cayó entre la novia y el novio. Miró a Quinn. Los dos hombres se observaron fijamente durante un momento tenso, y acto seguido Quinn inclinó levemente la cabeza y retrocedió un paso. El Gran Salón permanecía en silencio mientras quinientos invitados mantenían fija la atención en el espectáculo que se desarrollaba ante sus ojos.

Grimm se quedó mudo de repente. Jillian era bellísima, una diosa vestida de satén tornasolado. Él iba salpicado de sangre seca, sucio y manchado de barro, mientras detrás estaba el incomparable Quinn, impecablemente vestido, rico, con título de nobleza... Quinn, que tenía todo lo que a Grimm le faltaba.

La sangre que Grimm tenía en las manos era un implacable recordatorio de que, pese a sus fervientes deseos de ocultar al berserker, los McKane siempre serían una amenaza. Ese día le habían acechado. ¿Y si atacaban cuando estuviera viajando con Jillian? Habían escapado cuatro. Él había dado muerte a los otros. Pero esos cuatro ya eran lo bastante preocupantes... reunirían más hombres y seguirían persiguiéndole hasta que muriera el último McKane... o él mismo. Y quien le acompañara.

Si ahora se la llevaba, ¿qué esperaba lograr? ¿Qué insensato sueño lo había dominado para llegar a presentarse en Caithness? ¿Qué desesperado anhelo le había convencido de que sería capaz de ocultarle a ella su verdadera naturaleza? ¿Y cómo superaría la mirada de Jillian cuando ella viera lo que era él realmente?

—Soy un maldito estúpido —murmuró.

El labio de Jillian se curvó en una sonrisa.

—Sí, lo has sido más de una vez, Grimm Roderick. Cuando me dejaste fuiste de lo más estúpido, pero como has regresado creo que podría perdonarte.

Grimm tomó aire con aspereza. Que el berserker se fuera al infierno, ella tenía que ser suya.

—¿Vienes conmigo, Jillian? —«Di que sí, mujer», suplicó mentalmente.

Un sencillo gesto de asentimiento fue la respuesta de ella.

El pecho de Grimm se hinchó de inesperada emoción.

—Lo siento, Quinn —dijo. Quería decir más, pero su amigo cabeceó, se inclinó y susurró algo al oído de Grimm, cuya mandíbula se tensó, y ambos se miraron en silencio. Por fin Grimm asintió.

—Tenéis mi bendición —dijo Quinn con voz clara.

Grimm extendió las manos hacia Jillian, que se dejó envolver por el abrazo. Antes de que él cediera al impulso de besarla hasta perder el sentido, la colocó a lomos de *Occam* y él montó detrás.

Jillian examinó los rostros de preocupación a su alrededor. Ramsay miraba a Grimm con un inmenso odio, algo que la puso nerviosa. La expresión de Quinn era una mezcla de inquietud y comprensión renuente. Finalmente, localizó a su padre, a escasos metros, junto a su madre. Elizabeth tenía el semblante adusto. Gibraltar le sostuvo la mirada un instante, y a continuación asintió con aire alentador.

Jillian se reclinó contra el ancho pecho de Grimm y exhaló un leve suspiro de dicha.

—Viviré cualquier clase de vida siempre y cuando la viva contigo, Grimm Roderick.

Era todo lo que él necesitaba oír. Estrechó los brazos alrededor de la cintura de Jillian, y con la rodilla indicó a *Occam* que avanzara. Así, por fin abandonaron Caithness.

—Ésta es mi idea de cómo un hombre toma a una mujer por esposa —señaló Gibraltar rebosando satisfacción.

Una profecía de los McIllioch

Según la leyenda, el clan de los McIllioch prosperará durante mil años y engendrará guerreros que traerán mucho bien a Alba.

En el fértil valle de Tuluth se levantará un castillo en torno al Salón de los Dioses y muchos codiciarán lo que pertenece a la bendita raza de Escocia.

Los adivinos advierten de que un clan envidioso perseguirá a los McIllioch hasta que sólo queden tres. Como semillas desarraigadas, los tres serán diseminados por el viento de la traición, por todas partes, y parecerá que han desaparecido. El dolor y la desesperación caerán sobre el valle sagrado.

Pero escuchad a la esperanza, hijos de Odín, pues su mano trascendental reunirá a los tres. Cuando el joven McIllioch encuentre a su verdadera compañera, ella lo llevará de regreso a casa, el enemigo será vencido, y los McIllioch prosperarán durante otros mil años.

25

Cabalgaron duramente hasta que empezó a anochecer; entonces Grimm detuvo a *Occam* en un bosquecillo. Tras salir de Caithness, había sacado de la bolsa un tartán que había ceñido al cuerpo de Jillian, formando una barrera casi impermeable entre ella y los elementos.

Desde entonces, Grimm no había pronunciado palabra. Su rostro tenía una expresión tan severa que ella se quedó callada, dándole tiempo e intimidad para arreglárselas con sus pensamientos. Jillian se acurrucaba de espaldas contra él, saboreando la presión del firme cuerpo. Grimm Roderick había ido por ella. Aunque un comienzo tan poco propicio acaso no fuera la manera ideal de iniciar una nueva vida juntos, ya serviría. Pues si Grimm había raptado a una mujer en su boda, sería porque tenía intención de ocuparse de ella para siempre, y eso era todo lo que Jillian siempre había deseado: una vida con él.

Cuando Grimm detuvo a *Occam*, la helada lluvia había remitido, pero la temperatura había caído en picado. El viento era cada vez más gélido y cortante, y Jillian sospechó que se encaminaban directamente a las Highlands, donde los vientos fríos soplaban con el doble de fuerza que en las Lowlands. Se ajustó bien el tartán para protegerse.

Él desmontó, bajó a Jillian de la silla y la sostuvo un momento.

—Dios mío, te he echado de menos, Jillian. —Las palabras salieron como un estallido. Ella echó la cabeza atrás, jubilosa.

—¿Por qué tardaste tanto, Grimm?

La expresión de él era indescifrable. Se miró tímidamente las manos, que había que lavar con urgencia. Se entretuvo un momento con una jarra de agua y un trozo de tartán limpio, quitando las manchas más visibles.

—En el camino hubo una pequeña escaramuza y tuve que... —murmuró.

Jillian observó su ropa desaliñada, pero decidió no preguntar nada. El barro y la sangre parecían de una pelea reciente, pero lo que había sucedido en los últimos días no era su preocupación principal.

—No me refería a eso. Has tardado más de un mes. ¿Tan difícil te resultó llegar a la conclusión de que me querías? —Jillian esbozó una forzada sonrisa burlona para disimular su herida.

—No pienses eso, Jillian. Me despierto queriéndote. Caigo dormido queriéndote. Contemplo una magnífica salida del sol y sólo pienso en compartirla contigo. Vislumbro un trozo de ámbar y veo tus ojos. Jillian, padezco una enfermedad, y la fiebre sólo baja cuando estoy cerca de ti.

Ella le dedicó una sonrisa radiante.

—Estás casi perdonado. Pero dime... ¿por qué tardaste tanto? ¿Es por aquello de que no crees ser lo bastante bueno para mí, Grimm Roderick? ¿Porque no tienes título nobiliario? —Al ver que él no respondía, se apresuró a tranquilizarle—. No me importa, ya lo sabes. El título no hace al hombre, y desde luego eres el hombre más admirable que he conocido jamás. ¿Qué demonios es eso tan malo que te pasa?

El obstinado silencio no fue el elemento disuasorio que Grimm pretendía. Jillian adoptó hábilmente otra estrategia.

—Según me explicó Quinn, crees que tu padre está loco y tienes miedo de haber heredado su locura. Dijo que eso carecía de sentido, y he de decirte que yo soy de la misma opinión, pues eres el hombre más inteligente que he conocido... si no fuera por las veces que no has confiado en mí, evidenciando un palpable desacierto en tu acostumbrado buen juicio.

Grimm la miraba fijamente, desconcertado.

—¿Qué más te dijo Quinn?

—Que me amabas.

Grimm la estrechó en brazos con un movimiento rápido. Hundió las manos en el cabello de Jillian y la besó apasionadamente. Ella saboreó la presión del cuerpo de él, su lengua juguetona, las fuertes manos ahuecadas en su cara. Se fundió con Grimm, pidiendo más sin palabras. El último mes separados, junto a las horas apretada contra él en el caballo, habían avivado el deseo en su interior. Durante la última hora, había sentido un hormigueo en todos los puntos de contacto con el cuerpo de Grimm, y un acaloramiento tembloroso se había concentrado en el centro de su cuerpo, rezumando hacia abajo, despertando sensaciones y deseos inusitadamente intensos. Se había mostrado ajena al entorno, su mente ocupada en imaginar, con escandaloso detalle, las numerosas y distintas maneras en que quería hacer el amor con Grimm.

Ahora Jillian prácticamente vibraba de necesidad, y respondió desaforadamente al beso, su cuerpo preparado ya para él, y se apretó contra sus caderas.

Grimm dejó de besarla tan repentinamente como había comenzado.

—Hemos de seguir cabalgando —dijo él—. Aún nos queda un largo trecho. No quiero que pases más frío.

Se apartó con tal brusquedad que Jillian se quedó boquiabierta y casi emite un chillido de frustración. El beso la había excitado tanto que el aire frío era intrascendente; y desde luego no tenía intención de esperar ni un segundo más para hacer el amor con él.

Dejó que los párpados se agitaran hasta cerrarse y se tambaleó un poco. Grimm la observó con ceño.

—¿Te encuentras bien?

—No —contestó Jillian, lanzándole una mirada de soslayo—. La verdad, me siento muy rara, Grimm, y no sé qué pensar.

Él se le acercó inmediatamente, y ella se preparó para tender la trampa.

—¿Dónde te sientes rara, Jillian? ¿Puedo...?

—Aquí. —Jillian le tomó la mano y se la llevó al pecho—. Y aquí. —Guió la otra mano hacia sus caderas.

Grimm respiró hondo varias veces y espiró, deseando que su desbocado corazón aminorara el ritmo, dejando de bombear tanta sangre a sus entrañas, y que su cerebro participara en el trato para así acaso elaborar algún pensamiento coherente.

—Jillian —dijo, resoplando.

—Caramba —dijo ella con tono malicioso, moviendo las manos sobre el cuerpo de él—. Parece que estás padeciendo la misma dolencia.

Grimm gruñó.

—Aquí fuera nos vamos a helar, muchacha. No quiero que pases más...

—No soy...

—... frío para satisfacer mis necesidades egoístas...

—... tan frágil, Grimm. ¿Y qué hay de mis necesidades egoístas?

—... ¡y está claro que al aire libre no te puedo hacer el amor de forma apropiada!

—Vaya, ¿y es apropiado el único modo en que siempre me has deseado?

Ambas miradas se encontraron, y los ojos de Grimm se ensombrecieron de deseo. Parecía haberse quedado inmovilizado, evaluando el frío, contemplando todas las necesidades de ella... salvo la que verdaderamente importaba.

—Hazlo. Tómame. Ahora —pidió ella en voz baja.

Grimm entrecerró los ojos e inspiró.

—Jillian...

En sus ojos azul claro se desató una tormenta, y ella se preguntó qué había desencadenado. Una bestia... su bestia. Y Jillian le quería exactamente como era.

La fuerza de la pasión de Grimm cayó sobre ella como un vendaval, caliente, salado y primitivo, sin contenerse. Estallaron uno contra otro, juntando sus cuerpos todo lo que podían. Grimm la llevó de espaldas a un árbol, le levantó el vestido y dejó a un lado su tartán, sin dejar de besarle los párpados, la nariz, los labios, hundiendo la lengua tan profundamente en la boca que ella creyó ahogarse en la sensualidad de su hombre.

—Te necesito, Jillian St. Clair. Desde que te puse a lomos del caballo no he deseado otra cosa que bajarte a rastras y poseerte sin una palabra de explicación o de disculpa... porque te necesito.

—Sí —susurró ella—. ¡Eso es lo que quiero!

Con un rápido movimiento Grimm la penetró, y la tormenta se desató en el cuerpo de Jillian bramando con la devastadora furia de un huracán.

Echó la cabeza atrás y liberó la voz, gritando a Grimm para que la oyeran todas las criaturas del bosque. Se apretó contra él con urgencia, levantando las caderas para que se acompasaran a cada acometida. Le arañó los hombros y alzó las piernas rodeándole la cintura, cerrando los tobillos en torno a las ancas musculosas. Con cada embate, Grimm la apretaba más contra el tronco, que ella utilizaba como soporte para impulsarse hacia él, para que la penetrara lo más profundamente posible. De sus labios sólo escapaban los sonidos de la pasión; no hacían falta palabras. Uniéndose y comprometiéndose mediante el contacto, sus cuerpos hablaban una lengua primigenia e inconfundible.

—¡Jillian! —rugió Grimm al derramarse dentro de ella.

La joven emitió una risa jubilosa mientras el caliente flujo la llevaba al borde del placer, dando sacudidas contra él.

Se sujetaron uno a otro durante unos instantes de reverencia. Inclinado sobre ella y estrujándola suavemente, Grimm parecía reticente a moverse, como si quisiera estar pegado a Jillian para siempre. Y cuando comenzó a ponerse rígido dentro de ella, Jillian supo que le había convencido de que un poco de aire frío era bueno para el espíritu.

Grimm llamó a *Occam* con un silbido. Tras volver el caballo del bosque, ató con fuerza los fardos con el ronzal. Estaba totalmente oscuro y debían proseguir su camino. Aquella noche no habría refugio donde protegerse, pero al día siguiente se hallarían lo bastante lejos, ya en las Highlands, para disponer de cobijo todas las noches venideras. Se volvió para mirar a Jillian. Para él era imperioso que ella estuviera feliz, caliente y segura.

—¿Tienes hambre? ¿Estás seca? ¿Y caliente?

—No, sí y sí. ¿Adónde iremos, Grimm? —preguntó, sintiéndose todavía como en una nube después de haber hecho el amor con tanta intensidad.

—A un día de aquí hay una choza abandonada.

—No; adónde me vas a llevar después de todo esto, no ahora.

Grimm meditó la respuesta. En un principio había planeado ir directamente a Dalkeith, y salir de allí en cuanto hubiera recogido su fortuna y cargado los caballos. Pero empezó a pensar que quizá no hacía falta correr. Durante el viaje desde Caithness había pasado mucho tiempo rumiando sobre algo que le había dicho Quinn. «Organiza un ejército, diablos, y derrotemos a los McKane de una vez para siempre. Conozco montones de hombres que pelearían a tu lado.

También yo.» Y también la milicia de Hawk, así como muchos de los hombres que había conocido en la corte y que se ofrecían como mercenarios.

Grimm detestaba la idea de alejar a Jillian de Escocia, de su familia. Sabía lo que era no tener clan. Si vencía a los McKane, compraría tierras cerca de la familia de ella y sólo tendría un demonio contra el que luchar. Podría dedicar toda su energía a ocultar su verdadera naturaleza y convertirse en un buen marido para Jillian.

«Prométeme que le contarás la verdad», le había dicho Quinn al oído en un susurro apremiante. Grimm había asentido.

Pero no había dicho cuándo, se dijo con poca convicción mientras observaba los inocentes rasgos de ella. Tal vez el año próximo, o sea que faltaba toda una vida. Entretanto, tenía otras batallas que librar.

—Dalkeith. Mi amigo y su esposa son los señores de allí. Con ellos estarás segura.

Jillian puso atención de golpe, su fantasioso ensueño desbaratado por la idea de una separación inminente.

—¿Qué significa que estaré segura con ellos? Te refieres a que estaremos seguros, ¿no?

Grimm jugueteaba con la silla de *Occam*.

—Grimm... nosotros, ¿no?

Él farfulló algo deliberadamente incoherente.

Jillian lo observó y resopló con delicadeza.

—Grimm, no estarás pensando en llevarme a Dalkeith y dejarme allí, ¿verdad? —Entrecerró los ojos, pronosticando tormenta si tal era la intención de él.

Grimm respondió sin levantar la cabeza, enfrascado en su inspección del ronzal de *Occam*:

—Sólo por un tiempo, Jillian. Hay algo que debo hacer, y he de asegurarme de que mientras tanto estés segura.

Ella lo observó moverse inquieto y consideró sus opciones. «Mi amigo y su esposa», había dicho, gente que sabría algo de su hombre misterioso. Aunque para ella no era la situación ideal, sí parecía algo prometedor. Deseaba que él confiara en ella, que le dijera por qué era tan solitario, pero se conformaría con lo que tenía. Quizá lo que le había ocurrido en el pasado era demasiado doloroso para hablar de ello.

—¿Dónde está Dalkeith?

—En las Highlands.

—¿Cerca de donde naciste?

—Algo más allá. Para llegar a Dalkeith hemos de rodear Tuluth.

—¿Por qué rodearlo? ¿No podemos cruzarlo? —dijo Jillian, intentando sonsacar algo.

—Porque nunca he vuelto a Tuluth y no pienso hacerlo ahora. Además, el pueblo quedó destruido.

—Pues si resultó destruido, aún es más extraño que quieras rodearlo. ¿Por qué evitar un lugar donde no hay nada?

Grimm alzó una ceja.

—¿Siempre has de ser tan lógica?

—¿Y tú siempre tan evasivo? —replicó ella, enarcando también una ceja.

—Simplemente no quiero atravesarlo, ¿de acuerdo?

—¿Estás seguro de que está en ruinas?

Cuando Grimm se atusó el cabello, Jillian por fin comprendió. Siempre que Grimm Roderick empezaba a tocarse el pelo era porque no quería contestar a una pregunta. Jillian por poco se rió; si seguía interrogándole, se arrancaría el pelo a mechones. Pero ella precisaba respuestas, y de vez en cuando en sus indagaciones encontraba algunos tesoros. ¿Qué podía empujarle a evitar Tuluth como si fuera la peste?

—Oh, Dios mío —susurró cuando de repente la intuición le mostró la verdad—. Tu familia aún vive, ¿es eso, Grimm?

Él la miró y ella lo vio forcejear para eludir la pregunta. Grimm jugueteó con las trenzas de guerra y ella se mordió el labio, esperando.

—Mi padre aún vive —reconoció.

Aunque Jillian ya había llegado a esta conclusión por su cuenta, aquella confesión la desconcertó.

—¿Qué más no me has contado, Grimm?

—Que Quinn te dijo la verdad. Mi padre es un viejo loco —dijo con amargura.

—¿Está loco de veras, o simplemente discrepáis sobre ciertas cosas, como ocurre muchas veces con los padres?

—No quiero hablar de ello.

—¿Es muy mayor? ¿Tienes más familia de la que no me has hablado?

Grimm se apartó y se puso a andar de un lado a otro.

—No.

—Bueno, ¿cómo es tu casa de Tuluth?

—No está en Tuluth —masculló—. Mi casa era un castillo lóbrego y sombrío excavado en la montaña que domina Tuluth.

Jillian se preguntó qué otras cosas asombrosas podría revelar Grimm si ella seguía indagando.

—Si tu casa estaba en el castillo, serías o bien un sirviente... —Lo observó de arriba abajo y meneó la cabeza al comprender de golpe—. ¡Oh, yo aquí parloteando sobre títulos y tú sin decir nada! Eres hijo de un jefe de clan, ¿verdad? ¿Por casualidad no serás su hijo mayor? —inquirió más bien en broma. Grimm apartó la mirada y entonces ella exclamó—: ¿Significa esto que un día serás el *laird*? ¿Que hay un clan aguardando tu regreso?

—Jamás. No regresaré a Tuluth, y aquí se acaba la discusión. Mi padre es un viejo canalla y chiflado y el castillo está en ruinas. La mitad de mi clan desapareció hace años junto con el pueblo, y estoy seguro de que la otra mitad se dispersó para huir del viejo y volver a empezar en otra parte. Dudo que en Tuluth haya alguien... probablemente no hay más que ruinas. —Lanzó una mirada furtiva a Jillian para ver cómo se lo tomaba.

A ella la cabeza le daba vueltas. Había algo que no encajaba; faltaba información crucial. El hogar donde Grimm pasó la infancia estaba entre el sitio donde se hallaban y su destino, y las respuestas estaban en esas viejas ruinas. Un «padre viejo y chiflado» y la intuición le mostrarían el camino que llevaba a las honduras del corazón de Grimm.

—¿Por qué te marchaste? —inquirió con delicadeza.

Grimm la miró de frente, los ojos azules brillando en la luz evanescente.

—Jillian, por favor. No hagas tantas preguntas de golpe. Dame tiempo. Estas cosas... no he hablado de ellas desde que pasaron. —Sus ojos imploraban paciencia y comprensión.

—Puedo darte tiempo; y tendré paciencia. Pero no abandonaré.

—Prométemelo. —Grimm se puso serio de repente—. Prométeme que nunca abandonarás, pase lo que pase.

—¿Abandonarte a ti? No lo haré jamás. Dios mío, con lo mal que te portaste conmigo cuando era una niña y aun así no desistí —dijo, esperando alegrar aquel semblante sombrío.

—A nosotros, Jillian. Prométeme que nunca nos abandonarás a nosotros. —La atrajo hacia sí y la contempló con tal intensidad que ella casi se quedó sin aliento.

—Lo prometo —susurró—. Y toma mi palabra tan seriamente como la de un guerrero.

Grimm se relajó apenas, esperando no tener que recordárselo nunca.

—¿Estás segura de que aún no tienes hambre? —dijo, cambiando de tema.

—Puedo esperar a que nos detengamos a pasar la noche —le aseguró ella con aire distraído, demasiado ocupada con sus pensamientos para reparar en necesidades físicas. Ya no se preguntaba por qué había aparecido tan tarde, manchado de sangre y barro. Había llegado, y de momento eso bastaba.

Había otras preguntas, más importantes, de las que necesitaba saber la respuesta.

Volvieron a montar. Grimm la colocó delante y ella se relajó, deleitándose en el contacto con el fuerte cuerpo.

Al cabo de unas horas, Jillian tomó una decisión. «Una chica ha de hacer lo que ha de hacer», se dijo con firmeza. Planeó que por la mañana sufriría un acceso repentino de una enfermedad inexplicable que exigiría un refugio seguro y permanente antes de llegar a Dalkeith. No tenía ni idea de que, por la mañana, la diosa Fortuna tomaría en sus manos el curso de los acontecimientos con un retorcido sentido del humor.

26

Jillian se dio la vuelta, se desperezó y observó a Grimm en aquella estancia escasamente iluminada. De las ventanas de la choza colgaban pieles que cerraban el paso al cortante viento, pero permitían la entrada de algo de luz. Hacía horas que en el fuego ya sólo había rescoldos, y en el resplandor ámbar él parecía un guerrero de bronce, un vikingo heroico y poderoso tendido en el jergón de pieles con un brazo doblado detrás de la cabeza y el otro rodeando la cintura de Jillian.

Por todos los santos, ¡qué bello era! En reposo, la cara de Grimm tenía esa perfección que evoca un arcángel creado por un Dios gozoso. Sus cejas formaban arcos negros sobre unos ojos bordeados por gruesas pestañas. Aunque desde las comisuras se extendían diminutas arrugas, en torno a la boca tenía pocas arrugas de la risa, carencia a la que ella procuraría poner remedio. La nariz era recta, imponente, y los labios... Jillian podría pasarse un día entero contemplando aquellos firmes labios que se curvaban sensualmente incluso durante el sueño. Depositó un etéreo beso en la pertinaz hendidura del mentón.

La noche anterior, nada más llegar, Grimm había hecho un estupendo fuego y fundido varios cubos de nieve para tomar un baño. Habían compartido un barreño, temblando en el aire helado hasta que el apasionamiento los hubo calentado hasta los tuétanos. En un exuberante montón de pieles habían renovado silenciosamente su compromiso mutuo. El hombre era a todas luces infatigable, pensó ella con satisfacción. La maratoniana sesión amorosa le había dejado el cuerpo agradablemente dolorido. Grimm le había enseñado cosas que le encendían las mejillas y le aceleraban el corazón ante la expectativa de que aquello no tuviera fin.

Los pensamientos tórridos se esfumaron bruscamente cuando su estómago escogió ese momento para darle una alarmante sacudida. Momentáneamente sin aliento debido a la náusea repentina, Jillian se acurrucó de costado y aguardó a que desapareciera el malestar. Como la última noche habían comido poco y habían estado muy activos, llegó a la conclusión de que seguramente tenía hambre. Un dolor de tripa sin duda facilitaría su plan de convencer a Grimm de que estaba demasiado enferma para cabalgar hasta Dalkeith. ¿Qué enfermedad podía decir que tenía? Un estómago descompuesto quizá no bastaría para que él considerase la conveniencia de detenerse en un pueblo al que había jurado no volver nunca más.

Sufrió otra oportuna serie de náuseas. Frunció el entrecejo ante la posibilidad de haber caído de verdad enferma simplemente debido a la intención de fingir que lo estaba. Se quedó inmóvil, esperando a que las molestias remitieran, y evocó imágenes de sus platos favoritos, esperando que la imaginación apagase los dolores del hambre.

Las imágenes del cerdo asado que cocinaba Kaley casi la doblaron en dos. El pescado al horno con salsa de vino le produjo arcadas en un instante. ¿Pan? Pues claro. Cuanto más crujiente mejor. Intentó apartarse un poco de Grimm para coger el morral donde la noche anterior había visto un pan moreno, pero en su sueño él apretó el brazo con que la ceñía por la cintura. A hurtadillas, Jillian intentó desasirse de los dedos, pero éstos eran como tornos de banco. Cuando la asaltó una nueva oleada de náuseas, gimió y se acurrucó en un ovillo agarrándose el estómago. El sonido despertó a Grimm al instante.

—¿Estás bien, muchacha? ¿Te he hecho daño?

Se refería, temeroso, a su excesivo ímpetu cuando hacía el amor, y ella se apresuró a tranquilizarle. No quería darle ningún motivo para que cuestionara la conveniencia de concederle nuevamente tales placeres.

—Me encuentro un poco mal, nada más —dijo, y acto seguido la acometió otra arcada.

—¿Qué te ocurre? —Grimm se incorporó de golpe y, pese a su sufrimiento, Jillian quedó maravillada ante la belleza de su hombre. El cabello negro le caía sobre la cara, y aunque los pensamientos sobre comida la hacían sentirse mareadísima, los labios de Grimm le parecían tentadores.

—¿Te he hecho daño mientras dormía? —preguntó él con voz ronca—. ¿Qué te pasa? ¡Dímelo, Jillian!

—No me encuentro bien, eso es todo. No sé qué es. Me duele el estómago.

—¿Te iría bien comer algo? —Buscó enseguida en los fardos. Sacó un trozo de buey salado y grasiento y se lo colocó debajo de la nariz.

—¡Oh, no! —gimoteó ella. Se alejó de él lo más rápido que pudo, pero al punto tuvo náuseas otra vez. Grimm estuvo a su lado en un suspiro, apartándole el pelo de la cara y alisándoselo—. No —dijo—. No me mires siquiera. —Jillian había estado pocas veces enferma en su vida, pero detestaba que los demás la vieran debilitada por fuerzas que escapaban a su control. Entonces se sentía desvalida.

Probablemente estaba siendo castigada por su intención de engañarle. Pues no era justo, pensó malhumorada. Nunca había engañado a nadie en su vida; por tanto, tendría derecho a hacerlo al menos una vez, sobre todo habiendo una buena razón para ello. Tenían que pararse en Tuluth. Necesitaba respuestas que, sospechaba ella, sólo encontraría si acudía a los orígenes de Grimm.

—Vaya, muchacha. Muy bien. ¿Qué puedo hacer? ¿Qué necesitas? —No podía ser veneno, pensó Grimm con desespero. Él mismo había preparado lo que habían comido la noche anterior, carne de venado que había cazado y curado mientras se hallaba en las Highlands. Entonces, ¿qué era?, se preguntó, embargado por una avalancha de emociones: impotencia, miedo, saber que aquella mujer lo significaba todo para él y que, si pudiera, sufriría por ella cualquier enfermedad que padeciera.

Jillian tuvo de nuevo convulsiones en brazos de Grimm, que abrazó el cuerpo tembloroso.

Las náuseas duraron un rato. Cuando por fin se calmó, él la envolvió con una manta y calentó un poco de agua en el fuego. Ella se quedó tumbada inmóvil mientras Grimm le limpiaba la cara. Él estaba paralizado por la belleza de Jillian; pese a la dolencia estaba radiante, la piel de un marfil traslúcido, los labios de un rosa subido, rubor en las mejillas.

—¿Te encuentras mejor?

Jillian inspiró hondo y asintió.

—Creo que sí. Pero no estoy segura de poder cabalgar muy lejos hoy. ¿Hay algún sitio antes de Dalkeith donde podamos detenernos? —inquirió con tono quejumbroso.

—Quizá deberíamos quedarnos aquí —dijo Grimm, tratando de salirse por la tangente; pero tenían que seguir avanzando, y él lo sabía. Retrasarse otro día era lo más peligroso que podían hacer. Si los McKane los estaban siguiendo, un día más les costaría la vida. Cerró los ojos y caviló sobre el dilema. ¿Y si se ponían en marcha y ella empeoraba? ¿Dónde podía llevarla? ¿Dónde podían ocultarse hasta que Jillian se restableciera y pudiera viajar?

«Por supuesto», pensó irónicamente.

Tuluth.

27

Mientras se iban acercando al pueblo donde había nacido, Grimm se sumió en un prolongado mutismo.

Habían cabalgado sin prisas durante todo el día, y Jillian había recuperado su ánimo de siempre. Pese a encontrarse mejor, se esforzó por continuar con la farsa. Estaban demasiado cerca de Tuluth para parlotear y ponerse en evidencia.

Tenían que ir a Tuluth. Era necesario, tanto si ella aprobaba sus artimañas como si no. Jillian no se engañaba, sabía que Grimm no volvería voluntariamente. Si él se salía con la suya, olvidaría que el pueblo siquiera existiese. Aunque aceptaba que Grimm no era capaz de hablar de su pasado, Jillian tenía la impresión de que regresar a Tuluth le hacía más falta a él que a ella. Quizá necesitaba enfrentarse a sus recuerdos para así poder enterrarlos.

Por su parte, Jillian precisaba examinar las pruebas sobre el terreno, hablar con aquel padre «chiflado» y obtener información. Entre los cascotes y los escombros del destruido castillo acaso encontrara pistas que la ayudaran a entender al hombre que amaba.

Bajó la mirada a la mano de Grimm, tan grande que casi abarcaba las dos suyas mientras guiaba a *Occam* con la otra. ¿Qué pensaría él que le sucedía? Dejando aparte lo referente a su pasado, era un hombre noble y sincero, salvo si se trataba de hablar del pasado. Era fuerte, valiente, y el mejor guerrero que jamás había visto. Prácticamente invencible. Vamos, que dejaba en nada las leyendas de los berserkers, aquellas bestias mitológicas.

Sonrió pensando que los hombres como Grimm estaban donde esas leyendas nacían. ¡Si hasta tenía aquellos célebres ojos azules y temibles! Si existían realmente seres así, él podría haber sido uno de aquellos guerreros extraordinarios, pensó con aire soñador. Jillian no se había sorprendido al enterarse de que era hijo de un jefe de clan; la nobleza era palpable en todos los rasgos de su magnífico rostro. Exhaló un suspiro de satisfacción y se recostó contra el pecho de Grimm.

—Ya estamos cerca, muchacha —dijo él animándola, interpretando mal el suspiro.

—¿Iremos al castillo? —inquirió ella con un hilo de voz.

—No. En un precipicio llamado Wotan's Cleft hay varias cuevas donde podemos cobijarnos. Cuando era niño jugaba por allí. Las conozco bien.

—¿En el castillo no se estará más caliente? Tengo mucho frío, Grimm. —Fingió un escalofrío que esperó fuera convincente.

—Si la memoria no me falla, Maldebann es una escombrera. —Le sujetó bien el tartán en los hombros y la acunó en el calor de su cuerpo—. No estoy seguro de si los muros siguen en pie. Además, si mi padre aún anda por allí, seguro que frecuenta esos salones desmoronados.

—Bien, ¿y el pueblo? Todavía quedará alguien. —Jillian se negaba a conformarse con llegar a Tuluth; también quería establecer contacto con personas que pudieran saber algo sobre su guerrero de las Highlands.

—Jillian, el valle entero quedó destruido. Supongo que estará totalmente abandonado. Tendremos suerte si las cuevas se hallan aún en condiciones aceptables. Durante los años que jugué por allí, un montón de pasadizos cambiaron, incluso quedaron reducidos a escombros.

—Más motivo para ir al castillo —repuso ella al punto—. Esas cuevas parecen peligrosas.

Grimm resopló.

—Eres perseverante, ¿verdad?

—Es que tengo mucho frío —gimoteó ella, desechando la culpa que sentía por su engaño. Era por una buena razón.

Grimm la estrechó entre sus brazos.

—Cuidaré de ti, Jillian. Lo prometo.

—¿Dónde están, Gilles? —preguntó Ronin.

—A casi cinco kilómetros al norte, milord.

Ronin se alisó nerviosamente el tartán y se dirigió a su hermano.

—¿Tengo buen aspecto?

Balder sonrió.

—¿Tengo buen aspecto? —repitió burlón en falsete, pavoneándose ante un público imaginario.

Ronin le dio un puñetazo en el brazo.

—Ya basta, Balder. Esto es importante. Hoy voy a conocer a la esposa de mi hijo.

—Hoy vas a ver a tu hijo —corrigió Balder.

Ronin dirigió su mirada a las piedras.

—Sí, es cierto —admitió por fin. Volvió bruscamente la cabeza y miró a su hermano con inquietud—. ¿Y si todavía me odia, Balder? ¿Y si llega, me escupe en la cara y se va?

La sonrisa de Balder se esfumó.

—Entonces yo lo golpearé hasta dejarlo sin sentido, lo ataré y los dos hablaremos con él. Persuasivamente y cuando nos venga bien.

El rostro de Ronin se iluminó.

—Vaya, tenemos un plan —dijo con tono optimista—. Quizá podríamos ponerlo en práctica ya, ¿qué dices?

—Ronin.

Ronin se encogió de hombros.

—Sólo me parecía la vía más directa —dijo a la defensiva.

Balder examinó a su hermano, los nerviosos y callosos dedos alisando el tartán de gala. El cabello negro impecablemente peinado, bastante salpicado de canas. El enjoyado *sgain dubh* y la escarcela de terciopelo. Los anchos hombros y la gruesa cintura. Hacía años que Balder no lo veía tan alto y con un porte tan digno. Los ojos azules reflejaban alegría, esperanza y... miedo.

—Pareces un *laird* de pies a cabeza, hermano —dijo Balder—. Cualquier hijo estaría orgulloso de llamarte padre.

Ronin inspiró hondo y asintió escuetamente.

—Ojalá tengas razón, Gilles. ¿Están izadas las banderas?

Gilles sonrió y asintió.

—Tienes un aspecto regio, milord —añadió con orgullo—. Y he de decirte que Tuluth hará un excelente papel. El valle está animadísimo. Cualquier muchacho estaría encantado de verlo como su futuro feudo.

—¿Y el Salón de los Señores? ¿Lo han abierto y limpiado? ¿Han encendido las antorchas?

—Sí, milord, y he colgado el retrato en el comedor.

Ronin tomó una bocanada de aire y empezó a pasearse con ansia.

—¿Se ha informado a los habitantes del pueblo? ¿A todos?

—Están esperando en las calles, Ronin, y también se han izado banderas en todo Tuluth. Has preparado un excelente regreso al hogar —dijo Balder.

—Esperemos que él lo vea así —murmuró Ronin, yendo y viniendo por la estancia.

Los dedos de Grimm estrecharon la cintura de Jillian cuando *Occam* reemprendió la marcha por el desfiladero que conducía a Wotan's Cleft.

Grimm no tenía intención de ir a las frías y húmedas cuevas, donde una hoguera podía fastidiarles y echarles de allí si el viento cambiaba súbitamente de dirección por uno de los túneles, aunque desde el Cleft podría observar el pueblo y el castillo. Si alguna parte se mantenía aún en pie, podría detectar humo de las chimeneas en caso de que alguien habitara el pueblo fantasma. Además, prefería que Jillian viera enseguida aquel desolado lugar y así quizá deseara ir a Dalkeith tan pronto se encontrara en condiciones. Parecía recuperarse con cierta rapidez, aunque todavía estaba débil y se quejaba de náuseas intermitentes.

El sol coronaba la cumbre del Cleft. Tadaría varias horas en ponerse, lo que le daba bastante tiempo para evaluar los potenciales peligros y asegurarse cobijo en algún lugar del pueblo en ruinas. Si a la mañana siguiente Jillian ya se encontraba bien, podrían partir sin demora hacia las costas de Dalkeith. Para no conducir a los McKane hasta las tierras de Douglas, tenía pensado detenerse en un pueblo cercano y enviar un mensajero a Hawk. Ambos se encontrarían discretamente para analizar la posibilidad de organizar un ejército y planificar su futuro y el de Jillian.

Cuando aparecieron las altas rocas de Wotan's Cleft, el pecho de Grimm se tensó dolorosamente. Mientras recorrían el pedregoso camino, se obligó a acompasar la respiración. No había previsto la fuerza con que aflorarían sus amargos recuerdos. Había remontado ese camino quince años atrás, y ello había cambiado su vida para siempre. «¡Escúchame, Odín, llamo al berserker!» Había subido un muchacho y había bajado un monstruo.

Apretó los puños. ¿Cómo se le había ocurrido regresar? Pero Jillian se acurrucaba contra él, buscando calor, y él sabía que, para garantizarle bienestar y seguridad, entraría gustosamente en Tuluth aunque estuviera ocupado por hordas de demonios.

—¿Estás bien, Grimm?

«Muy propio de Jillian», pensó maravillado. Pese a encontrarse enferma, se preocupaba por él.

—Estoy bien. Pronto nos calentaremos. Descansa.

Parecía tan intranquilo que Jillian tuvo que morderse la lengua para que no se le escapara una confesión.

—En unos instantes verás el lugar donde estaba el pueblo —señaló Grimm, la tristeza volviendo áspera la voz.

—No soy capaz de imaginar cómo sería Caithness en ruinas. No era mi intención hacerte volver a un lugar de tan doloroso recuerdo...

—Pasó hace muchos años. Casi como en otra vida.

Cuando coronaron la cumbre, Jillian se incorporó, y ambos contemplaron el paisaje con ojos llenos de curiosidad.

—Allí. —Grimm señaló hacia el precipicio—. Desde el promontorio se ve todo el valle. —Sonrió apenas—. Yo solía venir aquí y observar el territorio, sintiéndome el niño más feliz del mundo.

Jillian hizo una mueca de dolor. *Occam* reanudó su paso regular. Cuando estuvieron cerca del borde, ella contuvo la respiración.

—Las cuevas están detrás de nosotros, más allá de ese revoltijo de piedras, donde la montaña es más empinada. Una vez, mi amigo Arron y yo juramos que haríamos un plano de todos los túneles y cuevas de la montaña, pero los pasadizos parecían no tener fin. Casi habíamos terminado una cuarta parte cuando... cuando...

Jillian se arrepintió de haberle empujado a enfrentarse con sus fantasmas.

—¿Tu amigo murió en la batalla?

—Sí.

—¿Tu padre resultó herido? —inquirió ella con cautela.

—Debería haber muerto —soltó Grimm apretando los dientes—. Los McKane clavaron un hacha en su pecho hasta la empuñadura. Es asombroso que sobreviviera. Durante muchos años di por hecho que había muerto.

—¿Y tu madre?

Se hizo el silencio, roto sólo por el sonido de la pizarra triturándose bajo los cascos de *Occam*.

—Lo veremos de un momento a otro, muchacha.

Jillian fijó la mirada en el borde del precipicio, donde terminaba la roca y aparecía el horizonte. A un centenar de metros más abajo estarían las cenizas de Tuluth. Se enderezó y se puso más erguida, casi cayéndose del caballo por la ansiedad, y se preparó para la escena macabra.

—Agárrate, muchacha —dijo Grimm, tranquilizándola mientras recorrían los últimos pasos hasta el borde para mirar el valle sin vida.

Grimm perdió el habla durante casi cinco minutos. Jillian no estaba segura de que respirara. Por otra parte, tampoco estaba segura de respirar ella.

Debajo, enclavado alrededor de un río de aguas cristalinas y varios lagos centelleantes, había un pueblo efervescente de vida, con chozas blancas bañadas por el sol de la tarde hasta adquirir un tono ambarino suave. Salpicaban el valle centenares de casas en hileras uniformes junto a cuidados caminos. De acogedoras chimeneas salía humo formando perezosas espirales, y aunque Jillian no alcanzaba a oír las voces, vio niños corriendo y jugando. La gente iba y venía por los senderos, donde vagaban corderos y vacas. En un pequeño jardín jugaban dos perros lobo. Junto al camino principal que cruzaba el centro del pueblo, estandartes multicolores ondeaban y se agitaban en la brisa.

Atónita, Jillian recorrió el valle con la vista, siguiendo el río hasta la falda de la montaña, en cuyo pie brotaba a borbotones de una fuente subterránea, todo ello dominado por el castillo de piedra. Se llevó la mano a los labios para sofocar una exclamación. No era eso lo que esperaba ver.

«Un derruido castillo, lóbrego y sombrío», había dicho Grimm.

Nada más lejos de la verdad. El castillo de Maldebann era el castillo más hermoso que ella hubiera visto jamás. Con sus torres exquisitamente talladas y su majestuosa fachada, parecía haber sido liberado de la montaña por el martillo y el cincel de un escultor visionario. Hecho de piedra de un gris claro, se elevaba en poderosos arcos hasta una altura imponente. La montaña sellaba el valle por ese extremo, y el castillo se extendía a todo lo ancho, las alas desplegándose al este y el oeste del edificio propiamente dicho.

Aquellas enormes torres hacían que, a su lado, Caithness pareciera una casita de verano... no, la cabaña de un niño en un árbol. No era extraño que el castillo de Maldebann hubiera sido atacado, pues era una fortaleza increíble y envidiable. El camino de ronda de la parte superior estaba salpicado de docenas de figuras uniformadas. La entrada era visible más allá del rastrillo y el postigo y alcanzaba una altura de casi quince metros. En los pasajes inferiores había mujeres con colores alegres yendo y viniendo a toda prisa con cestos y niños.

—Grimm —graznó Jillian. ¿Ruinas? Consternada, arrugó la frente. Cómo podía ser que Grimm hubiera confundido al vencedor de aquella fatídica batalla años atrás.

En la entrada del castillo ondeaba una enorme bandera con caracteres llamativos. Jillian miró entrecerrando los ojos, por mucho que reprendiera a Zeke por hacer eso mismo, pero no entendía las palabras.

—¿Qué pone ahí, Grimm? —logró balbucear, sobrecogida ante aquella inesperada imagen de paz y prosperidad desplegada ante sus ojos.

Grimm tardó en responder. Ella lo oía tragar saliva convulsivamente a su espalda, el cuerpo rígido como las rocas sobre las que *Occam* cambiaba sus puntos de apoyo.

—¿Crees que llegó otro clan y lo reconstruyó? —sugirió Jillian tímidamente, agarrándose a cualquier explicación que diera sentido a todo aquello.

Grimm soltó aire en un silbido, remachándolo con un gruñido.

—Lo dudo, Jillian.

—Pero ¿es posible, sí o no? —insistió ella. Si no lo era, es que Grimm quizá sí sufría la locura de su padre, pues sólo un loco podía recordar en ruinas ese magnífico pueblo.

—No.

—¿Por qué? Quiero decir, ¿cómo puedes estar tan seguro desde aquí arriba? Yo ni siquiera distingo los tartanes.

—Porque la bandera dice «Bienvenido a casa, hijo» —susurró Grimm horrorizado.

28

—¿Cómo se supone que debo entender esto, Grimm? —preguntó Jillian tras un tenso silencio. Él miraba el valle sin comprender. Jillian se sentía insoportablemente confusa.

—¿Cómo se supone que tú debes entender esto? —Se deslizó de lomos de *Occam* y bajó a Jillian a tierra—. ¿Tú? —repitió incrédulo. Él tampoco entendía nada. No sólo su tierra no era un montón de ruinas y cenizas esparcidas por el valle como cabía suponer, sino que estaba todo lleno de malditas banderas de bienvenida ondeando en los torreones.

—Sí —respondió Jillian alentando la respuesta—. Yo. Me dijiste que este lugar había sido destruido.

Grimm no podía apartar la mirada del valle. Estaba pasmado, toda esperanza de lógica desbaratada por la conmoción. Tuluth era cinco veces mayor de lo que había sido, el territorio estaba cultivado en parcelas pulcramente delimitadas, las casas eran el doble de grandes. Cuando uno se vuelve mayor, ¿no se supone que las cosas han de parecer más pequeñas? Su mente ponía objeciones con creciente desorientación. Escrutó las rocas a su espalda, buscando la boca oculta de la cueva para asegurarse de que se encontraba en Wotan's Cleft y que aquello allá abajo era efectivamente Tuluth. El río que discurría por el valle era dos veces más ancho, más azul... diablos, si hasta la montaña parecía haber crecido.

Y además el castillo. ¿Había cambiado de color? Lo recordaba como un monolito imponente de labrada obsidiana negrísima, lleno de ángulos amenazadores e infames, goteando musgo y gárgolas. Su mirada erró incrédula por las líneas fluidas, con vuelo, de la atractiva estructura gris clara. Totalmente activo, funcionando con alegría, decorado —¡por Dios!— con banderas y estandartes.

Banderas en que ponía «Bienvenido a casa».

Grimm cayó de rodillas, abrió los ojos de par en par, los cerró, se los frotó y volvió a abrirlos de nuevo. Jillian lo observaba con perplejidad.

—Sí, aún sigue ahí —dijo ella al cabo—. Yo también lo he intentado —añadió.

Grimm le echó una mirada fugaz y se sorprendió de ver una ligera sonrisa.

—¿Qué te parece tan divertido, muchacha? —preguntó extrañamente ofendido.

Los rasgos de Jillian reflejaron compasión. Posó la mano en el brazo de Grimm.

—No, cariño. No creas que me río de ti. Estoy riendo de lo atónitos que nos hemos quedado, y en parte por el alivio que siento. Me temía una escena aterradora. Esto es lo último que esperaba ver. Sé que para ti la conmoción ha de ser mucho más dura, pero pensaba que es divertido porque me recuerdas a mí cuando regresaste a Caithness.

—¿A qué te refieres?

—Bueno, cuando yo era pequeña tú parecías muy grande. O sea, enorme, monstruoso, el hombre más grande del mundo. Y cuando volviste, como yo era mayor, esperaba que tú parecieras más pequeño. No más pequeño que yo pero al menos sí más pequeño que la última vez que te había visto de cerca.

—¿Y? —preguntó él, expectante.

Jillian sacudió la cabeza.

—Pues que no fue así. Tú parecías más grande.

—¿A qué viene todo esto? —Grimm la miró con atención.

—Pues que tú esperabas algo más pequeño, ¿no? Y sospecho que seguramente es mucho más grande. Curioso, ¿verdad?

—Aún no entiendo qué quieres decir.

—Creo que cuando eras niño tenían que haberte contado más fábulas —señaló ella con aire burlón—. Lo que digo es que los recuerdos pueden ser engañosos. Tal vez el pueblo nunca quedó del todo destruido. Quizá sólo lo parecía cuando te fuiste. ¿Te marchaste de noche? ¿No estaba demasiado oscuro para ver bien?

Grimm tomó las manos de Jillian entre las suyas mientras ambos se arrodillaban al borde del precipicio. Cuando había abandonado Tuluth era de noche, y el aire estaba cargado de humo. Para un chico de catorce años habían sido escenas aterradoras. Se había marchado creyendo que su pueblo y su tierra habían sido destruidos y que él era una bestia peligrosa. Se había ido lleno de odio y desesperación, sin esperar apenas nada de la vida.

Ahora, al cabo de quince años, estaba en cuclillas en el mismo lugar, cogido de las manos con la mujer que amaba más que a sí mismo, contemplando imágenes increíbles. Si Jillian no hubiera estado con él, seguramente habría puesto pies en polvorosa sin preguntarse de qué extraño encantamiento habían sido víctimas el valle y su gente. Se llevó a los labios la mano de ella y la besó.

—Mi recuerdo de ti nunca ha sido engañoso. Siempre te recordé como lo mejor que la vida podía ofrecerme.

Los ojos de Jillian se abrieron como platos. Intentó hablar, pero emitió un débil sonido ahogado. Grimm se puso rígido, interpretando que aquello era un gemido de dolor.

—Y aquí estoy, reteniéndote con este frío cuando estás enferma.

—No, no es eso... —balbuceó ella—. En serio, ahora me encuentro mucho mejor. —Grimm la observó con suspicacia y ella se apresuró a añadir—: Pero bueno, pronto necesitaré estar en un sitio caliente. Y el castillo realmente lo parece. —Lo miró expectante.

La mirada de Grimm se dirigió de nuevo al valle. El castillo parecía confortable y acogedor, en efecto. Y estaba bien fortificado. El lugar cercano más seguro al que podía llevarla, maldita sea. ¿Y por qué no? Había banderas con «Bienvenido a casa» colocadas en montones de sitios. Si los McKane lo estaban siguiendo, ¿qué mejor lugar donde estar y luchar? Qué extraño le resultaba volver a Tuluth al cabo de esos años con los McKane de nuevo pisándole los talones. ¿Algún día dejaría de repetirse la historia? Quizá después de todo no haría falta ir a Dalkeith a organizar un ejército para enfrentarse a los McKane.

Pero tendría que enfrentarse a su padre. Resopló y sopesó sus opciones. No se veía capaz de bajar al valle que había albergado sus miedos más profundos. Pero ¿cómo le explicaría a Jillian que daba media vuelta y se iba? ¿Y si volvía a encontrarse enferma? ¿Y si los McKane los localizaban? Aquellas preguntas sin respuestas claras lo desconcertaban. Descubrir que Tuluth era ese... ese lugar espléndido... Su mente estaba demasiado conmocionada para asimilarlo todo.

Jillian torció el gesto y se frotó el estómago. Las manos de Grimm se cerraron sobre las de ella, y él invocó su legendaria fuerza de voluntad, consciente de que necesitaría hasta el último vestigio de la misma antes de que el día tocara a su fin.

No tenía elección. Volvieron a montar y empezaron a bajar.

—¡Ya vienen!

Ronin parecía dispuesto a echar a correr.

—Tranquilo, hombre —dijo Balder con tono de reprimenda—. Todo irá bien, ya lo verás.

Ronin McIllioch hizo una mueca.

—Es fácil decirlo. No es hijo tuyo. Te digo que me escupirá en la cara.

Balder meneó la cabeza y contuvo la risa.

—Si ésa es tu principal preocupación, no tienes nada de qué preocuparte.

Grimm y Jillian descendieron por la parte de atrás de Wotan's Cleft, rodearon el pie del promontorio y tomaron el camino que conducía a la entrada del valle, alrededor del cual cinco montañas enormes formaban una fortaleza natural, elevándose como delicados dedos de una mano abierta. El pueblo ocupaba la palma protectora, verde, rebosante de vida. Jillian enseguida llegó a la conclusión de que cuando años atrás los McKane habían atacado Tuluth, seguramente habían sido muy agresivos o muy superiores en número.

Como si le hubiera leído los pensamientos, Grimm dijo:

—No siempre tuvimos tanta población, Jillian. En los últimos quince años, Tuluth parece no sólo haber recuperado los hombres perdidos en la batalla contra los McKane sino multiplicado su número... —su mirada atónita barrió el valle— casi por cinco. —Soltó un silbido y meneó la cabeza—. Alguien ha estado reconstruyéndolo todo.

—¿Estás seguro de que tu padre está loco?

Grimm hizo una mueca.

—Sí. —«Tan seguro como de cualquier otra cosa en este instante», añadió en silencio.

—Pues para ser un loco, desde luego aquí ha hecho maravillas.

—No creo que lo haya hecho él. Ha de haber alguna otra explicación.

—¿Y lo de «Bienvenido a casa, hijo»? Pensaba que no tenías hermanos.

—Y no los tengo —replicó con rigidez. Cayó en la cuenta de que pronto verían con nitidez la primera de aquellas banderas y de que había mentido a Jillian: no había ninguna duda respecto a quién esperaban porque antes no había dicho toda la verdad. En realidad, en las docenas de banderas que ondeaban por todo el pueblo ponía «Bienvenido a casa, Gavrael.»

Jillian se movía para ver mejor. Pese a las preocupaciones de Grimm, las exuberantes caderas de ella meneándose contra sus entrañas enviaron por las venas una sacudida de deseo. Los recuerdos de la pasada noche importunaban en la periferia de su mente, pero no podía permitirse distracciones.

—Estate quieta —gruñó.

—Sólo quiero ver.

—Si sigues moviéndote así vas a ver el cielo tumbada de espaldas, muchacha. —Tiró de ella hacia sí para que notara lo que su meneo había conseguido. Nada le habría encantado más que dejarse arrastrar por la pasión, y cuando ella estuviera saciada y somnolienta, llevarla por arte de magia muy lejos, en la dirección contraria.

Habían llegado a una distancia en que se podía leer lo escrito en las banderas, y Jillian volvió a inclinarse hacia delante. Grimm tragó saliva y se preparó para las preguntas que inevitablemente vendrían a continuación.

—Vaya, no se refiere a ti, Grimm —dijo ella con asombro—. Ahí no pone «Bienvenido a casa, hijo» sino «Bienvenido a casa, Gavrael». —Hizo una pausa mordiéndose el labio—. ¿Quién es Gavrael? ¿Y cómo lo has leído desde tan lejos confundiendo «hijo» por «Gavrael»? Las dos palabras no se parecen en nada.

—¿Por qué has de ser tan lógica? —suspiró él. Reconsideró la idea de hacer dar media vuelta a *Occam* y salir a galope tendido en la dirección contraria sin dar ninguna explicación, pero sabía que eso sería sólo un alivio temporal. A la larga, de una manera u otra, Jillian lo haría volver.

Había llegado el momento de hacer frente a los demonios... al parecer, todos a la vez. Pues serpenteando por el camino en dirección a él venía un desfile de personas, incluida una banda con flautas y tambores... y —si su memoria aún conservaba alguna credibilidad— el de delante guardaba un acusado parecido con su padre. Y también el hombre que cabalgaba a su lado. La mirada de Grimm saltó de uno a otro buscando alguna pista sobre cuál era Ronin McIllioch.

De pronto reparó en algo, algo que, temporalmente aturdido y abotargado por la situación de su tierra, había pasado por alto. En el momento en que había vislumbrado la próspera Tuluth, la conmoción empujó engañosamente sus miedos más profundos lejos de su mente. Ahora éstos regresaban con la fuerza de un maremoto, llenándole de callada desesperación.

Si no le fallaba la memoria —y ése parecía el elemento clave del día—, se estaban acercando caras conocidas, lo que significaba que algunas de las personas que cabalgaban hacia él sabían que era un berserker.

De buenas a primeras podían revelar su secreto a Jillian, y él la perdería para siempre.

29

Grimm detuvo a *Occam* tan bruscamente que el semental se asustó y se levantó. Valiéndose de los sonidos más apaciguadores que se le ocurrieron en su alterado estado, Grimm calmó al sobresaltado caballo tordo y desmontó.

—¿Qué haces? —dijo Jillian, desconcertada ante aquella rápida acción.

Grimm analizó el asunto con rapidez.

—Necesito que te quedes aquí, muchacha. Ven cuando te haga una señal, pero no antes. Prométeme que esperarás hasta que te llame.

Jillian observó la inclinada cabeza de Grimm. Tras un breve debate interno, extendió la mano y le acarició el oscuro cabello. Él volvió la cara hacia la mano de ella y le besó la palma.

—Jillian, hace quince años que no veo a esta gente.

—Me quedo, lo prometo.

Le dio las gracias con los ojos, dividido por emociones encontradas, pero sabía que debía acercarse solo. Sólo cuando hubiera arrancado un juramento a los habitantes del pueblo para que guardaran su secreto conduciría a Jillian al pueblo y se ocuparía de su bienestar. Si ella hubiera estado muy enferma, él se habría arriesgado a perder su amor por salvarle la vida; pero no era el caso, y aunque lamentaba cualquier molestia que Jillian pudiera sufrir, no estaba dispuesto a afrontar el miedo y la repugnancia que había alcanzado a ver en sus sueños. No iba a asumir más riesgos.

Satisfecho de que ella le esperara a esa distancia hasta que él la llamara, Grimm se volvió y avanzó por el camino de tierra hacia el gentío que se aproximaba. Por lo visto, el corazón se le había alojado en las cercanías de la garganta, y se sentía partido en dos. Detrás, la mujer que amaba; delante, el pasado que había jurado no volver a afrontar jamás de manera pública.

En la primera fila del grupo cabalgaban dos hombres de igual estatura y gordura, ambos con gruesas matas de pelo negro salpicado de canas. Los dos tenían el rostro curtido y de facciones marcadas, y hoyuelos en sus altivas barbillas, ambos con una similar expresión de regocijo. «¿Qué está pasando aquí?», se preguntó Grimm.

Era como si todo lo que siempre había creído fuera mentira. Tuluth había sido destruido, pero Tuluth era un pueblo floreciente. Su padre estaba loco, pero alguien con una mente equilibrada y una espalda fuerte había reconstruido aquella tierra. Su padre parecía tremendamente feliz de verle, y aunque Grimm no había tenido intención de regresar, al parecer Ronin le esperaba. ¿Para qué? ¿Por qué? En los segundos que tardó en cubrir la distancia que los separaba se le ocurrieron miles de preguntas.

Cuando ya estuvo cerca, las personas empezaron a gritar de alegría, las caras todo sonrisas. ¿Cómo iba un hombre a encontrarse con esa multitud eufórica conservando odio en su corazón?

¿Y por qué estaban tan felices de verle, maldita sea?

Se detuvo a cuatro metros de la primera fila. Incapaz de permanecer quieto, decidió avanzar despacio, respirando con dificultad debido al temido encuentro inminente.

Los dos hombres que se parecían tanto se separaron de la muchedumbre. Uno de ellos levantó una mano y todo el mundo quedó en silencio, manteniéndose a una respetuosa distancia mientras ambos seguían adelante. Grimm miró furtivamente hacia atrás para asegurarse de que Jillian no lo había seguido. Ella había obedecido su orden, aunque se inclinaba bien hacia delante sobre la cabeza de *Occam*, sin duda intentando escuchar lo que se hablara.

—Gavrael.

La profunda voz tan parecida a la suya restalló en su cabeza. Miró a los dos hombres, no muy seguro de quién había hablado.

—Grimm —corrigió.

El hombre de la derecha soltó una bravata.

—¿Qué maldito demonio de nombre es Grim? ¿Viene de «grima»? ¿Por qué no te llamas Desazonado, o Disgustado? O Cariacontecido. —Lanzó a Grimm una mirada indignada y resopló.

—Mejor que McIllioch —replicó Grimm con frialdad—. Y no es Grim con una m, sino Grimm, con dos.

—Bien, ¿y por qué te has cambiado el nombre, muchacho? —El hombre de la izquierda no disimulaba su decepción.

Grimm escrutó ambos rostros, intentando averiguar quién era su padre. No tenía la menor idea de lo que haría cuando resolviera la cuestión, pero quería saber a cuál dirigirle el veneno que había estado acumulando durante años. Quince años de palabras furiosas que quería arrojar a la cara del hombre, palabras que habían emponzoñado la mitad de su vida.

—¿Quién eres tú? —preguntó al que había hablado.

El hombre se volvió hacia su compañero con una mirada acongojada.

—Balder, me está preguntando quién soy. ¿Puedes creerlo? ¡Quién soy!

—Al menos no te ha escupido —dijo el otro con tono afable.

—Eres Ronin —dijo Grimm con voz acusadora. Si uno era Balder, el otro tenía que ser su padre: Ronin McIllioch.

—Para ti no soy Ronin —exclamó el hombre, indignado—. Soy tu padre.

—Para mí no eres mi padre —señaló Grimm con una voz tan fría que rivalizaba con el viento más cortante de las Highlands.

Ronin lanzó a Balder una mirada acusatoria.

—Ya te lo dije.

Balder meneó la cabeza y arqueó una poblada ceja.

—Aún no te ha escupido.

—¿Qué diablos tiene que ver escupir con todo esto?

—Mira, muchacho —dijo Balder—, es la excusa que estoy buscando para agarrarte por tu rencoroso trasero y arrastrarte hasta el castillo, donde a tortazos quizá consiga meterte en la cabeza un poco de sentido común y de respeto hacia los mayores.

—¿Crees que podrías? —lo desafió Grimm. Su peligrosa mezcla de emociones clamaba por una buena pelea.

El grueso Balder rompió a reír gozosamente.

—Me encantaría una buena pelea, muchacho, pero un hombre como yo podría comerse a un cachorro como tú de un solo mordisco.

Grimm dirigió a Ronin una mirada penetrante.

—¿Sabe él qué soy? —La pregunta estaba matizada de arrogancia.

—¿Sabes tú qué soy yo? —replicó Balder.

Los ojos de Grimm regresaron a la cara de éste.

—¿Qué quieres decir? —inquirió tan rápidamente que sonó como si fuera una sola palabra. Escrutó a Balder atentamente. De unos ojos azul claro surgió una mirada tranquila y burlona que se cruzó con la suya. «¡Imposible!» ¡En todos esos años jamás se había encontrado con otro berserker!

Balder meneó la cabeza y exhaló un suspiro. Intercambió una mirada con Ronin.

—El chico es duro de entendederas, Ronin. Ya te digo, estúpido hasta la médula.

Ronin resopló.

—No es verdad. Es hijo mío.

—El muchacho no sabe lo principal sobre sí mismo, ni siquiera después de todos estos...

—Bueno, cómo podría saberlo, teniendo en cuenta que...

—Cualquier idiota se lo habría imaginado...

—Eso no quiere decir que sea corto de entendederas...

—¡Callaos! —bramó Grimm.

—No hace falta vociferar, chico —le regañó Balder—. No eres el único que tiene el mal genio de un berserker.

—No soy un niño, ni tampoco soy un muchacho ni un idiota —dijo Grimm, resuelto a tomar el control de la errática conversación. Ya habría tiempo luego de averiguar cómo Balder había llegado a ser un berserker—. Y antes de que la mujer de ahí detrás se acerque, os agradecería que dejarais claro a los sirvientes, a los habitantes del pueblo y a todo el clan que yo no soy un berserker, ¿entendido?

—¿Que no eres un berserker? —Balder enarcó las cejas.

—¿Que no eres un berserker? —Ronin arrugó la frente.

—Que no soy un berserker.

—Pero es que lo eres —objetó Ronin, algo lento en comprender.

Grimm lo fulminó con la mirada.

—Ella no lo sabe. Y si lo descubre, me abandonará. Y si me abandona, no tendré más remedio que mataros a los dos —dijo Grimm con total naturalidad.

—Bueno —dijo Balder torciendo el gesto, profundamente ofendido—. No hace falta ser tan desagradable, muchacho. Seguro que encontraremos un modo de arreglarlo.

—Lo dudo, Balder. Y si vuelves a llamarme muchacho, te verás en un apuro. Escupiré, te daré la excusa que estabas buscando, y veremos si un berserker avejentado puede vencer a uno en la flor de la vida.

—Dos berserkers avejentados —puntualizó Ronin con altivez.

Grimm lo miró fijamente. Los ojos azul claro eran idénticos. Aquel día seguía proporcionando una desconcertante revelación tras otra. Decidió recurrir al sarcasmo.

—¿Qué demonios es esto? ¿El valle de los berserkers?

—Algo así, Gavrael —musitó Balder.

—Me llamo Grimm.

—¿Cómo piensas explicarle el nombre de las banderas a tu esposa? —inquirió Ronin.

—No es mi esposa —dijo Grimm eludiendo la pregunta. Aún no había resuelto ese problema.

—¿Qué? —Escandalizado, Ronin se puso en pie sobre los estribos—. ¿Has traído aquí a una mujer deshonrada? Ningún hijo mío retoza con su compañera sin ofrecerle la legítima unión.

Grimm se atusó el pelo. Su mundo se había vuelto loco. Aquélla era la conversación más ridícula que recordaba haber tenido jamás.

—¡Aún no he tenido tiempo de casarme! Acabo de secuestrarla...

—¿Secuestrarla? —Ronin arrugó la nariz.

—¡Con su consentimiento! —indicó Grimm a la defensiva.

—Tenía entendido que en Caithness había una boda —apuntó Ronin.

—Casi la hubo, pero no era la mía. Habrá una lo más pronto que pueda. La única explicación de que aún no sea mi esposa es la falta de tiempo. Y tú —señaló furiosamente a Ronin—, tú no has sido mi padre durante quince años, así que no creas que vas a empezar ahora.

—¡No he sido tu padre porque tú no regresaste a casa!

—Ya sabes por qué no —le espetó Grimm con ojos centelleantes.

Ronin vaciló. Respiró hondo, y cuando volvió a hablar pareció que la cólera de Grimm le había bajado los humos.

—Sé que te fallé —dijo con pesar.

—Hablar de «fallo» es ser muy benevolente —masculló Grimm.

La reacción de su padre lo desconcertó por completo. Esperaba que el viejo se pusiera hecho una furia, incluso que lo atacara como el chiflado canalla que era. Sin embargo, su mirada traslucía verdadero arrepentimiento. ¿Qué debía hacer ahora? Si Ronin hubiera respondido de forma virulenta, él habría podido liberar su cólera reprimida y pelear. Pero no había hecho tal cosa. Se había limitado a quedarse sentado sobre el caballo y mirar a su hijo con tristeza, con lo que Grimm se sintió aún peor.

—Jillian está enferma —dijo con aspereza—. Necesita recogerse en un sitio caldeado.

—¿Que está enferma? —bramó Balder—. Por la lanza de Odín, muchacho, ¿has esperado al final para decir lo más importante?

—¿Muchacho? —repitió Grimm amenazadoramente.

Pero Balder no se inmutó, en su boca un rictus burlón.

—Escúchame, hijo de los McIllioch, no me das ningún miedo. Soy demasiado viejo para sentirme intimidado por el gruñido de un cachorro. No me permites utilizar tu nombre de pila y me niego a llamarte ese ridículo nombre que has elegido, por lo que será o bien «muchacho» o bien «estupido». ¿Cuál prefieres? —La sonrisa del viejo era intimidante.

Grimm se sorprendió a punto de esbozar una sonrisa. Si no hubiera estado tan empeñado en odiar aquel lugar, le habría gustado ponerse bravucón con el viejo Balder. El hombre imponía respeto y desde luego no aceptaba insolencias de nadie.

—Podéis llamarme «muchacho» con una condición —dijo con tono más suave—: cuidad de mi mujer y guardad mi secreto. Y aseguraos de que toda la gente haga lo mismo.

Ronin y Balder intercambiaron una mirada y suspiraron.

—Hecho.

—Bienvenido a casa, muchacho —añadió Balder.

Grimm puso los ojos en blanco.

—Sí, bienvenido... —empezó Ronin, pero Grimm levantó un dedo admonitorio.

—Y en cuanto a ti, viejo —le dijo—, será mejor que no te me acerques.

Ronin abrió la boca y acto seguido la cerró, los ojos ensombrecidos de dolor.

30

Jillian no podía dejar de sonreír. Era casi imposible no hacerlo con tantas emociones. Escapaba a su comprensión por qué Grimm seguía con aquel semblante tan melancólico. En todo lo que se veía había algo encantador, pero el aspecto tan alicaído de él la deprimía. Jillian sabía que debía mostrar más compasión por la apurada situación en que se encontraba Grimm, pero era difícil sentir empatía cuando su familia no cabía en sí de gozo desde que él había vuelto al redil. Y qué redil tan magnífico.

«Gavrael», se corrigió a sí misma en silencio. En vez de hacerle una señal para que avanzara después de haber saludado a su padre, él había regresado hasta ella para cabalgar juntos. Rodeados por la entusiasta multitud que les vitoreaba, Grimm le había explicado que cuando se había marchado de Tuluth años atrás se había cambiado el nombre. Su nombre verdadero era Gavrael Roderick Icarus McIllioch, aunque insistió en que ella siguiera llamándole Grimm.

Jillian exhaló un suspiro con ojos soñadores. Jillian Alanna McIllioch; en voz alta, era un revoltijo de eles que vibraban eufónicamente. No tenía duda de que, una vez se hubieran instalado, Grimm se casaría con ella.

Grimm le apretó la mano y susurró su nombre para captar su atención.

—Jillian, vuelve a la tierra. Balder va a enseñarnos nuestros aposentos, y comerás y estarás caliente.

—Oh, me encuentro mucho mejor —señaló ella con aire distraído, maravillada ante la bella escultura que adornaba el salón.

Iba tras Balder y un grupo de sirvientas que estrechaban felices la mano de Grimm—. Este castillo es enorme, impresionante. ¿Cómo pudiste llegar a pensar que era lóbrego y sombrío?

Él le dirigió una mirada apesadumbrada.

—No tengo ni puñetera idea —murmuró.

—Aquí tienes tu habitación, Gavrael... —dijo Balder.

—Grimm.

—Muchacho. —Balder lo fulminó con la mirada—. Y Merry enseñará la suya a Jillian —añadió con intención.

—¿Cómo? —Grimm se quedó pasmado. Ahora que Jillian era suya, ¿cómo iba a poder dormir sin ella entre sus brazos?

—Ésta es tu habitación. —Balder gesticulaba con impaciencia—. La tuya. —Se volvió hacia una sirvienta de aspecto delicado—. Y Merry enseñará a Jillian la suya. —Sus ojos azules reflejaban un sereno desafío.

—Yo mismo me ocuparé de Jillian —dijo Grimm tras una pausa tensa.

—Siempre y cuando vuelvas a salir enseguida, muchacho, de lo contrario no. No estás casado, por tanto no vas a actuar como si así fuera.

Jillian se ruborizó.

—No te estoy reprochando nada, muchacha —se apresuró a decir Balder—. Veo que eres una dama distinguida, pero es fácil comprender que cerca de ti este chico se excitará como un macho cabrío. Si busca los placeres de la felicidad conyugal, que se case contigo. Si no hay boda, no habrá felicidad.

Grimm se puso colorado.

—Ya basta, Balder.

Éste arqueó una ceja y frunció el entrecejo.

—Y trata de ser algo más amable con tu padre, muchacho. Al fin y al cabo, él te dio la vida. —Tras decir esto, se volvió y recorrió el pasillo echando bravatas, el altivo mentón sobresaliendo como la proa de un navío rompiendo las olas.

Grimm esperó a que desapareciera y luego dio instrucciones a las criadas.

—Yo acompañaré a Jillian a sus habitaciones —informó a Merry, la que tenía cara de duendecillo. A las demás les dijo—: Intentad conseguir una bañera llena de agua caliente y... —echó una mirada preocupada a Jillian— ¿qué clase de comida soportaría tu estómago, muchacha?

«De todo y más», pensó Jillian, que se moría de hambre.

—De todo —respondió sucintamente.

Grimm esbozó una sonrisa, terminó de dar instrucciones a las criadas y acompañó a Jillian a sus aposentos.

Cuando entraron, ella emitió un hondo suspiro de placer. Sus aposentos estaban amueblados con tanto lujo como el resto de Maldebann. Cuatro altas ventanas embellecían la gran pared oeste del dormitorio, y desde ellas podía contemplar cómo se ponía el sol tras las montañas. Los suelos estaban cubiertos por alfombras de blanquísima piel de cordero. La cama era de madera de cerezo labrada y pulimentada hasta adquirir un lustre brillante, y endoselada con ropa de hilo absolutamente blanca. En una enorme chimenea ardía un vivo fuego.

—¿Cómo te encuentras? —Grimm cerró la puerta y la atrajo hacia sí.

—Ahora mucho mejor.

—Sé que esto te resultará algo chocante...

Jillian lo besó, acallando cualquier otra palabra. Grimm pareció sorprenderse por el gesto, y la besó a su vez con tal apremio que ella contrajo los dedos de los pies. Jillian se aferró al beso, prolongándolo todo lo que pudo, intentando imbuirle coraje y amor, pues sabía que le iba a hacer falta. Después fue olvidando sus nobles intenciones a medida que el deseo echaba chispas entre los dos.

Un repentino golpe seco apagó el ardor de inmediato.

Grimm se retiró, se dirigió a la puerta con paso majestuoso y no se sorprendió de ver a Balder.

—Me he olvidado de una cosa, muchacho, la cena es a las ocho —dijo éste, mirando a Jillian con ojos escrutadores—. ¿Te ha besado, muchacha? Sólo dímelo y yo me encargaré del asunto.

Grimm cerró la puerta sin contestar. Al otro lado, Balder resopló con tal fuerza que a Jillian casi se le escapa la risa.

Grimm volvió a acercársele, y ella lo observó. La tensión del día era palpable; incluso su habitual postura arrogante parecía algo menoscabada. Cuando pensó en todo lo que él había tenido que pasar en las últimas horas, se sintió fatal. Grimm había estado cuidándola con todo el cariño cuando seguramente le hubiera bastado estar algún tiempo solo para resolver todos los problemas que el día le había deparado. Le acarició la mejilla.

—Grimm, si no te importa, me gustaría descansar un poco antes de ver a más gente. Quizá podría cenar esta noche aquí en mi habitación y mañana conocer el castillo.

No se había equivocado. La expresión de Grimm fue de alivio.

—¿Seguro que no te importa quedarte sola? ¿Seguro que te encuentras mejor?

—Me siento de maravilla. Lo de esta mañana, sea lo que fuere, ya ha pasado. Ahora sólo quiero relajarme, tomar un buen baño y dormir. Tú probablemente desearás reencontrarte con muchas personas y lugares.

—Eres admirable, ¿lo sabías, muchacha? —Grimm le acarició el cabello y le colocó detrás de la oreja un mechón extraviado.

—Te amo, Grimm Roderick —dijo ella—. Ve a ver a tu gente y tu casa. Tómate tu tiempo. Siempre estaré aquí para ti.

—¿Qué he hecho yo para merecerte?

Jillian le rozó ligeramente los labios con los suyos.

—Yo me hago la misma pregunta constantemente.

—Esta noche quiero verte, Jillian. Necesito verte.

—Dejaré la puerta abierta. —Y le dedicó una sonrisa deslumbrante que prometía la luna y las estrellas para cuando él llegara.

Grimm le dirigió una última mirada de ternura y se fue.

—Ve con él. Yo no puedo —dijo Ronin con apremio.

Los hombres miraban por la ventana a Grimm, que estaba en el muro delantero del castillo contemplando el pueblo. Había oscurecido, y las minúsculas luces centelleaban junto con las estrellas que salpicaban el cielo. El castillo había sido construido para proporcionar una visión del pueblo libre de obstáculos. Lo bordeaba una amplia terraza de piedra, de este a oeste, que descendía escalonadamente hasta las murallas fortificadas, estando la propia terraza rodeada por un muro bajo a tal altura que desde arriba se veía el valle. Grimm había estado a solas en el muro durante horas, mirando alternativamente el castillo a su espalda y el valle al frente.

—¿Y qué quieres que le diga? —gruñó Balder—. Es tu hijo, Ronin. En algún momento tendrás que hablar con él.

—Me odia.

—Pues habla con él y trata de ayudarle a superarlo.

—¡No es tan fácil! —soltó Ronin, pero en sus ojos azules Balder vio miedo. Miedo de perder otra vez a su hijo si hablaba con él.

Balder emitió un suspiro.

—De acuerdo, Ronin, lo intentaré.

Grimm contempló caer la noche sobre el valle. Los vecinos habían empezado a encender velas y cerrar los postigos, y desde su posición en el muro bajo él alcanzaba a oír los musicales avisos, apenas imperceptibles, con que los padres llamaban a sus hijos para que entraran en las acogedoras chozas, y a los granjeros reuniendo las bestias antes de acostarse. Era una escena de paz y armonía. De vez en cuando miraba furtivamente hacia atrás, al castillo, pero no había ni una sola gárgola al acecho. Era posible, admitió, que a los catorce años él fuera algo fantasioso. Quizá tantos años de huir y esconderse habían alterado sus percepciones hasta parecer todo árido y desolado, incluso un pasado que en otro tiempo había sido espléndido. Aquel aciago día, su vida había cambiado tan abruptamente que acaso sus recuerdos quedaran sesgados.

Podía aceptar que había olvidado lo que en verdad era Tuluth. Podía aceptar que el castillo jamás había sido de veras amenazador. Pero ¿cómo entender lo de su padre? Lo había visto con sus propios ojos, agachado sobre el cadáver de su madre. ¿Podía ser que, debido a la conmoción y el pesar, hubiera interpretado mal también ese suceso? En cuanto se le ocurrió esa posibilidad, la estudió desde todos los ángulos, lo que ahondó su confusión.

Había visto a su padre en los jardines del sur a primera hora de la mañana, la hora en que Jolyn daba un paseo para dar la bienvenida al nuevo día. Él iba a encontrarse con Arron para ir a pescar. Tenía la escena grabada en la memoria: Jolyn golpeada y apaleada, el rostro cubierto de contusiones, Ronin agachado junto a ella, gruñendo, sangre por todas partes, y en su mano aquel maldito cuchillo inculpatorio.

—Hermoso, ¿verdad? —Balder interrumpió su debate interno.

—Sí —respondió Grimm, sorprendido de que Balder se le acercara—. Pero no lo recuerdo así, Balder.

El anciano posó una mano reconfortante en el hombro de Grimm.

—Porque no siempre ha sido así. Gracias a los esfuerzos de tu padre, con los años Tuluth ha crecido muchísimo.

—Si vamos a eso, tampoco te recuerdo a ti. ¿Te conocía cuando yo era niño?

—No. He pasado la mayor parte de mi vida de un lado a otro. Visité Maldebann cuando eras niño, pero sólo por poco tiempo. Hace seis meses, el barco en que navegaba naufragó a causa de una tormenta que arrastró mi cuerpo hasta la orilla de la vieja Alba. Supuse que eso significaba algo: que había llegado la hora de averiguar qué quedaba de mi clan. Soy el hermano mayor de tu padre, pero tuve ganas de conocer mundo y forcé a tu padre a ser *laird*; y ha sido un *laird* excelente.

Grimm frunció el entrecejo.

—Eso es discutible.

—No seas tan duro con Ronin, muchacho. Lo que más ha deseado en el mundo es que tú regresaras. Tal vez tus recuerdos de él están tan borrosos como los que tienes de Tuluth.

—Puede que sí —concedió Grimm—. Pero también puede que no.

—Dale una oportunidad, es todo lo que te pido. Trata de conocerle y júzgale de nuevo. Hay cosas que entonces no tuvo tiempo de explicarte. Deja que lo haga ahora.

Grimm se sacudió la mano del hombro.

—Ya basta, Balder. Déjame solo.

—Prométeme que le darás la oportunidad de hablar contigo, muchacho —insistió Balder, impávido ante el rechazo de Grimm.

—Todavía estoy aquí, ¿no?

Balder inclinó la cabeza y se retiró.

—Bueno, no has estado mucho rato —se quejó Ronin.

—He hecho mi parte. Ahora te toca a ti —refunfuñó su hermano.

—Mañana. —Ronin no se decidía.

Balder lo censuró con la mirada.

—Es absurdo hablar de nada cuando la gente está cansada, y el muchacho ha de estar exhausto, Balder.

—Los berserkers sólo están cansados cuando han sufrido un ataque de furia.

—Por favor, deja de actuar como mi hermano mayor —espetó Ronin.

—Pues deja tú de actuar como mi hermano menor. —Se enfrentaban dos pares de ojos azules; finalmente Balder se encogió de hombros.

—Si no afrontas este problema, concéntrate en este otro. Merry oyó por casualidad a Jillian decirle al muchacho que dejaría la puerta abierta. Si no hacemos algo, este hijo tuyo probará los placeres sin pagar el precio.

—Pero ya los ha probado. Lo sabemos.

—Esto no arregla nada. Y prohibírselo puede alentarle a casarse con ella antes —señaló Balder.

—¿Qué sugieres? ¿Encerrarla en la torre? El muchacho es un berserker, superará cualquier obstáculo.

Balder pensó unos instantes y luego sonrió con aire burlón.

—¿Superará la indignación justificada?

Era más de medianoche cuando Grimm se apresuraba por el pasillo en dirección a los aposentos de Jillian. Merry le había segurado que la joven había pasado una tarde tranquila. «Ha comido como una mujer famélica», había dicho la sirvienta con cara de duende.

Esbozó la sonrisa completa que se le dibujaba en la cara siempre que pensaba en Jillian. Necesitaba tocarla, decirle que quería casarse con ella si aún le amaba. Anhelaba confiarse a ella. Jillian tenía una mente lógica; quizá podía ayudarle a entender las cosas que para él carecían de sentido por estar demasiado cerca de ellas. Grimm se mantenía firme en que Jillian jamás debía saber qué era él realmente, pero podía hablarle sobre buena parte de lo que había sucedido —o parecía haber sucedido— quince años atrás. Dobló un recodo del pasillo y apretó el paso, casi echando a correr.

Se paró de golpe cuando vio a Balder, enluciendo enérgicamente una grieta en el muro con una mezcla de arcilla y piedra triturada.

—¿Qué haces aquí? —Grimm puso cara de pocos amigos—. Estamos en plena noche.

Balder se encogió de hombros con aire inocente.

—Ocuparse del castillo es un trabajo de plena dedicación. Por suerte, yo ya no necesito dormir mucho. Pero ahora que lo pienso, ¿qué haces tú aquí? Tus habitaciones están por allá —con la paleta apuntó en la otra dirección—, por si no te acuerdas. No tendrías intención de corromper a una muchacha inocente, ¿verdad?

En la mandíbula de Grimm se contrajo un músculo.

—Cierto. He de dar la vuelta.

—Bien, pues hazlo, muchacho. Supongo que estaré trabajando en este muro toda la noche —dijo Balder impertérrito—. Toda la noche.

Veinte minutos después, Jillian asomó la cabeza por la puerta.

—¡Balder! —Se ajustó la blusa en los hombros y lo escrutó.

Balder sonrió. Jillian era encantadora, arrebolada por el sueño y con la intención obvia de meterse furtivamente en la habitación de Grimm.

—¿Necesitas algo, muchacha?

—¿Qué demonios estás haciendo?

Balder le dio la misma pobre excusa que había dado a Grimm y siguió revocando con entusiasmo.

—¡Oh! —exclamó Jillian con un hilo de voz.

—¿Quieres que te acompañe a las cocinas, muchacha? ¿Te apetece una pequeña excursión? Por lo general, estoy levantado toda la noche, y el único plan que tengo es enlucir esto. Si no se vigila, las grietas pequeñas entre las piedras pueden agrandarse en menos que canta un gallo.

—No, no. —Jillian hizo con la mano un gesto de rechazo—. Es sólo que oí un ruido y quería saber qué era. —Le deseó buenas noches y se retiró.

Después de que ella hubiera cerrado la puerta, Balder se frotó los ojos. Por todos los santos, la noche se le iba a hacer larga.

Por encima de Tuluth se habían reunido varios hombres. Dos de ellos se apartaron del grupo y se dirigieron hacia el precipicio hablando discretamente.

—La emboscada no sirvió de nada, Connor. ¿Por qué diablos mandaste sólo a una veintena de hombres contra un berserker?

—Porque dijiste que seguramente regresaba a Tuluth. No queremos perder hombres que podamos necesitar más adelante. ¿Y tú? ¿Cuántos barriles de pólvora malgastaste para nada?

Ramsay Logan frunció el ceño.

—No lo preparé todo lo concienzudamente que hubiera debido. La próxima vez no escapará.

—Logan, si matas a Gavrael McIllioch tendrás suficiente oro para el resto de tus días. Lo hemos intentado durante años. Nos consta que es el último berserker que puede engendrar.

—¿Todos sus hijos nacen berserkers? —Ramsay observó las luces del valle parpadear y apagarse poco a poco.

El labio de Connor se curvó en una mueca de asco.

—Sólo los varones descendientes directos del *laird*. La maldición queda limitada al linaje principal, el paterno. A lo largo de los siglos, nuestro clan ha reunido ingente información sobre los McIllioch. Sabemos que tienen sólo una compañera verdadera, y que cuando ésta muere ellos permanecen célibes el resto de su vida. Así que el viejo ya no es una amenaza. Según tenemos entendido, Gavrael es su único hijo. Cuando muera será el fin. No obstante, en diferentes momentos de la historia, algunos han logrado esconderse de nosotros. Por eso es imprescindible que entres en el castillo de Maldebann. Quiero que desaparezca el último McIllioch.

—¿Piensas que el castillo pueda ser un escondrijo de chicos de ojos azules? ¿Cabe la posibilidad de que Ronin tenga otros hijos varones además de Gavrael?

—No lo sabemos —admitió Connor—. A lo largo de los años ha llegado a nuestros oídos la existencia de un recinto, un lugar de adoración pagana a Odín. Se supone que está justo en el corazón de la montaña. —Tensó el rostro—. Malditos paganos, ¡ahora es tierra cristiana! Nos hemos enterado de que allí practican ceremonias idólatras. Y, antes de morir, una de las sirvientas que capturamos dijo que en ese recinto guardan los retratos de todos y cada uno de esos engendros impíos. Has de ir ahí y comprobar que Gavrael es el último.

—¿Pretendes que me meta en la guarida de esas criaturas abominables y espíe? ¿Cuánto oro decías que habría para mí? —Ramsay negociaba con astucia.

Connor lo observó con el fanatismo de un integrista.

—Si demuestras que es el último y consigues matarlo, tú pones el precio.

—Entraré en el castillo y acabaré con el último berserker —dijo Ramsay relamiéndose de gusto.

—¿Cómo lo harás? Ya has fallado tres veces.

—No te preocupes. No sólo llegaré al salón, sino que también me ocuparé de su compañera, Jillian. Puede que esté embarazada...

—¡Por las malditas lágrimas de Cristo! —Connor sintió un escalofrío de repugnancia—. Después de servirte de ella, mátala —le ordenó.

Ramsay levantó una mano.

—No. Esperaremos a saber si está embarazada.

—Pero ha sido deshonrada...

—La quiero. Es parte de mi precio —puntualizó Ramsay—. Si lleva en sus entrañas un hijo de él, la mantendré bajo vigilancia hasta que dé a luz.

—Si matas a un varón, estaré allí para verlo. Dices que odias a los berserkers, pero si creyeras que puedes criarlos en tu clan, quizá no pensarías igual.

—Gavrael McIllioch mató a mis hermanos —dijo Ramsay con rencor—. Con religión o sin ella, no tendré el menor reparo en matar a su hijo. O hija.

—Bien. —Connor McKane miró hacia el valle, al pueblo dormido de Tuluth.

—El pueblo ha crecido mucho, Logan. ¿Cuál es tu plan?

—Dijiste que en las montañas había cuevas. En cuanto haya capturado a la mujer te haré llegar un trozo de su vestido. Y se lo enseñarás al viejo y a Gavrael. Mientras sepan que tengo a Jillian, no pelearán. Mandarás a Gavrael a las cuevas, y allí me ocuparé de él.

—¿Cómo?

—He dicho que allí me ocuparé de él —gruñó Ramsay.

—Querré ver su cadáver con mis propios ojos.

—Descuida.

Ambos miraron fijamente el castillo de Maldebann.

—Vaya despilfarro de belleza y fuerza. Cuando derrotemos a los paganos, los McKane se apoderarán de Maldebann —dijo Connor.

—Cuando yo haya hecho lo prometido, los Logan se apoderarán de Maldebann —señaló Ramsay con una mirada desafiante.

31

Cuando Jillian despertó a la mañana siguiente, enseguida fue consciente de dos cosas: echaba tremendamente de menos a Grimm y tenía lo que las mujeres denominan «cuitas del estado de buena esperanza». Mientras permanecía acurrucada de costado y se sujetaba el vientre, le parecía inaudito no haber sabido identificar su dolencia la mañana anterior. Aunque sospechaba que estaba embarazada, seguramente la habían distraído las preocupaciones sobre cómo llevar a Grimm a Maldebann y no ató cabos ni se dio cuenta de que sufría las náuseas matutinas de las que a menudo se quejaban las sirvientas de Caithness. La idea de padecerlas cada mañana la deprimía, pero la confirmación de que llevaba en su seno un hijo de Grimm trocó el malestar en júbilo. Ardía en deseos de compartir con él la maravillosa noticia.

Un inquietante y repentino dolor en el estómago casi la obligó a reconsiderar su alegría. Se dio el gusto de emitir un sonoro gruñido autocompasivo. Quedarse hecha un ovillo ayudaba algo, igual que el consuelo de que, por lo que había oído, normalmente esa dolencia duraba poco.

Y así era. Al cabo de unos treinta minutos, concluyó tan súbitamente como había empezado. Se sorprendió al sentirse fuerte y vigorosa, como si no hubiera sufrido un episodio de náuseas. Se cepilló el largo cabello, se lo recogió con una cinta y permaneció sentada, mirando con tristeza los restos de su vestido de boda. Se había marchado de Caithness sólo con lo puesto. Las únicas prendas de ropa que tenía en su habitación eran eso y el tartán de Douglas que Grimm le había colocado alrededor de los hombros. Bueno, no iba a negarse a desayunar por la falta de ropa, decidió. No cuando su tripita se estaba mostrando tan caprichosa.

Al cabo de un rato y de unos cuantos nudos estratégicos iba ataviada con un vestido a cuadros de estilo escocés, lista para dirigirse al Gran Salón.

Ronin, Balder y Grimm ya estaban desayunando, en medio de un silencio tenso. Jillian gorjeó un animoso «buenos días»; sin duda, el taciturno grupo necesitaba una dosis de alegría.

Los tres hombres se pusieron en pie de golpe y se disputaron el honor de ofrecerle asiento. Aceptó la gentileza de Grimm con una sonrisa radiante.

—Buenos días— susurró, y se preguntó si el reciente descubrimiento de que crecía un hijo en sus entrañas se reflejaba en sus ojos. ¡Tenía que estar a solas con él enseguida!

Grimm se quedó paralizado, la silla a medio retirar.

—Buenos días —susurró con voz ronca, como atontado, deslumbrado por el resplandor que ella irradiaba—. Oh, Jillian, no tienes otra ropa, ¿verdad? —Grimm se fijó en el tartán y sonrió con ternura—. Te recuerdo vestida así cuando eras una niña. Estabas decidida a ser igual que tu padre. —La ayudó a sentarse, acariciándole los hombros—. Balder, ¿puedes pedir a las sirvientas que busquen para Jillian algo que ponerse?

Fue Ronin quien contestó.

—Estoy seguro de que se podrían arreglar algunos vestidos de Jolyn. Los guardé bajo llave... —Se le nublaron los ojos de tristeza.

Jillian se quedó atónita al ver tensarse la mandíbula de Grimm, que se dejó caer en su silla y agarró su jarra con tal fuerza que los nudillos le blanquearon. Aunque Grimm le había contado algunas cosas de su familia, no le había dicho nada sobre la muerte de Jolyn. Tampoco sobre lo que había hecho Ronin para abrir ese abismo entre ellos. Por lo que Jillian había observado, en el padre no había nada extraño, ni atisbo alguno de locura. Parecía un hombre moderado, lleno de pesar y deseoso de un futuro mejor para su hijo. Reparó en que Balder estaba mirando a Grimm tan atentamente como ella.

—¿Te han contado alguna vez la fábula del lobo con piel de cordero, muchacho? —preguntó Balder.

—Sí —gruñó Grimm—. Aprendí bien su moraleja a una edad temprana. —Volvió a lanzar a Ronin una mirada furiosa.

—En ese caso, deberías saber que a veces funciona el revés... También en la piel del lobo hay algo del cordero. A veces las apariencias engañan. A veces hay que volver a examinar los hechos bajo la luz de la madurez.

Jillian los observó con curiosidad. Se estaban transmitiendo mensajes que se le escapaban.

—A Jillian le encantan las fábulas —murmuró Grimm, intentando que la conversación tomara otro rumbo.

—Pues cuéntanos una, muchacha —dijo Ronin.

Jillian se ruborizó.

—No, no puedo, de verdad. A quienes sí les gustan es a los niños.

—¡Bah, dice los niños, Balder! —exclamó Ronin—. A mi Jolyn le gustaban muchísimo las fábulas y a menudo nos contaba alguna. Vamos, cuéntanos una historia.

—Bueno... —Jillian vaciló.

—Vamos, adelante —insistieron los hermanos.

Grimm tomó un largo trago de la jarra y la dejó sobre la mesa con un fuerte golpe.

Jillian se estremeció y se negó a reaccionar. Desde que habían llegado, Grimm había estado moviéndose con brusquedad, siempre con el entrecejo fruncido, y ella no entendía por qué. Para reducir la palpable tensión, rebuscó en su surtido de fábulas y, movida por un impulso malicioso, escogió una.

—Había una vez un león poderoso, heroico e invencible. Era el rey de las bestias, bien que lo sabía. Algo arrogante, se podría decir, pero, con todo, un buen rey. —Hizo una pausa para dirigir a Grimm una cálida sonrisa.

Él torció el gesto.

—Este imponente león iba una tarde caminando por los bosques de las Lowlands cuando descubrió a una mujer encantadora...

—Con ondas de pelo dorado y ojos ambarinos —intercaló Balder.

—¡Pues sí! ¿Cómo lo sabes? Tú también la conoces, ¿verdad, Balder?

Grimm puso los ojos en blanco.

Jillian reprimió la risa y prosiguió.

—El poderoso león quedó hechizado por la belleza de la mujer, por sus gestos delicados y por la preciosa canción que salía de sus labios. Se acercó en silencio para no asustarla. Pero la doncella no tenía miedo: veía al león como lo que era, una criatura fuerte, valiente y honorable, con un rugido a menudo aterrador y un corazón puro y audaz. Ella podía pasar por alto la arrogancia, pues pensando en la de su propio padre llegó a la conclusión de que frecuentemente era consustancial a aquella fortaleza extraordinaria. —Lanzó una mirada furtiva a Ronin, que exhibía una amplia sonrisa.

Alentada por el regocijo de Ronin, miró a Grimm y continuó.

—El león se enamoró perdidamente. Al día siguiente buscó al padre de la mujer y entregó su corazón pidiendo la mano de la hija. Al padre le preocupaba la naturaleza bestial del león pese a que la hija se sentía muy cómoda con él. Sin saberlo ella, el padre aceptó el cortejo del león a condición de que le dejara arrancarle las garras y los dientes y volverlo dócil y civilizado. El león estaba locamente enamorado, por lo que accedió.

—Como Sansón y Dalila —murmuró Grimm.

—Entonces, cuando el león, una vez dócil y civilizado, reiteró su petición, el padre lo echó de la casa a golpes de estaca y pedradas, pues el animal ya no era ninguna amenaza, ya no daba miedo.

Jillian hizo una pausa elocuente, y Balder y Ronin aplaudieron.

—¡Muy bien contado! —exclamó éste—. También era el cuento preferido de mi esposa.

Grimm frunció el entrecejo.

—¿Así se acaba? ¿Y qué demonios significa? —refunfuñó—. ¿Que amar vuelve a un hombre más débil? ¿Que cuando se ve desguarnecido pierde a la mujer que ama?

Su padre le dirigió una mirada desdeñosa.

—No, muchacho. La moraleja de esta fábula es que el amor puede humillar incluso a los fuertes.

—Un momento... hay algo más. La hija —continuó Jillian con voz tranquila—, impulsada por su disposición a confiar totalmente, huyó de la casa del padre y se casó con el rey león. —Ahora entendía el temor de Grimm. Fuese cual fuese el secreto que ocultaba, tenía miedo de que si ella lo descubría, lo abandonaría.

—¡Aun así es una historia tonta! —espetó Grimm agitando la mano, que dio en la jarra y la volcó sobre la mesa, rociando a Ronin de sidra. Grimm se quedó mirando fijamente la mancha brillante que se extendió por la camisa blanca de su padre durante un tenso momento—. Perdón —dijo con aspereza, y acto seguido apartó la silla y sin más abandonó la estancia a paso largo.

—Ah, muchacha, me temo que a veces puede ser de armas tomar —señaló Ronin con una mirada de disculpa, limpiándose la camisa con un trapo.

Jillian hurgó en su desayuno.

—Ojalá entendiera qué está pasando. —Lanzó a los hermanos una mirada inquisitiva.

—No le has preguntado, ¿verdad? —preguntó Balder.

—Quiero preguntarle, pero...

—Pero piensas que quizá no es capaz de darte respuestas porque no parece tenerlas, ¿me equivoco?

—¡Sólo deseo que me hable de ello! Y si no a mí, al menos a ti —dijo a Ronin—. En su interior hay muchas emociones acumuladas, y yo no tengo ni idea de qué hacer salvo darle tiempo.

—Él te ama, muchacha —le aseguró Ronin—. Se ve en sus ojos, en la manera de tocarte, en cómo se mueve cuando tú estás. Eres el centro de su corazón.

—Lo sé. No dudo de que me ame. Pero la confianza forma parte del amor.

Balder lanzó a su hermano una mirada penetrante.

—Hoy Ronin hablará con él, ¿verdad, hermano? —Se levantó de la mesa—. Te traeré una camisa limpia —añadió, y salió del Gran Salón.

Ronin se quitó la camisa empapada de sidra, la dejó sobre el respaldo de la silla y se secó el cuerpo con un paño.

Jillian lo observó. El anciano tenía un torso fuerte y bien torneado. El pecho era ancho, oscurecido por años de intemperie en las Highlands y surcado de vello como el de su hijo. Y como el de Grimm, carecía de cicatrices o marcas de nacimiento, una amplia extensión inmaculada de piel cetrina. La asombró que no hubiera una sola cicatriz en el torso de un hombre que al parecer había librado docenas de batallas sin llevar más protección que su tartán, si es que luchaba al estilo escocés. Incluso su propio padre, Gibraltar, tenía una o dos cicatrices en el pecho. Siguió observando con estupor hasta darse cuenta de que Ronin la miraba a su vez.

—La última vez que una muchacha bonita me miró el pecho fue hace quince años —ironizó, contemplándola con ternura.

—¿Son los años transcurridos desde la muerte de tu esposa?

Él asintió.

—Jolyn era la mujer más encantadora del mundo. No he conocido jamás un corazón más auténtico.

—¿Cómo murió? —inquirió ella con delicadeza.

Ronin la miró sin inmutarse.

—¿Fue en la batalla? —insistió Jillian.

Él se fijó en la camisa.

—Creo que esta camisa se ha echado a perder.

Jillian probó por otro camino, uno que Ronin estuviera dispuesto a tomar.

—Pero en quince años sin duda habrás conocido a otras mujeres, ¿no?

—Para nosotros sólo hay una, muchacha. Y si ésta desaparece, no puede haber otra.

—O sea que en quince años... no has estado con... —Se calló, azorada por el cariz que tomaba la conversación, pero no podía reprimir su curiosidad. Sabía que, si se quedaban viudos, los hombres a menudo volvían a casarse. Si no, se consideraba normal que tuvieran amantes. ¿Ese hombre le estaba diciendo que había permanecido solo durante quince años?

—Aquí sólo hay una. —Ronin se golpeó el pecho con el puño—. Sólo amamos una vez, y con las mujeres que no amamos no nos portamos bien —añadió con sobria dignidad—. Al menos mi hijo sabe esto.

Jillian centró nuevamente su atención en el pecho del hombre y mencionó la causa de su confusión.

—Grimm dice que los McKane te partieron el pecho con un hacha.

Ronin desvió la mirada.

—Me curé bien. Y han pasado quince años, muchacha. —Se encogió de hombros, como si así quedara todo explicado.

Ella se acercó y extendió una mano. Ronin se alejó.

—El sol ha oscurecido la piel y ha tapado muchas cicatrices. Y también está el vello —añadió con rapidez. Con demasiada rapidez, para la tranquilidad de ánimo de Jillian.

—Pero es que no veo ni siquiera un indicio de cicatriz —objetó. Según Grimm, el hacha se había hundido hasta la misma empuñadura. No sólo la mayoría de los hombres no sobreviviría a eso, sino que una herida así habría dejado una gruesa cicatriz—. Grimm me dijo que habías participado en numerosas batallas. Sería lógico pensar que tuvieras al menos una o dos cicatrices. Pero pensándolo bien —se dijo en voz alta—, Grimm tampoco tiene cicatrices. En ningún sitio. La verdad es que en ese hombre jamás he visto siquiera un mísero corte. ¿Nunca se hace daño? ¿No se le escapa la hoja mientras se afeita esa terca mandíbula? ¿Nunca tropieza con nada? ¿Ni se le desprende una cutícula de la uña? —Sabía que estaba alzando la voz, pero no podía evitarlo.

—Los McIllioch gozamos de una salud excelente. —Ronin jugueteaba con su tartán: alisó un pliegue y lo extendió sobre su pecho.

—Por lo visto así es —respondió Jillian, con la mente ya lejos. Se esforzó por regresar—. Milord...

—Ronin.

—Ronin, ¿hay algo que te gustaría decirme sobre tu hijo?

Él exhaló un suspiro y la observó con aire sombrío.

—Sí, y lo tengo en la punta de la lengua —admitió—. Pero no puedo, muchacha. Ha de decírtelo él.

—¿Por qué no confía él en mí?

—No es que no confíe en ti, muchacha —dijo Balder mientras entraba con una camisa limpia. Se movía silenciosamente, como Grimm—. Es que no confía en sí mismo.

Jillian miró al tío de Grimm. Su mirada saltaba de uno a otro. Algo indefinible la importunaba en algún lugar recóndito de su cabeza, pero no sabía qué. Los dos la observaban con atención, casi expectantes. Confusa, se terminó la sidra y dejó la copa en una mesa próxima.

—Mejor voy a buscar a Grimm.

—No vale la pena que mires en el salón central, Jillian —dijo Balder rápidamente—. Casi nunca va allí, y si lo hace es porque desea un poco de intimidad.

—¿El salón central? —Jillian arrugó la frente—. Creía que el salón central era éste. —Con la mano hizo un gesto abarcando la estancia, donde habían comido.

—No, éste es el salón delantero. Me refiero a otro que está en la parte de atrás del castillo. De hecho, penetra en el mismo corazón de la montaña. Allí solía ir él cuando era niño.

—Oh. Gracias —añadió, pero no tenía ni idea de qué estaba agradeciendo. El críptico comentario de Balder parecía hecho con intención disuasoria, pero también sonaba sospechosamente a una invitación a fisgonear. Se excusó, consumida por la curiosidad.

Una vez a solas, Ronin dirigió a Balder una sonrisa burlona.

—Nunca fue allí cuando era niño. ¡Ni siquiera ha visto el Salón de los Señores! Desde luego, eres un canalla vil y rastrero —exclamó con admiración.

—Siempre te dije que a la hora de repartir inteligencia en la familia me tocó la parte del león. —Se pavoneó y sirvió a ambos otro vaso de sidra—. ¿Están encendidas las antorchas, Ronin? Lo dejaste abierto, ¿verdad?

—¡Por supuesto! No eres el único inteligente. Pero, Balder, ¿y si Jillian no lo entiende? O peor, ¿no lo acepta?

—Esta mujer tiene la cabeza sobre los hombros, hermano. Rebosa de preguntas, pero mantiene la boca cerrada. No porque sea dócil sino porque quiere a tu chico. Se muere por saber qué pasó hace quince años, y está aguardando pacientemente a que Gavrael se lo explique. Así que nosotros le daremos las respuestas de otra manera para asegurarnos de que está preparada cuando él hable por fin. —Balder hizo una pausa y miró severamente a su hermano—. Tú antes no eras tan cobarde, Ronin. Deja de esperar a que él venga a hablar contigo. Ve tú a hablar con él como tenías que haber hecho hace años. Hazlo.

Jillian fue derechita al salón central, o al menos lo más derechita que pudo, habida cuenta de que deambular por el castillo de Maldebann era como vagar por una ciudad desconocida. Recorrió una maraña de pasillos orientados, según esperaba, hacia la montaña, decidida a encontrar ese misterioso salón central. Era evidente que Balder y Ronin esperaban eso de ella. ¿Obtendría así respuestas sobre Grimm?

Al cabo de treinta minutos de búsqueda frustrada serpenteando por sinuosos corredores, dobló una esquina que daba a un segundo Gran Salón, mayor incluso que aquel en que había desayunado. Avanzó dubitativa; el salón era inequívocamente antiguo... tal vez tanto como las piedras verticales erigidas por los místicos druidas.

Alguien había encendido oportunamente antorchas —los entrometidos hermanos, concluyó con gratitud—, pues en esa parte de la estructura no había una sola ventana. ¿Cómo era eso? En realidad, ese Gran Salón se hallaba en el vientre de la montaña. Desconcertada por la idea, sintió un estremecimiento. Cruzó despacio la enorme estancia, atraída por las singulares puertas dobles encajadas en el muro del otro extremo. Cubiertas de tiras de acero, eran de una altura imponente, y encima de la abertura arqueada había unas letras esculpidas con trazo vigoroso.

—*Deo non fortuna* —leyó Jillian en murmullos, siguiendo el mismo impulso que había sentido en la capilla de Caithness.

Se arrimó a las macizas puertas y contuvo la respiración mientras éstas giraban sobre sus goznes y revelaban el salón central mencionado por Balder. Con los ojos abiertos como platos, avanzó con el paso etéreo de un sonámbulo, fascinada por lo que veía. Los fluidos contornos de la estancia atrajeron su atención hacia arriba, y giró sobre sí misma lentamente, maravillándose del amplio techo, lleno de imágenes y murales, algunos tan vívidos y reales que sintió ganas de tocarlos. Mientras intentaba comprender todo aquello, un escalofrío la recorrió de arriba abajo. ¿Estaba contemplando siglos de la historia de los McIllioch? Bajó la mirada sólo para sorprenderse con nuevos prodigios: de los muros del salón colgaban retratos. ¡Centenares!

Jillian se deslizó siguiendo el perímetro. Tardó sólo unos instantes en darse cuenta de que estaba recorriendo una genealogía histórica, un linaje en retratos. Las primeras imágenes estaban esculpidas en piedra, algunas directamente en la pared, con nombres grabados debajo... nombres antiguos que ella ni siquiera sabía pronunciar. Mientras avanzaba reparó en que los métodos de representación, al igual que la vestimenta, se iban volviendo más modernos. Era evidente que, a lo largo de los siglos, se había puesto mucho interés en repintar y restaurar los retratos para conservar su fidelidad y precisión.

A medida que progresaba por la serie de antepasados hacia el presente, los retratos iban mostrando más detalles, lo que intensificó su creciente nivel de confusión. Los colores eran más vivos, aplicados con más esmero. Jillian pasaba la mirada de una imagen a otra, avanzaba y retrocedía, comparando retratos de niños con aquellos en que posteriormente aparecerían como adultos.

Tenía que tratarse de un efecto óptico.

Incrédula, cerró los ojos unos instantes, luego los abrió despacio y retrocedió unos pasos para examinar una sección completa. No podía ser. Cogió una antorcha y se acercó, examinando atentamente un grupo de niños pegados a las faldas de sus madres. Eran chicos bellos, de cabello oscuro y ojos castaños, que sin duda iban a convertirse en hombres peligrosamente apuestos.

Pasó a observar los retratos siguientes y allí estaban de nuevo: hombres de pelo oscuro, ojos azules, peligrosamente bellos.

¿Los ojos cambiaban de color?

Jillian volvió sobre sus pasos y estudió la dama del último retrato. Era una mujer con un asombroso cabello color caoba y cinco niños de ojos castaños pegados a sus faldas. Después se desplazó a la derecha: era o bien la misma mujer o su hermana gemela. Cinco hombres alrededor de ella y en distintas poses, todos mirando directamente al artista, sin dejar un asomo de duda sobre el color de sus ojos. Azul claro. Los nombres que había bajo las imágenes eran los mismos. Perpleja, siguió su recorrido por el salón.

Hasta llegar al siglo XVI.

Por desgracia, los retratos planteaban más preguntas de las que contestaban. Jillian se hincó de rodillas en mitad del salón y se quedó así un buen rato, pensando.

Tardó horas en llegar a entenderlo todo a su entera satisfacción. Al final ya no quedaba ninguna pregunta pendiente... Era una mujer inteligente, capaz de utilizar sus poderes de razonamiento deductivo como la que más. Y esos poderes le decían que sólo había una explicación, pese a que ésta ponía en entredicho todos sus pensamientos racionales. Estaba arrodillada, vestida con un tartán desaliñado, sosteniendo una antorcha casi apagada, en un salón lleno de berserkers.

32

Grimm iba de un lado a otro de la terraza, sintiéndose un estúpido. Había estado sentado a la mesa, comiendo con su padre, tratando de entablar una conversación educada hasta que llegó Jillian. Luego Ronin había mencionado a Jolyn y él había notado que montaba en cólera tan deprisa que por poco se lanza por encima de la mesa y agarra al viejo por el cuello.

Pero Grimm era lo bastante inteligente para saber que buena parte de la ira que sentía iba dirigida a sí mismo. Necesitaba información y tenía miedo de preguntar. Necesitaba hablar con Jillian, pero ¿qué podía decirle? Él tampoco tenía respuestas. «Enfréntate a tu padre —le exigía su conciencia—. Averigua qué sucedió realmente.»

La idea le aterraba. Si descubría que estaba equivocado, el mundo entero quedaría patas arriba.

Además, había otras cosas de las que preocuparse. Tenía que asegurarse de que Jillian no descubriera quién era él en realidad, y también debía avisar a Balder de que los McKane le estaban pisando los talones. Necesitaba llevar a Jillian a algún lugar seguro antes del ataque, y también comprender por qué él, su tío y su padre eran berserkers. Parecía todo demasiado casual, y Balder se refería continuamente a información que él no poseía y por la que no podía preguntar.

—Hijo.

Grimm se dio la vuelta.

—No me llames así —espetó, pero la protesta no llevaba consigo su veneno habitual.

Ronin suspiró.

—Hemos de hablar.

—Es demasiado tarde. Hace años dijiste todo lo que tenías que decir.

Ronin cruzó despacio la terraza y se reunió con su hijo junto al muro.

—Tuluth es precioso, ¿verdad? —dijo en voz baja.

Grimm no respondió.

—Muchacho, yo...

—Ronin, ¿tú...?

Durante unos instantes, los dos hombres se miraron uno a otro inquisitivamente. Ninguno de los dos reparó en que Balder había salido a la terraza.

—¿Por qué te marchaste y no volviste? —Las palabras brotaron de los labios de Ronin con la angustia acumulada durante quince años de espera.

—¿Por qué me fui? —repitió Grimm con incredulidad.

—¿Fue porque tuviste miedo de aquello en que te habías convertido?

—¿En qué me convertí yo? ¿Yo? ¡Nunca he sido como tú!

Ronin lo miró boquiabierto.

—¿Cómo puedes decir eso si tienes los ojos azules? Y también la sed de matar.

—Sé que soy un berserker —replicó Grimm—. Pero no estoy loco.

Su padre parpadeó.

—Nunca he dicho que lo estuvieras.

—Sí lo dijiste. Aquella noche, en la batalla, me dijiste que yo era como tú —recordó con amargura.

—Y lo eres.

—¡No es cierto!

—Sí, eres...

—¡Mataste a mi madre! —bramó Grimm de pronto, con toda la congoja acumulada durante quince años.

Balder avanzó unos pasos y Grimm se convirtió en el incómodo centro de atención de dos pares de intensos ojos azules. Ambos hermanos intercambiaron una mirada de estupefacción.

—¿Por eso no regresabas a casa? —inquirió Ronin.

Grimm respiró hondo. Las preguntas se le agolpaban en la cabeza, y ahora que había empezado pensó que quizá nunca podría detenerse.

—¿Cómo es que al principio tenía los ojos castaños? ¿Cómo es que vosotros dos también sois berserkers?

—Vaya, eres realmente duro de mollera, ¿eh? —bufó Balder—. Vamos, muchacho, ¿aún no has atado cabos?

El cuerpo de Grimm se contrajo en un espasmo. Cientos de preguntas chocaban con decenas de sospechas y montones de recuerdos reprimidos, fusionándose todo en algo inconcebible.

—¿Mi padre es otra persona? —preguntó por fin.

Ronin y Balder negaron con la cabeza.

—Bien, entonces, ¿por qué la mataste? Y no pretendas decirme que hemos nacido así. Puede que tú hayas nacido lo bastante loco para matar a tu esposa, pero yo no.

El rostro de Ronin se tensó de furia.

—No puedo creer que pienses que maté a Jolyn.

—Te vi inclinado sobre su cadáver —insistió Grimm—. Sosteniendo el cuchillo.

—Se lo había sacado del corazón. —Ronin apretó los dientes—. ¿Por qué iba a matar a la única mujer que he amado? ¿Cómo es posible que, entre todos, tú hayas sido el único en llegar a creer que maté a mi auténtica compañera? ¿Podrías tú matar a Jillian? Incluso en pleno ataque de furia del berserker, ¿podrías hacerlo?

—¡Jamás! —El grito de Grimm estalló como un trueno.

—Por tanto, te das cuenta de que lo interpretaste mal, ¿no?

—Te abalanzaste sobre mí. ¡Yo habría sido el siguiente!

—Eres mi hijo —susurró Ronin—. Te necesitaba. Necesitaba tocarte, saber que estabas vivo, asegurarme de que los McKane no te habían matado también a ti.

Grimm lo miró sin comprender.

—¿Los McKane? ¿Me estás diciendo que los McKane mataron a mi madre? Los McKane no atacaron hasta la caída de la tarde. Mi madre murió por la mañana.

Ronin lo contemplaba con una mezcla de asombro y enojo.

—Los McKane habían estado esperando todo el día en las colinas. Tenían un espía infiltrado entre nosotros y habían descubierto que Jolyn estaba otra vez embarazada.

Una mirada horrorizada cruzó el rostro de Grimm.

—¿Mi madre estaba embarazada?

Ronin se frotó los ojos.

—Sí. Creíamos que no tendría más hijos... fue una sorpresa. No se había quedado embarazada desde que te había parido a ti, y de eso hacía casi quince años. Habría sido un hijo algo tardío, pero deseábamos tanto tener otro... —Ronin se calló bruscamente y tragó saliva—. En un día lo perdí todo —añadió, con los ojos brillantes—. Y durante todos estos años creía que no volvías a casa porque no entendías lo que eras. Y me despreciaba a mí mismo por haberte fallado. Pensaba que me odiabas por haberte hecho así y por no estar a tu lado para explicarte cómo lidiar con ello. Para evitar que los McKane te localizaran, pasé años aguantándome las ganas de ir en tu busca y declararte hijo mío. Te las arreglaste muy bien para desaparecer. Y ahora... ahora descubro que durante todo este tiempo que he estado pendiente de ti, esperando tu regreso, tú me odiabas. ¡Pensabas que yo había matado a Jolyn! —Ronin volvió la cara con amargura.

—¿Entonces fueron los McKane los que mataron a mi madre? —murmuró Grimm—. ¿Qué les importaba a ellos que estuviera embarazada?

Ronin meneó la cabeza y miró a su hermano.

—¿Cómo pude engendrar a un hijo tan paleto?

Balder se encogió de hombros y puso los ojos en blanco.

—Aún no lo entiendes, ¿verdad, Gavrael? Nosotros, los hombres McIllioch, nacemos berserkers. Cualquier varón descendiente de un *laird* por línea directa nace berserker. Hace mil años que los McKane nos persiguen. Conocen nuestras leyendas casi tan bien como nosotros. Según la profecía, teníamos que desaparecer prácticamente todos menos tres. —Movió los brazos en un amplio gesto que abarcaba a los tres—. Sin embargo, conducido por su verdadera compañera, un muchacho regresaría a casa y acabaría con los McKane. Y los McIllioch serían más poderosos de lo que jamás habían sido. Tú eres ese muchacho.

—¿Na... nacido berserker? —farfulló Grimm.

—Sí —respondieron los otros al unísono.

—Pero yo me convertí en un berserker —objetó Grimm, confuso—. En Wotan's Cleft. Llamé a Odín.

Ronin negó con la cabeza.

—Sólo lo pareció. Lo que hacía salir al berserker era la primera sangre de la batalla. Por lo general, en nuestros hijos no se opera la transformación hasta los dieciséis años. La primera batalla precipitó tu cambio.

Grimm se dejó caer en un asiento junto al muro y ocultó el rostro entre las manos.

—¿Por qué no me explicaste lo que verdaderamente era antes del cambio?

—Hijo, no es que quisiéramos ocultártelo. Empezamos a contarte las leyendas a una corta edad. Estabas extasiado, ¿recuerdas? —Ronin se detuvo y soltó una carcajada—. Te recuerdo corriendo por ahí, intentando volverte un berserker durante años. Nos complacía que recibieras tu herencia con los brazos abiertos. Ve y mira en el maldito Salón de los Señores, Gavrael...

—Grimm —corrigió éste tercamente, aferrándose como a un clavo ardiendo a algún fragmento de su identidad.

Ronin prosiguió como si nada.

—Celebramos ceremonias en que transmitimos los secretos y enseñamos a nuestros hijos varones a afrontar la furia del berserker. Se estaba acercando tu momento, pero entonces nos atacaron los McKane. Perdí a Jolyn, y tú te marchaste. Y ahora sé que me odiabas, que me acusabas de la mayor vileza que un hombre puede cometer.

—Preparamos a nuestros hijos a conciencia, Gavrael —dijo Balder—. Desde la más tierna edad les inculcamos una fuerte disciplina, mediante un intenso entrenamiento mental, emocional y físico. Les enseñamos a dominar al berserker, a evitar ser dominados por él. Tú no pudiste tener este entrenamiento, aunque he de admitir que por tu cuenta te las has arreglado bastante bien. Sin ninguna preparación, sin comprender tu naturaleza, has actuado con honor y has llegado a ser un magnífico berserker. No te fustigues a ti mismo por haber visto cosas a los catorce años con los ojos propios de esa edad.

—Así pues, entiendo que debo repoblar Maldebann de berserkers. —De pronto Grimm se centró en las palabras de Ronin sobre la profecía.

—Es lo que se ha vaticinado en el Salón de los Señores.

—Pero Jillian no sabe lo que soy —señaló Grimm con desespero—. Todos los hijos que tenga serán como yo. Nunca podremos... —Fue incapaz de terminar.

—Ella es mucho más fuerte de lo que crees, muchacho —observó Ronin—. Confía en ella. Juntos podéis aprender sobre nuestro legado. Ser un berserker es un honor, no una maldición. A esa categoría han pertenecido la mayoría de los héroes más importantes de Alba.

Grimm guardó silencio, tratando de recomponer quince años de amargas reflexiones.

—Los McKane se acercan —dijo por fin, reparando en un hecho objetivo en medio de un paisaje interno repleto de elementos intangibles.

Ambos ancianos miraron las montañas circundantes.

—¿Has detectado algún movimiento en las montañas?

—No. Han estado siguiéndome. Han intentado matarme en tres ocasiones. Nos han pisado los talones desde que salimos de Caithness.

—¡Magnífico! —Balder se frotó las manos.

Ronin parecía encantado.

—¿Iban muy por detrás de ti?

—Calculo que un día apenas.

—O sea que estarán aquí en cualquier momento. Muchacho, ve a buscar a Jillian. Llévala al corazón del castillo y explícaselo todo. Confía en ella. Dale la oportunidad de ir entendiendo las cosas poco a poco. Si tú hubieras sabido la verdad a su debido tiempo, ¿se habrían desperdiciado quince años?

—Cuando descubra lo que soy, me odiará —dijo Grimm con amargura.

—¿De eso estás tan seguro como de que yo maté a Jolyn? —inquirió Ronin con toda la intención.

Grimm lo miró con ceño.

—Ahora mismo ya no estoy seguro de nada —respondió con tono sombrío.

—Pero estás seguro de que la amas, muchacho —señaló Ronin—. Y yo estoy seguro de que ella es tu compañera. Ninguna de nuestras verdaderas compañeras ha rechazado nunca nuestro legado. Jamás.

Grimm asintió y se volvió para entrar en el castillo.

—Asegúrate de que se queda en el castillo, Gavrael —gritó Ronin a su espalda—. Hemos de procurar que no corra peligro si hay batalla.

Después de que Grimm desapareciera, Balder sonrió.

—Le has llamado Gavrael y, por fin, esta vez no ha intentado corregirte.

Ronin sonreía feliz.

—Ya. Balder, que la gente del pueblo se prepare, yo avisaré a los guardias. Hoy pondremos fin a esta disputa ancestral. Definitivamente.

33

Era primera hora de la tarde cuando Jillian, aún en el Salón de los Señores, se levantó por fin. Tras responder la última de sus preguntas, experimentó una sensación de paz. De pronto adquirieron sentido muchas cosas que había oído decir casualmente a sus hermanos y a Quinn cuando Grimm había vivido en Caithness, y que, pensándolo bien, una parte de ella siempre había sabido en lo más profundo de su corazón.

Su amor era un guerrero legendario que había crecido despreciándose a sí mismo, aislado de sus raíces. Pero ahora que estaba en casa y tenía tiempo de explorar esas raíces, quizá por fin fuera capaz de hacer las paces consigo mismo.

Recorrió el salón por última vez, sin pasar por alto las radiantes expresiones de las novias McIllioch. Se quedó un buen rato frente al retrato de Grimm y sus padres, contemplándolo reflexivamente. Jolyn había sido una belleza de pelo castaño rojizo cuya paciente sonrisa irradiaba amor. Ronin la contemplaba lleno de adoración. En la imagen, Grimm estaba de rodillas ante sus padres sentados, con el aspecto de ser el niño de ojos castaños más feliz del mundo.

Jillian bajó las manos hasta su vientre mientras se preguntaba qué significaría traer al mundo un chico como Grimm. Se sentiría orgullosísima y, junto con Grimm, Balder y Ronin, le enseñaría cuál era su excepcional condición: ser uno de los guerreros secretos de Alba.

—¡Vaya, muchacha, ahora no hay duda de que estás preñada! —tronó una voz llena de odio y rencor.

El chillido de Jillian resonó en los fríos muros de piedra cuando la mano de Ramsay Logan se cerró sobre su hombro como una tenaza de hierro.

—No la encuentro —masculló Grimm, irrumpiendo en el Gran Salón.

Ronin y Balder se volvieron como si fueran un solo hombre. Los guardias estaban listos, los habitantes del pueblo habían sido avisados, y hasta el último hombre de Tuluth se aprestaba a combatir contra los McKane.

—¿Has mirado en el Salón de los Señores?

—Sí, he echado un vistazo rápido. —Si se hubiera entretenido más rato quizá no habría querido irse, fascinado como se habría sentido por un legado que desconocía.

—¿Has buscado por todo el castillo?

—Sí. —Se atusó el pelo, lo que expresaba sus peores miedos—. ¿Es posible que los McKane se las hayan ingeniado para entrar y llevársela?

Ronin resopló.

—Todo es posible, muchacho. Esta tarde llegaban unos repartos procedentes del pueblo. Diablos, cualquiera ha podido entrar furtivamente con ellos. En estos quince años de paz nos hemos relajado un poco.

Un grito súbito desde el puesto de guardia atrajo la atención.

—¡McKane a la vista!

Connor McKane llegó al valle a caballo, haciendo ondear una bandera hecha con un tartán de Douglas, que, si bien confundió a la mayoría de los McIllioch, a Grimm lo llenó de furia y temor. El único trozo de un tartán de Douglas que podían haber obtenido los McKane era el de Jillian. Esa misma mañana había llevado su tartán gris y azul durante el desayuno.

Los habitantes del pueblo ardían en deseos de combatir, dispuestos a exigir satisfacción por la muerte de sus seres queridos quince años atrás. Cuando Ronin se disponía a ordenar el avance, Grimm posó en su brazo una mano disuasoria.

—Tienen a Jillian —dijo.

—¿Cómo lo sabes? —Ronin lo miró.

—Eso que ondea es mi tartán. Jillian lo llevaba puesto en el desayuno.

Su padre cerró los ojos.

—No, otra vez no —susurró—. Otra vez no. —Cuando abrió los ojos, éstos ardían con el fuego de la resolución—. No la perderemos, muchacho. ¡Dejad que el *laird* de los McKane se acerque! —ordenó a los guardias.

Las tropas de los McIlioch rezumaban hostilidad, pero retrocedieron para dejar que Connor McKane se acercara. Cuando éste se detuvo delante de Ronin, frunció el entrecejo.

—Me enteré de que te habías curado de la herida del hacha, maldito seas, pero no creo que te recuperaras tan bien de la muerte de tu puta esposa. —Connor sonrió enseñando los dientes—. Y de tu pequeño bastardo no nacido.

Aunque Ronin había cerrado el puño en torno a su *claymore*, no desenvainó la espada.

—Suelta a la muchacha, McKane. No tiene nada que ver con nosotros.

—La muchacha quizás esté preñada.

Grimm se puso rígido a lomos de *Occam*.

—No es verdad —replicó fríamente. «¡Seguro que ella me lo habría dicho!»

Connor McKane escrutó el rostro de Grimm.

—Eso dice ella. Pero no os creo a ninguno de los dos.

—¿Dónde está? —preguntó Grimm.

—En lugar seguro.

—Llévame a mí, Connor, llévame a mí en su lugar —se ofreció Ronin, dejando pasmado a Grimm.

—¿Tú, viejo estúpido? —Connor escupió—. Tú ya no representas ninguna amenaza... Nos encargamos de ti hace años y ya no tendrás más hijos. Ahora se trata de él —añadió señalando a Grimm—. Tu hijo es el problema. Nuestros espías nos han dicho que es el último berserker vivo, y que la mujer que acaso esté embarazada es su compañera.

—¿Qué quieres de mí? —preguntó Grimm.

—Tu vida —contestó McKane sin rodeos—. Todo lo que siempre he deseado es ver muerto al último McIllioch.

—No somos los monstruos que crees. —Ronin lanzó una mirada fulminante al jefe del clan McKane.

—Sois paganos, idólatras, blasfemos de la única religión verdadera...

—¡No eres quién para juzgar! —exclamó Ronin.

—Ni se te ocurrra discutir la palabra del Señor conmigo, McIllioch. La voz de Satanás no me desviará del camino de Dios.

Ronin gruñó.

—Cuando un hombre cree que conoce el camino de Dios mejor que Dios mismo, entonces mueren cientos...

—Libera a Jillian y podrás disponer de mi vida —interrumpió Grimm—. La liberas y la confías a... mi padre. Intentó cruzar su mirada con la de Ronin al nombrarle como padre, pero no pudo.

—No te he recuperado para volver a perderte haora, muchacho —murmuró Ronin con aspereza.

—Qué reunión tan conmovedora —se burló Connor—. Pero lo perderás, Ronin. Y en cuanto a ti, Gavrael McIllioch, último berserker, si tanto la quieres, libérala tú mismo. Está allá arriba. —Señaló hacia Wotan's Cleft—. En las cuevas.

Horrorizado, Grimm observó la irregular superficie del precipicio.

—¿En qué lugar? —Temió que Jillian vagara en la oscuridad, bordeando peligros de los que ni siquiera era consciente: túneles derrumbados, desprendimientos , hoyos amenazadores.

—Encuéntrala tú mismo.

—¿Cómo sé que no es una trampa? —Los ojos de Grimm brillaban inquietantes.

—No lo sabes —repuso McKane con rotundidad—. Pero si se encuentra allí, está muy oscuro y hay muchas simas peligrosas. Además, ¿qué ganaría yo enviándote a las cuevas?

—Podrían estar preparadas a propósito para derrumbarse —dijo Grimm, tenso.

—En ese caso, mejor que la saques de allí enseguida, McIllioch —indicó McKane con tono provocador.

Ronin meneó la cabeza y dijo:

—Necesitamos pruebas de que está allí. Y viva.

Connor envió a un guardia, tras darle diversas instrucciones en voz baja.

Al cabo de un rato llegó la prueba. El desgarrador grito de Jillian surcó la cargada atmósfera del valle.

Ronin observaba a su hijo en silencio mientras éste ascendía por el rocoso desfiladero que conducía a Wotan's Cleft.

Balder se había quedado en las filas de atrás, ocultos sus rasgos tras una gruesa capa para que los McKane no reparasen en que había otro berserker vivo no casado. Ronin había insistido en no revelar su existencia a menos que hiciera falta para salvar vidas.

Grimm había dejado a *Occam* atrás y estaba escalando la cara más escarpada del risco con una destreza y una facilidad que ponían de manifiesto las prodigiosas capacidades de un berserker. Tras años de ocultar lo que era, ahora hacía alarde de su superioridad sobre el enemigo. Era un guerrero, con una bestia interior, nacido para sobrevivir y aguantar. Cuando llegó a lo alto del precipicio y desapareció tras el borde, los dos clanes permanecieron montados en sus caballos, alineados para el combate, mirándose a través del espacio que los separaba con un odio tan palpable que flotaba en el aire igual de espeso y sofocante que el humo que había llenado el valle quince años atrás.

Hasta que Jillian y Grimm —o, Dios no lo quisiera, un McKane— aparecieran en el borde del precipicio, ningún bando haría movimiento alguno. Los McKane no habían ido a Tuluth a perder a nadie más de su clan; habían ido a llevarse a Gavrael y eliminar al último berserker.

Los McIllioch no se movían por miedo de lo que pudiera pasarle a Jillian.

El tiempo transcurría con una lentitud exasperante.

Grimm entró en el túnel. Sus instintos le decían que gritara a voz en cuello el nombre de Jillian, pero esto sólo alertaría de su presencia a quienquiera que la estuviera reteniendo. El recuerdo de su atroz chillido le helaba la sangre y a la vez le hacía clamar venganza.

Se movía fácilmente por el pasadizo, deslizándose con el callado sigilo de un gato montés, olfateando el aire como un lobo. Todos sus instintos animales despertaban con perfección gélida y depredadora. En algún lugar ardían antorchas, su olor era inconfundible. Siguió por tortuosos pasillos, extendidas las manos en la negrura. Aunque los túneles eran oscuros como boca de lobo, su privilegiada visión le permitía percibir la inclinación del suelo. Recorrió los mohosos pasadizos bordeando hoyos profundos, agachado bajo techos a punto de desmoronarse, siguiendo el olor.

Dobló un recodo y desembocó en un pasillo recto, y allí estaba ella, el dorado cabello brillando a la luz de las antorchas.

—¡Quieto ahí! —le advirtió Ramsay Logan—. O morirá.

Era una visión de pesadilla. Ramsay retenía a Jillian al final del túnel, atada y amordazada. Ella llevaba el tartán de los McKane, lo que enfureció aún más a Grimm. La duda de quién la había desnudado y vestido otra vez lo torturaba. Le echó un vistazo rápido, para asegurarse de que no tenía ninguna herida visible. La hoja que sostenía Logan junto a la garganta de Jillian no había atravesado su piel delicada. Todavía.

—Ramsay Logan. —Grimm le dedicó una sonrisa espeluznante.

—No te sorprendes de verme, ¿eh, Roderick? ¿O debería decir McIllioch? —Escupió el nombre como si hubiera encontrado en su lengua algo nauseabundo.

—No, la verdad es que no me sorprende. —Grimm se acercó sigilosamente—. Siempre supe qué clase de hombre eras.

—He dicho quieto, bastardo. No dudaré en matarla.

—¿Y después qué harás? —replicó Grimm, pero se detuvo—. Jamás lograrás vencerme, por tanto, ¿por qué matarías a Jillian?

—Por el placer de librar al mundo de los monstruos McIllioch aún por venir. Y si yo no salgo de aquí, los McKane acabarán contigo cuando salgas tú.

—Déjala ir. Libérala y yo ocuparé su sitio —propuso Grimm. Jillian se revolvió en sus ataduras, dejando claro que no quería tal cosa.

—Me temo que no podrá ser, McIllioch.

Grimm no dijo nada, la mirada mortífera. Los separaba una veintena de metros, y se preguntó si la furia del berserker le permitiría cubrir esa distancia y liberar a Jillian antes de que Ramsay pudiera clavarle el cuchillo.

Era arriesgado, y Ramsay contaba con ello para disuadirle. Pero había algo que no encajaba. ¿Qué esperaba conseguir? Si mataba a Jillian, sabía que Grimm se convertiría en berserker y lo haría trizas. ¿Cuál era el plan de Logan? Empezó a hacer preguntas, tratando de ganar unos minutos preciosos.

—¿Por qué haces esto, Logan? Sé que en el pasado tuvimos nuestras desavenencias, pero eran nimias.

—No tiene que ver con nuestras desavenencias, sino con lo que eres —dijo Ramsay con desdén—. No eres humano, McIllioch.

Grimm cerró los ojos, pues no quería ver la expresión de horror que sin duda reflejaría el rostro de Jillian.

—¿De dónde sacas eso? —Si seguía haciendo hablar a Ramsay, quizá llegaría a comprender qué quería aquel canalla. Si era sólo su vida, podía asegurar la de Jillian entregándose, y moriría con mucho gusto. Pero si Ramsay pensaba matarlos a los dos, Grimm lucharía por ella hasta la muerte.

—Lo descubrí el día que mataste el gato montés. Yo estaba entre los árboles y te vi después de tu transformación. Hatchard te llamó por tu nombre verdadero. —Ramsay esbozó una mueca de asco—. En todos los años de la corte jamás lo supe. Bueno, sí sabía quién era Gavrael McIllioch... Diablos, creo que lo sabe todo el mundo menos tu encantadora zorra. —Grimm se envaró y Ramsay soltó una risotada—. Cuidado o la mato.

—Entonces, ¿no fuiste tú quien intentó envenenarme? —Grimm avanzó inadvertidamente.

Ramsay soltó otra risotada.

—Por todos los diablos, claro que intenté envenenarte. Y también incendié el establo; pero te las arreglaste para salir con buen pie. Entonces yo no sabía que eras un berserker, de lo contrario no habría perdido el tiempo.

Grimm apretó los labios. Todo había terminado. Pero la cara de Jillian estaba vuelta hacia un lado, algo apartada del cuchillo, y él no distinguía su expresión.

—No —prosiguió Ramsay—, no tenía ni idea. Yo sólo quería eliminarte como rival en la disputa por Jillian. Ya sabes, necesito a la chica.

—Ya me lo figuraba. Necesitas su dote.

—No sabes de la misa la mitad. Debo muchísimo a los Campbell, que acabarán poseyendo los títulos de propiedad de mis tierras. Años atrás, los Logan se ofrecían como mercenarios, pero últimamente no ha habido ninguna guerra interesante. ¿Sabes cuándo fue la última vez que peleamos como mercenarios? ¡No te muevas! —bramó.

Grimm no se inmutó.

—¿Cuándo?

—Hace quince años. Con los McKane, bastardo. Y hace quince años Gavrael McIllioch mató a mi padre y a tres de mis hermanos.

Grimm no sabía eso. En su mente la batalla estaba borrosa, el primer ataque de furia del berserker.

—Fue en buena lid. Y si los de tu clan participaban como mercenarios, no estaban luchando por una causa sino sólo matando por dinero. Si estuvieron en Tuluth, atacaban mi tierra y asesinaban a mi gente...

—¿De qué gente hablas? Tú no eres humano.

—Jillian no forma parte de esto. Suéltala. Tú quieres tenerme a mí.

—Si está preñada, sí forma parte de esto, McIllioch. Ella jura que no lo está, pero creo que se quedará conmigo hasta estar seguro. Los McKane me han hablado mucho de la clase de monstruos que sois. Sé que los niños nacen berserkers, pero no cambian hasta que son mayores. Si de su vientre sale un chico, lo mato. Si es niña, ya veremos. Podría ser un bonito juguete.

Por fin Grimm alcanzó a vislumbrar el rostro de Jillian, el horror hecho máscara. No había nada que hacer. Ella lo sabía, era el fin. El miedo y la repugnancia que Grimm había llegado a entrever en sus pesadillas habían sido un presagio. Casi había perdido su ánimo para luchar cuando se dio cuenta: si Jillian no hubiera estado en peligro, el espíritu de lucha lo habría abandonado por completo. Ahora él podía morir. Muy bien, pues por dentro ya estaba muerto. Pero Jillian no. Ella tenía que vivir.

—No está embarazada, Ramsay.

«¿O sí?» Afloraron a su mente los recuerdos de las náuseas que ella había sufrido en la choza. Naturalmente, Ramsay no lo sabía, pero la mera posibilidad de que Jillian llevara un hijo en sus entrañas le provocó un estremecimiento de júbilo. Su necesidad de protegerla se convirtió en su único objetivo. Quizá Ramsay tenía ventaja, pero Grimm presentaría batalla.

—Sí, cualquiera te cree a ti —se mofó Ramsay—. Sólo hay un modo de averiguarlo. Además, lo esté o no, se casará conmigo. Quiero el oro de su dote. Entre lo de ella y lo que me paguen los McKane, no tendré que preocuparme más del asunto. No te preocupes, la mantendré con vida. Mientras respire, Gibraltar hará cualquier cosa para que sea feliz, lo que equivale a una incesante provisión de dinero.

—Hijo de puta. ¡Suéltala!

—¿La quieres? Ven a buscarla —repuso Ramsay.

Grimm dio unos pasos, calculando la distancia. En un instante que dudó, Ramsay pinchó la piel de Jillian y la hizo sangrar.

El berserker irrumpió como un terremoto.

Mientras se preguntaba por qué Ramsay se había atrevido a provocar al berserker, el instinto lo lanzó hacia delante. Había pensado en hacerse un tajo para suscitar el ataque de furia, pero Ramsay lo había hecho por él. Avanzó diez pasos de un salto. Percibió una trampa inesperada e intentó pararse, pero el suelo de la cueva desapareció bajo sus pies y cayó en un agujero que no existía cuando de niño jugaba en esos pasadizos. Un agujero lo bastante profundo para matar incluso a un berserker.

—¡Que tengas buen viaje, miserable! —le espetó Ramsay con una sonrisa.

Sostuvo la antorcha por encima del antes oculto hoyo y escrutó hasta donde pudo. Esperó cinco minutos largos, pero no oyó nada. Cuando decidió tender esa trampa, había evaluado la profundidad del agujero tirando piedras, ninguna de las cuales había producido sonido alguno; el pozo parecía llegar al centro de la Tierra. Si Grimm no se había hecho trizas contra la escoria rocosa, la caída misma le habría roto todos los huesos. Bordeó el hoyo y sacó a Jillian de la cueva.

—¡Ya está! —gritó Ramsay Logan—. ¡Los McKane han triunfado! —rugió. Se quedó en el borde de Wotan's Cleft, levantó la mano y bramó un grito de victoria que los McKane corearon exultantes. Un rugido triunfal resonó por el valle. Ramsay desató las manos de Jillian, le quitó la mordaza y le plantó un beso brutal, glorioso. Ella se quedó rígida, indignada, y forcejeó con su agresor. Enojado por la resistencia, él la apartó de golpe y Jillian se desplomó sobre sus rodillas.

—Levántate, zorra estúpida —ordenó Ramsay, empujándola con el pie—. ¡He dicho que te levantes! —chilló de nuevo cuando ella respondió al puntapié acurrucándose en un ovillo—. De todas maneras, ahora mismo no te necesito —murmuró, contemplando el valle que sería suyo, por el que se extendía la adulación, reflejo de su extraordinaria conquista. Agitó otra vez el brazo, embriagado de triunfo.

Ramsay Logan había matado a un berserker sin ayuda de nadie. Su nombre perviviría en las leyendas. Aquel agujero era tan profundo que ni siquiera uno de los monstruos de Odín podía sobrevivir a la caída. Había cubierto el agujero concienzudamente con finas gavillas de leña y luego había esparcido por encima piedra triturada. Desde luego, había sido una idea genial.

—¡Genial! —informó Ramsay al mundo.

A sus espaldas, Grimm parpadeaba, intentando despejar la roja neblina de sed de matar. Una parte de su mente que parecía perdida en un pasillo interminable le recordó que quería atacar al hombre que se hallaba cerca de la mujer hecha un ovillo, no a ella. La mujer era su mundo. Cuando saltara debía ir con cuidado, mucho cuidado, porque simplemente tocarla con la terrible furia del berserker podía matarla. Un leve roce con la mano podía hacer añicos su mandíbula, la menor caricia en el pecho podía aplastarle las costillas.

A los que estaban en el valle, festejando los gritos de victoria de Ramsay, les pareció que la criatura surgía con tal velocidad que fue imposible identificarla. Un perfil borroso surcó el aire, agarró a Ramsay por el pelo y le cortó limpiamente la cabeza antes de que nadie pudiera lanzarle un grito de advertencia.

Habida cuenta de que ella estaba en el suelo, los clanes congregados abajo no pudieron ver a Jillian girar de costado, sobresaltada por el ligero silbido que hizo la espada al surcar el aire como una exhalación y rebanar el cuello de Ramsay. Pero el berserker la vio moverse y esperó su sentencia, resignado a la condena.

Era lo peor que Jillian podía llegar a ver de él, la bestia hecha realidad. En pleno ataque de furia del berserker, Grimm se elevaba por encima de ella, ardiendo incandescentes sus ojos azules. Estaba magullado y manchado de sangre por una caída que se había interrumpido bruscamente en un afloramiento con picos, y sostenía en una mano la cabeza cortada de Ramsay Logan. Miró fijamente a Jillian, bombeando grandes bocanadas de aire a su pecho, esperando. ¿Qué haría Jillian? ¿Chillaría? ¿Le escupiría, lo miraría con odio y lo repudiaría? Jillian St. Clair era todo lo que había deseado en su vida, y mientras aguardaba a que ella gritara por el horror que él le causaba, sintió en su interior algo que quería morir.

Pero el berserker no se hundía tan fácilmente. La ferocidad interior llegó a su punto culminante, y miró a Jillian con unos vulnerables ojos azul claro, suplicando su amor en silencio.

Ella alzó la cabeza despacio y lo observó durante un largo y callado instante. Se incorporó hasta quedar sentada y echó la cabeza atrás, los ojos abiertos como platos.

La verdad que él había intentado ocultar por todos los medios ahora pendía entre ellos, totalmente al descubierto.

Aunque Jillian ya sabía qué era Grimm, la imagen de éste la paralizó por momentos. Una cosa era saber que el hombre que amaba era un berserker... y otra muy distinta verlo. Él la contemplaba con una expresión tan inhumana que si Jillian hubiera escrutado a fondo sus ojos, quizá no habría visto nada de Grimm en ellos. Pero allí, en lo más hondo de las parpadeantes llamas azules, ella vislumbró un amor que conmocionó su alma. Le dedicó una sonrisa a través de las lágrimas.

Grimm no pudo creerlo y de sus labios escapó un sonido herido.

Jillian le dirigió la sonrisa más deslumbrante de que fue capaz y se llevó el puño cerrado al corazón.

—Y la hija se casó con el rey león —dijo con claridad.

Una expresión de incredulidad cruzó el rostro del guerrero. Abrió los ojos azules de par en par y miró a Jillian en silencio, anonadado.

—Te amo, Gavrael McIllioch.

Grimm sonrió y su cara refulgió de amor. Echó la cabeza atrás y gritó su júbilo al cielo.

El último McKane murió en el valle de Tuluth el 14 de diciembre de 1515.

34

—¡Ya vienen, Hawk! —Adrienne entró a toda prisa en el Gran Salón, donde Hawk, Lydia y Tavis estaban atareados con los adornos de la boda.

Como la ceremonia iba a celebrarse el día de Navidad, mezclaban las decoraciones acostumbradas con los alegres verdes y rojos de la estación. Exquisitas guirnaldas confeccionadas con piñas y bayas secas habían sido embellecidas con brillantes lazos de terciopelo y cintas tornasoladas. De los muros colgaban magníficos tapices, entre ellos uno que Adrienne había ayudado a tejer al año anterior y que representaba una escena del Nacimiento, con una Virgen radiante acunando al niño Jesús mientras el orgulloso José y los Reyes Magos miraban.

Ese día en el salón no había bullicio ni prisas. El suelo había sido restregado hasta quedar de un gris inmaculado. Más tarde, sólo momentos antes de la boda, esparcirían sobre las piedras pétalos secos de rosa para que impregnaran el ambiente con un aroma primaveral. De todas las vigas colgaban ramitas de muérdago. Adrienne contemplaba el follaje y alzó la vista hacia Hawk, que, encaramado en una escalera, sujetaba una guirnalda en la pared.

—¿Qué són esas preciosas ramitas que has colgado, Hawk? —preguntó Adrienne, viva imagen de la inocencia.

Hawk bajó los ojos.

—Muérdago. Es una tradición navideña.

—¿Qué tiene que ver con la Navidad?

—Según la leyenda, Balder, el dios escandinavo de la paz, murió atravesado por una flecha fabricada con muérdago. Los otros dioses y diosas querían tanto a Balder que suplicaron que recuperara la vida y que al muérdago se le diera para siempre un significado especial.

—¿Qué clase de significado especial? —Adrienne parpadeaba expectante.

Hawk bajó de la escalera, gustoso de hacer demostraciones. La besó tan apasionadamente que los rescoldos del deseo, siempre vivos en Adrianne cuando se hallaba cerca de su esposo, empezaron a arder.

—El que pasa por debajo del muérdago ha de ser besado apasionadamente.

—Mmm, me gusta esta tradición. Pero ¿qué le pasó al pobre Balder?

Hawk sonrió y plantó otro apasionado beso en los labios de Adrienne.

—Balder fue devuelto a la vida y a partir de entonces la diosa del amor quedó al cuidado del muérdago. Cada vez que se da un beso debajo del muérdago, la paz y el amor ganan posiciones en el mundo de los mortales.

—¡Qué bonito! —exclamó Adrienne. Le centelleaban los ojos maliciosamente—. Así que cuanto más te bese bajo esta rama —señaló hacia arriba—, más bien estaré haciendo al mundo. Podría decirse entonces que estoy ayudando a la humanidad, que estoy cumpliendo con mi deber...

—¿Tu deber? —Hawk enarcó una ceja.

Lydia reía y tiraba de Tavis hacia sí.

—Me parece una buena idea, Adrienne. Quizá si nos besamos lo suficiente, enterraremos todas las estúpidas enemistades de esta tierra.

Los siguientes minutos pertenecieron a los amantes hasta que la puerta se abrió de golpe y un guardia anunció la llegada de los invitados.

La mirada de Adrienne iba de un lado a otro del Gran Salón al tiempo que se apuraba por cualquier cosa que quedara aún por hacer. Estaba empeñada en que todo estuviera perfecto para la novia de Grimm.

—¿Cómo lo digo otra vez? —decía Lydia frenéticamente. Había estado tratando de perfeccionar su gaélico para poder darles la bienvenida con un adecuado «Feliz Navidad»—. *Nollaig Chridheil*—repitió lentamente.

Adrienne lo repitió varias veces, luego cogió del brazo a Hawk y sonrió beatíficamente.

—Se ha cumplido mi deseo, Hawk —dijo con aire de profunda satisfacción.

—A todo eso, ¿cuál era ese dichoso deseo? —preguntó él, contrariado.

—Que Grimm Roderick encontrara la mujer que sanaría su corazón como tú sanaste el mío, mi amor. —Adrienne nunca calificaría a un hombre de «radiante», pues parecía una palabra femenina. Pero cuando su esposo la miró con aquellos ojos que irradiaban amor, susurró un fervoroso «gracias» contemplando la escena del Nacimiento. A renglón seguido añadió una bendición silenciosa para todos y cada uno de los seres responsables de los avatares que la habían llevado a través de quinientos años hasta encontrar a Hawk. Escocia era un lugar mágico, con numerosas leyendas, que Adrienne hizo suyas porque los temas subyacentes eran universales: el amor perduraba y podía curarlo todo.

Fue una boda tradicional, si así puede llamarse la que se celebra entre una mujer y un hombre legendario: nada menos que un berserker, y con la asistencia de otros dos guerreros épicos. Las mujeres andaban de acá para allá y los hombres brindaban. En el último momento llegaron Gibraltar y Elizabeth St. Clair. Habían cabalgado como un rayo desde que recibieron el mensaje de que Jillian se iba a casar en Dalkeith-Upon-the-Sea.

Jillian se alegró mucho de ver a sus padres. Elizabeth y Adrienne la ayudaron a vestirse mientras decidían que los dos «papás» acompañarían a la novia hasta el lado del novio. Ronin ya había solicitado el honor, pero Elizabeth sostenía que Gibraltar jamás se recuperaría si no le dejaban acompañarla a él también. Sí, Jillian pensaba que no llegarían a tiempo; pero habían llegado y no había más que hablar.

La novia y el novio no se vieron hasta el momento en que Gibraltar y Ronin, listos para bajar con Jillian por la primorosa escalera que conducía al Gran Salón, hicieron arriba primero una larga pausa que permitió a todos sin excepción prorrumpir en exclamaciones de admiración ante la radiante novia.

A Jillian se le desbocó el corazón cuando sus dos «papás» despegaron sus antebrazos de las manos de ella y asieron el brazo de la novia al codo del hombre que iba a ser su esposo. Grimm tenía un aspecto magnífico, vestido con un tartán de ceremonia, el negro pelo pulcramente recogido en una coleta. Jillian no pasó por alto el parpadeo de Ronin al ver la vestimenta de su hijo. Primero pareció asombrado y luego eufórico, pues el día de su boda Grimm se había puesto el uniforme de gala de los McIllioch.

Para Jillian el día no podía ser más perfecto hasta que el sacerdote inició la ceremonia. Tras lo que parecieron horas interminables de oraciones y bendiciones tradicionales, pasó a las promesas solemnes:

—Grimm Roderick, ¿prometes...?

La voz grave de Grimm lo interrumpió. Recalcó cada palabra con orgullo.

—Me llamo Gavrael. —Respiró hondo, y acto seguido pronunció el nombre con claridad—: Gavrael Roderick Icarus McIllioch.

A Jillian le subió un escalofrío por la espalda. Las lágrimas empañaron los ojos de Ronin y el salón quedó en silencio por un instante. Hawk dirigió una sonrisa burlona a Adrienne, y en la parte de atrás del salón, donde casi nadie lo había visto hasta entonces, Quinn de Moncreiffe asintió satisfecho. Por fin Grimm Roderick había hecho las paces con quien era y con lo que era.

—Gavrael Roderick, ¿prometes...?

—Lo prometo.

Jillian le dio un codazo.

Él enarcó una ceja y frunció el entrecejo.

—Bueno, lo prometo. ¿Hemos de pasar por todo esto? Lo prometo. Juro que ningún hombre ha dicho jamás «lo prometo» con más fervor que yo. Sólo quiero casarme contigo, muchacha.

Ronin y Balder intercambiaron miradas de contento. Tanto tiempo separados sin duda había intensificado el entusiasmo de Gavrael por el vínculo matrimonial.

Los invitados ahogaban risitas, y Jillian sonrió.

—Deja terminar al sacerdote, porque me gustaría oírte decirlo todo. Sobre todo la parte de «amarme y respetarme».

—Oh, te amaré y también te violaré, muchacha —le dijo Gavrael al oído.

—¡Respetaré! Y compórtate. —Jillian hizo en broma el gesto de darle un manotazo y asintió en dirección al cura—. Proseguid, os lo ruego.

Y se casaron.

Kaley Twillow entró en la estancia abriéndose paso a empujones, se puso de puntillas y miró ansiosa por encima de las cabezas. Su preciosa Jillian se estaba casando y ella no podía ver nada, maldita sea. No podía ser.

—Ten cuidado con lo que haces —gritó un airado invitado cuando ella le hincó el codo en ciertos sitios delicados para pasar como fuera.

—¡Espera tu turno para saludar a la novia! —se quejó otro cuando ella le pisó.

—Prácticamente he criado a la novia y no pienso quedarme aquí atrás sin ver nada, ¡así que moved el culo! —soltó.

Se abrió un pequeño camino a medida que los demás la dejaban pasar a regañadientes.

Al meter su amplio trasero y sus oscilantescaderas entre un grupo de guardias provocó un pequeño escándalo mientras docenas de hombres observaban con interés la atrayente figura de la bien proporcionada mujer. Finalmente se abrió paso, eludió la última ola de invitados y salió a la superficie al lado de un hombre cuya imponente estatura y voluminoso contorno la dejó totalmente sin aliento. El negro y espeso cabello estaba veteado de canas, lo que revelaba madurez, lo cual, según su propia experiencia, significaba pasión madura.

Con el rabillo del ojo, Kaley miró con coquetería al hombre de pelo negro, y a continuación volvió la cabeza del todo para saborearlo en toda su dimensión.

—Caramba, caramba, ¿y quién eres tú? —Ella agitó las largas pestañas con admiración.

Los ojos azul claro de Balder se arrugaron de placer mientras contemplaban a la voluptuosa mujer que obviamente estaba encantada de verle.

—El hombre que ha estado esperándote toda la vida, muchacha —dijo con voz ronca.

La fiesta de la boda comenzó en cuanto se hubieron realizado las promesas solemnes. Jillian ansiaba desaparecer con su esposo en el mismo instante en que acabara la ceremo nia. Como durante las dos semanas anteriores Ronin y Balder habían estado controlando estrictamente el tiempo que Gavrael y ella pasaban juntos, no habían podido estar solos. Pero no quería herir los sentimientos de Adrienne, pues ésta, evidentemente, se había preocupado muchísimo de asegurar que el día de la boda de Jillian fuera un sueño maravilloso, así que tuvo la deferencia de quedarse, saludar y sonreír. En el mismo instante en que ella y Gavrael sellaban su unión con un beso, se vio arrancada de los labios de él y arrastrada en una dirección por la jubilosa multitud e incapaz de hacer nada salvo mirar impotente mientras tiraban de su esposo en la dirección contraria.

Estaban casados, los más viejos y sabios habían dado sus consejos, y ahora podrían pasar juntos todo el tiempo. Jillian había puesto los ojos en blanco y pegado una sonrisa a su cara mientras aceptaba todo tipo de felicitaciones. Por fin se partió el pan y comenzó el banquete, con lo que los recién casados concitaron menos atención. Adrienne ayudó a Jillian a abandonar el salón, pero en vez de llevarla a sus aposentos como esperaba ella, la singular y asombrosa mujer la condujo al estudio de Dalkeith. La luz procedente de lámparas de aceite y docenas de velas combinada con un vivo fuego convertían la estancia en un refugio cálido y acogedor pese a la esponjosa y blanca nieve que se amontonaba al otro lado de la ventana.

—Parece que vamos a tener una cellisca. —Adrienne observaba los ventisqueros mientras se afanaba en atizar el fuego.

Jillian parpadeó.

—¿Una qué?

—Cellisca. Oh... —Adrienne hizo una pausa y luego se le escapó la risa—. Una tormenta fuerte. O sea que quizás estemos un tiempo bloqueados por la nieve.

—No eres de esta parte del país, ¿verdad? —Jillian frunció el entrecejo, intentando ubicar el extraño acento.

Su anfitriona volvió a reír.

—No exactamente. —Hizo una seña a Jillian para que se acercara al fuego—. Dime una cosa, ¿no te parece que estos dos son los hombres más retrecheros que has visto jamás? —Adrienne miraba un cuadro colgado sobre la repisa de la chimenea de roble labrado y suspiró con aire soñador.

Jillian siguió la mirada de Adrienne hacia arriba hasta llegar a un magnífico retrato de Gavrael y Hawk.

—Madre mía. No sé qué significa «retrechero», pero sin duda son los más apuestos que he visto en mi vida.

—Exacto —dijo Adrienne—. ¿Sabes que mientras se estaba pintando el cuadro estuvieron todo el tiempo quejándose? Hombres. —Puso los ojos en blanco y señaló el cuadro—. ¿Cómo podían censurar a una mujer por querer inmortalizar este esplendor masculino en bruto?

Las mujeres estuvieron hablando tranquilamente un rato sin reparar en que Hawk y Gavrael habían entrado en el gabinete tras ellas. Gavrael concentró la mirada en su esposa y se dispuso a avanzar, resuelto a reclamarla para sí antes de que viniera alguien más y se la llevara a rastras.

—Tranquilo. —Hawk posó una mano disuasoria en la manga de su amigo. Los hombres estaban a tal distancia de sus esposas que éstas aún no los habían oído; sin embargo la voz de Adrienne sonaba nítida.

—Todo fue por culpa del hada. Me trajo aquí a través del tiempo... no es que me queje, no vayas a pensar. Me encanta estar aquí y adoro a mi esposo, pero yo vengo del siglo veinte.

Los dos hombres sonrieron cuando Jillian reaccionó con cierto retraso.

—¡Eso son quinientos años! —exclamó.

Adrienne asintió, los ojos saltarines. Jillian la estudió con atención y luego se le acercó.

—Mi esposo es un berserker —le dijo en confianza.

—Ya lo sé. Nos lo dijo antes de partir para Caithness, pero no tuve ocasión de preguntarle nada. ¿Es verdad que puede cambiar de forma? —Adrienne parecía buscar papel y tinta, dispuesta a garabatear notas—. En el siglo veinte hay mucha controversia sobre qué eran y de qué eran capaces. —Se calló cuando reparó en la presencia de los dos hombres en el umbral. Parpadeó maliciosamente y le guiñó un ojo a su esposo—. No obstante, había consenso general sobre una cosa, Jillian. —Sonrió con picardía—. Por lo común, se creía que los berserkers eran famosos por su legendaria resistencia... tanto en la batalla como en la ca...

—Lo hemos entendido, Adrienne —interrumpió Hawk, los negros ojos centelleando de regocijo—. Ahora quizá deberíamos dejar que Gavrael le explique el resto por sí mismo.

Los aposentos de Gavrael y Jillian estaban en la tercera planta de Dalkeith. Adrienne y Hawk los acompañaron, dejando caer insinuaciones nada sutiles respecto a que los recién casados podían hacer cuanto ruido quisieran; con las plantas intermedias, los juerguistas de abajo no se enterarían de nada.

Cuando la puerta se cerró tras ellos y estuvieron por fin solos, ambos se miraron uno a otro por encima de la sedosa extensión de una ancha cama de caoba. En la chimenea saltaba y crepitaba un fuego mientras al otro lado de la ventana caían suaves y lanudos copos de nieve.

Él la contempló con una inmensa ternura y sus ojos se deslizaron hacia abajo, como solían hacer a menudo últimamente, hacia la hinchazón apenas perceptible del abdomen. Ella captó la posesiva mirada y le dedicó una sonrisa resplandeciente. Desde la noche del ataque, cuando ella le hiciera saber que iban a tener un hijo, de vez en cuando Jillian le había sorprendido sonriendo en silencio sin que mediara motivo alguno. Y esto le encantaba, la enorme alegría de Gavrael por el niño que ella llevaba en sus entrañas. Tras comunicárselo, después de regresar de las cuevas a Maldebann, él se había quedado sentado y meneando la cabeza, como si no pudiera creérselo. Cuando ella había cogido la cabeza de Gavrael entre las manos y la había atraído hacia sí para besarle, se había asombrado al vislumbrar sus ojos empañados. Su esposo era el mejor de los hombres: fuerte pero sensible, competente pero vulnerable... ¡y cuánto lo amaba ella!

Ahora, mientras lo contemplaba, los ojos de Gavrael se oscurecieron de intenso deseo y, previendo lo que iba a suceder, Jillian se estremeció.

—Adrienne ha dicho que quizá nevaría un buen rato—dijo sin aliento, sintiéndose torpe de repente. Haber sido acompañada por una carabina las últimas semanas casi la había vuelto loca; para compensar, había intentado empujar sus fogosos y húmedos pensamientos a un apartado rincón de la mente. Ahora éstos se resistían a su confinamiento, se liberaban y reclamaban atención. Jillian quería a su esposo ahora.

—Bien. Pues espero que la nieve alcance los cuatro metros de altura. —Gavrael rodeó la cama.

Todo lo que deseaba era hundirse dentro de ella, tranquilizarse a sí mismo y certificar que era efectivamente suya. Ese día había sido la culminación de todos sus sueños: se había casado con Jillian St. Clair. Mirándola fijamente, se maravilló ante lo mucho que ella le había cambiado la vida. Gavrael tenía ahora un hogar, un clan y un padre, la esposa con la que siempre había soñado, una preciosa criatura en camino y un futuro esplendoroso. Él, que siempre se había considerado un paria, ahora sabía lo que era el sentido de pertenencia. Y se lo debía todo a Jillian. Se detuvo a escasos centímetros de ella y le dirigió una sonrisa lenta, sensual—. ¿Te gustaría hacer alguna clase de ruido mientras estemos bloqueados por la nieve? No querría defraudar a nuestros anfitriones.

La torpeza de Jillian se desvaneció de inmediato. Dejándose de sutilezas, deslizó la mano por el musculoso muslo y le arrancó el tartán. Los dedos de ella se afanaron ansiosamente con los botones de la camisa de Gavrael, y al cabo de unos instantes él estaba de pie delante de ella, tal como la naturaleza lo había creado... un guerrero poderoso de ángulos marcados y planos musculosos.

Jillian bajó lentamente la mirada y la fijó en lo que seguramente había sido la bendición más generosa de la naturaleza. Se humedeció el labio, un callado gesto de deseo, ajena al efecto que producía en Gavrael.

Él soltó un gemido y extendió el brazo hacia ella. Jillian se deslizó en sus brazos, se recogió en torno al grueso miembro y ronroneó de placer.

Los ojos de él llameaban intensamente, y acto seguido se entrecerraron mientras se movía con la elegancia y el poderío de un gato montés, arrastrándola hacia la cama. Se le escapó un suspiro bronco.

—Ah, te he echado de menos, muchacha. Creía que iba a volverme loco de tanto desearte. ¡Balder ni siquiera permitía que te besara! —Se ocupó rápidamente de los diminutos botones del vestido de novia. Cuando Jillian rodeó con los dedos la protuberancia de Gavrael, éste le sujetó las manos con una de las suyas—. Si haces esto no puedo pensar, muchacha.

—No te he pedido que pienses, mi fornido y musculoso guerrero —repuso ella con tono burlón—. Para ti he pensado en otras cosas.

Él le dirigió una mirada arrogante advirtiéndole claramente quién estaba al mando en ese momento. Con las enredadoras manos inmovilizadas temporalmente, Gavrael se entretuvo con los botones, besándole cada centímetro de piel que iba quedando al descubierto. Cuando sus labios volvieron a los de ella, la besó con feroz intensidad. Las lenguas se encontraron, se retiraron, se encontraron de nuevo. Él sabía a coñac y canela; Jillian perseguía la lengua de Gavrael, la cogía con la suya y se la llevaba a la boca. Cuando él se estiró encima, cuerpo musculoso contra piel de seda, la blandura acomodando la dureza en perfecta simetría, ella suspiró de placer.

—Por favor —suplicó Jillian, moviendo el cuerpo seductoramente debajo de él.

—Por favor, ¿qué? ¿Qué quieres que haga? Dímelo, muchacha. —Los ojos de pesados párpados brillaban de curiosidad.

—Quiero que... —Ella hizo un gesto.

Él le mordió ligeramente el labio inferior, se retiró y parpadeó con aire inocente.

—Me temo que no entiendo. ¿Cómo dices?

—Aquí. —Repitió el gesto.

—Dilo, Jillian —susurró él con voz ronca—. Dímelo. Estoy a tus órdenes, pero seguiré sólo las intrucciones explícitas. —La maliciosa sonrisa que mostró desató el último de los frenos, dejándola libre para entregarse también ella a un poco de perversidad.

Así que se lo dijo, al hombre que era su leyenda particular, y él satisfizo todos sus deseos secretos, saboreándola, tocándola y complaciéndola. Adoró el cuerpo de Jillian con su pasión, celebró el niño en el vientre con besos suaves que perdían su suavidad y se volvían ardientes y voraces en los labios de ella y se convertían en calor a raudales entre sus muslos.

Jillian hundió las manos en el espeso cabello negro de Gavrael y se incorporó hasta quedar pegada a él, gritando su nombre una y otra vez.

«¡Gavrael!»

Y después de que a ella se le acabaran las peticiones —o de haber quedado simplemente saciada más allá de cualquier pensamiento coherente—, él se arrodilló en la cama, la atrajo hacia sí colocándola a horcajadas y haciendo que sus largas piernas le envolvieran la cintura. Cuando él la bajaba y la penetraba con su duro miembro una exquisita pulgada cada vez, las uñas de Jillian le dejaban la marca en la espalda.

—No puedes dañar al niño, Gavrael —le dijo para tranquilizarle, jadeando débilmente mientras él la sostenía a distancia, brindándole sólo una pequeña muestra de lo que ella tan desesperadamente deseaba.

—Eso no me preocupa —le aseguró él.

—Entonces, ¿por qué vas tan... despacio?

—Para verte la cara —respondió con una lenta sonrisa—. Me encanta verte los ojos cuando hacemos el amor. Veo reflejados en ellos todos los diminutos placeres, hasta el último gramo de deseo.

—Pues todo será aún mejor si tú... —Empujó con las caderas y Gavrael, riendo, la apartó asiéndola por la cintura con sus fuertes manos—. ¡Por favor! —Jillian casi gimoteaba.

Pero él se tomó amorosamente su tiempo —y cuán amoroso fue— hasta que Jillian pensó que ya no podía soportarlo. Entonces, de pronto, él la penetró hasta el fondo.

—Te amo, Jillian McIllioch. —La simultánea sonrisa carecía de inhibiciones, los blancos dientes destellando en el rostro oscuro.

Jillian llevó un dedo a los labios de Gavrael.

—Ya lo sabía —le aseguró.

—Pero yo quería pronunciar las palabras. —Cogió el dedo entre sus labios y lo besó.

—Ya veo —replicó ella con ironía burlona—. Tú dices todas las palabras de amor y yo tengo que decir las indecentes.

De la garganta de Gavrael brotó un sonido sordo.

—Te amo cuando me dices qué quieres que te haga.

—Entonces haz esto... —Su torrente de palabras en voz baja se disolvió en un sofocado grito de placer cuando él satisfizo su petición.

Al cabo de unas horas, el último pensamiento consciente de ella era que no debía olvidarse de mencionar a Adrienne que, en cierto sentido, la realidad superaba en mucho el «consenso general» sobre los berserkers.

Epílogo

—No lo entiendo —dijo Ronin mirando a los muchachos. Meneó la cabeza—. Nunca había sucedido.

—Yo tampoco, papá. Pero parece que en mí hay algo que me distingue de los varones McIllioch anteriores. O es eso, o bien es Jillian quien tiene algo diferente. Quizás ambas cosas.

—¿Cómo podéis seguir su ritmo?

Gavrael estalló en risas, un sonido cálido e intenso.

—Entre Jillian y yo nos las arreglamos.

—Pero claro, siendo tan pequeños, ¿no están todo el rato haciendo travesuras?

—Por no hablar de los lugares demasiado altos. Siempre están intentando llevar a cabo proezas increíbles, y por si quieres saberlo, son condenadamente listos y un peligro para cualquiera. Es casi más de lo que un berserker podría aguantar. Por eso creo que sería conveniente que también tuvieran cerca a su abuelo —señaló Gavrael intencionadamente.

El rubor de placer en las mejillas de Ronin fue inequívoco.

—Si lo entiendo bien, ¿quieres que me quede aquí contigo y con Jillian?

—Maldebann es nuestro hogar, papá. Pensabas que Jillian y yo necesitábamos la intimidad de los recién casados, lo sé, pero deseamos que te quedes en casa para siempre. Los dos, tú y Balder; a los niños también les hace falta su tío abuelo. Recuerda, los McIllioch somos carne de leyendas, ¿y cómo llegarán ellos a conocer estas leyendas si no se las explica el más admirable de los berserkers? Deja de andar visitando a toda esa gente que pasas a ver y vuelve a casa.

—Gavrael lo observó por el rabillo del ojo y supo que Ronin no volvería a abandonar Maldebann. La idea le causó enorme satisfacción. Sus hijos tenían que conocer al abuelo. No como una visita esporádica sino como una influencia constante.

En un silencio satisfecho que rayaba en el sobrecogimiento, Gavrael y Ronin contemplaban a los tres niños jugando en la hierba. Cuando Jillian salió al sol, sus hijos levantaron la vista al mismo tiempo, como si hubieran percibido su presencia. Dejaron de jugar y se le acercaron, rivalizando por su atención.

—Qué imagen tan maravillosa —dijo Ronin con tono reverente.

—Sí —asintió Gavrael mostrando su acuerdo.

Jillian reía mientras revolvía el pelo de sus tres hijos y dirigía sus sonrisas a tres pares de ojos azul claro.

Una leyenda escandinava

(El crepúsculo de los dioses)

Según la leyenda, Ragmarok —la última batalla de los dioses— anunciará el fin del mundo.

La destrucción hará estragos en el reino de los dioses. En la última batalla, Odín será devorado por un lobo. La tierra quedará devastada por el fuego, y el universo se hundirá en el mar.

Según la leyenda, esta última destrucción irá seguida de un renacimiento. La tierra resurgirá del agua, exuberante y rebosante de nueva vida. Se profetiza que los hijos del muerto Aesir regresarán a Asgard, el hogar de los dioses, y reinarán de nuevo.

En las montañas de Escocia, el Consejo de Ancianos dice que Odín no cree en la necesidad de correr riesgos, que hace planes para desafiar al destino engendrando su raza guerrera de berserkers en los linajes escoceses, ocultos en lo más recóndito. Allí aguardan el crepúsculo de los dioses, momento en el que los convocará para que luchen por él una vez más.

Según la leyenda, hay berserkers que se pasean entre nosotros, e incluso algunos inmóviles...